Patti Callahan Henry lebt mit ihrem Ehemann und drei Kindern in der Nähe von Atlanta, Georgia, in einer atemberaubenden Landschaft, die sie in den stimmungsvollen Bildern ihres Romans eingefangen hat.
Bei Bastei Lübbe erschienen von ihr bereits HERBSTMOND, DELPHINSOMMER und FRÜHLINGSLICHT, die von der Kritik auch wegen ihrer lebensechten, inspirierenden Charaktere begeistert aufgenommen wurden.
Besuchen Sie die Autorin unter www.patticallahanhenry.com.

Weitere Titel der Autorin:

Herbstmond
Delphinsommer
Frühlingslicht
Leuchtend wie der Horizont

PATTI CALLAHAN HENRY

Dunkel wie die Flut

Roman

Aus dem amerikanischen Englisch
von Sabine Schulte

BASTEI LÜBBE
TASCHENBUCH

BASTEI LÜBBE TASCHENBUCH
Band 16 536

1. Auflage: Februar 2011

Vollständige Taschenbuchausgabe
der bei Gustav Lübbe erschienenen Hardcoverausgabe

Bastei Lübbe Taschenbuch und Gustav Lübbe
in der Bastei Lübbe GmbH & Co. KG

Titel der amerikanischen Originalausgabe: »Between the Tides«
Originalverlag: NAL Accent
Published by New American Library,
a division of Penguin Group (USA) Inc.; New York

Lektorat: Regina Maria Hartig
Übersetzung der Verse aus William Butler Yeats,
»Das Lied des wandernden Aengus« von Werner Vordtriede,
entnommen dem Band Werner Vordtriede (Hrsg.),
»William Butler Yeats, Werke 1, Ausgewählte Gedichte«,
Luchterhand Verlag, Neuwied und Berlin, 1970
Titelillustration: © Trevillion Images / James Walker
Umschlaggestaltung: Kirstin Osenau
Autorenfoto: Sandee Olivor Bartkowski Photography
Satz: Druck & Grafik Siebel, Lindlar
Gesetzt aus der Adobe Caslon Pro
Druck und Verarbeitung: CPI – Ebner & Spiegel, Ulm
Printed in Germany
ISBN 978-3-404-16536-0

In tiefer Liebe zu Pat Henry,
wie schon seit dem Augenblick, in dem
diese Geschichte begann

»… wovon das Vergangene der Prologus ist.«
WILLIAM SHAKESPEARE, *Der Sturm*

Prolog

Damals, bis zu dem Sommer, in dem ich zwölf wurde, sind wir immer ganz vorn vom Bootssteg in den Fluss gesprungen, statt schön sicher vom Ufer aus hineinzuwaten. Kann sein, dass Sam deswegen an jenem Tag auch da heruntergesprungen ist. Vielleicht hatte er uns zu oft dabei beobachtet und es uns einfach nachgemacht, gegen Abend, als das Sonnenlicht schon harte Schatten auf den von Moos überwucherten Rasen warf, als die Flut einsetzte und der Tag sich flüsternd verabschiedete.

Die Stimme seiner Mutter Ellie zerriss die Stille. »Wo ist Sam?«, rief sie.

Ich schaute auf. Ellie stand am Flussufer, den Picknickkorb zu den Füßen. Das lavendelblaue Leuchten des Sonnenuntergangs umrahmte sie wie ein Strahlenkranz.

»Er versteckt sich in der hohlen Eiche«, antwortete ich und zeigte auf den umgestürzten Baum. »Boyd hat ihm Angst gemacht.«

Während Ellie zu dem Stamm hinüberhastete, spürte ich es auf einmal: Diese Empfindung, die mich schon den ganzen Sommer über quälte, mich verfolgte und mich schweißgebadet aus dem Schlaf aufschreckte, hatte plötzlich einen Namen – es war pure, maßlose Angst.

Ellie beugte sich über den Stamm, rief nach Sam, richtete sich wieder auf und schrie ihn lauthals heraus, den Namen ihres zweijährigen Sohnes. Sie bat mich nicht um Hilfe, nein, sie wandte sich nicht an mich, und niemals wieder würde sie mir ihr Gesicht richtig zuwenden, nie wieder würde sie das Wort an mich richten oder mir ihre allumfassende Zuneigung schenken. Mit der Urangst einer Mutter kreischte sie Sams Namen, so gellend, dass ihr Mann Jim und meine Eltern ans Ufer gerannt kamen.

Auch ich stieß einen Schrei aus, aber ich rief nicht nach Sam, sondern es war nur ein animalischer Schrei der Angst, sodass Sams Bruder, der dreizehnjährige Boyd, mir den Mund zuhielt. »Hör auf, Cappy! Sei still! Wir finden ihn schon. Komm, wir suchen ihn … sofort.« Nun brüllte Boyd den Namen seines kleinen Bruders, mit einer Stimme, die so gebrochen, so verletzt klang, wie ich sie noch nie gehört hatte. Schon allein diese Stimme bestätigte mir, eindeutig und unbestreitbar, dass meine Panik begründet war – Sam war tot.

Alle Stimmen riefen nun durcheinander. Ich konnte nicht mehr auseinanderhalten, welcher Erwachsene welchen Satz äußerte, geschweige denn antworten.

»Sam! Sam! Wer hat denn auf ihn aufgepasst?«

»Hattest du ihm schon die Schwimmweste angezogen?«

»Habt ihr Sam gefunden?«

»Ich war gerade dabei, das Picknick zusammenzupacken.«

»Cappy hatte ihn.«

»Cappy?«

»Nein, Boyd.«

»Doch, er war bei Cappy!«

»Cappy, wo steckt er denn? Wo ist Sam?«

»Versteckt er sich hinter der alten Eiche?«

»Hört auf rumzudiskutieren, sucht ihn lieber!«

»Sucht ihn!« Ellies Stimme zerriss Zeit und Raum, sie zerteilte alles in eine Welt vor und eine Welt nach Sam. »Schnell! So sucht ihn doch!«

Nichts, keine Antwort auf unsere Rufe. Still war es allerdings auch nicht, denn Möwen kreischten, Eichelhäher schimpften,

Frösche quakten, Zikaden zirpten, Wellen plätscherten – das Lärmen der Natur stand in einem so großen Kontrast zu Sams Schweigen, dass es mir ohrenbetäubend erschien, so als zerfetze Metall kreischend Metall.

Ich drehte mich zu Boyd um, der mich mit offenem Mund anglotzte, als hielte er ungeformte Worte in sich gefangen. Als ich verwirrt in die Krone der abgestorbenen Eiche hinaufschaute, zu der kreischenden Fischadlermutter in ihrem Nest, starrte sie mit den gelben Augen auf mich herunter und breitete die Schwingen über ihre Küken.

Die Erkenntnis, dass Sam tot war, überfiel mich mit solcher Heftigkeit, dass ich schluchzend davonstürzte. Meine Kindheit war zerstört, lag unwiderruflich in Scherben und konnte nicht gekittet, nie wieder ein heiles Ganzes werden. Ich war schuld. Nie wieder konnte mir etwas Gutes widerfahren.

Eins

Achtzehn Jahre später

> »Ich hatte im Leben immer vor allem
> eine Erzählung gesehen …«
> G.K. CHESTERTON

Ich weiß, dass ich total bescheuert aussah, als ich noch vor Sonnenaufgang im Schlafanzug auf der vorderen Verandatreppe stand und Thurman nachschaute, der im grauen Licht der Morgendämmerung davonfuhr. Widerspenstige Strähnen hatten sich aus dem strubbligen Pferdeschwanz gelöst, ein Träger rutschte mir von der Schulter. Die Rücklichter von Thurmans Wagen glitten die Straße entlang, wie zwei Augen starrten sie mich an, und ich hoffte, auch die Bremslichter aufleuchten zu sehen, aber vergeblich. Ich wünschte mir, er möge anhalten, umkehren und sich daran erinnern, dass ich heute Geburtstag hatte. Er sollte mich in die Arme nehmen und lachend sagen: »Ach, Catherine, wie konnte ich bloß vergessen, dass du heute dreißig wirst?« Ich hätte ihn an mich gedrückt, hätte ihn geküsst und wäre ihm mit der Hand über den Nacken und durch sein blondes Haar gefahren, bevor er wieder aufgebrochen wäre.

Aber klar, er kehrte nicht um. Er war spät dran und durfte seinen Flug nach Alabama nicht verpassen. In den vier Jahren, die wir jetzt zusammen waren, hatte er zum ersten Mal nicht an meinen Geburtstag gedacht. Ich betrachtete seine Vergesslichkeit als ein schlechtes Omen, auch wenn ich mir einzureden versuchte, dass sie wahrscheinlich schlicht und einfach das Resultat seiner Übermüdung und seiner intensiven Beschäftigung mit anderen Dingen war.

Ich setzte mich auf die Veranda, und während ich beobachtete, wie über den Berggipfeln South Carolinas der Morgen heraufzog, räkelte und gähnte ich mich wach. Dann schloss ich die Augen und suchte nach dem flüchtigen, aber deutlichen Gefühl von ungeahnten Möglichkeiten, an das ich mich von den Geburtstagsmorgen meiner Kindheit her erinnerte.

Früher hatte ich geglaubt, mit jedem neuen Lebensjahr käme ich meinem Ziel einen Schritt näher: Ich wollte den schönen, mutigen Heldinnen in den Romanen, die stapelweise in meinem Zimmer lagen, ähnlich werden. In diesem Jahr, dachte ich als Kind, werde ich so neugierig wie Lucy in *Narnia*, so mutig wie das Mädchen Scout in *Wer die Nachtigall stört* oder so clever wie die junge Detektivin Nancy Drew.

In jenem schicksalhaften Sommer meines zwölften Lebensjahres jedoch musste ich einsehen, dass diese von der Lektüre inspirierten Phantasien niemals Wirklichkeit werden konnten. Kein Atticus Finch würde mich retten, kein Geheimnis in einer alten Uhr würde mir helfen, eine Familie wieder zusammenzuführen, kein Aslan mich von meiner Schuld erlösen. Manchen Menschen werden wichtige Erkenntnisse ganz plötzlich zuteil, mit einem einzigen Atemzug; ich jedoch hatte diese Überzeugung gewonnen, weil ein kleiner Junge keinen Atemzug mehr machte.

Inzwischen, mit dreißig, hatte ich alles, was ich brauchte, in der freundlichen, realen Welt des Städtchens Cedar Valley gefunden, in dem ich lebte. Die Berggipfel ringsherum bildeten einen zerklüfteten Horizont wie die zinnengekrönten Mauern einer Burg, und ich fühlte mich geborgen in dem Talgrund mit dem übersichtlichen Netz von Straßen, die von soliden Einfamilienhäusern und alten Bäumen gesäumt waren. Bestiegen hatte ich die Gipfel in der Umgebung noch nie. Die weite Fernsicht, von der andere mir nach ihren Bergtouren vorschwärmten, lockte mich nicht. Nein, ich war in meinem lauschigen Tal vollkommen zufrieden.

Seit ich vor achtzehn Jahren mit meinen Eltern hergezogen war, hatte ich Cedar Valley nur zu Ferienreisen nach Disney World oder an die Strände Floridas verlassen oder wenn wir Dads Eltern in Sarasota besuchten. Aber selbst bei diesen seltenen Familienausflügen hatte ich mich nie richtig wohlgefühlt: Erst nach unserer Rückkehr war die Welt für mich wieder in Ordnung. Unterwegs beeindruckten Begegnungen und Erlebnisse mich stärker, und es kam mir so vor, als könnten sie mich eher verletzen als zu Hause, in meinem sicheren Heimattal.

Träumend saß ich auf meiner Veranda, atmete die unverbrauchte Luft meines neuen Lebensjahres ein und überlegte, wie ich diesen Geburtstag verbringen könnte. Thurman, mein Freund, der an der Southern University Cheftrainer für Basketball war, hatte sich gerade aufgemacht, um einen neuen Spieler anzuwerben. Im Augenblick allerdings vermisste ich Dad mehr als Thurman.

Mein Vater, ein Büchernarr, dessen ganzes Dasein mit den Themen und Metaphern von Romanen verwoben gewesen war, der das gesamte Leben für eine Geschichte gehalten hatte, war seit neun Monaten tot. Ich brauchte ihn mir bloß vorzustellen, wie er vor mir stand – mit dem breiten Grinsen und dem weißen Bart, ein Buch in der Hand –, schon musste ich lächeln.

Er war der Leiter der Englischen Abteilung an der Southern University gewesen und hatte im letzten Jahr für die Erstsemester einen Kurs über die Literatur der Südstaaten gehalten. Er behandelte gerade die literarischen Zwischentöne von Faulkners *Schall und Wahn*, als er einen Herzinfarkt erlitt. Mitten im Vortrag, während er den Studenten auseinandersetzte, dass Faulkners Worte viele Bedeutungen haben können, griff er sich plötzlich an die Brust. Seine Zuhörer glaubten, er spiele Theater und seine dramatische Geste sei eine Antwort auf die dämliche Bemerkung eines jungen Mannes aus der letzten Reihe.

Selbst als er zusammenbrach, lachten sie noch.

Ich war mir sicher, dass Daddy sich seinen Abgang haargenau

so gewünscht hätte: während der Vorlesung, lachend vor seinen Studenten, in seinem Tweedjackett mit den aufgesetzten Flicken auf den Ellbogen, ein Stück Kreide in der einen, ein Buch in der anderen Hand und neben sich Forrest Anderson, seinen Juniorprofessor.

Bald jedoch sollte ich entdecken, dass ich mich nicht nur in diesem, sondern auch in vielen anderen Punkten geirrt hatte. Aber in der ersten Zeit nach Dads Tod tröstete mich die Vorstellung, dass er sich ganz in seinem Element befunden hatte, als er starb, und dass der Mann, den er zehn Jahre lang als Mentor betreut hatte, an seiner Seite gewesen war.

Nach Dads Tod war mir klar geworden, dass ich als Einzelkind das Haus in Cedar Valley geerbt hatte – in dem ich jetzt lebte – und dazu alles andere, darunter auch Murphy, unsere geliebte Hündin. Außerdem sollte ich seine letzte Bitte erfüllen, die er handschriftlich in einem Brief niedergelegt hatte, der an sein Testament geheftet war: Ich möge seine Asche in den Seaboro River streuen. Diese Aufgabe hatte ich immer noch nicht erledigt.

Da saß ich nun, an meinem ersten Geburtstag ohne Dad, und dachte reuevoll daran, dass ich seine letzte Bitte noch nicht erfüllt hatte. Dabei war er immer derjenige gewesen, schon seit meiner Kindheit im Lowcountry, an der Küste South Carolinas, der meine Geburtstage zu etwas ganz Besonderem gemacht hatte: eine rosarote Schleife in der Magnolie vor unserem Haus, ein Geburtstagskuchen mit so viel Zuckerguss, dass der Kuchen darunter kaum zu finden war, ein großer Karton, aus dem ich immer kleinere Kartons auspacken musste, bis ich schließlich ein winziges Geschenk fand. Mutter, die damals ja noch lebte, war der Ansicht, mit solchem Schnickschnack verwöhne man ein Kind bloß. Doch, davon war sie überzeugt, aber Dad zuliebe duldete sie diese Überraschungen.

Dass ich seine Asche noch nicht verstreut hatte, bedeutete

keineswegs, dass ich ihn nicht geliebt hätte oder seine Wünsche nicht respektieren würde. Ich konnte mir nur einfach nicht vorstellen, an den Ort meiner Kindheit zurückzukehren, um den ich noch immer trauerte und den meine Familie meinetwegen hatte verlassen müssen. Ich hatte keine Ahnung, was Dad sich dabei gedacht hatte, mich nach Seaboro zurückzuschicken.

Ich rieb mir die Augen, stand auf, reckte und streckte mich, bis ich bereit war für meinen Arbeitstag im Sportbüro der Southern University, wo ich in der PR-Abteilung angestellt war.

»Happy Birthday, liebe Catherine«, sagte ich zu dem Kastanienbaum vor mir, der schon Früchte angesetzt hatte. Ich ahnte nicht, dass die Geschenke, die ich an diesem Geburtstag erhalten sollte, mich dazu bewegen würden, widerwillig an die schmerzgetränkte Stätte meiner Kindheit zurückzukehren, an den Seaboro River, um heilige Geheimnisse zu bewahren.

Als ich am Feierabend zurückkam, war mein mit Zedernschindeln verkleidetes Haus nicht abgeschlossen. Das hatte ich offensichtlich vergessen, weil ich mit Verspätung ins Büro geeilt war. Den ganzen Tag über hatte mich die Arbeit schier aufgefressen, sodass ich es nicht geschafft hatte, zwischendurch heimzufahren, um mit Murphy Gassi zu gehen. Bestimmt war sie den ganzen Tag im eingezäunten Garten umhergestreunt und hatte ab und zu durch ihre Hundeklappe einen Abstecher ins Haus unternommen, um nach mir zu suchen. Beim Eintreten sog ich den vertrauten Duft ein: eine Mischung aus Toast, warmen Decken und dem herbstlichen Geruch nach trockenen Blättern, der selbst im Sommer den Wald erfüllte.

Vater und Mutter hatten dieses Haus vor achtzehn Jahren gekauft, als wir nach Cedar Valley umzogen. Hier hatte ich bis zum Beginn meines Studiums an der Southern University mit ihnen gewohnt. Nach Dads Tod war ich wieder eingezogen, und obwohl ich es nun ohne meine Eltern bewohnte, schlief ich nach wie vor oben in meinem alten Mädchenzimmer, zu dem ein in rosarot-weißem Karomuster gefliestes Badezimmer und ein Bett mit hohen Holzpfosten gehörten.

Murphy sprang aus dem Wohnzimmer herbei und schob die Schnauze in meine ausgestreckte Hand. »Hallo, bester Hund der Welt«, sagte ich und kraulte das Tier hinter den Ohren. »Willst du spazieren gehen? Ja?«

Meine Hündin war vierzehn. Ihr Kopf war weiß, ihr rötlichbraunes Fell lockig und rau. Dad und ich hatten sie gemeinsam gekauft, zu meinem sechzehnten Geburtstag, und jetzt feierte sie tatsächlich meinen dreißigsten mit mir. Ich nahm sie an die Leine und öffnete die Fliegengittertür, die hinter uns wieder zuschlug. Die Luft war kühler als an den vergangenen Abenden, und ich stellte mir vor, ich könnte den Sommer sagen hören: *Noch nicht, noch nicht … Nur noch ein paar Tage.*

Dads Nachbarn, Mr und Mrs Hancock, winkten von ihrer Veranda, als wir vorübergingen. Ich winkte zurück. »Wer ist denn das?«, fragte Mr Hancock mit der lauten Stimme der Schwerhörigen. Er beugte sich in seinem Schaukelstuhl vor und kniff die Augen zusammen.

»Das weißt du doch, Schatz.« Mrs Hancocks Stimme zitterte in der stillen Abendluft. »Das ist die Tochter von Grayson Leary. Sie ist wieder in ihr Elternhaus gezogen – du weißt ja, sie ist mit diesem Basketballtrainer liiert.«

Während Murphy und ich um die Ecke bogen, musste ich laut lachen. Ja, die Tochter des geliebten Professors, die Freundin des Basketballtrainers – immer wurde ich über meine Beziehungen zu anderen definiert.

Ich schaute zu den Bergspitzen im Westen hinauf. Hinter dem Cedar Falls, einem mit Nadelbäumen und Rhododendron bewachsenen Gipfel hoch über dem Universitätsgelände, versank die Sonne. Einst hatten die Berge auf baufällige Hütten hinuntergeschaut, in denen die Arbeiter der Baumwollspinnereien mit ihren Familien hausten. Jetzt blickten sie auf die Türmchen und die schrägen Dächer von drei Colleges und einer Universität hinab, auf malerische alte Villen mit Fremdenzimmern und auf Backsteinstraßen, an denen sich Coffee-Shops und Buchläden aneinanderreihten.

Die Southern University wurde 1852 gegründet, und in gewisser Weise war mein Leben mit dieser Institution verwoben – von Dads Professur über Mutters Aktivitäten, um Fördergelder einzutreiben, bis hin zu meinem eigenen College-Examen und meinem Job im Sportbüro.

Das Ende des Universitätsjahrs brachte nach der anstrengenden Vorlesungszeit normalerweise eine Atempause, aber im Frühsommer hatte die NCAA, die Nationale Gesellschaft für College-Sport, unser Basketballprogramm überprüft und uns vorgeworfen, wir hätten die Vorschriften für die Anwerbung neuer Spieler verletzt. Im vergangenen Monat war ich fast ausschließlich damit beschäftigt gewesen, der Presse und den Sponsoren zu versichern, dass derartige Anschuldigungen jeder Grundlage entbehrten und nichts weiter seien als ein Versuch, das Basketballprogramm der Southern University in Misskredit zu bringen, vermutlich, weil wir für die University of North Carolina, den bisherigen Basketballgiganten, inzwischen eine echte Konkurrenz darstellten. Daher genoss ich es, mich zu bewegen, statt an meinem Schreibtisch zu sitzen und die endlose Flut an E-Mails und Anrufen zu beantworten.

Bei meiner Rückkehr klingelte in der Küche das Telefon. Ich ließ Murphy von der Leine und stürzte hin. Es war Thurman.

»Hallo, Schatzi«, meldete er sich und fing dann gleich an, mir »Happy Birthday to you« vorzusingen. Ich lehnte mich an die Wand und wartete ab, bis er zu Ende gesungen hatte, wusste ich doch, dass außer ihm mir niemand heute ein Ständchen bringen würde.

»Du singst aber schief«, sagte ich, als er fertig war.

»Danke, Honey.« Er lachte. Im Hintergrund hörte ich ein Radio.

»Wo bist du denn?«, erkundigte ich mich.

»Ich bin jetzt gerade zu Darius unterwegs, nach Alabama, am Arsch der Welt. Hab schon den ganzen Tag versucht, dich zu erreichen.«

»Ich bin fast erstickt in Arbeit – es ist dir gerade erst eingefallen, stimmt's?«

»Was ist mir eingefallen?«

Meine Antwort war Schweigen; das sollte er selbst rauskriegen.

»Ach, dass du heute Geburtstag hast? Nein, nein, überhaupt nicht … Ich war heute Morgen einfach so spät dran, dass ich nichts gesagt habe.«

»Hmm …« Ich war nicht überzeugt.

»Doch, bestimmt. Geh mal zum Tisch in der Diele!«

»Was?« Ich nahm das schnurlose Telefon mit in die Diele. Auf dem zerkratzten alten Tisch stand ein Samtkästchen. »Wann hast du das denn da hingelegt?«, fragte ich, während ich mit Kästchen und Telefon wieder in die Küche wanderte und mich an den Tisch setzte.

Thurman lachte. »Mach es auf, Catherine!«

Ich gehorchte, und dann holte ich tief Luft. In schwarzen Samt gebettet lag da ein Kränzchen aus Brillanten an einem Silberkettchen, das so fein war wie gesponnene Seide. »Oh, wie schön!«

»Es ist ein Kreis. Ein Sinnbild für die ewige Liebe, die niemals aufhört.«

»Ich finde es wunderschön, Thurman. Danke.«

»Und ich verspreche dir, dass der nächste Brillant an einem kleinen Reif sitzen wird, der auf deinen Ringfinger passt.«

»Das höre ich nicht zum ersten Mal.« Ich berührte meinen nackten Ringfinger. Schon seit Monaten versprach Thurman mir die Verlobung – aber ich wechselte dann immer schnell das Thema und brachte das Gespräch auf etwas anderes. Dabei war er jetzt so lieb, dass ich das Bedürfnis hatte, mit gespreizten Fingern die Luft zu kämmen, um sie von all den trüben Gedanken zu reinigen, die ich seit seiner Abfahrt gehabt hatte.

»Schatzi, ich muss jetzt weiter. Ich rufe dich morgen wieder an. Drück mir die Daumen, dass ich Darius endlich überreden kann, an die Southern University zu kommen, statt nach Alabama zu gehen!«

»Thurman, ich verstehe eigentlich nicht, warum du da hinfahren willst. Ich meine, er hat sich doch in Alabama schon verpflichtet, das Semester fängt in drei Monaten an, und du weißt ja, dass die NCAA dich mit Argusaugen überwacht.«

»Ich muss mir diesen Spieler unter den Nagel reißen. Ich bleibe so lange dran, bis er unser Trikot trägt und das erste Spiel angepfiffen wird. Und denen von der NCAA kannst du sagen, sie sollen mir endlich vom Hals bleiben. Als wenn ich irgendwas verkehrt machen würde! Ich habe noch einen von meinen ›offiziellen Besuchen‹ gut – damit tue ich also nichts Regelwidriges.«

»Viel Glück!« Ich legte auf.

Behutsam hob ich das Kettchen aus der Schatulle und legte es mir um. Das Schmuckstück fiel mit angenehmem Gewicht auf mein Brustbein – eine Erinnerung an Thurmans Liebe. Er konnte ja nichts dafür, dass er ausgerechnet an meinem Geburtstag wegfahren musste – es war einfach sein Job.

Ich schnappte mir die Gießkanne, die unter dem Spülbecken stand, und ging in Dads Arbeitszimmer, wo ich nach wie vor seine zahlreichen Efeusorten pflegte. Über die gesamte Breite der Ziegelwand reichte eine Pinnwand, die mit Zetteln bedeckt war, auf denen Zitate aus der Literatur standen. Obwohl das Haus mir jetzt ganz allein gehörte, hatte ich es bisher nicht übers Herz gebracht, auch nur ein einziges Papier anzurühren oder gar zu entfernen; eins von Dads Zitaten wegzunehmen wäre mir wie ein Übergriff vorgekommen – und ein Eingeständnis von Endgültigkeit.

Ich hatte nie eine Systematik in Dads Zitatensammlung entdecken können. Shakespeare, Graham Greene, Hemingway, Faulkner, C.S. Lewis, E.E. Cummings … – die Liste der vertretenen Schriftsteller war lang, doch ich konnte in ihren Äußerungen keine Ordnung erkennen.

»Dad, du warst verrückt«, sagte ich kopfschüttelnd.

Hinter meinem Rücken ertönte ein lautes, tiefes Gelächter. Ich machte einen Satz nach vorn, sodass Wasser auf meine Bluse spritzte. Als ich herumfuhr, stand ich Forrest Anderson gegenüber, der mich mit einem schiefen Lächeln begrüßte.

Es gab Männer, in deren Gegenwart ich mich unbehaglich fühlte, weil sie mich nicht kannten. Forrest jedoch machte mich nervös, weil er mich nur allzu gut kannte. Wir hatten zusammen studiert und waren in unserem zweiten College-Jahr sogar ein paar Monate miteinander ausgegangen. Doch obwohl wir uns getrennt hatten, hatte ich keine Möglichkeit gesehen, Forrest Anderson aus meinem Leben zu verbannen.

Nach dem Studium war er erst Dads Assistent gewesen, bevor er an einer anderen Universität seinen Master machte und schließlich an die Southern University zurückkehrte, wo Dad seine Doktorarbeit über irgendeinen ungeklärten Aspekt von Faulkners Romanen betreute. Der Fakultätsrat hatte Forrest als Juniorprofessor eingestellt, und schon bald galt er in der Englischen Abteilung als Wunderkind. Man munkelte, dass er irgendwann Dads Stelle übernehmen werde. Die beiden Männer hatten genauso viel Zeit zusammen verbracht wie Dad und ich, und für meinen Geschmack hatte Forrest sich viel zu sehr daran gewöhnt, unangemeldet in das Haus zu spazieren, das inzwischen mir gehörte.

Er hatte eine wilde braune Lockenmähne, einen federnden Gang und lachte gern. Ich vermied es immer, ihm in die braunen

Augen zu schauen, denn sein Blick vermittelte mir nach wie vor eine Spur von »wäre schön gewesen, sollte aber offenbar nicht sein«. Forrest ein wenig länger als unbedingt nötig in die Augen zu sehen war die schlimmste Untreue, die ich mir Thurman Whittaker gegenüber jemals hatte zuschulden kommen lassen.

»Forrest, du hast mich zu Tode erschreckt. Was machst du hier? Kannst du nicht anklopfen?« Ich stellte die Gießkanne auf den Schieferboden. »Du darfst hier nicht mehr einfach so reinplatzen.«

»Herzlichen Glückwunsch zum Geburtstag!«

Forrest hatte natürlich daran gedacht. Darüber hätte Dad sich sehr gefreut. »Danke«, sagte ich.

»Willst du mich nicht fragen, woher ich das weiß?«

Genau das konnte mich immer zur Weißglut bringen – er wusste einfach jedes Mal, welche Frage ich mir gerade verkniff. »Nein«, zischte ich.

Forrest lachte. »Okay, du bist und bleibst stur.«

Ich schnitt eine Grimasse. »Du hast mir noch nicht geantwortet: Was machst du hier?«

»Ich hab immerhin viermal geklopft.« Wieder lachte er. »Und ich bin in Sachen Geburtstag hier.« Er ließ sich in Dads Schreibtischsessel fallen und drehte sich, bis er mir gegenübersaß.

»Ach ja?«

»Hmm.« Forrest zog ein Päckchen aus seiner Aktentasche, die er auf den Fußboden gestellt hatte, ohne dass ich es bemerkt hatte. Es war so groß wie ein Buch und in schlichtes braunes Packpapier gewickelt, auf dem eine riesige, leuchtend rosarote Organzaschleife saß.

»Wow!« Überrascht trat ich einen Schritt näher.

Er grinste. »Die Verpackung gefällt dir?«

»Mein Vater hat früher, als ich noch ein kleines Mädchen war, ganz genau so eine Schleife in den Baum vor unserem Haus gebunden.«

»Ich weiß. Er hat es mir erzählt. Das hat mich ja auf die Idee gebracht.«

»Und warum hat er dir ausgerechnet das erzählt?«

Forrest schüttelte den Kopf. »Weil er immer nur über dich geredet hat, Cappy Leary.«

Ich nahm das Geschenk in die Hand. »Nenn mich nicht so!« Ärgerlich zwirbelte ich ein Ende des rosaroten Bandes zwischen den Fingern, während ich Forrest auf den Mund sah, nicht in die Augen. »Du brauchtest mir nichts zu kaufen, weißt du.«

»Ich weiß, aber ich habe gedacht, weil es dein erster Geburtstag ohne deinen Vater ist … Könnte ja sein, dass …« Er zuckte die Achseln und ließ die Hände in den Schoß sinken. »Ich wollte dir einfach etwas Besonderes schenken.«

Auf dem Packpapier stand in drei Großbuchstaben mein Name als Monogramm – CAP.

»Mach es auf, Cappy!«, drängte Forrest mit so sanfter Stimme, dass ich am liebsten geweint hätte.

»So heiße ich nicht«, sagte ich stattdessen. Ich hatte es Forrest so oft verboten – er sollte mich nicht mit dem Kosenamen ansprechen, mit dem Dad mich stets gerufen hatte. Niemand durfte das – es war mein Name aus der Kindheit.

»Okay, okay, mach es einfach auf!«

»Also gut. Du weißt ja, dass du mich zum Wahnsinn treiben kannst.«

»Ja, das weiß ich.« Er schmunzelte.

Ich trat auf die mit Fliegengitter geschützte Veranda hinaus und setzte mich in den geflochtenen Schaukelstuhl – ein Erbstück von Grandma, das schon auf verschiedenen Veranden gestanden hatte und von Cedar Valley nach Seaboro und wieder zurück nach Cedar Valley gereist war.

Hinter mir hörte ich Forrests Schritte, aber ich drehte mich nicht nach ihm um. Vorsichtig wickelte ich das Band ab, legte es in den Schoß, löste die Klebestreifen vom Packpapier und faltete es auseinander. Es enthielt eine antiquarische Ausgabe von *Wer die Nachtigall stört*. Ein brauner Einband mit Stoffbezug und einem Coverbild, über das sich schräg die Äste eines reich belaubten Baumes zogen; und darüber stand in weißen Buchstaben auf schwarzem Grund der Titel. Ein Schwarzweißfoto von Harper Lee in hohem Gras beherrschte die hintere Umschlagklappe. Mein Herz tanzte in der Brust – einen wilden Kindheitsreigen.

Ich schlug die Hand vor den Mund. »Oh, Forrest!«

Er zuckte die Schultern. »Dein Dad hat mir erzählt, dass es früher dein Lieblingsbuch war.«

Ich schloss die Augen, um nicht vor ihm in Tränen auszubrechen. »Das hättest du nicht tun sollen.« Ich schlug den Band auf. Die Worte »Erstausgabe 1960« fielen mir in die Augen. Behutsam strich ich mit dem Zeigefinger über die Jahreszahl, über die Seiten mit den vergilbten Rändern, und dann sah ich Forrest doch an: »Ich weiß, wie viel solche Erstausgaben kosten … Das ist ja der Wahnsinn!«

»Ich wusste, dass es ein schwieriger Geburtstag für dich wird.« Er tippte auf das Buch. »Das Foto von Harper Lee hintendrauf hat Truman Capote geschossen.«

Ich konnte bloß nicken. Forrest setzte sich auf das Korbsofa neben meinem Schaukelstuhl. »Dein Vater hätte sich sehr darüber gefreut, wenn du das Buch noch mal liest, da bin ich mir sicher.«

»Ganz bestimmt«, bestätigte ich, doch an Stelle von Dankbarkeit stieg wie ein Rauchwölkchen Gereiztheit in mir auf. Mein mangelndes Interesse am Lesen und mein Bemühen, jede Diskussion über dieses Thema zu vermeiden, hatten Dad wehgetan und ihn verwirrt, das wusste ich wohl, auch ohne dass Forrest mich daran erinnerte. Aber wie hätte ich den beiden erklären sollen, dass das Lesen mich nur dazu verführte, mir ein anderes, ein intensiveres Leben mit mehr Tiefgang zu wünschen? Und hätten die Männer nachvollziehen können, dass es gelegentlich besser ist, erst gar keine Wünsche zu wecken, als sich nach etwas Unerreichbarem zu sehnen?

»Was hast du denn an deinem restlichen Geburtstagswochenende vor?«, fragte Forrest, indem er sich in die braun karierten Kissen zurücklehnte.

»Eigentlich gar nichts. Thurman ist unterwegs, und mit Freunden habe ich auch nichts geplant …« Jetzt zuckte ich die Achseln.

»Wie wäre es, wenn du mit mir nach Seaboro fahren würdest? Wir könnten einen Ausflug an den Strand machen, und du könntest endlich die Asche verstreuen.«

Ich holte tief Luft. *Langsam, Catherine, ganz ruhig!* »Was hast du da gerade gesagt?«

»War das verkehrt?«

»Woher weißt du von der Asche?«

»Ich habe mehr Zeit mit deinem Vater verbracht als irgendjemand sonst, und wir haben viele Gespräche geführt. Ich war sein bester Freund. Als er mir von seinen Wochenendtrips nach Seaboro erzählt hat, habe ich ihn gefragt, warum er immer wieder in seine alte Heimat fährt, aber er hat nur gemeint, er liebe diese Stadt so sehr, dass sogar seine Asche dort verstreut werden solle. Er hat natürlich nicht geahnt, dass er schon so bald …« Forrest verstummte. Das Wort »sterben« brachte er nicht über die Lippen, ein Unvermögen, das mir sehr vertraut war.

»Dad ist nie wieder in Seaboro gewesen«, wandte ich ein. »Seit achtzehn Jahren nicht.« Doch in meiner Brust regte sich ein seltsames Gefühl von Angst.

Forrest blickte sich auf der Veranda um, als wäre noch eine dritte Person anwesend. »Doch.« Er machte eine Pause, dann beugte er sich noch näher zu mir. »Sogar mehrmals im Jahr.«

Das zog mir den Boden unter den Füßen weg. Die Veranda drehte sich plötzlich, das Herz klopfte mir bis zum Hals. »Wie bitte?«

»Das hast du nicht gewusst?« Seine Stimme klang so leise, als trüge ich Ohrenschützer.

Ich schüttelte den Kopf. Forrest nahm meine Hand, aber ich entriss sie ihm. »Nein, das ist nicht wahr. Dad hat immer nur von Seaboro gesprochen. Er ist nie wieder hingefahren. Kein einziges Mal.«

»Doch.«

Ich hasste die Bestimmtheit in Forrests Stimme. Ich hasste es, dass er von Seaboro sprach, als wisse er, was dort geschehen war; ich hasste die Vorstellung, dass dieser Mann mehr über meinen Vater wusste als ich.

»Bist du sicher?«

Forrest nickte.

Ich stand auf und lief auf der Veranda hin und her.

»Fehlt dir was?«, fragte er.

»Weißt du, warum er wieder hingefahren ist?«

»Das wollte ich dich gerade fragen. Ich schreibe nämlich zur Erinnerung an deinen Vater einen Aufsatz für die Literaturzeitschrift unserer Universität. Darin zeige ich am Beispiel der fünf bedeutendsten amerikanischen Romane, wie er mit seinem Unterricht das Leben der Studenten verändert hat. Ich habe schon fünf Lebensgeschichten dazu gesammelt – eine für jeden Roman. Das Einzige, was mir noch fehlt, ist etwas aus Graysons Vergangenheit – aus den Jahren, bevor er nach Cedar Valley gezogen ist. Ich hatte gehofft, du könntest mir ein bisschen über Seaboro erzählen, über euer Leben im Lowcountry.«

Ich wollte »Nein!« schreien, immer und immer wieder, aber auch jetzt schüttelte ich bloß den Kopf.

»Bist du sicher, dass dir nichts fehlt? Ich wollte dich nicht erschrecken. Ich wollte dir nur etwas zum Geburtstag schenken und dich fragen, ob –« Forrest brach ab und fasste mich am Ellbogen.

»Was wolltest du mich fragen?« Meine Stimme klang so rau,

als hätte ich geweint. Ich packte *Wer die Nachtigall stört* ganz fest, sodass ich die Prägung des Umschlags spürte.

»Ob ich mitkommen könnte, wenn du seine Asche in Seaboro verstreust. Soweit ich weiß, hast du das noch nicht gemacht. Ich dachte … Ja, ich habe gedacht, dieses Wochenende wäre vielleicht gut geeignet dafür, weil der Montag ein Feiertag ist.«

»Aber ich fahre nicht.« Beinahe hätte ich mit dem Fuß aufgestampft. Die Wut gab mir mehr Kraft als die Angst.

Forrest jedoch zuckte bloß mit den Schultern. »Auch gut. Dann werde ich wohl allein nach Seaboro fahren. Ich hatte zwar gehofft, dass du mich begleiten würdest – aber ich muss ein Gefühl für die Stadt kriegen, so oder so, bevor ich diesen Artikel abschließe.«

»Du hast mich gar nicht gefragt, ob du einen Artikel über meinen Vater schreiben darfst. Hättest du dich nicht erkundigen müssen, ob mir das überhaupt recht ist?« Meine Stimme klang schrill.

Forrest wandte sich zum Gehen. »Grayson war nicht nur mein Mentor, sondern auch mein bester Freund. Ich brauche keine Erlaubnis, um über ihn zu schreiben.« Er warf einen Blick zurück. »Einen schönen Geburtstag noch!«, sagte er, bevor die Tür hinter ihm zuschlug.

Ich blieb allein mit meinem Buch, meinen Gedanken und tausend Fragen. Warum war mein Vater nach Seaboro zurückgekehrt? Und warum hatte er es mir verschwiegen, jedoch mit Forrest darüber gesprochen?

Ich trat gegen den Schaukelstuhl. Wenn Forrest nach Seaboro fuhr, um dort Fragen zu stellen, wenn er erst einmal angefangen hatte, Nachforschungen über unsere Familie anzustellen, dann würde er mit Sicherheit mehr herausfinden als nur Fakten über Dad. Er würde auch Einzelheiten über *mein* Leben erfahren. Wenn ich ihn jedoch begleiten würde, könnte ich Dads Asche verstreuen und dafür sorgen, dass Forrest nur solche Details und Vorfälle zu Ohren kamen, von denen er ruhig wissen konnte.

Ich rannte durch die Seitentür der Veranda nach draußen in die Einfahrt und winkte mit beiden Armen. Forrest lenkte den klapprigen Pick-up gerade rückwärts auf die Straße. Er hielt an, stieg aber nicht aus. Ich trat ans Seitenfenster auf der Fahrerseite.

»Ich komme mit«, keuchte ich. Dabei durchzuckte mich die Panik wie ein Stromstoß.

Er hob die Augenbrauen. »Wirklich?«

Ich nickte.

Forrest stellte den Motor wieder ab und sprang aus dem Wagen. »Ich kämpfe schon seit einer ganzen Weile mit mir, weil ich dir etwas sagen möchte. Ich glaube, jetzt könnte ein guter Zeitpunkt dafür sein.«

»Was soll das denn heißen?«, fragte ich argwöhnisch.

Forrest lehnte sich an den Wagen, während ich mich mit verschränkten Armen breitbeinig vor ihm aufbaute. Die Luft summte vor Spannung. Was würde er sagen? Schon jetzt wusste ich, dass seine Worte die Zeit in ein Vorher und ein Nachher einteilen würden, so wie es ein Leben vor und ein Leben nach Sams Verschwinden gab und eine Zeit vor und nach Dads Tod.

Forrest blickte zum Himmel hinauf. »Ich möchte das richtig machen – ich möchte den Worten deines Vaters gerecht werden.«

»Forrest, entweder erklärst du mir endlich, wovon du da redest, oder du verschwindest.«

»Okay, also los!« Er machte einen langen, tiefen Atemzug und sah mich an. Als er die Hand ausstreckte, dachte ich, er wolle mir über die Wange oder übers Haar streichen, aber er zögerte und ließ die Hand wieder sinken. Das geschah ab und zu, und dann erinnerte ich mich stets an seine Sanftheit, an die Art, wie er mich berührt hatte, ohne eine Gegenleistung dafür zu verlangen. Ich wandte den Blick ab.

Er holte noch einmal tief Luft, bevor er schließlich sprach. »Vor ungefähr zehn Monaten haben dein Vater und ich einen Kongress besucht, auf dem wir aufgefordert wurden, drei Fragen zu beantworten. Stundenlang haben wir darüber diskutiert, bis tief in die Nacht.«

»Das konntet nur ihr beiden, du und Dad, bis in die frühen Morgenstunden hinein irgendwas lang und breit besprechen.«

»Hör mir einfach zu!«

»Das versuche ich ja, Forrest, aber worauf willst du hinaus?«

»Also, dein Vater hat diese Fragen durchgearbeitet und sie schließlich für sich beantwortet. Damals schien ihm das wirklich wichtig zu sein, und ich weiß, dass er dir zum dreißigsten Geburtstag einen Brief schreiben wollte, in dem er auch dir diese Fragen stellt.«

»Aber er hat meinen dreißigsten nicht mehr erlebt.«

Forrest schüttelte den Kopf. »Aus dem Grund habe ich so mit mir gerungen – ob ich dir nun davon erzählen soll oder nicht, denn er selbst kann es ja nicht mehr, aber ich weiß hundertprozentig, dass er es vorhatte.«

»Sprich weiter!«

»Ja, er hat also gesagt, er wolle dir zu diesem Geburtstag einen Brief schreiben, weil du an deinem dreißigsten *in medias res* wärst. Du weißt schon – das ist der lateinische Ausdruck für ›mittendrin‹ – ein guter Ausgangspunkt für eine Geschichte.«

»Ein Ausgangspunkt für eine *gute* Geschichte?«

»Nein, ich glaube, es ging ihm um *deine* Geschichte.«

Ich stieß die Luft aus. »Ich habe keine Geschichte. Ich weiß, dass ihr beide alles durch die Brille eurer Romane betrachtet habt, aber bitte verschone mich damit.«

»Lass mich einfach mal ausreden!«

Seufzend verschränkte ich die Arme und nickte.

»Hier sind die drei Fragen. Nummer eins: Was möchtest du zum Zeitpunkt deines Todes tun? Nummer zwei: Angenommen, du würdest heute sterben, würdest du dann bereuen, irgendetwas nicht getan zu haben? Und was wäre das? Und Nummer drei: Was soll auf deinem Grabstein stehen?« Forrest nickte, als wolle er damit das letzte Fragezeichen betonen.

Ein langes Schweigen entstand. Ich löste die verschränkten Arme. »Das ist alles? Darüber habt ihr stundenlang diskutiert?«

»Ja.«

»Okay, weiter! Was hat Dad denn geantwortet?«

»Zur ersten Frage hat er gesagt, er möchte bei der Vorbereitung seiner Vorlesung sterben.«

Ein Schluchzen stieg in meiner Brust auf, aber ich unterdrückte es. »Na, dieser Wunsch ist ihm ja beinahe erfüllt worden – nur dass er in der Vorlesung gestorben ist, nicht während der Vorbereitung. Das ist ja makaber, Forrest.«

»Zur zweiten Frage meinte er, er bereue in seinem Leben nur, dass er aus deiner Kindheitsgeschichte Seiten herausgerissen und sie dir noch nicht zurückgegeben habe.«

»Herrgott im Himmel, was soll das denn heißen?« Ich knallte die offene Fahrertür zu.

Forrest warf einen Blick auf den Wagen und schüttelte den Kopf. »Grayson hat mir gesagt, er wolle dir die herausgerissenen Seiten in diesem Jahr zu deinem Geburtstag wiedergeben. Er hatte immer ein Faible fürs Dramatische, das weißt du doch.«

»Vermutlich hat er Seiten im übertragenen Sinne gemeint.« Ich grub die Fingernägel in meine Handflächen.

»Das hat er nicht weiter erklärt.«

»Und die letzte Frage? Was sollte auf seinem Grabstein stehen?«

»Er hat gesagt, er wolle keinen Grabstein, seine Asche solle einfach im Seaboro River verstreut werden.«

»Ach so. Deshalb weißt du also davon …«

»Ja.«

In medias res, fehlende Seiten, Grabsteine und Seaboro – diese merkwürdigen Gesprächsfetzen ergaben keinen Sinn. Ich massierte mir die Stirn, weil sich Kopfschmerzen ankündigten. »Hast du eine Ahnung, was in diesem Geburtstagsbrief stehen sollte?«

»Nur die drei Fragen und etwas über deine Kindheit, was du noch nicht weißt. Mehr hat er mir nicht verraten.«

Ich trat einen Schritt auf Forrest zu. »Und du schwörst bei Gott, dass du keinen blassen Schimmer hast, was es mit diesen ›herausgerissenen Seiten‹ auf sich hat?«

Forrest hob die rechte Hand. »Ich schwöre es. Es schien mir etwas sehr, sehr Persönliches zu sein, also habe ich nicht nachgebohrt.«

Ich wandte mich von ihm ab, um besser nachdenken zu können. »Ich rufe in Seaboro bei einer Bed-and-Breakfast-Pension an und reserviere Zimmer für uns. Sei morgen um neun hier! Aber nur einen Tag, Forrest. Ich zeige dir die Stadt, erfülle Dads letzten Wunsch, und Sonntag fahren wir wieder nach Hause. Okay?«

Forrest nickte. »Jawohl, gnädige Frau.«

»Du« – ich tippte ihm gegen die Brust – »kannst einen wirklich auf die Palme bringen.«

»Ich weiß.« Lächelnd stieg er wieder in seinen Pick-up, und während er zurücksetzte, winkte er mir zu.

Er war schon die halbe Straße hinuntergefahren, als die Bremslichter des Wagens aufleuchteten. Einen winzigen Moment lang glaubte ich, er wolle umkehren, aber er hatte nur an einem Stoppschild gehalten. Thurman hatte das Verkehrszeichen am Morgen offenbar einfach ignoriert.

Die Fragen, mit denen Forrest mich alleingelassen hatte, piekten mich wie Nadeln, eine nach der anderen, während ich mit dem Finger nach den neuen Brillanten an meinem Hals tastete und kleine Kreise beschrieb. Ein Spruch fiel mir ein, der *nicht* an Dads schwarzem Brett hing: »Man erntet, was man gesät hat.«

Ja, morgen würde ich wieder nach Seaboro fahren. Ich hätte

wissen sollen, dass meine Vergangenheit mich einholen würde, ganz gleich wie sehr ich mich bemühte, sie zu verdrängen. Was mich dabei jedoch am meisten irritierte, war nicht, dass ich mich nun mit meiner alten Schuld auseinandersetzen musste oder dass ich es zusammen mit Forrest Anderson tun sollte. Nein, am meisten traf mich, dass es der Wunsch meines Vaters war.

Zwei

»Er spürte in sich die Treue, mit der wir am Unglück festhalten – und ihn überkam das Gefühl, dass uns dieses Unglück angemessen ist.«
GRAHAM GREENE, *Das Herz aller Dinge*

Als ich am nächsten Morgen darauf wartete, dass Forrest mich abholte, schien die Luft in Cedar Valley elektrisch aufgeladen zu sein. Ich trat nervös von einem Fuß auf den anderen, denn er hatte schon fünfzehn Minuten Verspätung. Ich legte Murphy die Leine an, da ich sie auf dem Weg stadtauswärts in der Tierklinik absetzen wollte, an die eine Hundepension angeschlossen war. Die Pflegerinnen dort würden sie mit Leckerbissen, Spaziergängen und Spielen verwöhnen. Sie liebten Murphy.

Ich wusste nicht, wem ich die Schuld an diesem Ausflug zuschieben sollte – Forrest oder meinem Vater, der mich zu seinen Lebzeiten nie gebeten hatte, nach Seaboro zurückzukehren. Doch jetzt unternahm ich diese Reise auf seine Veranlassung hin. Ich streichelte Murphy den Nacken und wühlte in dem wuschligen Fell hinter ihren Ohren. »Ich wünschte, du könntest mitkommen, mein Mädchen, aber weißt du noch, wie es ausgegangen ist, als man dich das letzte Mal heimlich in ein fremdes Haus geschmuggelt hat?«

Dad und Mutter hatten mir damals beim Umzug in das Studentenwohnheim der Southern University geholfen, wo ich einer Mitbewohnerin namens Marietta zugeteilt worden war. Für mich war klar, dass diese Marietta eine von diesen grässlichen Südstaatenschönheiten war, die noch auf Bällen debütierten – aber letztlich wurde sie eine meiner besten Freundinnen. Mutter trug ein blaues Seidenkleid und dazu eine Perlenkette und ein Armband mit Anhängern, die klimperten, als wir die Treppe hochstiegen.

Damals war ihre Gegenwart für mich immer mit diesem feinen Geklingel verbunden.

Dad hatte Murphy an der Leine und schmuggelte sie durch die Hintertür, die man für den Umzugstag aufgeschlossen hatte, ins Wohnheim. Im Gegensatz zu meiner Mutter wusste er, dass ich nervös war, weil ich auszog, auch wenn ich das nicht zeigte. Trotz meiner gespielten Tapferkeit und Unabhängigkeitserklärungen brauchte ich an diesem Tag eine Extraportion Familie, nämlich Murphy, und Dad hatte das gespürt.

Mutter und ich schauten uns den leeren Raum an – kahle Betonwände, zwei Betten, zwei graue Schreibtische, allesamt aus Metall, und zwei zerkratzte Nachttische aus Holz. Sie hob die Hand an den Mund. Ihr Armband klimperte. »Ach, Catherine! Vielleicht solltest du einfach weiter zu Hause wohnen?«

»Mutter, ich kann das hier zu meinem Zuhause machen. Doch, bestimmt. Außerdem habe ich es ja nur zwei Minuten bis zu euch.« Ich verdrehte die Augen, obwohl ich ihr ausnahmsweise einmal zustimmte: Vielleicht sollte ich wirklich weiterhin zu Hause wohnen?

Da kam Dad ins Zimmer. Murphy sprang mich an, und ich ließ mich auf den Fußboden fallen, um sie in die Arme zu nehmen. Dad lachte und spreizte die Hände. »Mensch, was für ein phantastisches Zimmer. Du wirst dich hier pudelwohl fühlen; hier wird sich dein Leben verändern.«

Während er das sagte, schauten Mutter und Dad sich an. Ich wusste wohl, was er beabsichtigte: Er wollte mir den Einzug erleichtern und Mutter auffordern, es ihm gleichzutun. Sie setzte ein strahlendes Lächeln auf. »Ja, lasst uns auspacken und das Zimmer einrichten, damit es gemütlich wird.«

Murphy bellte, und fast augenblicklich erschien eine Frau in Khakihosen, die zu hoch in der Taille saßen. Mit finsterer Miene fragte sie mich: »In der Hausordnung steht eindeutig, dass Hunde nicht erlaubt sind. Sind Sie Ms Leary oder Ms Collins?«

»Ich bin Ms Leary«, antwortete ich und biss mir auf die Unterlippe.

»Sie beginnen das Jahr jetzt mit einem Minuspunkt. Bei drei Minuspunkten verlieren Sie Ihre Privilegien.« Die Frau drehte sich um und verließ das Zimmer.

Ich sah Mutter an und verzog das Gesicht. »Das muss die Wohnheimmutter sein.«

Mutter lächelte. »Na, Catherine, sieht ganz so aus, als würdest du hier genauso oft Arrest kriegen wie zu Hause.«

Dad nahm mich in die Arme und drückte mich lange an sich. »Das Einrichten überlasse ich Mutter und dir – ich bringe jetzt erst mal Murphy wieder raus, damit du nicht schon exmatrikuliert wirst, bevor das Semester überhaupt angefangen hat.«

Ich nickte, sagte aber nichts.

Diese Erinnerung an Dad, der immer versuchte, in allem das Gute zu sehen, und um die Kleinigkeiten wusste, die eine Situation häufig entschärften – etwa, dass er unseren Hund mit ins Wohnheim nahm –, brachten mich zum Schmunzeln. Ich ließ die Autoschlüssel um meinen Zeigefinger kreisen und setzte mich auf meine Reisetasche. Die drei Fragen hatten die ganze Nacht über in mir gearbeitet. Es war, als wüssten sie, dass ich auf keine von ihnen eine Antwort hatte.

Ich hörte Forrests Pick-up schon, bevor ich ihn in die Einfahrt einbiegen sah. Forrest sprang heraus. »Sorry.« Er tippte kurz an seine Baseballkappe. »Ich weiß, dass ich mich verspätet habe … Auf der Main Street ist eine Baustelle.«

Ich stand auf und zeigte ihm meine Autoschlüssel. »Wir fahren mit meinem Wagen. Ich will nicht fünf Stunden in deinem Pick-up hocken, während meine Tasche hinten auf der Ladefläche herumfliegt und nur eine klitzekleine Chance besteht, dass sie noch da ist, wenn wir endlich ankommen.«

Er lächelte. »Wie du meinst, Boss.«

»Sehr witzig.« Ich hatte nicht damit gerechnet, dass er so

schnell einwilligen würde, doch ich ließ mir meine Überraschung nicht anmerken, sondern ging zu meinem Auto, packte meine Tasche in den Kofferraum, öffnete die Fahrertür und pfiff nach Murphy, die auf den Rücksitz sprang.

Gestern Abend hatte ich viermal Thurmans Handynummer gewählt, da ich ihm berichten wollte, wohin ich fuhr und warum, aber ich hatte ihn nicht erreicht. Das bedeutete hoffentlich, dass mit dem Basketballspieler, hinter dem er her war, alles gut lief. Ich musste jetzt bloß mit Forrest Anderson ins Auto steigen, ihm alles über Dad erzählen, die Asche verstreuen und wieder nach Hause fahren. Das war doch ganz einfach, oder?

Forrest warf seine Sporttasche in den Kofferraum, setzte sich auf den Beifahrersitz und lächelte mich an. »Gut, es kann losgehen.«

»Ich muss Murphy noch absetzen.«

Forrest griff hinter sich und tätschelte meine Hündin. »Können wir sie nicht mitnehmen? Sie ist doch die Beste.«

»Ich weiß, aber ich glaube, in der Pension nehmen sie keine Hunde«, murmelte ich, steckte den Schlüssel ins Zündschloss und startete den Wagen. Ich drehte das Radio an, um mich von den heftigen Gefühlen abzulenken, die mich plötzlich überfielen.

Nachdem wir Murphy in der Tierklinik abgeliefert hatten, schaltete Forrest auf Talk-Radio um, doch ich gab ihm einen Klaps auf die Hand und stellte wieder den Sender mit Countrymusic ein. »Wer fährt«, erklärte ich, »ist immer für das Radio zuständig.«

»Auch gut«, meinte er, griff nach dem Hebel, um seine Rückenlehne nach hinten zu kippen, und schloss die Augen.

»Du willst mich also einfach fahren lassen, während du neben mir pennst?« Ich bog vom Parkplatz der Tierklinik wieder auf die Straße ab.

Forrest öffnete ein Auge und sah mich von der Seite an. »Es sei denn, du hast Lust zu reden.«

»Nicht besonders. Jedenfalls im Augenblick nicht.«

»Also gut.« Er schloss das Auge wieder.

Ich stellte das Radio lauter. Mit einem Gefühl, als würde mir eine schützende Hülle genommen, nahm ich wahr, wie die Berglandschaft hinter uns zurückblieb.

Vor mir spulte sich die Straße ab. Ich sprang von einem Sender zum nächsten und tat so, als führe ich anderswohin, irgendwohin. Ich war immer stolz darauf gewesen, dass ich nicht viel Zeit damit verschwendete, mich auf diese süßliche Art an meine Kindheit zu erinnern, wie andere das taten. Auf mich wirkte es immer so, als hätten sie ihre Kinderjahre in flauschige Zuckerwatte gehüllt und schmeckten ausschließlich die Süße der Jugend. Außerdem wussten sie noch alle Einzelheiten, in logischer und chronologischer Reihenfolge. Sie konnten ihre Erinnerungen nahtlos bis ins Erwachsenenalter hinein verfolgen.

Wenn ich jedoch meine eigenen Kindheitserinnerungen hervorkramte, betrat ich Wege, die ich lange nicht beschritten hatte – Pfade, die über Teppiche aus Kiefernnadeln, sumpfige Salzwiesen und den widerlichen schwarzen Schlamm am Rande der Austernbänke führten. Durch Flüsse und Wälder wanden sich diese Pfade, und meine Erinnerungen an die Kindheit bestanden hauptsächlich aus Sinneseindrücken. Ein bestimmter Geruch flog mir zu, ein Lied oder ein Bild: der Moschusduft der modernden Sumpfwiesen, Austern auf einem Lagerfeuer, ein Boot auf dem offenen Meer, ein Bootssteg über dem Fluss, durchweichter Erdboden oder der eklige Geruch nach Schimmel und Salz. Es waren zerstückelte, verschwommene Erinnerungen an einzelne Momente. Die Details und die Abfolge dieser Eindrücke lagen unter den Jahren und den abgelagerten Schichten meiner Jugend, des Studiums und der Erwachsenenwelt verborgen.

Die Landschaft um Seaboro herum erschien mir immer feucht. Der Fluss, das Meer, der Regen und die feuchte Luft hatten mich ganz und gar durchtränkt. Sie hatten mich eingebettet wie in Fruchtwasser, hatten mich wie einen Embryo geschützt. Bis zu dem Tag, an dem Sam, Ellies kleiner Junge, im Wasser versank, bis zu diesem Gezeitenwechsel, der mein ganzes Leben auf den Kopf stellte: mein Bild von mir selbst, meine Zukunft, meine Heimat. Denn Sam starb nicht einfach, er ertrank. In meinem Fluss. In meiner Kindheit. Und das Grauenvollste war: Ich war schuld daran.

Daraufhin zog meine Familie um.

Wenn es stimmte, was Forrest gestern gesagt hatte – wenn Dad wirklich wieder in Seaboro gewesen war, ohne mir davon zu erzählen –, dann brachte ich seine Asche jetzt an einen Ort zurück, den er sein Leben lang geliebt hatte. Aber dass er ohne mein Wissen dorthin zurückgekehrt war, gab mir Rätsel auf, und während Forrest neben mir schlief, während die Landschaft draußen vorbeisauste, fragte ich mich: *Warum?*

Diese Frage würde ich Forrest, der so hingebungsvoll schlummerte, als läge er zu Hause in seinem Bett, nicht stellen. Ich würde ihm nur erzählen, welche Atmosphäre damals, in den guten alten Zeiten, in der Stadt geherrscht und wie sehr mein Vater den Fluss und das Meer geliebt hatte. Mehr brauchte Forrest für seinen Artikel nicht zu wissen, und mehr würde ich ihm auch nicht erklären – nur, dass immer etwas Verheißungsvolles in der Luft gelegen hatte, dass der Reichtum der Gewässer uns stets daran erinnert hatte, wie glücklich wir uns schätzen konnten, weil wir hier lebten. Und wenn ich viel und angeregt über die Schönheit des Lowcountry sprach, würde er vielleicht keine weiteren Fragen stellen.

Ich warf einen Blick auf sein schlafendes Gesicht und empfand eine Spur von Bedauern. Plötzlich fiel mir seine Miene bei unserer Trennung ein, als ich ihm eröffnet hatte, dass es mit uns beiden einfach nicht klappen würde. Es war der gleiche kindliche Ausdruck gewesen.

Nachdem wir sechs Monate miteinander gegangen waren, hatten Forrest und ich eines Abends eine Lyriklesung in einem Café in der Stadt besucht. An diesen Abend erinnerte ich mich immer noch, wie ein Schnappschuss hatte er sich mir eingeprägt: die Ziegelwände, der schwach beleuchtete Raum, das schräg gestellte Mikrophon in der Ecke, der bärtige Dichter, der von einem zerknitterten Zettel ablas. Die Luft war von dem süßen Duft nach Kaffee, Patschuli und körperlicher Nähe erfüllt, denn alle Klappstühle und Sofas waren besetzt.

Der Dichter hatte etwas vorgelesen – eine Zeile, an die ich mich schon am nächsten Tag nicht mehr erinnern konnte, und erst recht nicht Jahre später, aber sie hatte mein Herz schneller schlagen lassen und mir ein Gefühl von Erwartung und Reife gegeben. Das war eine vertraute, aber längst vergessene Empfindung. Ich hatte mich zurückgelehnt und mich darüber gefreut, hatte Forrest zugelächelt und versucht, mich zu erinnern, wann ich mich zum letzten Mal so gefühlt hatte. Und da überschwemmte es mich wie eine Flutwelle: Ich war mit Boyd am Flussufer entlanggerannt, obwohl ich eigentlich auf seinen Bruder Sam aufpassen sollte.

Meine Zähne schlugen aufeinander. Mein Herz verschloss sich wieder. Als Forrest mein Lächeln erwiderte, mir eine Haarsträhne aus dem Gesicht schob, drohte die frohgemute Empfindung zurückzukehren. Er streichelte mir den Rücken, ließ die Hand über meinen Nacken gleiten. Ich zitterte. Als wir ins Wohnheim zurückkamen, teilte ich ihm mit, dass es mit uns beiden einfach nicht funktionieren würde. Unter keinen Umständen.

Er drängte mich, das zu begründen, doch ich konnte ihm keinen einzigen Grund nennen, ich war nicht fähig, die Worte zu finden, mit denen ich ihm hätte erklären können, dass die Empfindung, die ich an diesem Abend in seiner Gegenwart gehabt hatte, gefährlich war, dass sie unabwendbar eine Katastrophe auslösen und ein vollkommen verändertes Leben nach sich ziehen würde.

Als Forrest an jenem Abend ging, blickte er über die Schulter zurück, und sein Profil verschwamm im Schein der Lampe. Er sah wie ein kleiner Junge aus, verletzt und resigniert, mit halb geschlossenen Augen. »Wenn und falls du darüber sprechen möchtest, wenn du rauskriegen willst, warum du etwas Gutes zerstören willst – ich bin da.«

»Es tut mir leid«, sagte ich nur.

Er sprach nie wieder darüber, lief mir nicht nach und lud mich auch nie wieder ein, mit ihm auszugehen. Seine Beziehung zu Dad hatte damals schon begonnen, sie war von unserer Trennung nicht berührt. Anfangs ignorierte ich Forrest, wenn er vorbeikam oder wenn Dad ihn mit nach Hause brachte, aber bald merkte ich, dass er mich nicht zu irgendeiner Art von Beziehung drängte. Ich entspannte mich und war einfach froh, dass er da war, ohne Forderungen an mich zu stellen, ohne auf Liebe, Bindung oder lange Gespräche über die Zukunft abzuzielen.

Jetzt, auf der Fahrt nach Seaboro, wurde mir klar, dass mir seine Anwesenheit beim Essen fehlte, sein Lachen und seine klugen Beobachtungen zu Menschen und Ereignissen. Es war schön, befreundet zu sein, ohne eine Liebesbeziehung zu haben.

Ich stieß Forrest an. »Wach auf!«

Er rieb sich mit der Handfläche das Gesicht. »Sind wir schon da?«, fragte er und ließ die Sitzlehne hochschnellen.

»Nur noch eine gute Stunde«, erklärte ich.

»Bist du müde?«, erkundigte er sich. »Tut mir leid, dass ich so abgetaucht bin. Hab heute bis drei Uhr früh Arbeiten korrigiert. Soll ich mal fahren?«

»Nein, danke. Ich dachte bloß, du willst dir vielleicht schon mal die Landschaft ansehen, wenn es dir darum geht, wo Dad herkommt – falls das tatsächlich der Sinn und Zweck deiner Reise ist.«

Forrest schluckte meinen Zank-Köder nicht, sondern wandte sich ab. Schweigend sah er aus dem Fenster. »Viel Landwirtschaft hier«, bemerkte er schließlich.

»Ja, das ist das Piedmont – flaches Farmland, das sich bis zum Lowcountry erstreckt, wo du dann mehr Wasser als Land findest.«

Er nickte. »Wann ist dein Vater hergezogen?«

»Gleich nachdem Mutter und er geheiratet hatten.« Ich stellte das Radio aus. Über solche Dinge konnte ich sprechen. »Ich bin hier geboren.«

Forrest kurbelte das Fenster halb herunter. »Mich würde interessieren, warum er die Berge verlassen hat.« Der Wind wehte seine Worte auf die üppig grünen, leicht abschüssigen Baumwollfelder.

Ich zuckte die Achseln. »Ich habe ihn nie gefragt, warum er aus Cedar Valley weggezogen ist. Er hat immer bloß gesagt, Mutter und er wollten von Anfang an am Wasser leben.«

»Aber warum«, Forrest wandte sich mir zu, »warum ist er dann nach Cedar Valley zurückgekehrt?«

Ich war überrascht, dass Forrest diese Frage jetzt schon stellte – eigentlich hatte ich ihm erst von den Gezeiten erzählen wollen, von den Flüssen, vom Garnelenkochen und von allerhand kleinstädtischen Nebensächlichkeiten, bevor er mir diese Frage stellen sollte, diese einzige entscheidende Frage.

»Er hatte einen Ruf an die Englische Abteilung der Southern University erhalten – und da sollte er sein Lieblingsfach lehren, Literatur der Südstaaten. Und das alles in seiner Heimatstadt – das war doch Grund genug, oder?«

»Ich habe gehört, dass sie ihm die Stelle auch vorher schon mehrmals angeboten hatten, aber bis dahin hatte er immer abgelehnt. Dann hat er es sich plötzlich anders überlegt.«

Ich schaute konzentriert auf die Straße vor mir und riss mich zusammen, um nicht mit den Zähnen zu knirschen. »Wer kennt schon die Beweggründe eines Menschen?«

»Ich verstehe das nicht – und wenn man etwas nicht versteht, bedeutet das immer, dass ein Teil der Geschichte noch fehlt.« Der Fahrtwind, der durch Forrests halb geöffnetes Fenster hereinwehte, zerrte an seinem Haar; Staub, oder vielleicht waren es auch kleine Fetzchen Baumwolle von den Feldern, wirbelte in den Wagen, landete auf seinen Locken.

»Forrest, noch mal – ich bin keine Geschichte«, sagte ich scharf.

»Das ganze Leben ist eine Geschichte.«

»Mit Zitaten von meinem Vater brauchst du *mir* nicht zu kommen.«

Forrest lehnte sich an die Beifahrertür und musterte mich, als versuche er, mich buchstäblich zu durchschauen. »Er hat mir das so beigebracht – ich wollte dir kein Zitat von deinem Vater an den Kopf werfen, Cappy. Krieg dich wieder ein!«

»Und was hat er dir sonst noch beigebracht?«, fragte ich. »Mich Cappy zu nennen? Dass das Leben eine Art epische Reise ist? Glaub bloß nicht, du könntest mir irgendetwas über ihn erzählen, was ich noch nicht weiß.«

»Aber du kannst mir einiges über ihn berichten, was *ich* noch nicht weiß.«

»Hört sich nicht so an«, murrte ich.

»Er wollte über seine Jahre in Seaboro nicht sprechen – darüber kannst du mir etwas sagen. Von der Vergangenheit kannst du mir erzählen – ›wovon das Vergangene der Prologus ist‹.«

»Shakespeare«, sagte ich.

»Bin beeindruckt.« Forrest streckte die Hand aus dem Fenster und stemmte die Handfläche gegen den Wind. »Fällt dir ein Wort ein, mit dem du den Vater beschreiben würdest, bei dem du aufgewachsen bist?«

Tief in mir nach diesem Wort zu forschen führte mich an Stellen, die ich weder aufsuchen noch beschreiben wollte. Also zuckte ich bloß mit den Schultern. »Nein, ein einzelnes Wort wüsste ich nicht für ihn.«

»Doch, bitte, nur ein Wort.«

»Zufrieden«, rutschte es mir heraus. Gleichzeitig überlief

mich ein Schauer, denn genau dieses Gefühl hatte ich meinem Vater genommen, soweit ich wusste.

»Aha?« Forrest pochte auf das Armaturenbrett. »Ich kapiere das nicht. Verstehst du?«

»Nein.«

»Wenn er wirklich … zufrieden war, warum hätte er dann weggehen sollen?«

Ich biss mir auf die Unterlippe und deutete nach draußen. »Wir sind fast da.« Wir fuhren über die erste Brücke auf die Inselkette. Die Landschaft flog vorbei, jetzt glich sie einem Teppich aus Sweetgras und Sumpfwiesen, der bis nach Seaboro reichte. Wir tauchten in den Gürtel aus Wasser und Wald ein, der einst mein Spielplatz gewesen war, er umwogte uns in verschwommenen Grün- und Brauntönen, die sich zu einem Salbeigrau der Erinnerung mischten.

»Bis zu unserem Städtchen überqueren wir noch sechs Brücken«, erklärte ich Forrest. Ich lieferte ihm eine Kurzfassung der Geschichte des Reis-, Indigo- und Baumwollanbaus. Er hörte zu, gab aber keinen Kommentar ab. Gerade als ich in meine Handtasche greifen wollte, um nachzuschauen, wie ich zu unserem Bed and Breakfast fahren musste, wurde mir bewusst, dass ich gar keine Wegbeschreibung brauchte: Ich erinnerte mich an jede Abbiegung, an jede Straßenecke und selbst an die Nebenstraße, die sich hinter der Bay Street entlangschlängelte.

»Wir sind da«, bemerkte Forrest, als wir ein verwittertes Holzschild passierten, auf dem »Willkommen in Seaboro« stand. Die geschnitzten Buchstaben waren dunkelgrün gestrichen. Er zog ein Notizbuch aus der Tasche und kritzelte etwas hinein.

»Was schreibst du da?«, wollte ich wissen.

»Über die Atmosphäre hier – das Meer und die Salzwiesen ringsherum, das kommt mir vor, als könnten wir übers Wasser wandeln.«

Ich lächelte. »Das ist schön ausgedrückt … sehr schön.«

Während ich den Wagen mit der erlaubten Höchstgeschwindigkeit auf der Hauptstraße ins Stadtinnere lenkte, wurde ich zur Beobachterin, so unbeteiligt und distanziert, als sähe ich die Stadt vor uns auf einer Filmleinwand. »Das da ist Morgans kleiner Supermarkt, eigentlich ein Tante-Emma-Laden, wo die Preise wahrscheinlich noch in eine alte Registrierkasse eingetippt werden, neben der sie den *Farmer's Almanac* gestapelt haben.«

Lachend schrieb Forrest wieder etwas in sein Büchlein. Inzwischen entdeckte ich neue Geschäfte an der Hauptstraße: einen Buchladen, eine Schmuck-Boutique und eine Galerie. Ich holte tief Luft und redete weiter über die Stadt – was viel leichter war, als über Dad zu sprechen. »Über Seaboros Gewässern haben fünf verschiedene Flaggen geweht: die von Spanien, Frankreich, Schottland, die der Vereinigten Staaten und natürlich die Südstaatenflagge.« Ich erinnerte mich noch, dass auf dem großen Platz in der Stadt immer eine bunte Mischung von Menschen zusammenkam, Ortsansässige, Wachteljäger, Fischer und manchmal sogar der Pilot eines Kampfjets, der vom Marinestützpunkt in Beaufort herüberspaziert war.

»Wenn ich da vorne links auf den Palmetto Drive abbiege«, erklärte ich Forrest, »dann kommen wir irgendwann zu der Stelle, wo der alte Leuchtturm abgebrannt ist. Damals haben frischgebackene Highschool-Absolventen ihren Schulabschluss gefeiert, und dabei ist das Lagerfeuer außer Kontrolle geraten. Daraufhin hatten die nachfolgenden Generationen keine Chance mehr, dort Partys zu veranstalten. Ich war erst in der siebten Klasse, und ich weiß noch, dass wir uns zu der Zeit mehr für die Aussichten auf weitere Strandpartys interessiert haben als für die Todesfälle, die es in der Brandnacht gegeben hat.«

»Eine Kleinstadttragödie, was?« Forrest notierte wieder etwas in sein Büchlein.

»Willst du denn alles mitschreiben, was ich sage?« Meine Worte besaßen eine Schärfe, die ich nicht vorhergesehen hatte.

»Na, das habe ich jetzt überhört. Wahrscheinlich bist du nach der langen Fahrt einfach schlecht gelaunt.«

Ich seufzte. »Tut mir leid.« Meine Zunge formte diese Worte fast von selbst.

Nachdem wir das Stadtzentrum hinter uns gelassen hatten, wurde die Hauptstraße schmaler. Sie schlängelte sich unter einem Baldachin aus Lebenseichen und Spanischem Moos entlang, der so dicht war, dass die Schatten lang wurden und nur noch vereinzelte Sonnenstrahlen die Fahrbahn erleuchteten. Wir kamen an niedrigen Pferdezäunen vorbei, die rechts und links die stolzen Anwesen der ehemaligen Baumwoll- und Reispflanzer begrenzten. Die Plantagenbesitzer hatten ihre Villen so gebaut, dass sie einen weiten Blick über den Fluss boten, und jetzt forderten die großzügigen Rasenflächen und die uralten Bäume mich wispernd auf, hinzuschauen und mich zu erinnern.

»Wow, das ist ja wunderschön!« Forrest sprach so leise, als sei ihm klar, dass er alte Gespenster aufgescheucht hatte.

»Ich weiß«, sagte ich, während ich mein Fenster herunterkurbelte.

Er rümpfte die Nase. »Was … stinkt denn da so?«

»Uralter Erdboden … Schlick, lebendiges und vermoderndes Meeresgetier, Meerespflanzen, alles zusammen.«

Forrest machte sich weiter Notizen.

»Als ich das letzte Mal diese Straße entlanggefahren bin, saß ich mit Mutter und Dad zusammen in einem alten Kombi, innen noch mit Holzverkleidung, und wir fuhren hinter dem Möbelwagen her Richtung Cedar Valley.«

»Seit eurem Umzugstag bist du nicht mehr hier gewesen?« Forrest klappte sein Notizbuch zu.

Plötzlich spürte ich die Seelenqualen wieder, unter denen ich vor achtzehn Jahren während der Fahrt auf dieser Straße gelitten hatte. Ich wehrte mich gegen diese Traurigkeit, schließlich war ich überzeugt, dass ich aus dem damaligen Elend längst herausgewachsen war, genauso wie aus meinem Ballettröckchen mit den aufgeklebten roten Rosen.

»Nein«, sagte ich.

»Ich dachte, du wärst vielleicht gemeinsam mit deinem Vater hergekommen.«

»Forrest – ich hab von seinen Ausflügen nach Seaboro doch gar nichts gewusst, klar?«

Er nickte. »Interessiert es dich nicht, warum er hier war?«

Ich lenkte den Wagen an den Straßenrand, hielt und funkelte Forrest böse an. »Hör mal, wenn Dad gewollt hätte, dass ich weiß, warum er hergekommen ist oder dass er überhaupt hier war, dann hätte er mir das gesagt. Aber offenbar sollte ich nichts davon wissen – es war seine Privatangelegenheit.«

»Oder vielleicht hatte er einfach keine Gelegenheit, mit dir darüber zu sprechen.«

»Was soll das denn heißen?«

»Er hat ja nicht gewusst, dass er sterben würde. Wir alle glauben, wir hätten ausreichend Zeit, um das zu sagen, was wir noch sagen wollen. Schließlich hat er mir vor noch nicht mal einem Jahr anvertraut, dass er dir die fehlenden Seiten deiner Kindheit zurückgeben wolle.«

Innerlich zitterte ich, als bebe die Erde nach Forrests Worten, als vibriere der Wagen. Ich wandte den Blick ab und lenkte wieder auf die Straße zurück. »Ich bin hier, um seine Asche zu verstreuen und dir ein bisschen über die Stadt zu erzählen und warum Dad sie geliebt hat – und dann verschwinde ich wieder. Kapiert?«

»Aber klar doch. Du konntest noch nie damit umgehen, wenn etwas … oder jemand dir zu nahe kommt. Immer schön auf Abstand bleiben, stimmt's? Auf Abstand von der Wahrheit, von Menschen …« Forrests Stimme war tiefer geworden, rauer.

Ich verbiss mir die schneidenden Worte, die ich auf der Zunge hatte, wendete und fuhr zurück. Es war das erste Mal, dass Forrest etwas in dieser Richtung geäußert, dass er meine distanzierte Haltung ihm gegenüber kritisiert hatte.

»Was hast du jetzt vor?«, wollte er wissen.

»Ich bringe dich zu dem Bed and Breakfast, wo wir reserviert haben. Das hier mache ich ganz allein. Schließlich hat Dad *mich* gebeten, seine Asche zu verstreuen, nicht uns beide zusammen. Und ich glaube auch nicht, dass er dich gebeten hat, herzukommen und über seine Vergangenheit zu schreiben.«

»Nein, hat er auch nicht«, stimmte Forrest mir gelassen zu, »aber ich bin überzeugt, dass er sich darüber freuen würde.«

»Und genau in dem Punkt gehen unsere Meinungen auseinander«, sagte ich giftig.

»Das ist mir klar.« Forrest wandte mir den Rücken zu und starrte aus dem Fenster. Ich dachte, er wäre es leid, mit mir zu reden, aber als ich vor der Pension hielt, stieg er aus, kam mit seiner Sporttasche über der Schulter auf die Fahrerseite und beugte sich zu meinem Fenster herunter. »Cappy, ich bin nicht hier, um dich zu ärgern. Ich bin hier, weil ich deinen Vater gern gehabt habe.«

»Du bist wegen deines Artikels hier. Und nenn mich bitte nicht Cappy!«, fauchte ich und gab Gas, obwohl seine Hand noch auf der Scheibe der Fahrertür lag.

Mit der Wut als Begleiterin fuhr ich zum Fluss hinunter, um endlich Dads Wunsch zu erfüllen. Was bildete Forrest sich eigentlich ein? Dass er der Experte für meinen Vater war? Für meine Familie? Für mich?

Wie konnte jemand mit dem Anspruch auf die getreue Wahrheit über eine Familie berichten, wenn er nicht dazugehörte? Ich selbst stand zwar buchstäblich mittendrin, trotzdem bezweifelte ich, dass ich die Vergangenheit oder die Gegenwart der Learys auch nur annähernd richtig zusammenfassen oder einordnen konnte. In Dads Blick, in seinen Entscheidungen hatten Geheimnisse gelegen. Und auch Mutter hatte mir Rätsel aufgegeben, die ich bis zum heutigen Tag nicht gelöst hatte.

Sie war mir immer sehr berechnend erschienen – stets wusste sie genau, wen sie zur Dinnerparty einzuladen hatte, in welcher Straße man wohnte, wessen Namen man beiläufig fallen lassen oder in welcher Aufmachung man erscheinen musste. Doch eines Nachmittags, in meinem letzten College-Jahr, kam ich nach Hause, um nur eben schnell meinen Wintermantel zu holen, und stellte fest, dass ich alle meine Annahmen und simplen Erklärungen über den Haufen werfen musste.

Ich war durch die Haustür hineingestürmt, ohne sie hinter mir zu schließen, bloß um schnell wieder draußen zu sein, wie immer, wenn Mutter daheim war. Auf ihre Fragerei nach meinen Noten, meinem derzeitigen Freund oder warum die Nachbarin mich mit Soundso im Coffee-Shop gesehen habe, konnte ich nämlich verzichten. Ich öffnete den Kleiderschrank in der Diele, nahm meinen grau-weiß karierten Wollmantel heraus, warf ihn mir über den Arm und machte mich wieder auf den Weg nach draußen – unbehelligt.

Bis ich in Dads Arbeitszimmer jemanden sprechen hörte. Ich blieb stehen. Redete Mutter mit sich selbst? Oder war Oma zu Besuch? Hatte Mutter eine Freundin bei sich?

Ich schlich ein paar Schritte zurück und schaute um die Ecke in Dads Arbeitszimmer, das auf die Veranda hinausging. Mutter saß auf der Couch – in Jeans (ich hatte gar nicht gewusst, dass sie welche besaß) und in einem von Dads Flanellhemden. Auf der Glasplatte des Korbtisches lagen Fotos, Schachteln und ein Fotoalbum. Die Fotos waren zu Stapeln aufgetürmt, die rechteckigen Schachteln beschriftet und wie Dominosteine ordentlich aufgereiht. Das Album war aufgeschlagen, und Mutter hielt in der einen Hand ein Foto, in der anderen einen Klebestift.

Fieberhaft versuchte ich, diese Szene zu verstehen: Mutter sortierte Fotos, Mutter trug Jeans und kein Make-up, Mutter redete mit vergilbten Bildern. Mir war, als müsse ich den Kopf schräg legen, um die Welt wieder zurechtzurücken, um das Bild vor mir zu korrigieren. Gerade wollte ich mich zurückziehen, da hörte sie mich und blickte auf.

Rasch wischte sie sich mit dem Handrücken über das Gesicht. »Catherine.« Mehr sagte sie nicht.

»Hallo, Mutter. Ich habe meinen Wintermantel geholt. Fürs Wochenende ist Frost angekündigt.«

»Ja, ich weiß«, sagte sie. »Ich wollte dich schon anrufen und dir sagen, dass eine Kaltfront kommt ...« Mit jedem Wort wurde ihre Stimme leiser, bis das letzte Wort in der Stille verklang.

»Alte Aufnahmen?«, fragte ich mit einer Handbewegung zum Tisch hin.

Mutter nickte. »Ja, ich habe gedacht, ich muss sie endlich mal sortieren – ich will sie wenigstens nach Jahren ordnen.«

Ich ließ meinen Mantel auf den Schaukelstuhl fallen und setzte mich neben Mutter auf die Couch, ließ aber einen Platz zwischen uns frei. Nachdem ich das linke Bein untergeschlagen hatte, wandte ich mich ihr zu. »Darf ich mir ein paar Fotos angucken?«

Mutter hielt mir das vergilbte Foto in ihrer Rechten hin, und ich fasste es am Rand. Es war eine Schwarzweißaufnahme von einem kleinen Mädchen in einem hellen Rüschenkleidchen. Das Kind hatte nur wenige Haare. Es saß auf einer Decke im Sand. Mit breitem, zahnlosem Lächeln schaute die Kleine in die Kamera.

»Bin ich das?«, fragte ich, als ich die Locke wiedererkannte, mit der ich bis zum Alter von zwei Jahren auf allen Kinderfotos zu sehen war.

»Ja«, sagte Mutter. »In Seaboro am Strand. Da warst du ein Jahr alt.«

Ich nahm einen Stoß Fotos vom Couchtisch und blätterte sie rasch durch, sah mich als Kind in unterschiedlichen Posen und mit verschiedenen Menschen bis zum Alter von etwa zwölf Jahren. Auf keinem Bild war ich älter, so als hätte mein Leben mit zwölf geendet.

Ich schaute Mutter an. »Als ich in die Pubertät gekommen bin, hast du keine Fotos mehr von mir gemacht?«, fragte ich.

»Doch, aber die liegen auf dem Stapel da hinten.« Sie lächelte.

»Ach so«, sagte ich, griff aber nicht nach dem anderen Stapel.

Für einen winzigen Moment hätte ich sie fragen können, warum sie mein Leben in eine Zeit vor dem zwölften Lebensjahr und in eine Zeit danach einteilte, aber dann war der Augenblick vorbei, bevor ich die richtigen Worte gefunden hatte.

Mutter sprang auf und klatschte in die Hände. »So – heute Nachmittag ist mir die Zeit einfach weggelaufen. Ich mache hier später weiter, jetzt muss ich mich für die Sitzung von Mildreds Botanischer Gesellschaft fertig machen.« Sie küsste mich auf die Wange. »Wir sehen uns Sonntagnachmittag zum Essen, ja?«

Ich nickte. Immer noch hielt ich das Kinderfoto von mir in der Hand. Auf der Rückseite spürte ich den frischen Kleber. »Darf ich das mitnehmen?«

»Natürlich.« Mutter deutete auf den Tisch. »Du siehst ja, dass ich noch eine Menge durchzusehen und zu sortieren habe.«

Mutter hatte sich schon zum Gehen gewandt, da rief ich sie zurück. Sie schaute über die Schulter. »Ja?«

Ich wollte etwas sagen oder fragen, wusste aber nicht genau, was. Alles, was ich herausbrachte, war: »Danke.«

»Keine Ursache! Bis Sonntag.«

Dann war sie fort, und mit ihr auch dieser besondere Moment und alle Antworten auf meine Fragen zu dem Bruch in meinem Leben, der in meinem zwölften Sommer stattgefunden hatte. Und mit ihr verschwand auch die Vorstellung, die ich bis dato von meiner Mutter gehabt hatte. Danach gelang es mir nie wieder, mir ein stimmiges Bild von ihr zu machen. Ein Jahr später eröffnete man mir, sie habe rasch fortschreitenden, unheilbaren

Eierstockkrebs. Wiederum zwei Jahre später stand ich an ihrem Grab und fragte mich, ob sie das Fotoalbum wohl jemals fertiggestellt hatte.

Das waren die Eindrücke aus unserem Familienleben, die Forrest niemals würde nachvollziehen können. Es würde ihm nicht gelingen, als Einleitung zu seinem Artikel in ein paar Absätzen das Leben meines Vaters oder seine Zeit in Seaboro zu beschreiben. Ich schlug mit der flachen Hand auf das Lenkrad und bog scharf rechts in den Seaboro Run ein. Diese Schotterstraße würde mich zu einem Fußweg bringen, der an den Fluss hinunterführte, zu einem öffentlich zugänglichen Anlegesteg, fünf oder sechs Häuser von Ellies Haus entfernt und weit genug weg von dem Fischadlerhorst oberhalb der Stelle, wo ich Sam aus den Augen verloren hatte.

Drei

»›Beginn beim Beginn‹«, ordnete der König
todernst an, ›lies es weiter bis zu Ende, und da hör auf.‹«
LEWIS CARROLL, *Alice im Wunderland*

Bevor ich die Stelle am Fluss erreichte, wo sich früher das Grundstück der Loughlins befunden hatte, kurbelte ich das Fenster herunter. Eine Spitze dieser Landzunge führte auf das Flussufer bei den Salzwiesen, eine andere reichte in die Meeresenge hinein, beinah ganz bis an eine der Barrier-Inseln heran. Es schien, als habe diese Landzunge die Insel liebkosen wollen, sich dann jedoch eingerollt, um einem Flussbett Platz zu machen, an dem vermutlich immer noch das Haus stand, in dem Ellie Loughlin früher mit ihrem Mann Jim und ihren Söhnen Boyd und Sam gewohnt hatte.

Es hatte mich weder interessiert, noch hatte ich je verstanden, warum um den Nachnamen unserer besten Freunde, Abkömmlingen von alteingesessenen Familien Seaboros, so ein Theater gemacht wurde. Mutter hingegen hatte sich immer gewünscht, sie könne auf die Frage nach ihrer Herkunft dasselbe antworten wie Jim und Ellie Loughlin: »Ach, von hier natürlich, unsere Familien leben schon so lange in Seaboro, dass wir nicht mal genau wissen, wann sie hergekommen sind.« Einst hatte Mutter gehofft, unser Name könnte in dieser Kleinstadt eines Tages genauso viel gelten wie der der Loughlins. Dass sie diese Hoffnung begraben musste, war für sie wohl ebenso schlimm wie unser Umzug. Ich hatte den Verdacht, dass sie aus diesem Grund bis zu ihrem Tod vor fünf Jahren nie nach Seaboro zurückgekehrt war. Für sie wäre ein Besuch in diesem Städtchen so gewesen, als hätte sie alte Fotos von einem geliebten Verstorbenen hervorgekramt und nicht nur um seinen Verlust geweint, sondern auch getrauert, weil ein vergilbtes Foto das Wesen des Toten nicht einfangen und ihn nicht in greifbare Nähe zurückholen konnte.

Doch das war eine bloße Vermutung meinerseits, denn nach unserem Umzug sprachen meine Eltern nie wieder über den Ortswechsel. Kein einziges Mal. Und jetzt sollte ich Forrest dazu Rede und Antwort stehen.

Ein salbeiblaues Wasserband wurde sichtbar: der Fluss. In meinem Magen meldete sich ein dumpfes Pochen – die Angst. Sobald ich das hier für Dad erledigt hatte, sobald seine Asche verstreut war, würde ich nach Hause fahren, den Kopf auf Thurmans Schulter legen und erleichtert aufatmen.

Ich parkte den Wagen am Straßenrand und starrte wie gebannt auf die Scheune mit dem roten Tor vor mir. Dort hatte ich in der letzten Nacht vor unserem Umzug geschlafen. Schaudernd versuchte ich, die Erinnerung daran abzuwehren, allerdings ohne Erfolg. Ich wusste, warum Mutter nie zurückgekehrt war. Schon in einer neuen Umgebung war es schwierig genug, den Erinnerungen zu entgehen, aber wenn man genau auf dem Fleckchen Erde stand, wo die Ereignisse sich zugetragen hatten, war es nahezu unmöglich.

Warum nur hatte Dad diese letzte Bitte geäußert? Er war damit eindeutig zu weit gegangen.

Doch dieser Gedanke beschämte mich. Ganz sicher hatte mein Vater sehr gute Gründe für seinen Wunsch gehabt.

Ich holte tief Luft und stieg aus dem Wagen. Ob Ellie wohl noch hier wohnte, nur ein paar Häuser weiter, und ob das Seeadlernest bei ihrem Anlegesteg noch existierte? Und gehörte das Haus hinter mir immer noch Alice und Mack McPherson? Eigentlich waren das nebensächliche Fragen, die mich einfach vom Wasser ablenken wollten, vom Anblick des tödlichen Gewässers, Fragen, die mich wie ein dickes Wattepolster vor der Außenwelt schützten.

Die Kiefernnadeln unter meinen Füßen verströmten einen so würzigen, süßen Duft, dass mir Tränen in den Augen brannten. Ich holte die Urne mit Dads Asche und wandte mich damit dem öffentlichen Fußweg zu, der zwischen der Scheune und Alice' altem Haus zum städtischen Bootsanleger hinunterführte. Bestimmt gab es Alice inzwischen längst nicht mehr. Und ich hatte mich vor unserem Umzug nicht einmal von ihr verabschiedet. Das bedauerte ich jetzt.

Der alte Pfad war mittlerweile fast zugewuchert. Die Magnolie war größer geworden, die Hemlocktanne höher und breiter, die Rinde der Palmettopalmen noch faseriger und zerfurchter als früher. Ich wusste nicht, wie ich darauf gekommen war, dass hier in Seaboro alles so bleiben würde, wie es war, bloß weil ich die Stadt verlassen hatte. Es musste eine Art egozentrische Vorstellung der Jugend sein, dass das Leben nur weitergeht, wenn man selbst teil daran hat. Nun führten mir die Veränderungen vor Augen, dass viel Zeit vergangen war, seit ich hier gelebt hatte.

Ich kam zu der alten Zeder, in die Piper, meine beste Freundin, mit Boyds Taschenmesser unsere beiden Namen und dazu BF – für Beste Freundinnen – hineingeschnitzt hatte. Doch obwohl ich ganz um den Baum herumging, konnte ich die Namen nicht finden. Schließlich wanderte ich den Pfad hinunter, an der Scheune vorbei, und gestattete mir nur noch die Eindrücke, die sich mir nun aufdrängten: ein Palmwedel, der mich streifte, die weiche Erde unter meinen Füßen, die drückende, schwüle Hitze.

Die Anlegebrücke wirkte verblichen wie ein altes Aquarell, uralt und windgepeitscht. In den achtzehn Jahren meiner Abwesenheit schien keine einzige Bohle ausgewechselt worden zu sein. Nachdem ich sicherheitshalber jedes Brett geprüft hatte, ging ich bis ans Ende, das über das Wasser ragte, setzte mich auf die Kante und ließ die Beine baumeln. Benommenheit erfasste mich, und ich war dankbar für dieses Geschenk.

Ich strich mit den Fingern über den Deckel der Urne, umkreiste ihn. An der heftigen Strömung des Flusses erkannte ich, dass die Flut ablief. Wie die runden Rücken von Delphinen wölbten sich die Austernschalenberge aus dem Wasser. Mir fiel ein, dass die Austernsaison Mitte April geendet hatte. Obwohl ich jahrelang nicht daran gedacht hatte, wurde mir wieder bewusst, wie bedeutsam die Gezeiten und Jahreszeiten hier waren.

In dem Sommer, in dem ich Seaboro verließ, lockerten sich meine Hüften, als hätte jemand Gummibänder an meinen Knochen befestigt. Es war, als wäre der Knorpel weicher geworden, jedenfalls bekam ich einen verführerischen Gang, mit dem ich mich wohlfühlte. Die Feuchtigkeit und die näher rückende Veränderung hatten die Luft in Seaboro dick wie Schlamm werden lassen. Die Verwandlung, die auf mich zukam, hatte sich in meinem wiegenden Gang angekündigt, in Schweiß im Nacken und in den Kniekehlen sowie in den feuchten Laken, schwer wie Winterwolle, die mich mitten in der Nacht erwachen ließen. Später wurde mir klar, dass meine Erwartung von dem Wissen um meinen bevorstehenden Abschied gespeist wurde.

Mein Elternhaus lag im Zentrum der Stadt. Wir wohnten behütet inmitten der anderen, aber Mutter fand es schrecklich, dass wir nicht am Fluss lebten – wie die Loughlins. Sie war ganz vernarrt in Häuser mit Blick aufs Wasser, und ich kriegte mindestens ein Dutzend Mal mit, wie meine Eltern sich darüber stritten, ob wir nicht an den Fluss ziehen sollten. Doch dazu kam es nie.

Dass »unsere Leute« nicht aus Seaboro stammten, sondern von den Ausläufern der Berge in South Carolina, interessierte mich herzlich wenig. Beide Großelternpaare lebten dort, und die Familien waren dort ansässig gewesen, seit ihre presbyterianischen, schottisch-irischen Vorfahren in der Neuen Welt eingetroffen waren.

Margaret und Grayson, so hießen meine Mutter und mein Vater mit Vornamen, hatten sich auf der Highschool kennengelernt, wo sie sich schworen, die Universitätsstadt zu verlassen und sich ein Leben am Meer aufzubauen. Ich allein hatte ihre Pläne zunichte gemacht. Ich hatte sie gezwungen, dieses Leben aufzugeben, das sie sich erträumt hatten. Meinetwegen mussten sie an die Universität mit den weißen Säulen zurückkehren, in die Kleinstadt in den Bergen. Manchmal tröstete ich mich mit dem Gedanken, dass meine Eltern sich ja ein anderes Meer hätten aussuchen können, eine andere Küste – aber das hatten sie nicht getan. Sie hatten sich entschieden, zu ihren Ursprüngen zurückzukehren.

Noch während Dad an seiner Promotion arbeitete, wurde ihm eine Stelle angeboten als Leiter der Englischen Abteilung für alle Highschools von Setter County, dem Bezirk, in dem Seaboro lag. Er nahm an, allerdings unter der Bedingung, dass er mindestens einen Kurs an der Highschool von Seaboro unterrichten und auch dort wohnen dürfe. Die Bezirksverwaltung willigte ein.

Ich wurde exakt – meine Mutter verwendete immer das Wort exakt, wenn sie davon sprach – neun Monate nach ihrem Einzug in Seaboro geboren. Während meiner Geburt riss meine Mutter so schlimm auf, dass sie fast gestorben wäre. Die Ärzte mussten sie operieren, und danach stand fest, dass sie keine Kinder mehr bekommen könnte. Nachdem sie mir das anvertraut hatte, war mir ein für allemal klar, dass ich mehr war als die Summe meiner Körperteile, mehr als meine grünen Augen und mein lockiges Haar, mehr als eine grazile Person mit höflichen Manieren. Ich war auch das Kind, das den Schoß seiner Mutter zerrissen hatte. Mir war bewusst, dass ich nicht nur mein eigenes Potenzial leben musste, sondern auch das der anderen Kinder, die meine Mutter meinetwegen nicht mehr hatte haben können: Ich musste meine ungeborenen Geschwister ersetzen.

Zu wissen, dass man etwas Bestimmtes tun muss, und es dann auch zu tun sind zwei ganz verschiedene Paar Schuhe. Ich hatte nie herausgefunden, wie ich für Mutter alles und noch mehr sein konnte. Noch mehr als diese Unterlassungssünde und unsere

Rückkehr in die Berge konnte meine Mutter von mir nicht ertragen. Während meiner Teenagerjahre in Cedar Valley war sie zwar niemals grausam zu mir, aber die Tatsache, dass sie sich von mir abwandte, war genauso schmerzhaft gewesen wie offene Brutalität.

In solchen Erinnerungen hatte ich mich verloren, als der Anlegesteg plötzlich nach links kippte. Während ich mich noch an der schlüpfrigen, moosigen Kante festklammerte, ließ eine Frau mit blondem Haar sich neben mir nieder. Ich rutschte zur Urne hinüber und hielt sie fest. »Entschuldigen Sie mal«, sagte ich empört.

Doch die Frau lachte nur, und auf einmal stieg auch in mir ein Kichern auf, obwohl ich gedacht hatte, das Kichern sei mir für immer vergangen. Neben mir saß Piper! Als ich meine Freundin aus Kindertagen erkannte, pochte mein Herz vor Freude. Die Jahre schnurrten zusammen …

Piper warf mir die Arme um den Hals, sodass ich die Urne fester umklammerte.

»Ach, Gottchen, bist du das wirklich, Cappy?« Ihre Stimme bebte.

Ich war noch viel zu erstaunt, um ihre Umarmung zu erwidern, doch das schien sie nicht zu bemerken.

Sie ließ mich los und wischte sich Tränen aus den Augen. »Ich kann gar nicht glauben, dass du hier bist.« Sanft strich sie mir über die Wange, als brauche sie einen Beweis, dass ich leibhaftig vor ihr saß. »Mein Gott, wie habe ich dich vermisst!«

Ich hätte gern nach ihrer Hand gegriffen, befürchtete jedoch, dass die Urne in den Fluss fallen könnte, wenn ich sie losließ. »Ach, ist das schön, dich zu sehen«, sagte ich. »Mensch, das ist doch verrückt – du hier!«

Sie lachte. »Nein, *du* hier!«

Piper war immer noch so süß wie vor achtzehn Jahren – ein Sonnenküken. Sie trug ihr Haar länger als früher, in hell gesträhnten Wellen floss es ihr über den Rücken. Mir fiel auf, dass sie jünger wirkte als ich, was aber eher an ihrer Kleidung und ihrem Stil lag als an ihrem körperlichen Erscheinungsbild. »Toll siehst du aus«, sagte ich.

»Danke, und du natürlich auch. Ach, Cappy, wie geht's dir denn? Wo wohnst du? Was machst du? Wie viele Kinder hast du? Und warum sitzt du hier, ganz am Ende vom Anlegesteg, mit einer Vase in der Hand?«

»Halt«, unterbrach ich sie, »mit welcher Frage soll ich anfangen?«

»Ich bin neugierig – also mit der Vase.«

»Das ist eine Urne.«

Piper schob sich die Locken aus dem Gesicht. »Wer?«, flüsterte sie.

»Dad.«

Sie biss sich auf die Unterlippe. »Ich hätte mir ja denken können, dass nur er es schaffen würde, dich hierher zurückzubringen.«

»Sag es!« Ich fasste sie am Arm.

»Was denn?«

»Das, was du gerade eben nicht ausgesprochen hast.«

Ihre Katzenaugen weiteten sich, bis ihre Pupillen so groß waren, dass das Grün ringsherum fast verschwand. »Ich wusste, dass dein Vater der Einzige sein würde, der dich jemals wieder herbringen könnte. Letztes Jahr habe ich ihn im Gericht getroffen und ihn gefragt, wo er dich denn gelassen hätte. Er hat gesagt, eines Tages würde er dich mitbringen. Wie hätte ich ahnen können, dass er …« Piper wandte sich erst ab, dann schaute sie mich wieder an und berührte die Urne. »Ich konnte doch nicht wissen, dass er das so gemeint hatte …«

»Ihr habt euch getroffen?« Ich holte tief Luft und sah mich um, als könne er uns beobachten. Wenn Dad in der Lage war, ohne mein Wissen an diesen erinnerungsträchtigen Ort zurückzukehren, konnte er womöglich auch noch am Leben sein. »Was hat er … gemacht, als ihr euch begegnet seid?«

»Nur ganz kurz. Er hat sich die Gemälde in der Ausstellung angesehen. Ich war als Begleitperson bei einem Ausflug meines Sohnes dabei, daher konnte ich nicht lange mit ihm reden.«

»Die Kunstausstellung im Gericht.« Ein Gefühl von Unwirklichkeit hüllte mich ein, sodass mir kribbelnd heiß wurde. Hatte Dad in einer Art alternativem Universum gelebt, während ich am Fuß der Berge meinen alltäglichen Beschäftigungen nachgegangen war?

Piper nickte.

»Hast du ihn jemals hier unten gesehen?« Ich klopfte auf den Steg.

»Am Fluss? Nein. Ich bin ihm nur das eine Mal begegnet … Warum?«

»Weil ich hier seine … Asche verstreuen soll.«

»Ach so.« Piper hielt sich die Hand vor den Mund.

»Hier möchte er bleiben, genau hier.« Ich ließ den Blick über den Fluss schweifen, dann zurück zur Straße und zu den leeren Wiesen, und erinnerte mich an die erste der drei Fragen, die Forrest mir am Vorabend gestellt hatte: *Was möchtest du zum Zeitpunkt deines Todes tun?* Allerdings dachte ich weder an meine eigene noch an Dads Antwort, sondern hier, am Ende des Anlegestegs, dachte ich an Sam und die unheimliche Stille zum Zeitpunkt seines Todes.

Als mir die Kehle eng wurde, wandte ich mich wieder Pipers greifbarer, realer Welt zu. »Woher wusstest du, dass ich hier bin?«, erkundigte ich mich. »Ich finde es so … seltsam, dass du gerade jetzt hier auftauchst.«

»Na ja, so seltsam ist das auch wieder nicht.« Piper deutete auf das Haus hinter uns. »Alice hat dich durchs Fenster gesehen und mich angerufen.«

»Alice?«

»Genau.«

»Wie alt ist sie denn jetzt, hundert?«

»In etwa. Aber sie hat sofort gewusst, wer du bist.«

»Ach Gott, ich hatte ganz vergessen, wie das ist, hier zu leben. Ist ja nicht zu fassen, dass sie mich gleich erkannt hat.«

»Sie hat dich dein Leben lang beinahe täglich gesehen … bis ihr weggezogen seid.«

»Das stimmt wohl.« Ich stöhnte. »Aber ich wollte das hier nur ganz schnell erledigen, ohne dass jemand mich bemerkt.«

Piper zwirbelte ihr langes Haar auf dem Rücken zusammen. »Wie lange bleibst du in der Stadt?«

»Ich habe nur für heute Nacht reserviert. Morgen fahre ich wieder.«

»Lass dir doch ein paar Tage Zeit, meine liebe, alte Freundin.«

Als ich den Kopf schüttelte, tobte ein Gewirr von Jungenstimmen über den Rasen, Stimmen, die aus dem Bauch kamen wie bei Kindern, die in vollem Tempo rennen – und das den ganzen Tag. Einen Augenblick lang dachte ich, es könnte Boyd sein oder Sam und Ellies Söhne. Natürlich wusste ich, dass das unmöglich war, aber vielleicht hatte ich ja ohnehin den Verstand verloren und mir den Lärm nur eingebildet.

Doch da kamen die Jungs schon durchs Gras angepurzelt wie junge Hunde – drei waren es, so ineinander verklammert und so ungestüm, dass ich lachen musste.

»Mama«, schrie einer, anscheinend der Älteste, wobei er einen kleineren, der ihm die Hand vor den Mund halten wollte, wegschubste. »Zach hat eins von den kleinen weißen Glasmädchen kaputtgemacht, die bei Alice auf dem Tisch stehen. Es ist in alle Richtungen zersprungen – jetzt liegt der ganze Fußboden voll Splitter, mindestens eine Trillion. Oh Mann … Alice ist so stinksauer, dass ich dachte, sie würde gleich aus den Latschen kippen –«

Piper hob die Hand. Die Jungen erstarrten und verstummten. Wir standen auf und gingen zu ihnen hinüber auf die Wiese vor dem Steg. Ich lehnte die Urne in einem sicheren Nest aus Kiefernnadeln an eine Eiche.

»Joe, Tyler und Zach Barber«, sagte Piper. »Hört sofort auf! Geht zum Auto zurück und wartet da! Ihr kriegt wahrscheinlich mindestens für den Rest eures Lausbubendaseins Hausarrest. Jetzt verschwindet.«

»Ja, Mutter«, antwortete der Kleinste, dann beugte er sich zu den anderen und murmelte, so wie kleine Kinder es tun, wenn sie noch nicht richtig flüstern können: »Wer ist die schöne Dame mit der Vase?«

Piper stieß einen entnervten Seufzer aus und sah mich an. »Hast du auch Jungs, Catherine?«

»Nein. Aber deine sind zum Anbeißen.« Ich beugte mich zu den Kindern. »Hi, ich bin Catherine Leary.«

»Als ich so alt war wie du, war sie meine beste Freundin.« Piper pochte dem Ältesten auf den Kopf.

»Ach so«, riefen sie alle durcheinander.

Das mittlere Kind – ein Flachskopf mit großen olivenfarbenen Augen – quiekte plötzlich und hob eine Schildkröte auf. »Mama, guck mal, eine Schildkröte.«

Alle drei stellten sich im Halbkreis auf, um den Panzer anzufassen.

»Setz sie wieder auf die Erde, Zach!«

»Mama«, sagte der Älteste – das musste Joe sein. »Hast du gewusst, dass Schildkröten durch den Popo ausatmen können?«

Die drei explodierten fast vor Lachen.

Piper stöhnte. »Geht zum Auto!«, wiederholte sie.

Der Älteste hob die Hand, als melde er sich wie in der Schule. »Mama, darf ich bitte erst noch nach dem Seeadlernest schauen, während diese Doofköppe schon mal zum Auto gehen?«

Piper gab ihm einen leichten Klaps auf den Kopf. »Du sollst

deine Brüder nicht beschimpfen. Okay, geh nachsehen, und ich hole dich dann unten an der Straße ab.«

Alle drei stürmten wieder los. Der Jüngste versetzte dem Ältesten einen nicht sehr wirkungsvollen Boxhieb, woraufhin dieser den Kopf des Bruders in die Hände nahm und fragte: »Weißt du was? Dein Gesicht sieht fast genauso aus wie dein Popo.«

Piper schlug die Hände vors Gesicht. »Entschuldige bitte.«

»Was denn?« Ich grinste. »Ich habe gerade was Neues über Schildkröten gelernt.« Ich deutete auf die Flussbiegung. »Ist da oben wirklich immer noch ein Seeadlernest?«

Piper kniff die Augen zusammen und riss sie dann weit auf. »Ach, stimmt, das gab es ja damals schon, als du noch hier gewohnt hast. Ja, es ist immer noch da, oder jedenfalls war es bis vor kurzem da. Ich glaube, dieses Seeadlerpärchen kehrt seit zwanzig Jahren oder so immer wieder in den Horst zurück, aber vor einer Weile ist der Baum umgestürzt. Der Muttervogel ist hier wochenlang gekreist; also hat Joe in der Schule ein Projekt gestartet, und er hat so viel Geld gesammelt, dass sie eine Plattform für ein neues Nest errichten können.«

Ich blickte zum fernen Horizont, wo Fluss, Land und Himmel zu einer dunstigen Linie verschwammen. »Ich erinnere mich … Sie kommen jedes Jahr zum Nest zurück, und wenn auch nur ein kleines Stück vom Nest übrig ist, bleiben sie da. Himmel, warum fallen mir bloß diese komischen Einzelheiten wieder ein?«

Piper lachte. »Na, anscheinend war noch genug vom Zuhause übrig, nachdem der Baum umgestürzt war, sodass der Vogel nicht aufgegeben hat. Joe hat sich jetzt in den Kopf gesetzt, ganz schnell diese Plattform aufzustellen, bevor das Weibchen es sich anders überlegt und doch noch wegfliegt. Er hat alle Männer in der ganzen Stadt mobilisiert, damit sie morgen helfen, das Ding aufzubauen.« Piper legte sich die Hand aufs Herz. »So verrückt er auch ist, ich bin stolz auf ihn. Er hat nur noch daran gedacht, wie er es anstellen kann, dass die Adler ihr Nest wiederkriegen. Er wird bestimmt Tierarzt.«

»Toller Junge!« Ich rieb mir den Nacken.

Piper fasste mich am Arm. »Hör mal, ich muss mich jetzt bei Alice entschuldigen und dann die Jungs nach Hause bringen. Kann ich heute Abend bei dir im Bed and Breakfast vorbeikommen?« Sie zog eine Schnute. »Bitte!«, fügte sie hinzu.

Eigentlich wollte ich ablehnen, ganz bestimmt, aber als ich Piper in die Augen sah, willigte ich ein. Dann fragte ich: »Wohnt Ellie noch da?« Ich deutete auf die Landzunge. »Im selben Haus?«

Piper nickte. »Ja, aber das weißt du ja sicher … Sie hat Alzheimer.«

»Mein Gott, nein. Davon hatte ich keine Ahnung.«

»Es hat schon vor ein paar Jahren angefangen. Einmal habe ich sie auf der Treppe vor Morgans Laden gefunden, sie saß da mit einer Tüte voller Lebensmittel und hatte keinen blassen Schimmer, wo sie war. Im letzten Jahr ist es sehr viel schlimmer geworden. Sie hat eine Pflegerin, die bei ihr wohnt, und Boyd besucht sie oft. Aber es ist wirklich traurig. Alle haben sie so gern.«

»Ich weiß«, sagte ich, denn das war so unbestreitbar wahr wie nur irgendetwas, was ich in letzter Zeit gehört hatte: Alle liebten Ellie.

Vier

»Es ist immer nur ein Augenblick in der Kindheit, in dem sich die Tore öffnen und die Zukunft einlassen.«
GRAHAM GREENE, *Die Kraft und die Herrlichkeit*

Mir lag daran zu beweisen, dass ich kein schlaksiges Kind mehr war, das mit losem Mundwerk und ungebändigten Locken umherstolperte, doch als ich die von Palmettopalmen gesäumte Auffahrt zu Ellies Haus hinauffuhr, war ich mir selbst nicht mehr sicher, ob das wirklich stimmte. So gern ich Dads Asche verstreuen und wieder nach Hause fahren wollte, so sehr fühlte ich mich auch von ihm hinters Licht geführt, nachdem erst Forrest und dann Piper mir berichtet hatten, dass er nach Seaboro zurückgekehrt war. Ich musste unbedingt herausfinden, aus welchem Grund er wieder hergekommen war. Er schuldete mir eine Erklärung, bevor ich ihm seinen Wunsch erfüllte. Ellie Loughlin würde mir weiterhelfen können.

Diese Frau wollte ich nicht mit Forrest teilen. Er sollte ihr gar nicht erst begegnen, sollte ihr keine Fragen stellen und nicht in den dunklen Ecken von etwas herumstochern, was einst ein lichtdurchfluteter Raum gewesen war. Ellie war der einzige Mensch in meinem Leben, der mir das Gefühl gegeben hatte, dass ich aufrichtig und bedingungslos geliebt wurde.

Mutter hatte mich zwar auch geliebt, doch sie hatte Gegenleistungen dafür verlangt.

Ellie Loughlin hingegen … Ellie verschenkte Liebe mit ihrem gesamten Wesen, bedingungs- und grenzenlos. So wie der wilde Garten hinter ihrem chaotischen Haus das Flussufer berührte, so berührte sie mit ihrem Herzen mein Herz. Boyd und Sam waren ihre Söhne, aber ich war ihr Mädchen. Ellie war außerdem diejenige, die angefangen hatte, mich Cappy zu nennen, ihre Version des Lautgebildes, das der einjährige Sam aus meinem Namen gemacht hatte.

Meinen vollen Namen hasste ich: Catherine Carrington Leary, ein förmlicher Name, den ich von meiner Großmutter übernommen hatte, ein Name, der knirschend nach einem schweren Erbe klang und schlecht zu mir passte, denn ich hatte mit meinen Ahninnen nichts, aber auch gar nichts gemeinsam.

Mit dem Fahrrad war es von unserem Haus mitten in der Stadt zum Haus der Loughlins unten am Fluss ganz nah. Zwei Häuser – eine Familie. Ich wusste nicht, wann die beiden Familien sich angefreundet hatten – die Freundschaft existierte, seit ich denken konnte. Irgendwie hatte ich allerdings mitgekriegt, dass Ellie und Dad sich zum ersten Mal begegnet waren, als Ellie an derselben Highschool, an der Dad Kreatives Schreiben unterrichtete, einen Malkursus abhielt. Anschließend hatte Dad auch Ellies Mann Jim kennengelernt, und da sie die Begeisterung für die hohe Kunst des Fisch- und Krebsfangs in den Flüsschen hinter Seaboro teilten, hatten die beiden Männer sich sofort angefreundet.

Außerdem wusste ich, ohne dass man es mir gesagt hatte, dass Daddys Talent für das Lehren und das Schreiben zwar sehr geschätzt wurde, dass die schöneren Dinge bei uns zu Hause aber mit dem Geld aus der Familie meiner Mutter bezahlt wurden.

Ellies Söhne ersetzten Daddy die Jungs, die er nicht hatte, und er füllte mit seiner warmherzigen Art und seinem Humor die Lücke, die entstand, wenn Jim, wie so oft, als Straßenwärter in South Carolina unterwegs war. Ganz so, als hätte er schon immer in Seaboro gelebt, freute Dad sich mit Boyd zusammen an der geheimnisvollen Tierwelt der Küste: Die beiden gingen fischen und jagten in den tiefen Wäldern, in denen, davon war ich überzeugt, nachts Geister umherstreiften, die mir die Seele stehlen wollten. Diese kostbaren Stunden mit meinem Vater missgönnte ich Boyd keineswegs, denn in dieser Zeit hatte ich Ellie für mich, während Sam zu Hause oder am Strand ein Nickerchen hielt.

Diese Zeit mit Ellie allein war mir mehr wert als der Schatz, den der berüchtigte Pirat Blackbeard angeblich irgendwo auf unseren Inseln versteckt hatte. Ellie sagte mir, meine grünen Augen glichen runden Regentropfen, in denen sich ein stilles Meer spiegle. Ich liebte die Vorstellung, dass meine Augen, ja, mein ganzer Körper aus Wasser gebildet und meine fließenden Bewegungen eins mit diesem Element waren, wenn ich die Pferde aus Seaboros Reitställen ritt, gegen den Wind anrannte, gegen den Gezeitenstrom anschwamm oder bis auf den Grund des Flusses hinabtauchte. Meine Augen waren der Beweis dafür, und selbst mein gelocktes kastanienbraunes Haar ähnelte dem Seetang, der nach einem Sturm auf dem Strand verstreut lag – so hatte Ellie es mir einmal gesagt. Dieses Bild von mir selbst gefiel mir tausendmal besser als die Vorstellung von dem Baby, das den Schoß seiner Mutter aufgerissen hatte.

Ellie und meine Mutter hätten unterschiedlicher nicht sein können, doch sie ergänzten sich für mich zu einer idealen Mutterfigur. Meine Mutter hielt sich gewissenhaft an die Etikette des Südens, die in ihrer Familie über viele Generationen hinweg überliefert worden war, von vornehmen Frauen in weißen Leinenkleidern, die in den gepflegten Villen von Cedar Valley wohnten. Mutter glaubte, ich müsse mir unbedingt die Mittel und Wege aneignen, um das heikle Gleichgewicht zwischen einem Mädchen aus den Südstaaten und einer erwachsenen Frau zu halten. Ellie dagegen, die tatsächlich aus dieser Welt am Meer stammte, liebte die Natur und alles, was Gott um uns herum geschaffen hatte. Die ausgeprägten Persönlichkeiten dieser beiden Frauen waren zu einem Netz verwoben, zu einer sicheren Hängematte, in der ich durch meine Kindheit schaukelte.

Auch an unseren beiden Häusern waren die Unterschiede

zwischen den Learys und den Loughlins zu erkennen. Zur Bestürzung der High Society unseres Städtchens hatten Jim und Ellie sich entschlossen, ihre Villa aus der Zeit vor dem Bürgerkrieg, die sich seit mindestens fünf Generationen im Besitz der Familie befunden hatte, zu verkaufen. Dass ein paar Yankees sie als Ferienhaus erworben hatten, vergrößerte die Entrüstung in der Stadt noch. Die Loughlins jedoch bauten sich bald nach meiner Geburt unter Ellies liebevoller Aufsicht ein Blockhaus. Jeden Stamm, jedes Fenster, jede Tür und vieles mehr suchte sie einzeln aus. Die Kiefern von dem gerodeten Grundstück wurden zu Fußböden und Wänden verarbeitet. Die Schindeln hatte Ellie beim Abriss von Seaboros Bibliothek gerettet, einem Holzhaus, das einem neuen Bibliotheksgebäude mit vielen Säulen hatte weichen müssen.

Die alte Villa der Learys war ein Wahrzeichen der Stadt, ein Prunkstück aus der Glanzzeit der alten Südstaaten, während das rustikale Zuhause der Loughlins dem Land selbst entsprungen zu sein schien, als wäre es eins mit den Salzwiesen, dem Meer und dem Himmel, die es umgaben.

Am ersten Tag meines letzten Sommers in Seaboro weckte mich frühmorgens der Ruf der Eule, und danach fand ich nicht mehr in meinen feuchten Schlaf zurück. Im Haus war es vollkommen still, wie immer, wenn Mutter und Dad noch schliefen und Clara, unsere Köchin, noch nicht erschienen war, um den Teig für die Morgenkekse auszurollen. Mir fiel ein, dass Ellie sicher schon wach war – sie stand immer früh auf –, also wälzte ich mich aus dem Bett, schlüpfte in die abgeschnittenen Jeans und das rosarote Tube-Top, das ich in jenem Sommer ständig trug, und packte mir eine Nancy-Drew-Detektivgeschichte in den Fahrradkorb – ich war nie ohne Buch unterwegs, für den Fall, dass ich in öden Momenten in ein fremdes Leben abtauchen wollte.

Den Weg zu Ellies Haus hätte ich mit geschlossenen Augen gefunden. Ich musste nur aufpassen, dass mir kein aufgescheuchter Hirsch und keine träge Kröte in die Quere kamen. Ich hatte gehört, dass ich Warzen kriegen würde, wenn ich eine Kröte unter meinen Flip-Flops zerquetschte. Meine offenen Locken flogen, und ich sah keine Veranlassung, sie zu bändigen. Ich schnappte mir mein rostiges Fahrrad mit dem Bananensattel aus dem Schuppen und strampelte, so schnell ich konnte, durch die schmalen Nebenstraßen und über die Schotterwege. Es war Ebbe, und in der Ferne sah ich verschwommen die Boote der Garnelenfischer, die ihre Netze in der Bucht auswarfen. Dann nahm ich die Abkürzung durch das Reisfeld und über die Fußgängerbrücke, und kurz vor Ellies Haus kam ich auf der mit zerstampften Muschelschalen bestreuten Straße wieder heraus.

Still lag das Blockhaus vor mir. Mein Keuchen schien mir laut genug, um alle Bewohner aufzuwecken. So stumm hatte ich das Haus noch nie erlebt. Das konnte nur bedeuten, dass etwas nicht stimmte. Ich schlich durch die Küche, bemüht, in dieser unheimlichen Stille meinen heftigen Atem zu beruhigen. Ich hätte wissen sollen, dass diese Morgenstille ein Vorzeichen für die unheilvollen Veränderungen war, die auf uns zukamen, doch ich vermochte dieses Omen erst im Rückblick zu deuten.

Ellie saß im Wintergarten, der ihr als Atelier diente. Dieser Raum war ganz und gar ihr Reich, und ich betrat ihn nie ohne Erlaubnis. An die Holzwände hatte sie ohne erkennbare Ordnung Bilder und Postkarten gehängt. Manche waren gerahmt, andere einfach mit Heftzwecken befestigt. Der verblichene ockerfarbene Chintzschirm der Schreibtischlampe biss sich mit dem leuchtenden Blumenmuster des Sessels, in dem Ellie saß. Und überall ihre Bücher, wohin man auch sah: auf den Regalen, auf dem Fußboden, auf Stühle gestapelt – nur sie selbst kannte das System, nach dem sie abgelegt waren.

Sie saß mit dem Rücken zu mir an ihrem Kiefernschreibtisch und schrieb etwas in ein dickes schwarzes Buch. Ihre Schultern und ihr Rücken zuckten und bebten. Mir war klar, dass etwas nicht stimmte, doch ich konnte nicht erkennen, was los war. Erst als ich ihren Namen flüsterte, merkte ich, dass ich die Luft angehalten hatte. »Ellie …«

Als sie sich zu mir umwandte, mit Tränen im Gesicht, die sie nicht fortwischte, brachte ich keinen Ton mehr heraus. Ellie – so voller Schönheit, Freude und Liebe – weinte. Das konnte nur heißen, dass ich – so durchscheinend und substanzlos, wie ich war – sicherlich noch mehr würde weinen müssen, als ich mir ausmalen konnte. Reglos, atemlos stand ich vor ihr. Ich hätte schwören können, dass ich hörte, wie mein Herz ein wenig zerriss.

Da streckte Ellie die Arme nach mir aus, und ich fand Trost. Ich vergrub den Kopf in ihrem langen blonden Haar und atmete tief den Duft der Lavendelseife ein, die sie immer in Savannah kaufte.

»Was ist mit dir, Ellie?«, flüsterte ich. Ich wusste, dass es etwas Entsetzliches sein musste, also schloss ich die Augen und wartete. Ich würde tapfer sein.

»Ach, Cappy, mein Liebes. Nichts ist mit mir. Manchmal ist mein Herz so voll, dass es überfließt … auf Papier und als Tränen.« Ihr Lachen war leise wie ein Sommerregen. »Doch, mir geht es gut.« Als sie ihre Wange an meine legte, spürte ich, wie meine Tränen sich mit ihren mischten. Dann drehte sie den Kopf, bis unsere Stirne aneinanderlagen. »Sieh mich an; mir geht es prächtig. Es ist der Morgen, der mich manchmal zum Weinen bringt.« Ellie ließ mich los und wischte mir das Gesicht ab. Sie lächelte.

Ich nickte, schwieg aber.

»Hast du schon gefrühstückt? Du bist so früh auf«, meinte sie.

»Ich bin aufgewacht und konnte nicht wieder einschlafen … Ich hab gedacht, dass du bestimmt schon aufgestanden bist.«

»Komm, wir gehen in die Küche und warten auf die Faulpelze. Und inzwischen backe ich uns Pfannkuchen, und wir gucken zu, wie es Tag wird. Du und ich am ersten Tag der Sommerferien.«

Also saßen wir auf der Veranda hinter dem Haus und aßen Pfannkuchen mit zu viel Ahornsirup – denn so mochten wir sie am liebsten –, und ich war wieder beruhigt. Ich gehörte Ellie, und sie gehörte mir. Wir sprachen vom Herzen und von dem, was man im Herzen bewahren konnte, und beobachteten dabei, wie das Morgenlicht in Wellen über die sumpfigen Salzwiesen flutete.

Als ich an jenem Abend nach Hause kam, schaute ich zu, wie Mutter ihr tägliches Ritual vollzog: mit Reinigungslotionen, Cremes und einem verhedderten Haarnetz zur Bändigung ihrer Carrington'schen Locken. Sie saß an ihrer antiken Frisierkommode, einem Original aus Kirschholz, das ich niemals anfassen durfte, »erst, wenn du zwanzig bist«. Silberne Bürsten, Fläschchen, Spiegel und zerbrechliche Schönheitsutensilien waren auf der Platte mit dem Spitzendeckchen aufgereiht. Einmal hatte ich ein wenig von Mutters Parfüm stibitzt. Als sie sich an dem Abend bettfertig machte, wusste sie gleich, dass jemand den Flakon verschoben hatte. Sie gab mir zu verstehen, »in aller Deutlichkeit, mein Fräulein«, dass ich ihre Sachen nie wieder berühren dürfe. Das hatte ich auch gar nicht vor – das Parfüm hatte wie Großmutters Schlafzimmer gerochen.

»Mutter«, fragte ich sie, »weinst du manchmal? Einfach so, weil dein Herz zum Überfließen voll ist?« Ich musste doch herausfinden, ob alle Frauen das taten, so wie alle irgendwann ihre Periode kriegten oder zusahen, wie auf durchscheinender Haut krause Härchen sprossen.

Während Mutter weiter mit kreisenden Bewegungen fette weiße Creme in ihr Gesicht einmassierte, warf sie mir einen Seitenblick zu. »Nein, Catherine. Nein. Warum sollte ich denn? Natürlich, ich weine, wenn etwas Trauriges passiert. Aber ich verstehe deine Frage nicht richtig.« Sie beendete ihre allabendliche Opferung vor den Göttern der Jugend und wandte sich mir zu. »Catherine, schau dich doch einmal um. Schau dein Leben an, deine Familie, dein Zuhause. Worüber sollte ich denn in Gottes Namen weinen? Es wäre eine Beleidigung für Gott, über das, was er uns geschenkt hat, zu weinen. Nein, wir sollten uns freuen und dankbar für das sein, was wir haben, wo viele doch nur so wenig besitzen.«

Einen Moment lang konnte ich Mutters Herzschläge sehen. Ich fragte mich, wie ihr Herz das Blut in ihren Körper und ihre Glieder pumpte, obwohl seine kleinen, wenn auch perfekt geformten Kammern so wenig Raum boten. Ich ging ins Bett und betete um ein größeres Herz, größer als das Herz meiner Mutter, doch als ich dann in den schweißgetränkten Schlaf dieses Sommers abdriftete, flehte ich um Vergebung für diese schreckliche Bitte.

Und jetzt, viele Jahre später, saß ich in meinem Wagen in Ellies Einfahrt und horchte auf einen Ton oder vielleicht sogar ein ganzes Lied aus Erinnerungen an sie. Anscheinend konnte ich mich der vorderen Veranda nicht nähern, weil ich irgendwo tief in mir nur die guten Erinnerungen behalten und diese reinen Bilder nicht mit den Schatten der Realität beflecken wollte. Obwohl die Klimaanlage meines Wagens lauwarme Luft aus den Lüftungsschlitzen spuckte, lief mir der Schweiß den Rücken hinunter. Ich stieg aus, ging zu Ellies Veranda, blieb dann aber stehen, als wollte ich Inventur machen: Ja, das Holz war immer noch weiß gestrichen, bis auf das Dach, das diesen typischen hellen Blauton trug, der böse Geister vertrieb und einen Ozeanschimmer über die Schaukelstühle und die Korbtische warf. Ja, der Fensterladen rechts hing etwas schief in den Angeln. Alles das war mir so vertraut, dass mir war, als müsste ich meine rosa Flip-Flops mit den Plastikmargeriten auf den Zehenriemen sehen, wenn ich auf meine Füße schaute, oder als müsste Boyd gleich durch den Garten rufen, ich solle mich beeilen, sonst würden wir die Flut verpassen.

Würde ich Ellie wiedererkennen, obwohl ich sie als Kind zuletzt gesehen hatte? Damals war sie für mich der Inbegriff einer hübschen Frau gewesen, doch jetzt, als Erwachsene, wusste ich, dass das Wort *elegant* zutreffender gewesen wäre. Früher hatte sie selten Make-up getragen, und ihr Gang war eher ein Schweben gewesen. Ich wusste wohl, dass das Kindheitserinnerungen waren, an den Rändern ausgeblichen und mit Rissen in der Mitte, aber es war das Einzige, was ich von Ellie besaß.

Jim war einige Jahre nach unserem Umzug bei einem Unfall mit dem Boot ums Leben gekommen. Das war alles, was ich erfahren hatte, und es war auch nur kurz erwähnt worden, als ich schon im vorletzten Schuljahr war, eines Abends, bevor ich ins Bett ging.

Kopfschüttelnd hob ich die Hand, um an die Haustür zu klopfen, doch in diesem Augenblick wurde sie von einer Frau geöffnet, die mindestens dreißig Zentimeter größer war als ich. Sie trug die typische Frisur, die mich immer an den gebräunten Eischnee auf einer Limonentorte erinnerte. Als sie mich sah, schrak sie zusammen, doch dann lächelte sie mich an. Ihre Schneidezähne zierte ein großer roter Lippenstiftfleck.

»Hallo, hallo«, sagte sie. »Sie haben mich ja zu Tode erschreckt.«

»Entschuldigen Sie bitte.« Ich versuchte, mich größer zu machen. »Ich möchte Ellie Loughlin besuchen. Ist sie da?«

Die Frau kniff die Augen zusammen. »Sie kommen mir furchtbar bekannt vor, meine Liebe. Haben wir uns schon mal irgendwo gesehen?«

Ich zuckte die Achseln, aber bevor ich etwas sagen konnte, rief sie: »Natürlich! Aber natürlich! Sie sind doch Catherine Leary.«

Ich nickte stumm.

Die Frau legte sich die Hände an die Wangen und nickte heftig. »Wie schön, Sie wieder hier in der Stadt zu haben. Ellie wird sich sehr freuen, Sie zu sehen.« Doch dann runzelte sie die Stirn. »Das heißt …« – sie beugte sich zu mir herunter –, »… wenn die gute Ellie Sie wiedererkennt. Sie hat Tage, da geht es ihr besser als an anderen.«

Wieder nickte ich. Ich hatte noch kein Wort gesagt, doch diese Frau redete immer weiter auf mich ein.

»Wir bringen ihr immer abwechselnd Essen – heute Abend war ich an der Reihe. Sie haben ihr nämlich den Herd und den Backofen abgestellt. Ellie glaubt, sie wären kaputt. Wir haben solche Angst, dass sie sich die Bude über dem Kopf anzündet. Sie hat zwar eine Pflegerin, die im Haus lebt, aber …« Die Frau brach ab. »Ich quassle Sie voll, was?«

»Nein.« Ich lachte. »Danke für die Warnung. Ist sie … wach?«

»Ja, die Pflegerin ist bei ihr im Zimmer … Gehen Sie doch einfach rein. Ich hoffe … Ich meine, ich hoffe wirklich sehr, dass Ellie Sie erkennt. Es würde sie von Herzen glücklich machen, ihre Cappy wiederzusehen. Wissen Sie, manchmal spricht sie nämlich von Ihnen.«

Ich wollte gar nicht wissen, was Ellie in ihrem benebelten Zustand über mich sagte. Vielleicht, dass ich Sam suchen sollte oder schneller rennen oder …

Auf mein Schweigen hin betastete die Frau ihr Haar. »Also gut, dann viel Glück, Catherine.«

»Danke, Madam.« Ich lächelte, schlüpfte mühelos in die Rolle der reizenden Tochter von Margaret und Grayson Leary.

»Das mit Ihrem Vater tut mir leid. Ich habe es vor ein paar Monaten in unserer Tageszeitung gelesen. Eigentlich wollte ich Ihnen auch ein Briefchen schicken …« Mit einem Lächeln tätschelte sie mir den Arm, als wäre ich immer noch ein Kind.

»Ja, vielen Dank.« Ich wandte den Blick ab, verhaspelte mich, während mein Herz in der Brust so heftig hämmerte, dass ich meinte, die Frau könne es durch meine blassblaue Leinenbluse pochen sehen.

Sie musterte mich einen Moment länger, als mir angenehm war. »Also, das ist wirklich ganz lieb von Ihnen, dass Sie gekommen sind. Ellie hat Sie so geliebt.«

Endlich schwankte sie auf ihren hohen Absätzen zu ihrem Wagen, der unter einer Magnolie parkte. Wer war sie bloß? Die alte Bibliothekarin? Eine Nachbarin? Meine Lehrerin aus der zweiten Klasse? Es fühlte sich an, als wären meine Arme und Beine von mir losgelöst, und ich sah mir zu, als wäre ich nicht am Geschehen beteiligt. Das war eine Technik, die ich schon mein Leben lang einsetzte – ich redete und funktionierte, ohne das gesamte Bild wahrzunehmen. Ich achtete bloß auf die Einzelheiten: den Lippenstiftfleck, wie viele Stufen es bis zur Haustür waren, welche Farbe das Kleid meines Gegenübers hatte.

Die Frau hatte die Tür einen Spalt breit offen gelassen. Ich trat ein und rief leise: »Hallo?«

Eine blonde junge Frau in einem Krankenhauskittel kam um die Ecke. Sie hatte ihr Haar zu einem Pferdeschwanz zusammengebunden. In der einen Hand hielt sie einen benutzten Teller und in der anderen ein Glas mit einem Rest, der wie Milch aussah.

»Hi, ich bin Catherine Leary«, stellte ich mich vor. »Ich möchte Ellie besuchen – bin eine alte Freundin der Familie.«

Sie machte eine Kopfbewegung zum Wohnraum hin. »Ellie sitzt drinnen am Kamin. Sie ist gerade mit dem Essen fertig … Vielleicht schläft sie schon. Schauen sie ruhig mal nach.«

Mit behutsamen Schritten ging ich zur Tür des großen Zimmers, in dem sich, wie ich wusste, ein gemauerter Kamin befand, der so riesig war, dass man hineinkriechen konnte. In diesem Raum hatte sich einst alles befunden, was ich an diesem Haus und an Ellie liebte: massenweise Kunstwerke, Fenster, die zur Natur geöffnet waren, mehrere rustikale Spieltische. Ich schloss die Augen. Wie sehr wünschte ich mir, dass der Raum noch genauso war wie früher – und gleichzeitig machte ich mich darauf gefasst, eine vollkommen veränderte Ellie vorzufinden.

Als ich eintrat, begann ich zu zittern. Der Wohnraum ähnelte dem Zimmer, an das ich mich erinnerte, und sein Geruch war der gleiche geblieben. Die Sessel und Sofas hatte man umgestellt, ein paar waren hinzugekommen, andere verschwunden, aber im Wesentlichen war die Möblierung unverändert.

Vor dem Kamin stand ein Klubsessel, mit der Rückenlehne zu mir, sodass ich nur zwei winzige Füße in Pantöffelchen herunterhängen sah. Ich ging um den Sessel herum und erblickte eine kleine Frau mit silbergrauem Haar, das aus dem Gesicht gekämmt war. Sie hatte die Augen geschlossen und stieß mit leisem Puffen die Luft durch die Lippen aus. Ellie war noch genauso zierlich, wie ich sie in Erinnerung hatte. Ihre Gesichtszüge waren im Schlaf entspannt.

Ich ging zurück zur vorderen Treppe, griff nach dem Endpfosten des Geländers und strich mit der Hand über den geschnitzten Knauf, der erst nach der Fertigstellung des Hauses eingebaut worden war. Mir fiel wieder ein, wie Ellie in einem Trödelladen in Charleston endlich einen Knauf gefunden hatte, den sie schön fand. Die buttergelbe Farbe blätterte ab und gab den blassgrünen Lack darunter frei. Weder der eine noch der andere Farbton passte zu dem dunkel gebeizten Eichenholz ihres Treppengeländers.

Der Wohnraum nahm die gesamte Rückseite des Hauses ein und führte zu Ellies kleinem Wintergarten. Die bunt zusammengewürfelten Möbelstücke schienen kreuz und quer herumzustehen. Geblümte Sessel kuschelten sich an gestreifte Sofas. Durchsichtige Gardinen hingen bis auf den Boden hinab. Ellie hatte nie eingesehen, dass sie mehr vor ihre Fenster hängen und sich damit den Blick auf die Wiesen zur Linken versperren sollte. Sie hatte immer gesagt, dieser Ausblick sei besser als jedes Ölgemälde, als jedes gerahmte Kunstwerk. Das wandernde Licht, das Farbenspiel und die Tiere und Pflanzen, die sich zeigten, konnte man mit keinem Pinselstrich verbessern. Unablässig bewunderte Ellie Gottes Werk, und uns machte sie ebenfalls darauf aufmerksam.

Beherrscht jedoch wurde der Raum von dem aus Ziegelsteinen gemauerten Kamin. Sam war damals noch so klein gewesen, dass er hineinspazieren konnte, ohne sich den Kopf zu stoßen. Im Winter lag in dieser großen Feuerstelle Holz, und im Frühjahr und Sommer stand häufig eine Topfpflanze oder ein Blumengesteck darin. Es gab kein Fernsehgerät, das unsere Aufmerksamkeit abgelenkt hätte. Ich erinnerte mich nur an Schach, Kartenspiele, Bücher, Kinder und Ellie.

Ich ging ans andere Ende des Raumes und berührte dabei die Möbel. Die breiten Bodendielen waren nachgedunkelt. Abgetretene Stellen zeigten noch, wie hell sie einmal gewesen waren. Dort, wo man am häufigsten ging, lagen Läufer.

An der Schwelle von Ellies Wintergarten blieb ich stehen. Ein paar Bilder waren ausgetauscht worden, aber abgesehen davon hatte ihr Arbeitsraum sich nicht verändert. Als ich eintrat, befiel mich ein Unbehagen: Ich hinterging sie, denn ich hatte sie nicht um Erlaubnis gebeten. Zögernd nahm ich ein Foto in einem angelaufenen Silberrahmen in die Hand. Boyd und ich saßen oben in der alten Lebenseiche, die hinter dem Haus gestanden hatte. Obwohl man uns verboten hatte, in die Eiche zu klettern, weil das morsche Geäst des Baumes unter unserem Gewicht hätte brechen können, hatten wir uns gegenseitig so lange dazu angestachelt, bis wir es beide nicht mehr aushalten konnten. Wir kletterten bis in die Spitze hinauf, bevor Ellie aus dem Haus kam, das Foto schoss und uns dann zu einer Woche Hausarrest verdonnerte.

Als ich nach einem mit Schnitzereien verzierten Holzrahmen griff, musste ich tief Luft holen. Mein Vater hielt den einjährigen

Sam hoch über dem Kopf. Hinter den beiden bildete ein schmaler blauer Fluss eine Linie. Dad schien nicht zu bemerken, dass sie fotografiert wurden, und Sam und er sahen sich in die Augen. Dads welliges Haar mit den von der Sonne gebleichten Strähnen blitzte vor dem Objektiv auf und warf einen Lichtstern zwischen ihre Gesichter. Ich wandte den Blick ab, als hielte ich ein Foto von Mann und Frau in der Umarmung in der Hand. Dann stellte ich das Bild wieder genau dorthin, wo ich es gefunden hatte.

Nachdenklich ging ich ins Wohnzimmer zurück und betrachtete die Gemälde, die überall im Raum herumstanden. Sie waren in den unterschiedlichsten Techniken gearbeitet, und oft passten die Rahmen nicht zu den Bildern.

»Ellie?« Schließlich fasste ich mir ein Herz und trat vor ihren Klubsessel.

Als sie aufschaute, brauchte ich meine ganze Selbstbeherrschung, um nicht vor ihr auf die Knie zu fallen und die Worte auszustoßen, die ich seit langem bei mir trug, irgendwo tief innen verborgen. Früher hatte ich lange Reden und Entschuldigungen verfasst, quälende Worte der Reue, die ich ihr dann aber weder gesagt noch geschrieben hatte.

Mit wässrigen blauen Augen sah Ellie mich an. Sie trug einen weißen Frotteebademantel. Die Falten, die damals nur andeutungsweise in ihrem Gesicht zu sehen gewesen waren, waren tiefer geworden und hatten ihre Züge weicher gemacht. »Kann ich Ihnen helfen?«, fragte sie, während sie am Rand ihres Kragens herumfingerte und an einem losen Fädchen zupfte.

Ich setzte mich neben sie auf einen Stuhl und nahm ihre Hand, doch sie wich zurück.

Die Pflegerin trat hinter mich. »Manchmal erkennt Mrs Loughlin ihren Besuch, aber heute hatte sie einen schlechten Tag. Nehmen Sie es nicht persönlich.«

Am liebsten hätte ich dieser Krankenschwester erzählt, dass Ellie mich wahrscheinlich längst vergessen hatte, dass sie sich schon lange, bevor sie Alzheimer bekommen hatte, ganz bewusst und konzentriert bemüht hatte, mich aus ihrem Gedächtnis auszulöschen. Doch ich nickte ihr nur zu und wandte mich wieder an Ellie. Wenn ich es zugelassen hätte, wäre mein Herz in diesem Moment zerbrochen, in Ellies Wohnzimmer, vor dem Kamin. Es wäre auseinandergebrochen, und ich hätte die einzelnen Stücke nie wieder zusammensetzen können.

Also beschränkte ich mich auf mein ursprüngliches Vorhaben. »Ellie, ich bin's, Catherine Leary. Ich wollte dir hallo sagen …«

Erst starrte die alte Dame mich nur an, doch dann legte sie sich die Hand auf den Mund. Ich hätte mich gerne erkundigt, ob mein Vater hier gewesen war, aber ihr Gesichtsausdruck verbot mir jede weitere Frage. Einen langen Moment blieb sie reglos sitzen, während ich mich innerlich schon darauf vorbereitete, aufzustehen und wieder zu gehen. Sie zu besuchen war eine blödsinnige Idee gewesen, und es konnte nur noch schlimmer werden. Doch dann sah ich, dass Ellies Hand zitterte und dass auch ihr Arm anfing zu zittern.

»Cappy?«, flüsterte sie hinter vorgehaltener Hand, sodass nur ich verstehen konnte, was sie gesagt hatte, so leise, so verzerrt klang mein Name. Aber ich hatte ihn so oft aus ihrem Mund gehört, dass ich ihn in jedem Fall erkannt hätte.

»Ja«, wisperte ich.

»Weiß deine Mutter, dass du schon zum Austerngrillen da bist? Sie kann es gar nicht leiden, wenn du herkommst, ohne ihr vorher Bescheid zu sagen. Und ich habe ihr noch nicht erzählt, dass ich die Mercers auch eingeladen habe. Ach, würdest du die grünen Bohnen aus der Küche holen? Wir können sie draußen putzen, während die Jungs …«

Ich schloss die Augen. Ellie hatte mich erkannt, aber für sie war ich elf Jahre alt und zu früh zum Austerngrillen im Garten erschienen. Wie konnte ich sie da fragen, ob Dad sie kürzlich besucht hatte?

Auf diese Situation war ich nicht vorbereitet. Ich hatte keine Ahnung, wie man mit verwirrten Menschen umging – sollte man sie in die Realität zurückrufen oder lieber mitspielen? Ich sah mich nach der Pflegerin um, aber sie war verschwunden.

»Ellie … Ich bin jetzt erwachsen. Mutter ist nicht mehr da …«

Sie rieb sich das Gesicht und zog sich den Bademantel fester um die Brust. »Natürlich, natürlich.« Dann griff sie nach meinen Händen. »Verzeih mir; eine alte Frau ist manchmal durcheinander. Übrigens, hast du Sam gesehen? Ich glaube, er ist hochgegangen, um seinen Drachen zu holen.«

»Wie bitte?«

»Sam, hast du Sam gesehen?«

Kalte Luft bahnte sich gewaltsam einen Weg in meine Brust, in meine Adern. Reglos und stumm starrte ich Ellie an, und dann passierte es: Mein Herz brach. Ich konnte es nicht verhindern – es ging entzwei, und ich spürte einen Schnitt wie von scharfen Glasscherben.

Ich lief davon.

Zu etwas anderem war ich nicht in der Lage.

Ich rannte an der Pflegerin im Flur vorbei, wahrscheinlich rempelte ich sie sogar an, bevor ich mit einem Satz aus der Haustür sprang und zu meinem Wagen hastete, verzweifelt bemüht, der Gegenwart zu entfliehen. Hätte ich doch bloß zu dem Austerngrillen mit Ellie damals zurückkehren können. Es hatte in dem Herbst stattgefunden, als ich elf war, am Anlegesteg hinter dem Haus von Ellie und Jim.

Hinten in ihrem großen Garten hatte Ellie den Picknicktisch gedeckt, mit leuchtend blauem Geschirr und Marmeladengläsern voller Wiesenblumen und Geißblatt. Ich zupfte das Geißblatt aus den Gläsern, um den süßen Saft aus den Stängeln zu saugen. Mutter herrschte mich an, ich solle die Tischdekoration nicht anrühren. In den Lebenseichen hingen Lampions aus Papier, die am Abend wie Glühwürmchen funkelten.

Mir war aufgefallen, dass Ellie den Tisch für elf Personen gedeckt hatte, obwohl wir nur sieben waren. Als ich sie nach dem Grund fragte, erklärte sie mir, sie habe, als sie auf dem Fischmarkt die Austern besorgte, die Mercers eingeladen, die gerade ihre letzten Münzen zählten, um frisches Gemüse zu kaufen. Die beiden Mercer-Jungs mochte ich gern, sie waren laut und witzig, aber als ich das äußern wollte, wurde Mutters lächelnder Mund zu einem schmalen Strich und sie wandte sich ab. Ich kannte diesen Gesichtsausdruck: Missfallen.

Dad, Jim und Mr Mercer legten schon das Blech über die Feuergrube, auf dem die Austern geröstet werden sollten, und bald zog der süße Duft von brennendem Holz und gegrillten Muscheln durch den Garten. Ellie saß auf einem roten Holzstuhl, brach die Spitzen von den grünen Bohnen ab und warf sie in eine Schüssel. Sie lachte mit Mrs Mercer, die ihr gerade zeigte, wie man ein Loch in einem Garnelenwurfnetz flickt. Mr Mercer stellte handgeknüpfte Wurfnetze her – ein Handwerk, das fast ausgestorben war. Boyd, die Mercer-Jungs und ich hielten vom Steg aus Angelruten ins Wasser und schlossen Wetten ab, wer den größten Fisch fangen würde. Sam schlief in einer Wippe zu Ellies Füßen.

Mutter war ins Haus gegangen. Wenn ich den Hals reckte, sah ich ihren Schemen hinter dem Küchenfenster der Loughlins hin und her huschen.

Bald darauf schüttete Ellie die grünen Bohnen in die Schüssel, ohne sie fertig geputzt zu haben. Sie tauchte die Hände mit Mrs Mercer zusammen in das Garnelennetz und ging mit ihr auf den Steg hinaus. Mr Mercer zeigte uns den Trick, wie man das runde Netz in den Fluss warf, um Garnelen und Köderfische zu fangen.

Boyd war der Erste, der sich an dieser speziellen Drehung aus dem Handgelenk versuchte. Das Netz mit den kleinen Bleigewichten am Rand flog durch die Luft, sauste dann wie ein

Bumerang zurück, traf Boyd am Bauch und schlang sich um seine Beine. Boyd schrie auf, wich vor dem Netz zurück, stolperte und plumpste in den Fluss, während das Netz oben auf dem Steg liegen blieb. Wir anderen lachten so sehr, dass ich mich setzen musste.

Als Boyd wieder auftauchte, schüttelte er den Kopf, bis ich ganz nass gespritzt war, dann forderte er mich auf, es doch besser zu machen. Bei meinem Wurf verbog das Netz sich zu einem merkwürdigen Oval, aber immerhin gelang es mir, eine Handvoll Köderfische herauszuziehen. Boyd schnappte sie sich und warf sie in einen Eimer, um damit zu fischen. Dann boxte er mich in den Arm. »Anfängerglück«, sagte er grinsend.

»Nein, einfach Begabung.« Ich reichte das Netz an Ellie weiter, doch sie hob abwehrend die Hände.

»Ich nicht. Ich mache bloß diese schöne Handarbeit kaputt.«

»Kommen Sie«, bat Mrs Mercer. »Versuchen Sie es mal! Robs Netze sind perfekt ausbalanciert. Es ist ganz einfach.«

Ein rascher Windstoß blies Rauch vom Austerngrill über den Steg, und wir schauten alle zu Dad und Jim hinüber. »Na los, Schatz, versuch es doch!«, rief Jim.

Ellie zuckte die Achseln, während der Wind ihr das Haar ins Gesicht wehte. Dann schob sie die Sonnenbrille hoch über die Stirn, ergriff das Netz und sagte sich Mr Mercers Anweisungen laut vor, bis sie zum eigentlichen Wurf kam. Als das Netz auf das Wasser hinausflog, beobachteten wir alle ehrfürchtig, wie es einen Kreis aus glitzernden Tropfen auf den Fluss warf und eine Weile auf der Oberfläche schwebte, bevor es versank.

»Oh, oh!«, rief Ellie. »Und was jetzt?«

Mr Mercer trat rasch an ihre Seite, riss an den Schnüren und zog das Netz gemeinsam mit Ellie wieder hoch. »Jim«, rief er über die Schulter, »Ihre Frau hat gerade genügend Krebse und Garnelen gefangen, um die Massen zu speisen.«

Jim und Dad kamen angelaufen, und wir alle hüpften unter

Freudengebrüll herum und hoben Garnelen und Menhaden-Heringe auf, die Ellie aus dem Netz auf den Steg schüttete. Die Garnelen warfen wir in eine Kühlbox mit Eis, während die Köderfische wieder ins Wasser kamen. Blaukrabben huschten über die Planken. Boyd versuchte sie zu fangen, um sie auch in die Kühlbox zu verfrachten, aber eine befreite sich aus seinem Griff und lief auf ihre typische Art seitwärts direkt auf meine bloßen Füße zu. Ich führte ein Tänzchen auf, um meine Zehen vor den kräftigen Scheren zu retten, aber ohne Erfolg. Die Blaukrabbe packte den kleinen Zeh meines rechten Fußes und zwickte um ihr Leben.

Schreiend vor Schmerz, hüpfte ich auf meinem gesunden Fuß umher, nicht wissend, wie ich den Krebs wieder loswerden sollte. Ich schaffte es bis zu Ellie auf die Wiese. Sie sagte, ich solle mich hinsetzen, löste den Krebs von meinem Zeh und packte ihn in die Kühlbox. »Danke, dass du den allergrößten gefangen hast, Cappy. Er ist ganz allein für dich – zum Abendbrot.« Sie schmunzelte, denn sie wusste, dass Krebs mein Lieblingsessen war.

Ich streckte meinen Fuß in die Luft, überzeugt, dass mein kleiner Zeh mit dem Krebs zusammen in der Kühlbox gelandet war. Doch bis auf zwei rote Punkte unterhalb des Gelenks, wo die Schere zugepackt hatte, war mein Zeh unversehrt. Ich schaute Ellie an und wollte losheulen, doch stattdessen sprudelte Gelächter aus mir heraus. Und da standen wir alle zehn und kugelten uns vor Lachen, während Garnelen, Krebse und Fische auf dem Steg zappelten. In diesem Moment erschien Mutter. Die Hände in die Hüften gestemmt, baute sie sich vor uns auf. »Was ist denn hier los?«

»Ach, Mutter, das hättest du sehen sollen!«, keuchte ich. »Ellie hat das Netz ganz perfekt ausgeworfen und tonnenweise Garnelen und Krebse gefangen.«

Mutter beugte sich über die Kühlbox und sah mich dann aus zusammengekniffenen Augen an. Nun schaute ich ebenfalls in die Box, in der ungefähr zehn Garnelen und zwei Krebse lagen. »Ach nee«, murmelte ich kleinlaut, »das hat nach mehr ausgesehen.«

Und wieder lachten alle los, während von dem Blech mit den Austern Rauch aufstieg und man in der Wärme der untergehenden Sonne den süßen Duft des Geißblatts ahnen konnte.

Mutter schüttelte den Kopf.

»Wo sind Sie gewesen?«, fragte Mrs Mercer sie. »Sie haben wirklich was verpasst: Boyd ist ins Wasser gefallen, und Cappy hat das Netz ganz toll ausgeworfen.«

Einen unbehaglichen Moment lang starrte Mutter Mrs Mercer an, dann sagte sie in gemessenem Tonfall: »Da war ein Kartoffelsalat zuzubereiten, der Eistee musste gemacht und der Kuchen aus dem Ofen geholt werden.«

Mrs Mercer lächelte freundlich. »Kann ich irgendwas helfen?«

»Nein«, sagte Mutter. »Jetzt ist alles fertig.« Sie drehte sich auf dem Absatz um und ging zum Haus zurück.

Später am Abend, auf der Fahrt nach Hause, saß ich auf der Rückbank und lauschte den gedämpften, hektischen Stimmen meiner Eltern. Ich erinnere mich nicht mehr genau an ihre Worte, aber es ging darum, dass Mutter meinte, sie mache immer die ganze Arbeit, während alle anderen ihren Spaß hätten. Dad hielt ihr entgegen, niemand habe einen raffinierten Kartoffelsalat oder eine Pfirsichtorte gewollt oder gebraucht, sondern alle wären mit aufgeschnittenen Tomaten und frischen Pfirsichen vollkommen zufrieden gewesen. Mutter solle nicht aus jedem kleinen Anlass eine große Show machen, meinte er. Die feuchtwarme Luft im Auto wurde eisig, was nicht nur auf die brummende Klimaanlage zurückzuführen war. Ich aber lehnte mich zurück und lächelte, denn ich dachte daran, dass ich übers Wasser fliegen wollte – genau wie das Netz, das Ellie ausgeworfen hatte.

Ich brauchte eine ordentliche Dosis Gegenwart, eine kräftige Portion meines realen Lebens. Sobald ich wieder im Auto saß, klappte ich mein Handy auf, um Thurman anzurufen. Seine Mailbox meldete sich, und wieder hinterließ ich ihm die Nachricht, er solle mich bitte zurückrufen.

Bevor ich wusste, wohin ich gefahren war und was mich dazu bewogen hatte, fand ich mich vor der Einfahrt zum Friedhof wieder. Ich fuhr eine Schotterstraße entlang, die an den Grabstätten jener Toten endete, die Mutter als »das wahre Seaboro« bezeichnet hatte: Menschen, deren Vorfahren seit Generationen in Seaboro gelebt hatten, die sich vor langer Zeit hier angesiedelt hatten, die Fäden in dem festen Gewebe des Städtchens bildeten.

Ein Eisenzaun umgab das Gräberfeld und erstreckte sich bis hinunter an den Waldrand. Mit seiner abblätternden schwarzen Farbe sah er aus, als weine er um die Toten. Frische Blüten und Plastikblumen, ausgeblichene und grellbunte, lagen zwischen Kiefernnadeln und Moos auf den Grabsteinen. Kleine Schmuckgegenstände auf den Gräbern zeugten von den Bräuchen der Gullah, der Nachfahren der afrikanischen Sklaven, in Seaboro.

Ich ging bis zu der gegabelten Eiche, wo das Familiengrab der Loughlins lag. Der Boden fühlte sich vertraut an, wie gepolstert.

Die dichten Flechten, die wie dicker Plüsch von den Zweigen der Bäume hingen, schufen eine Atmosphäre der Abgeschiedenheit um Sams letzte Ruhestätte. In zwei schlichte Marmorplatten waren Jims und Sams Lebensdaten eingraviert. Die Platte auf dem kleineren Grab konnte ich kaum anschauen, doch sie war der Beweis für ein gelebtes Leben: Mochte es auch noch so kurz gewesen sein, der Bindestrich zwischen dem Geburts- und dem Todesjahr war gerechtfertigt.

Erst nachdem ich mich auf die Erde geworfen hatte, stellte ich fest, dass ich Dads Urne mit auf den Friedhof genommen hatte. Und zum ersten Mal wollte ich weinen, weinen um alles, was ich verloren hatte, um Dad, Mutter, Sam, meine Unschuld – aber ich konnte nicht. Als ich nach dem Gefühl suchte, das mir Tränen erlauben würde, fand ich nur eine leere Stelle in meinem Innern. Was ich mir mit zwölf Jahren gewünscht hatte – nie wieder den Schmerz des Verlustes zu spüren –, war endlich in Erfüllung gegangen.

Fünf

»Die Natur und die Bücher
gehören dem, der sie sieht.«
RALPH WALDO EMERSON

Das Bed and Breakfast in Seaboro befand sich auf einem Eckgrundstück vor den geschützten Sanddünen. Auf dem weißen Schild, das sich gefährlich nach links neigte, fehlte das e von Bed, dafür war in die linke untere Ecke ein Garnelenkutter gemalt. Das Haus war mit weißen Schindeln verkleidet, und in Blumenkästen und Pflanzkübeln wuchsen gepflegte Sommerblumen. Das Bullauge neben der Haustür zierte statt einer Gardine ein Fischernetz.

Ich holte meine Reisetasche aus dem Kofferraum und ging über den gepflasterten Fußweg zum Haus. Mitten im geräumigen Foyer stand ein Schreibtisch aus Kiefernholz. Dahinter tippte eine bleistiftdünne Frau, deren Haar straff zu einem Knoten gebunden war, auf einer Tastatur herum. Erst als ich mich leise räusperte, blickte sie auf.

Mit einer marionettenhaften Kopfbewegung nickte sie mir zu. »Hallo, ich bin Mrs Hamilton. Mein Mann und ich sind die Inhaber dieser Pension. Kann ich Ihnen helfen?« Ihr Blick wanderte an meinem beigefarbenen Rock hinunter und wandte sich plötzlich ab, als hätte sie eine Spinne oder sonst etwas Abstoßendes entdeckt.

Ich schaute an mir hinunter: Mein Rocksaum war voller Friedhofserde. »Ja, ich habe ein Zimmer reserviert.« Ich schwenkte den Zettel, auf dem ich mir die Buchungsnummer notiert hatte.

Mrs Hamilton streckte die Hand aus, las die Ziffern, als seien sie ungeheuer wichtig, runzelte die Stirn und schnalzte mit der Zunge. »Oje. Wir dachten, Sie würden erst morgen kommen.«

Ich nahm ihr den Zettel aus der Hand und deutete auf das Datum. »Hier steht, dass ich ab heute Abend reserviert habe.«

»Das habe ich gesehen«, meinte sie, »aber in meinem Computer steht was anderes. Selbstverständlich haben wir trotzdem ein Zimmer für Sie. Sie müssen sich bloß ein paar Minuten gedulden, damit ich es richten lassen kann.«

Sie läutete eine kleine Glocke, die auf dem Schreibtisch stand. Mit raschen Trippelschritten erschien eine junge Frau in weißer Kleidung im Foyer.

Mrs Hamilton sah mich an. »Sie können gern in der Bibliothek warten, wenn Sie möchten. Ihre Tasche können Sie hierlassen.« Dann wandte sie sich an die junge Frau. »Würden Sie Ms Leary bitte in die Bibliothek führen, bevor Sie ihr Zimmer zurechtmachen?«

»Ja, Madam«, antwortete das Zimmermädchen und bedeutete mir, ihr zu folgen.

Ich pochte auf den Schreibtisch. »Hat Forrest Anderson schon eingecheckt?«

Die Frau nickte. »Ja, schon vor ein paar Stunden.«

»Dann war sein Zimmer also fertig?« Ich hob die Augenbrauen.

Wieder nickte sie. Mit einem Seufzer folgte ich der jungen Frau den Flur entlang.

Die dunkel getäfelte, zur Bibliothek umfunktionierte Bar zog mich magnetisch an. Der Raum war mit Büchern tapeziert, die aussahen, als seien sie jahrelang nicht berührt worden. Dieser Anblick versetzte mir einen Stich – sicher hatten die Autoren sich nicht vorgestellt, dass ihre Werke einmal als reine Wanddekoration enden würden. Ich dachte an die vielen Bücher, die ich in meiner Jugend zerfleddert und nass in meinem Fahrradkorb herumgefahren oder kreuz und quer auf meinem Nachttisch gestapelt hatte. Für diese Bücher hier war zwar tadellos gesorgt, aber niemand liebte sie. Ich wandte mich zur Bar: Ein gerahmtes Schild verkündete, dass die Theke aus einer einzigen Eiche zugesägt worden war, die man im hinteren Teil des Grundstücks gefällt hatte. Auf diesem Stamm standen jetzt die Getränke und die Brezeln für die Reisenden. Ja, auch ich war nun eine Reisende. Bisher hatte ich in Seaboro immer in meinem Elternhaus oder bei Ellie geschlafen und in meinen letzten Nächten hier in Alice' Scheune.

Ich ließ mich auf einem Barhocker nieder und rieb mir das Gesicht. Im trüben Licht konnte ich mich in dem gewölbten Wandspiegel sehen, hinter dem Regal mit den Kristallkaraffen, die wie Soldaten in Reih und Glied standen. Ich hätte jetzt gern einen Martini gehabt, aber ein Barkeeper war nirgends zu sehen. Also stand ich wieder auf, trat an eine der Bücherwände und strich mit beiden Händen über die Buchrücken.

»Möchten Sie etwas essen oder trinken, Madam, während Sie warten?«

Vor Schreck ließ ich das Buch fallen, das ich gerade in die Hand genommen hatte, und fuhr herum. Hinter mir stand ein Phantom, das Ebenbild des alten Mannes aus Hemingways *Der alte Mann und das Meer*. Die Ähnlichkeit mit einer Illustration in meinem alten Schulbuch war verblüffend. Das musste Mr Hamilton sein, der Besitzer. Er war gealtert, so wie jeder Mensch im Laufe von achtzehn Jahren altert, und sein Gesicht war so rissig und zerfurcht wie die Rinde der Zeder, die an dem Weg zur Haustür stand. Vermutlich war sein Garnelenkutter inzwischen genauso alt und eingerostet wie er selbst. Zu gern hätte ich gewusst, ob er mit diesem alten Kahn immer noch den gesamten Fang für das alljährliche Garnelenkochen auf Charles Island lieferte. Doch fragen mochte ich ihn nicht – wenn ich anfing, mit ihm zu plaudern, würde er sich vielleicht an mich erinnern.

Ich hob das Buch wieder auf und stellte es ins Regal zurück.

»Ja, ich hätte gern einen Wodka Martini ohne Eis. Mit drei Oliven, bitte.«

Besorgt zog er die buschigen weißen Augenbrauen zusammen. »Wollen Sie wirklich nichts essen? Meine Frau könnte Ihnen ein Sandwich machen, oder vielleicht lieber ein Süppchen?«

»Nein, bestimmt nicht, das reicht mir so.«

»Sind Sie sicher?«

»Na gut, dann tun Sie eine Olive mehr rein.« Ich lächelte nur. Wie hätte ich ihm klarmachen sollen, dass ich überhaupt nicht hungrig war, weil die erinnerungsträchtige Luft mich gesättigt hatte? Dass ich im Moment nicht mehr aufnehmen konnte, als meine bloße Anwesenheit an diesem Ort erforderlich machte?

Ich ließ Mr Hamilton stehen und sank in einen alten Ledersessel, der an einigen Stellen so abgewetzt war, dass die Seide unter dem Bezug hervorschimmerte. Ich streifte die Schuhe ab und schlug die Beine unter. Wieder griff ich nach einem Buch und versteckte mich dahinter. Allmählich überkamen mich Zweifel, ob ich Dads Wunsch tatsächlich erfüllen konnte. Seit dem Augenblick, als ich das Tal zwischen den Bergen verlassen hatte, war mir zumute, als sei ich an eine Sauerstoffflasche angeschlossen, die nur für zwei Tage reichte. Ich musste mich beeilen, musste seine Asche schnell verstreuen, dabei aber langsam und ruhig atmen, damit ich den Vorrat nicht zu rasch verbrauchte.

Als Mr Hamilton mit dem Martini erschien, bedankte ich mich. Er erklärte, mein Zimmer sei gleich fertig und der Drink gehe aufs Haus.

An der gegenüberliegenden Wand hing eine Sammlung von Zeichnungen. Ich stand auf und schaute mir die vier Garnelenkutter an, die zu unterschiedlichen Tageszeiten dargestellt waren. Obwohl die Bilder nicht signiert waren, erkannte ich, dass sie Ellie Loughlins Werk waren. Ein Zittern überfiel mich, als hätte jemand gerade die Klimaanlage voll aufgedreht.

Vorsichtig berührte ich eins der Bilder – ein Fischerboot mit der Aufschrift *Blind Faith*. Hatte der Garnelenkutter wirklich so geheißen, oder hatte Ellie sich diesen Namen ausgedacht? Das wäre typisch für sie gewesen.

In jenen Sommertagen hatte sie mir das Zeichnen beigebracht, damit ich die Natur und die Freude um uns herum einfangen konnte. Sie hatte mir erklärt, dass jeder Mensch im Herzen ein Künstler sei und viele Einzelheiten das große Ganze ergäben. Sie hatte mir große schwarze Zeichenblöcke und angespitzte Zeichenstifte und Pastellkreiden geschenkt und wunderbarerweise immer gewusst, wann ein Block voll war. Dann schenkte sie mir den nächsten mit der Bemerkung: »Achte weiter auf die Details, Cappy!« Und das tat ich in diesem Sommer wirklich: Es gab viele Details, zu viele Details. Sie überwältigten mich fast – Vogel, Delphin, Sonnenuntergang und Landschaft nahmen scharf umrissene Formen an. Ich malte das Seeadlernest hinter Ellies Haus aus verschiedenen Blickwinkeln, so sehr faszinierten mich die Vogelküken darin und die Tatsache, dass die Mutter jedes Jahr mit demselben Partner wieder zu genau diesem Nest zurückfand.

Wenn mein Herz vor Empfindungen überströmte, dann ging ich reiten; ich galoppierte am Flussufer entlang, schneller, als Eve, meine Reitlehrerin, es aus Sicherheitsgründen erlaubt hätte. Die Stunden im Reitstall unserer Stadt waren ein unverzichtbares Element meiner Ausbildung zur Dame der Gesellschaft. Ich tat so, als ließe ich den Reitunterricht nur gezwungenermaßen über mich ergehen – genau wie die Klavier- und die Tanzstunden und den Unterricht in Etikette –, doch ich liebte die Pferde, ich liebte Eve, und ich fürchtete, dass Mutter mir die Reitstunden streichen könnte, wenn sie wüsste, wie viel mir daran lag. Also spazierte ich zum Stall und täuschte dabei Gleichgültigkeit vor, obwohl mein Herz schon beim Anblick der Weiden schneller schlug.

Manchmal lief ich auch zu Alice und Mack, Ellies Nachbarn, flüchtete mich zu Alice' Blumen und Kräutern, zu ihren weisen, exzentrischen Ratschlägen. Mack hatte in der Scheune eine Werkstatt, wo er die Möbel für mein Puppenhaus zimmerte. Dort brachte er auch Boyd das Schnitzen bei und lehrte ihn, dass man die geschwungenen Äste der Lebenseiche früher beim Bootsbau gern zu Planken für den Rumpf verarbeitet hatte.

Bäume, Ruinen, Fischerboote – ich zeichnete alles, was ich sah, spürte, wie es unter meiner Hand Gestalt annahm. Die Stunden, die ich nicht mit meinen Freundinnen und Freunden oder mit Ellie verbrachte, füllte ich mit Zeichnen und Malen aus. Auch wenn mir die Worte fehlten, um das, was ich ringsherum entdeckte und wahrnahm, zu beschreiben – das Zeichnen brauchte mir niemand beizubringen, es war mir in die Wiege gelegt.

Ich klemmte meine Werke in glänzende Plastikrahmen, für die ich mein gesamtes Taschengeld ausgab. Da ich mich nie getraut hätte, die verputzten Wände unseres Hauses durch Nägel oder Heftzwecken zu beschädigen, reihte ich die Bilder vor der Kommode und dem Schreibtisch in meinem Zimmer auf. Die »richtigen« Kunstwerke ließ Mutter von einem Schreiner aufhängen, um die Wände unserer Burg nicht zu ruinieren. Es war, als dürfe der Putz genauso wenig beschädigt werden wie das Leben meiner Eltern: Alles musste glatt, sauber und makellos bleiben.

An einem frühen Abend, kurz bevor die Gäste zu einer von Mutters Dinnerpartys eintreffen sollten, lag ich auf meinem Bett mit den vier Holzpfosten und las *Alice im Wunderland*. Als der kräftige, fast stechende Geruch des Jasmins über meine Fensterbank ins Zimmer quoll, dachte ich mir eine Geschichte aus, wie meine große Liebe mich eines Abends in der Dämmerung finden würde. Zwischen meinen Brüsten, die eben anfingen, sich zu entwickeln, rann der Schweiß hinunter, daher überlegte ich, mich ins Schlafzimmer meiner Eltern zu schleichen, wo mir, wenn ich die Klimaanlage am Fenster ganz aufdrehte, bald die Zähne klappern würden. Doch bevor ich mich aufgerappelt hatte, betrat Mutter das Zimmer. Ohne ein Wort machte sie sich daran, alle meine gerahmten Zeichnungen auf einen Stapel zu packen.

Reglos blieb ich auf meinem ehrwürdigen Quilt sitzen. Wenn ich etwas sagte oder meine Mutter gar zu ihrem Tun befragte, bestand die Gefahr, dass die Bilder ganz verschwanden. Mutter drehte sich zu mir und legte das Kinn auf den Stapel billiger Rahmen. Ich wusste, dass ich respektvoll abwarten musste, bis sie als Erste sprach.

»Schatz, nimm doch bitte die Tagesdecke ab, bevor du dich auf dein Bett legst oder setzt! Diese Patchworkdecke ist eine Handarbeit deiner Urgroßmutter, und wir wollen doch nicht, dass sie Schaden leidet … durch Körperöl, verstehst du.«

Ich stand auf, faltete den Quilt ordentlich zu einem Quadrat zusammen, wie man es mir beigebracht hatte, und legte ihn ans Fußende. Meine Hände und meine Zunge waren langsamer als sonst, so brennend interessierte es mich, was meine Mutter wohl mit meinen Kunstwerken vorhatte.

Sie wandte den Kopf mit dem adretten Knoten nach links und nach rechts. »Du hast dein Zimmer recht ordentlich aufgeräumt, Catherine. Wir werden heute Abend während der Dinnerparty eine Führung durchs Haus machen, deshalb lege ich diese Bilder in deinen Schrank – bis die Party vorbei ist. Danach darfst du sie dann wieder hinstellen, wo du möchtest.«

Ihr Tonfall hatte nichts Fragendes, daher war auch keine Antwort nötig. »Ja, Mutter« war alles, was ich sagte.

Sie packte den Bilderstapel ordentlich auf ein weiß gestrichenes Brett in meinem aufgeräumten Schrank, schloss die Tür mit dem Glasknauf und öffnete die nächste Schranktür. Mir fehlten die Worte. Meine künstlerischen Versuche waren Mutter offenbar peinlich; sie wollte nicht, dass ihre Freundinnen die Bilder sahen. Meine eigene Mutter war nicht stolz auf mich. Vorzeigbar war ich offenbar nur in den Bereichen, wo Mutter die

Hand im Spiel hatte: wenn es um mein Aussehen, mein Zimmer, meine Kleidung oder meine Manieren ging.

Sie nahm ein grünes Seidenkleid mit elfenbeinweißem Satinkragen von der oberen Stange und legte es auf mein Bett. »Weißt du, es ist nicht, dass deine Bilder mir nicht gefallen würden. Sie sind wirklich etwas ganz Kostbares, und du lernst das Zeichnen richtig gut, aber auf einer Tour durch das Haus wollen die Leute die Antiquitäten und die Einrichtung sehen.« Sie gab mir einen Kuss auf den Scheitel. »Dieses Kleid ist perfekt für das Essen gleich.«

»Ja, Mutter.«

Sie lächelte mich an. »Das verstehst du doch, oder?« sollte dieses Lächeln bedeuten. Damit erreichte sie jedes Mal, dass ich einwilligte, aus lauter Angst, ihr Missfallen zu erregen. Am liebsten hätte ich gesagt, dass ich ganz und gar nicht einverstanden sei, weil das Kleid am Hals kratzte und meine grünen Augen die widerliche Farbe von Erbsensuppe annahmen, wenn ich es trug. Stattdessen lächelte ich jedoch und nickte brav. Nachher würde ich zu Ellie flüchten. Im Laufe der Jahre hatte ich gelernt, Mutters Unmut möglichst nicht mehr herauszufordern, aber zufrieden war mein Herz erst in dem Augenblick, wenn ich die Tür zu Ellies hinterer Veranda über den Boden schleifen hörte.

Schließlich erwachte mein Selbsterhaltungstrieb doch noch, und ich fand die Sprache wieder. »Mutter, muss ich den ganzen Abend bleiben? Oder darf ich noch zu den Loughlins fahren? Das merkt doch niemand, und du hast ohnehin viel zu tun.«

Mutter rieb sich die Stirn, als risse ihr nun allmählich der Geduldsfaden. »Ich begreife nicht, warum du in dieses Haus voller Jungs willst, wenn wir hier eine schöne Dinnerparty haben. Camilla kommt auch, ihre Mutter wird servieren. Da hast du doch jemanden zum Spielen.«

»Ach, bloß nicht, Mutter! Ich kann Camilla nicht leiden. Sie ist so komisch, sie hasst mich und schleicht immer um Boyd rum.«

»So spricht eine kleine Dame nicht über eine Freundin, Catherine. Wir reden nicht darüber, wen wir mögen oder wen wir nicht mögen. Das ist unhöflich.«

Wie gern hätte ich ihr ins Gesicht geschrien, dass ich keine kleine Dame sei, aber ich sagte nur leise: »Bitte, Mutter!«

»Ach je, Catherine ... also meinetwegen, ja. Wenn du allen guten Abend gesagt hast, kannst du von mir aus zu Ellie rüberflitzen. Aber denk dran, dass du dein Kleid vorher ausziehst. Sonst machst du dir bestimmt Flecken darauf, wenn du mit den Jungs da zusammen bist. Und Jim soll dich nach Hause bringen; pünktlich um halb zehn bist du wieder hier.«

Ähnliche Kompromisse hatten wir auch früher schon ausgehandelt. Erst tat ich, was sie von mir erwartete, dann ließ sie mich tun, was ich gern wollte. Für mich war das ein gutes Tauschgeschäft. Nachdem ich der High Society Seaboros mit verkrampftem Lächeln Garnelenpastetchen gereicht hatte, würde ich den Rest des Abends in der Küche der Loughlins zubringen, in der es immer hoch herging.

Zwei Tage später fand der Sommer ein plötzliches, entsetzliches Ende, und ich kam nicht mehr dazu, die gerahmten Zeichnungen wieder aus dem Schrank zu holen.

Ich trank einen großen Schluck von dem Martini, den Mr Hamilton mir serviert hatte, und fragte mich, wo diese Zeichnungen, all die Boote, Bäume, Seeadler und Pferde, die ich zu Papier gebracht hatte, hingekommen sein mochten. Mir wurde klar, dass ich niemanden mehr hatte, mit dem ich darüber sprechen konnte – kein Mensch konnte es wissen. Mir blieb wohl nichts anderes übrig, als den Dachboden zu durchsuchen.

Die Verzweiflung bedrohte mich, als strichen Finger meinen Arm hinauf, um mich gleich zu packen. Wo blieb Forrest nur? Doch als ich mich von den Garnelenkuttern abwandte, stand auf einmal Piper hinter mir. Sie machte ein merkwürdiges Gesicht, hielt sich die Hand vor den Mund und hatte die Augen halb geschlossen, als wäre sie gerade aufgewacht.

»Was hast du denn?«, fragte ich.

»Du hast so … so verloren ausgesehen und so traurig.« Meine Freundin nahm mich in die Arme. »Ich wollte dich nicht stören …«

»Sind die nicht schön?« Ich wies auf die Zeichnungen.

Piper nickte. »Ja, sehr schön.« Sie strich mir über die Wange. »Ich freue mich so, dass du noch hier bist. Hatte schon befürchtet, du könntest wieder weg sein … bis ich endlich alle abgefüttert hatte und die Kinder im Bett waren.«

»Nein, nein, ich bin noch hier.«

Piper zeigte auf meinen schmutzverkrusteten Rock. »Was ist denn da passiert?«

Ich versuchte, die Mischung aus Moos und Erde wegzureiben, verschmierte sie aber nur noch mehr. »Ich bin auf dem Friedhof gewesen«, erklärte ich.

»Ja? Und wie geht's dir jetzt?«

Ich war gerührt, denn ich sah, dass meine Freundin sich wirklich Gedanken um mich machte. Es war keine rhetorische Frage gewesen, daher verdiente sie eine aufrichtige Antwort.

»Es ist schwer, zurückzukommen …« Ich trank von meinem Martini und ließ mich wieder in den Ledersessel sinken.

»Eine Menge Leute werden ganz begeistert sein, dich wiederzusehen.«

Ich lachte, aber es klang mehr wie ein Schnauben. »Na ja.«

Piper runzelte die Stirn. »Doch, ganz bestimmt.«

Mr Hamilton kam wieder herein. »Kann ich irgendetwas für die Damen tun?«

»Wo kriege ich denn so einen Drink her?«, fragte Piper. Sie trug Jeans und ein Tank-Top, wie ein Teenager, der gerade in die Eisdiele unterwegs ist.

»Und für mich auch noch einen«, bat ich.

Mr Hamilton trat hinter die Bar. »Sehr gerne, meine Damen.«

Nun ließ auch Piper sich in einem Sessel nieder und plauderte mit Mr Hamilton, bis er unsere Drinks brachte. Genüsslich kostete sie den ersten Schluck aus. »Hmm, kann mich gar nicht mehr erinnern, wann ich zum letzten Mal mit einer Freundin etwas trinken war.«

Ich dachte, sie würde vielleicht anfangen zu weinen, aber da beugte sie sich zu mir. »Jetzt erzähl mir bitte alles über dein Leben.«

»Nein. Erzähl mir von deinem. Meins ist öde«, widersprach ich.

»Ach Quatsch, das kannst du mir nicht weismachen. Berichte mir von deinem aufregenden Leben in einer Universitätsstadt mit Freunden und Partys und –«

»Ach ja?« Ich musste grinsen. »Also, ich bin Single, ich lebe immer noch in Cedar Valley und ich bin da an der Universität beschäftigt, an der Dad gelehrt hat. Ich arbeite für die PR-Abteilung, bin dem Sportbüro zugeordnet.«

»Und das heißt?«

»Ich vereinbare Interviewtermine für die Trainer, schicke Presseerklärungen raus und so weiter. Im Vergleich zu deinem ausgefüllten Leben ist das bestimmt eintönig.«

»Und die Liebe? Hast du einen Freund?«

»Ich gehe jetzt schon fast vier Jahre mit ihm. Er heißt Thurman – er ist der Basketballcoach an der Southern University.«

»Hach, ich weiß, wer das ist. Thurman Whittaker – ein hervorragender Trainer. Man sagt, dass er das Zeug dazu hat, eines Tages für die University of North Carolina zu arbeiten.«

Ich zuckte die Achseln. »Er würde sich bestimmt geschmeichelt fühlen, wenn er das hörte.«

»Vier Jahre«, meinte Piper. »Da musst du ihn ja wirklich lieben, wenn du schon so lange mit ihm gehst. Parker habe ich damals schon viel eher ein Ultimatum gestellt … ich hasse es nun mal, meine Zeit zu verschwenden.«

Einen Moment lang sah ich sie wortlos an. Irgendwie konnte ich noch nicht fassen, dass ich in Seaboro saß, mit Piper Martini trank und ihr von meinem Leben und meinem Freund erzählte. »Ja, um bloß miteinander zu gehen, sind vier Jahre wohl eine ziemlich lange Zeit. Aber immer, wenn ich mit dem Gedanken spiele, ihn zu verlassen, macht er wieder irgendwas ganz Tolles. Er hat mich sozusagen im Sturm erobert, und er weiß immer genau, was er sagen oder tun muss, damit ich bei ihm bleibe.« Ich befühlte den Anhänger aus Diamanten auf meiner Brust. »Unser Leben ist ganz schön verrückt, wegen unserer Jobs und so, aber wir kriegen es hin. Ich bin zufrieden damit. Aber jetzt erzähle mir von dir.«

»Also, meine drei Lausejungen hast du ja schon kennengelernt – zwölf, zehn und sieben sind sie jetzt. Ich habe Parker Barber geheiratet … Kannst du dich noch an ihn erinnern?«

»An Parker?« Lachend griff ich nach Pipers Arm. »In den warst du doch schon im Kindergarten verknallt. Und du hast ihn hinter dem Klettergerüst geküsst, das muss … na, in der fünften Klasse gewesen sein. Daraufhin durftest du nicht zu Mary-Lynns Geburtstag …«

Die Erinnerungen überschwemmten mich wie eine Springflut.

Piper nickte. »Ich war wild entschlossen, was? Also, diese Geschichte gehört eindeutig in die Kategorie ›Pass auf, was du dir wünschst‹.«

»Wieso?«

Sie machte eine wegwerfende Handbewegung. »Nein, ich meine das nicht negativ … Zurzeit habe ich bloß eine große Familie, um die ich mich kümmern muss. Ich finde Parker immer noch ganz toll – es ist bloß so viel los und alles so wuselig, und neunzig Prozent der Zeit bin ich fix und fertig.« Sie schaute in die Luft und sah mich dann wieder an. »Bist du immer noch so ein Bücherwurm?«

Ich lachte und trank einen Schluck von meinem Martini. »Ach, du glaubst wohl, ich bin nicht verheiratet, weil ich so eine Leseratte bin? Weil ich nichts anderes als Bücher im Sinn habe?«

»Nein, das wollte ich damit nicht sagen. Ich bemühe mich bloß gerade, mir vorzustellen, wie du lebst, aber ich kann nur die Cappy sehen, die ich hier gekannt habe.«

Ich ließ den Blick zu den Büchern abschweifen, die anscheinend nach Farben geordnet in den Regalen standen. »Nein, ich lese nicht mehr so gern. Der Job ist wahnsinnig anstrengend und ... Ach, genug von mir!«

Piper schwieg eine Weile, dann seufzte sie tief. »Kannst du nicht einfach ein paar Tage hierbleiben? Komm, Cappy. Ich liefere meine Rasselbande bei der Nachbarin ab, dann haben wir einen ganzen Tag für uns allein. Ich nehme dich mit zu unseren alten Lieblingsplätzen ... Wir können reden ...«

»Nein.« Der Gedanke daran, länger hierzubleiben als unbedingt nötig, ließ mich frei durch den Raum schweben – vielleicht wurde mein Sauerstoff schon knapp. Dann verging das Gefühl, und ich saß wieder in meinem Sessel und redete mit der Frau, die früher meine beste Freundin gewesen war.

Sie musste mir meine Entschlossenheit angehört haben, denn sie fragte nicht noch einmal. Wir sprachen über alte Freunde, sie erzählte mir Klatsch und Tratsch aus Seaboro, und wir lachten zusammen. Die Unterhaltung sprang von einem Thema zum nächsten, bis sie nach Ellie fragte.

»Ich habe sie heute besucht«, berichtete ich.

»Hat sie dich erkannt?« Gespannt beugte Piper sich vor.

»Schon möglich.« Nachdenklich fuhr ich mit dem Finger auf dem Rand des Martiniglases entlang.

»Ja wirklich?«

Und da fiel mir wieder ein, dass man meine beste Freundin nicht an der Nase herumführen konnte, sie ließ sich einfach nicht belügen, und sie fand immer das richtige Wort, in jeder nur denkbaren Situation.

»Ja – aber für sie war ich elf Jahre alt«, sagte ich. Dass Ellie nach Sam gefragt hatte, brachte ich allerdings nicht über die Lippen.

»Ja, das kann vorkommen. Boyd dringt manchmal zu ihr durch.« Piper lehnte sich wieder zurück und sah zur Decke hinauf. »Jim hat sie in diesem Zustand nicht mehr erlebt.«

»Was ist eigentlich wirklich mit Jim passiert?«, wollte ich wissen. »Mutter hat mir nur erzählt, dass er bei einem Unfall mit dem Boot ums Leben gekommen ist.«

»Ich glaube, was eigentlich passiert ist, weiß keiner so genau. Es gibt viele Theorien: dass er keinen Sprit mehr hatte, und er hatte ja keinen Funk. Oder dass er in der Sonne ohnmächtig geworden ist, als sein Motor ihn im Stich gelassen hat. Oder dass er sich das Leben genommen hat …« Piper biss sich auf die Unterlippe, als wolle sie den Rest dieser speziellen Theorie verschweigen.

Doch ich beendete den Satz für sie: »… weil er seinen Sohn verloren hatte.«

»Na ja, so richtig weiß es keiner. Ein paar Camper haben seine Leiche Wochen später auf einer der Inseln gefunden. Sein Boot hat ein Garnelenfischer oben in den *Outer Banks* entdeckt, einen Monat später. Falls Boyd oder Ellie genau wissen, was passiert ist, sagen sie es jedenfalls nicht.« Piper fuhr mit der Hand durch die Luft, als wolle sie das Thema verscheuchen. »Weißt du, Boyd hat Camilla geheiratet und ist nach Savannah gezogen – er hat eine kleine Firma, die Boote baut.«

»Camilla? Ich weiß noch, wie sie hinter Boyd her war, schon in der ersten Klasse. Mensch – ich hatte ja keine Ahnung, wie es mit ihm weitergegangen ist.«

»Weißt du noch, wie er unser Sunnyboy war, der Junge, auf den wir alle ein Auge geworfen hatten?«

»Ich hab mich nie in Boyd verguckt.«

»Ach, wie das Gedächtnis uns doch im Stich lassen kann, meine liebe süße Cappy. Wie schnell wir vergessen. Du warst doch bis über beide Ohren in ihn verliebt.«

Die Kieferndielen ächzten, dann ertönte eine dritte Stimme in der Bibliothek. »Cappy war mal bis über beide Ohren verliebt? Das kann nicht sein.«

Als Piper und ich uns umdrehten, sahen wir Forrest im Türrahmen lehnen, als stütze er den Rahmen mit der Schulter. Er kam zu uns, streckte Piper die Hand hin. »Hi, ich bin Forrest Anderson.«

Piper stand auf, sah zu mir hinunter und verzog verwirrt den Mund. »Hi«, begrüßte sie Forrest, »ich bin Piper Barber.«

Ich erhob mich ebenfalls. »Forrest, Piper ist eine alte Freundin von mir«, stellte ich sie vor. An Piper gewandt, erklärte ich: »Forrest ist Professor an der Southern University. Er ist hier, um über Dad zu recherchieren, er schreibt gerade einen Artikel über sein Leben und wie sein Unterricht sich auf seine Studenten ausgewirkt hat.«

»Nicht möglich«, meinte Piper.

Forrest nickte ihr zu. »Sie kennen also die Cappy Leary, die hier in Seaboro gelebt hat?«

»Das ist nicht mehr –« Ich brach ab und sah Piper an. »So heiße ich jetzt nicht mehr.«

»Nein?«

»Ich heiße jetzt Catherine.«

»Ach, du kleine Nörgeltante.« Piper verdrehte die Augen. »Setzen Sie sich doch«, sagte sie zu Forrest. »Aber wollen wir uns nicht duzen? Also, setz dich zu uns.«

»Oh«, mischte ich mich ein, »Forrest hat sicherlich noch zu tun, er muss Arbeiten korrigieren und so, stimmt's, Forrest?«

»Nein, eigentlich nicht.« Mit einem zufriedenen Seufzer ließ er sich uns gegenüber nieder. »Ich war ja den ganzen Tag allein, da hab ich 'ne Menge geschafft.«

Fragend sah Piper mich an. Ich hob die Hand, um mich zu rechtfertigen, dann deutete ich auf Forrest. »Er war gar nicht den ganzen Tag allein – ich habe ihn erst heute Nachmittag hier abgesetzt, bevor ich zum Anleger gefahren bin.« Ich schnitt Forrest eine Grimasse.

Er schmunzelte. »Kein Problem. Ich bin mit Mr Hamilton ins Gespräch gekommen und habe ganz viel über Seaboro gelernt. Anschließend habe ich einen langen Spaziergang am Strand gemacht und dann ein Buch über die Geschichte eures Städtchens gelesen. Ich habe wirklich eine ganze Menge geschafft. Morgen möchte ich einfach noch ein bisschen rumfahren und mir dein Elternhaus und die Ausstellung im Gericht ansehen. Mr Hamilton hat gesagt, die ist ein Muss. Außerdem interessiert mich der Hafen und wo du dich sonst noch so rumgetrieben hast.«

Piper lachte, woraufhin ich ihr einen Klaps gab. »Was ist denn daran so lustig?«

»Mir fällt gerade ein, dass ihr von alldem morgen gar nichts machen könnt«, sagte sie. »Ihr müsst doch noch einen Tag länger bleiben.«

»Und warum?«

Sie lächelte schelmisch, ein Lächeln, an das ich mich gut erinnerte: Immer, wenn sie mich zu etwas hatte überreden wollen, womit ich mir dann Ärger einhandelte, während sie ungeschoren davonkam, hatte sie so gelächelt. »Morgen ist alles geschlossen – ist doch Sonntag.«

Ich stöhnte.

»Also wirst du wohl hierbleiben müssen, Cappy.«

»Kannst du mich nicht ins Gericht reinlassen? Hast du keinen Schlüssel dafür?«

»Ich habe Parker Barber geheiratet, nicht den Bürgermeister«, meinte Piper. »Morgen hat gar nichts offen, weder die Geschäfte noch das Gericht noch Morgans Krämerladen.« Sie lächelte Forrest zu. »Bis auf den Hafen hat alles, was du gerne sehen möchtest, bis Montag geschlossen, und Montag ist dann Memorial Day, da könnt ihr zum Picknick kommen, zur Parade, zum Garnelenkochen … Morgen könnt ihr gerne mit uns in die Kirche gehen und anschließend bei uns Mittag essen –«

»Stopp!« Ich schnitt ihr das Wort ab. »Wir kommen weder zur Parade noch zum Picknick noch in die Kirche oder zum Lunch. Forrest ist zum Recherchieren hier, und ich will Dads Asche verstreuen. Danach fahren wir zurück.«

Forrest beugte sich vor. »Also, schönen Dank, Piper. Das klingt ja verlockend. Ich nehme die Einladung an.«

»Forrest.« Ich schlug die Zähne aufeinander, sodass ich mir innen auf die Wange biss. In meinem Rachen breitete sich der metallische Geschmack von Blut aus. »Das kommt überhaupt nicht in Frage.«

Er zuckte die Achseln. »Du brauchst ja nicht mitzugehen. Ich kann ohne große Probleme allein recherchieren.«

»Reicht dir das nicht, was du heute von Mr Hamilton und aus deinem Buch erfahren hast?«

»Man muss die Dinge sehen, man muss sie spüren, um darüber schreiben zu können, Cappy.« Er grinste, und ich funkelte ihn böse an.

»Hast du schon viel rausgekriegt?«, fragte Piper ihn ganz unbeeindruckt. »Mr Hamilton und seine Nachkommen sind seit Anbeginn der Zeit hier, wenn man ihm Glauben schenken kann. Ich glaube, der erste Hamilton war eine Garnele, die sich zu einem Menschen weiterentwickelt hat.« Piper lachte über ihren eigenen Scherz.

Forrest stimmte in ihr Gelächter ein. »Ja, Mr Hamilton hat wirklich viel zu erzählen.« Er wandte sich an mich. »Ich habe herausgehört, dass er recht gut mit deinem Vater befreundet war.«

Ich nickte. »Ja, sie sind damals zusammen zum Fischen rausgefahren.«

»Er hat sich jedenfalls sehr gerne an die alten Zeiten erinnert, und es klang so, als wäre dein Vater damals nicht viel anders gewesen als in den Jahren, in denen ich ihn gekannt habe.«

»Das hab ich dir ja schon gesagt ... Du findest hier nichts Neues.«

»Na ja, aber ein paar Neuigkeiten habe ich doch in Erfahrung gebracht – ich hatte ja keine Ahnung, dass du damals ein halber Junge warst und ausgezeichnet geritten und hervorragend geschwommen bist und jede Menge Unfug angestellt hast.«

»Stimmt gar nicht«, presste ich hervor.

»Doch, doch, das stimmt wohl«, rief Piper. »Und in der fünften Klasse war sie die schnellste Läuferin von allen.«

»Und«, sagte Forrest, »dann habe ich gerade eben von dir« – er machte eine Kopfbewegung zu Piper hin – »gehört, dass sie bis über beide Ohren in einen Jungen namens Boyd verknallt war.«

Ich fuhr hoch und stampfte mit dem Fuß auf. »Jetzt reicht's aber! Schluss damit!«

Piper fasste mich am Ellbogen. »Was hast du denn, Cappy? Komm, setz dich wieder hin ...«

»Hör mal, ich habe einen ganz langen Tag hinter mir. Ich möchte einfach ins Bett.« Ich sah auf Forrest hinunter. »Morgen zeige ich dir ein bisschen die Stadt – du kannst alles besichtigen, was geöffnet ist. Wir machen eine richtige Stadtrundfahrt.«

Piper stand auch auf. Während sie mich in die Arme nahm, flüsterte sie mir ins Ohr: »Um halb elf morgen Vormittag ist Gottesdienst. Bis dann.«

Ich schüttelte den Kopf – ein definitives Nein. Bevor ich ihr eine gute Nacht wünschte, versprach ich ihr jedoch, sie vor meiner Abfahrt noch anzurufen. Dann nickte ich Forrest zu. »Schlaf gut.«

Mr Hamilton kam in die Bibliothek geschlurft. »Entschuldigen Sie, dass ich störe, aber ich hatte ganz vergessen, Ihnen zu sagen, dass Ihr Zimmer längst fertig ist«, meinte er zu mir.

»Macht nichts, danke.«

Er reichte mir den Schlüssel. »Sie sind Catherine Leary«, stellte er fest. Es war keine Frage.

Ich nickte nur.

Nachdem ich die Tür von Zimmer Nummer vier – dem Leuchtturm-Zimmer – hinter mir geschlossen hatte, zog ich meinen Schlafanzug an, ließ mich ins Bett fallen und ignorierte konsequent die Zimmerdecke, die sich nach den beiden Martinis auf nüchternen Magen über mir drehte. »Ja«, sagte ich laut in das leere Zimmer hinein. »Ich bin *die* Catherine Leary, sehr richtig.«

Irgendwann kam flüsternd und leise der Schlaf, doch da klopfte es an der Tür. Ich sprang auf – immerhin bestand ja die Möglichkeit, das Thurman meine Nachricht abgehört hatte und mich nun in Seaboro besuchte. Ich öffnete, doch es war bloß Forrest. Enttäuscht ließ ich die Schultern hängen. »Brauchst du irgendwas?«

»Ich bin wirklich nicht hier, um dich zu ärgern.«

»Okay«, sagte ich, »lass uns einfach ein bisschen schlafen.«

»Hast du die Asche verstreut?«, fragte er leise und berührte meine Schläfe, eine Geste, an die ich mich von früher her erinnerte. Vor Jahren hatte er mich so gestreichelt, wenn er mich besänftigen wollte oder wenn ich über irgendetwas nicht sprechen wollte, was ihm am Herzen lag … Ich schloss die Augen und spürte, wie er durch meine zerzausten Locken strich.

Fast hätte ich mich gegen seine Hand gelehnt, doch ich konnte mich gerade noch bremsen, zog den Kopf weg und hob abwehrend die Hand. »Nein, noch nicht. Piper ist plötzlich aufgetaucht und … ich mache das morgen, bevor wir abfahren.«

»Ich will morgen noch nicht weg«, erklärte Forrest und zog die Hand fort. »Aber wenn du loswillst, fahr nur. Ich kann auch einen Leihwagen nehmen. Jedenfalls wollte ich dir Bescheid sagen, dass ich nicht die Absicht habe, morgen schon abzureisen. Ich fände es sehr schön, wenn du mit hierbleiben würdest. Wirklich, Seaboro ist so ein bezauberndes Städtchen. Aber wenn du meinst, du musst weg, kann ich das verstehen.«

»Ich habe wirklich das Bedürfnis, morgen wieder abzufahren. Ich muss nach Hause zu Murphy und Thurman …«

Forrest nickte. »Gute Nacht.«

Er drehte sich um, und ich schloss die Tür, lehnte mich mit dem Rücken gegen das Holz und rutschte auf den Boden. Eine ganze Weile saß ich so da, bevor ich hörte, wie Forrests Schritte sich den Flur hinunter in Richtung seines Zimmers entfernten. Da stand ich endlich auf und ging wieder ins Bett.

Sechs

»Das Zusammentreffen zweier Persönlichkeiten ist wie eine Mischung zweier verschiedener chemischer Körper: Tritt eine Verbindung überhaupt ein, so sind beide gewandelt.«

C.G. JUNG

Als ich erwachte, bahnte grelles Sonnenlicht sich einen Weg ins Zimmer: Ich hatte vergessen, vor dem Schlafengehen die rot-weiß-blau karierten Vorhänge zuzuziehen. Letzte Schleier des für diese Gegend so typischen Morgennebels hingen in der Luft: Es war also noch früh. Ich drehte mich um und blickte zum Fenster hinüber, ohne den Kopf vom Kissen zu heben. Ein kleiner grüner Baumfrosch presste mit gespreizten Beinen den Bauch an die Glastür. Thurman hätte mich gestern Abend vor dem zweiten Martini gewarnt – zu Recht.

Ich wühlte mich aus meinen Decken, setzte mich auf der durchhängenden Matratze auf und stellte die bloßen Füße auf die alten Kieferndielen. Nachdem ich das Häufchen neben dem Bett als meinen zerknautschten Rock identifiziert hatte, schlurfte ich zur Verandatür. Ich klopfte gegen das Glas, um den grünen Frosch fortzuscheuchen, dann zog ich die Tür weit auf und trat auf die kleine Veranda mit der Balustrade, die auf den Strand hinausging. Das splittrige Holz kitzelte mich an den Füßen. Ich zupfte an der abblätternden Farbe des Geländers, das so morsch aussah, als könnte es nicht einmal dem Gewicht eines Kindes standhalten.

Ach, ein schöner, langer Strandspaziergang, der den Kopf frei machen würde, das war die Lösung. Dabei würde ich vielleicht meinen Seelenfrieden wiederfinden. In der Einsamkeit, nur mit den Wellen und den Gezeiten zusammen, die ich einst so geliebt hatte, und ohne Forrests und Pipers forschende Blicke würde ich womöglich begreifen, warum Dad hierher zurückgekehrt war und was Forrest mit den »fehlenden Seiten« meinte.

Als ich ins Zimmer zurückkam, musste ich lächeln. Thurman hätte den kitschigen Nippes von der Küste und die Tapete mit Rettungsring- und Ankermotiven im Bad einfach grässlich gefunden. Ich zog Jogging-Shorts und ein Top an, schlüpfte in meine Sportschuhe, ohne die Schnürbänder aufzuknoten, und während ich mein Haar zu einem Pferdeschwanz zusammenband, trat ich wieder auf die Veranda hinaus.

Der Brettersteg zog sich über die Dünen hin, über Strandhafer und dichte Grasbüschel, in denen sich die kleinen runden Kletten verbargen, die sich mit ihren Widerhaken in meine Füße und Beine bohren würden, falls ich es wagen sollte, barfuß über den Sand zu laufen. Während ich dem Holzsteg folgte, befahl ich mir, mich einfach zu entspannen, am Strand entlangzuschlendern und das Meer auf mich wirken zu lassen. Der Wind zerrte an meinen Haaren, zupfte Strähnen aus dem Gummiband und peitschte sie mir ins Gesicht. Wütend strich ich sie weg, aber das wehende Haar war nur ein zusätzliches Ärgernis. Ich fühlte mich so zermürbt, als flatterten mit den Haaren auch meine Nerven im Wind.

Als der Steg endete, ging ich im Sand weiter. Mit jeder Biegung änderte der Strand seinen Charakter. Austernschalen knackten unter meinen Schuhen, mit einem Geräusch, als würde dünnes Glas zerbrechen. Bald verwandelte sich der weiße, von Wind und Wasser glatt gefegte Strand in ein Feld aus Muschelschalen und Seetang, das schließlich in die von kleinen Flussläufen durchzogenen Sumpfwiesen überging.

Im Gehen zog ich die Schultern bis zu den Ohren hoch. Ich grub die Fingernägel in die Handflächen, und meine Schritte waren so schwer, dass ich in dem feuchten Sandstreifen, den das ablaufende Wasser hinterließ, tiefe Spuren hinterließ. Ausgebleichte Baumstämme ragten geisterhaft aus dem Sand, als verzerrte Erinnerungen an den urzeitlichen Wald, der hier gewachsen war, bevor der Ozean das Land überflutet hatte. Weiße Schaumkronen tanzten auf den Wellen. Die niedrig hängenden zinngrauen Wolken kündigten Regen an. Das Gefühl, das ich unter meinem zu schweren Kopf und meiner ausgedörrten Kehle darunter spürte, hatte weder etwas mit Seelenfrieden zu tun noch mit Verstehen.

Daran erinnerte ich mich – wie ich als Kind, wenn ich eine Weile am Meer gestanden hatte, plötzlich aus dem Bauch heraus etwas wusste, noch bevor ich diese Wahrheit mit dem Verstand erkannt hatte. Ich lenkte meine Gedanken auf das Gute in meinem Leben, auf die Situationen, die ich verstehen konnte: auf Thurman und seine verlässliche Liebe.

Ich schloss die Augen und sah uns beide nach einem Basketballspiel, nach einem großen Sieg über die University of North Carolina. Thurman hielt mich an der Hand, zog mich mit auf das Spielfeld, hob mich hoch und küsste mich vor der ganzen Zuschauermenge. Das Foto war am nächsten Morgen auf dem Cover der Sportbeilage unserer Tageszeitung erschienen, daher fiel es mir leicht, es vor meinem inneren Auge zu sehen, es mir wieder ins Gedächtnis zu rufen.

Ich suchte nach weiteren Bildern, welche die Leere und Ungewissheit, in die Seaboro mich gestürzt hatte, wieder füllen sollten: Thurman, der mich nach Asheville in sein Elternhaus mitnahm, Thurman, an dessen Schulter ich einschlief, während wir bei ihm zu Hause in Cedar Valley einen Film sahen, Thurman, der letztes Jahr mein Geburtstagsessen hatte anbrennen lassen, weil er vergessen hatte, den Timer am Backofen einzustellen. Oder wir beide, wie wir durch das Uni-Viertel schlenderten, Thurman hatte mir den Arm um die Schultern gelegt und nur Augen für mich, während er über meine Geschichte lachte, wie das Fernsehen einen seiner Spieler interviewt hatte.

Gestärkt von diesen Erinnerungen, kehrte ich dem Meer den

Rücken und joggte über den treibenden Sand zurück, betrat mein Zimmer und schnappte mir das Handy, um Thurman anzurufen. Ich schloss die Augen, um die Kopfschmerzen abzuwehren, die sich ausbreiten wollten, und stellte mir vor, wie in einem einsamen Hotelzimmer irgendwo in Alabama sein Handy klingelte. Endlich ging seine Mailbox dran, und ich hinterließ ihm mal wieder eine Nachricht – knapp und genervt.

Ich ließ mich in den mit Leuchttürmen bedruckten Sessel fallen und überlegte. *Was hatte er noch gesagt, wo er übernachten wollte? In einem* Fairfield *vielleicht? Oder in einem* Hilton? Ich rief die Auskunft in Tifton, Alabama, an und fragte nach der Nummer des *Fairfield*. Als kurz darauf jemand abnahm und mich kommentarlos mit dem Zimmer von Thurman Whittaker verband, war ich fast sprachlos vor Verblüffung.

»Hallo?« Eine schlaftrunkene weibliche Stimme bahnte sich einen Weg direkt in meine Eingeweide. Ich krümmte mich im Sessel zusammen und kniff die Augen zu, als könnte ich die Frau am anderen Ende der Leitung tatsächlich sehen. Bestimmt hatte die Rezeption mich mit dem falschen Zimmer verbunden.

»Mist, geh nicht dran.« Das war Thurmans tiefe Stimme im Hintergrund. Meine Gedanken rollten sich zusammen wie die Igelkugeln in dem grotesken Krocketspiel in *Alice im Wunderland*.

»Sorry, hab ganz vergessen, wo ich bin.« Die Frauenstimme klang träumerisch, undeutlich. In meinem Handy krachte es, als hätte auf der anderen Seite jemand das Telefon fallenlassen oder an sich gerissen; dann klickte es, die Verbindung war getrennt.

Die Panik meldete sich zuerst unter meinem Nabel, dann wanderte sie nach oben, bis ich mir an die Kehle griff, um nicht loszuschreien. Aber ebenso wenig, wie ich ungeschehen machen konnte, was in der letzten Nacht in jenem Hotelzimmer passiert war, konnte ich meine Panik kontrollieren. Würgend rannte ich ins Badezimmer und leerte die Reste meines Martini-Dinners in das antike Waschbecken mit der Standsäule. Tief durchatmen, ganz tief atmen! Jetzt ging mir wirklich der Sauerstoff aus. Mit ausgebreiteten Armen glitt ich auf den Fußboden, legte die Stirn auf die kalten Fliesen, neben den Ventilator der Klimaanlage.

Plötzlich hörte ich in meinem Kopf die Frage, die Forrest mir gestellt hatte: *Was möchtest du zum Zeitpunkt deines Todes tun?*

»Jedenfalls nicht das hier«, antwortete ich laut. »Ich will nicht in einem leeren Pensionszimmer verrecken, verkatert und allein, während mein Freund in Alabama mit einer anderen im Bett liegt. Nein, nicht das hier …« Ein Schluchzen stieg mir in die Kehle – aber ich hatte meine Tränen so lange zurückgehalten, so viele Jahre schon, dass ich sie auch jetzt unterdrückte, obwohl meine Augen wie von Nadelstichen brannten.

Keine Ahnung, wie lange ich dalag. Erst der Durst veranlasste mich schließlich, aufzustehen und mir Wasser aus der Minibar zu holen.

Ich wusste – so wie man etwas im tiefsten Innern einfach weiß –, dass ich nicht die falsche Nummer gewählt hatte und dass man mich auch nicht mit dem verkehrten Zimmer verbunden hatte. Trotzdem guckte ich mein Handy an, als hätte es mich betrogen. Mit spitzen Fingern hob ich es auf, als wäre es verseucht, beschmutzt von dem, was gerade geschehen war. Ich schaltete es aus, klappte es zu und warf es immer wieder von einer Hand in die andere.

Jemanden anrufen, irgendwen. Mein Instinkt sagte mir, dass Thurman drangehen würde, wenn ich ihn jetzt auf dem Handy anriefe. »Was? Du musst dich verwählt haben. Ich bin doch hier«, würde er mit ruhiger, verschlafener Stimme sagen. Und ich würde ihm glauben, würde mir einreden lassen, dass man mich falsch verbunden hatte, dass er in Wirklichkeit gerade im Foyer des *Fairfield* Kaffee trank, mit irgendeiner Tageszeitung auf dem

Schoß. Man konnte mich so leicht einwickeln. *Sei einfach zuverlässig, bitte sei zuverlässig.*

Entschlossen knallte ich das Handy auf den Tisch und fing an zu packen. Ich wollte nach Alabama fahren, wollte Thurman und diese Frau auf frischer Tat ertappen, die tief gekränkte Freundin spielen und den beiden eine Riesenszene machen, ihnen mit Gekreisch und Vorwürfen einen Mordsschrecken einjagen.

»*Catherine*«, sagte ich laut und eindringlich zu mir, »*bis du da ankommst, haben sie alle Spuren verwischt, deine Wut ist verraucht und alle Beweise sind verschwunden, als wäre es nie passiert.*«

Auf den Kieferndielen schimmerte Licht. Ich blinzelte in die Sonne, die durch die Fensterscheiben fiel, und mir wurde klar, dass ich erst Dads Bitte erfüllen musste, bevor ich mich darum kümmern konnte, was mich bei Thurman erwartete.

Heute Vormittag würde ganz Seaboro in der Kirche sein, bis auf die Handvoll Männer, die stets behaupteten, die Natur sei ihre Kirche, und zum Fischen loszogen. Es war genau der richtige Zeitpunkt, um zum Anlegesteg zu fahren – mit Dad.

Ich schlüpfte in ein geblümtes Sommerkleid, bürstete mir das Haar aus dem Gesicht und band mir einen straffen Pferdeschwanz, dann schnappte ich mir meine Autoschlüssel und die Urne und lauschte dem leisen Ruf des Flusses.

Aber nachdem ich mich aus dem Bed and Breakfast geschlichen hatte, fuhr ich doch nicht an den Fluss. Ich verstand selbst nicht ganz, warum ich in Ellies Einfahrt landete. Ein schwacher Hoffnungsschimmer hatte mich hergeführt – zu Ellies friedlichem Haus. Dort erwartete mich jedoch ein Mann, der an einer hölzernen Verandasäule lehnte. Rauch kräuselte sich um seine Silhouette, und als er sich umdrehte, sah ich eine Zigarette glühen.

Boyd Loughlin.

Als ich zwölf war, hatte er meine Wange gestreichelt und mir eine ganz neue Welt voller Erwartung eröffnet. Es war ein glühend heißer Vormittag gewesen. Ellie und Mutter machten ihre Samstagseinkäufe. Meine Mutter nahm die Freundschaft der Loughlins hin, wie man einen überdrehten Welpen duldet, den jemand als Geschenk für die Kinder mitgebracht hat. Wir Kids waren unzertrennlich, die Väter gute Freunde, und auch meine Zuneigung zu Ellie und Boyds sowie Sams Anhänglichkeit an Dad verbanden die beiden Familien. Mutter tolerierte die Familienpicknicks am Fluss und drückte ein Auge zu, wenn ich zu den Loughlins runterflitzte oder Dad die Jungs mitsamt den Fischen, die sie gefangen hatten, zum Abendessen mitbrachte.

Mutter begleitete uns bei unseren Unternehmungen mit einem perfekt sitzenden Lächeln, gepacktem Picknickkorb und gefüllter Thermosflasche. Heute wollte Ellie uns mit an den Wahoo Creek nehmen, und Mutter hatte unser Mittagessen schon vorbereitet. Wahrscheinlich sei es inzwischen vollkommen zu Brei geworden, klagte sie, denn Ellie hatte sich verspätet, weil sie noch beim Unkrautjäten im Kirchgarten mitgeholfen hatte.

In die Kunstledersitze des Kombis gelehnt, warteten Boyd und ich auf unsere Mütter. Auf dem Marktplatz wimmelte es von Leuten, die den Vormittag zu ähnlichen Besorgungen nutzten, weil es in der Mittagszeit an die vierzig Grad heiß werden sollte, bei hundert Prozent Luftfeuchtigkeit. Boyd und ich hatten jeder fünf Cent, aber um dafür im Drugstore eine Cola oder eine Limo mit frisch gepresster Zitrone zu erstehen, hätten wir uns dem glühend heißen Asphalt aussetzen müssen, und das war uns zu anstrengend.

Boyd winkte aus dem Fenster. »Sieht aus, als wären sie gleich fertig …«

Mutter und Ellie hatten sich bei Morgans Lebensmittelladen angestellt. »Gott sei Dank.« Ich sah Boyd an. Wieder winkte er jemandem zu, den ich aber nicht sehen konnte, daher beugte ich mich vor.

»Hi, Boyd. Hi, Cappy.« Camilla Holloway beugte sich zum

Wagenfenster hinunter, sodass der strenge, rot leuchtende Mittelscheitel zu sehen war, der ihr langes blondes, leicht fettiges Haar teilte. Sie wäre hübsch, dachte ich, wenn sie nicht immer so aussähe, als hätte sie eine Woche lang nicht gebadet.

»Hi, Cammie! Was machst du denn hier?«, fragte Boyd.

»Warum hockt ihr denn in dem heißen Auto?«

»Wir warten darauf, dass unsere Mütter vom Einkaufen wiederkommen ... Draußen ist uns zu heiß«, sagte ich, ließ mich wieder gegen die Lehne plumpsen und schloss die Augen.

»Ach so«, war Camillas Kommentar.

Boyd zeigte aus dem Fenster. »Da kommen sie schon.«

»Was macht ihr heute?« Camilla zog an einer Haarsträhne.

»Wir gehen zum Strand und dann den Wahoo hoch, weil wir erforschen wollen, wo er herkommt«, antwortete Boyd.

»Könnt ihr euch das nicht einfach auf der Landkarte angucken?« Als ich die Augen öffnete, schaute Camilla mich an.

Ich rollte den Kopf auf der Lehne hin und her. Auf der Landkarte nachgucken? So was hätte meine Mutter auch sagen können. Wusste Camilla denn nicht, dass eine Karte nie zeigte, wo so ein Flüsschen in Wirklichkeit entsprang und was man an seinem Lauf alles entdecken konnte? Den Panzer von einem Pfeilschwanzkrebs, Scherben von indianischen Gefäßen, einen Haifischzahn, der flussaufwärts gespült worden war, die Schlucklöcher im Sumpf, die das Bein bis zum Knie verschlingen konnten. Solche Schätze waren auf einer Landkarte nicht eingezeichnet. Ich gab Camilla keine Antwort, sondern schaute nur aus dem Fenster und bemerkte: »Dein Bruder rennt auf die Straße.« Dann schloss ich wieder die Augen vor so viel Dummheit.

Camilla rannte um den Wagen herum und holte ihren kleinen Bruder von der gepflasterten Fahrbahn.

Boyd wandte sich wieder mir zu. »Du magst sie nicht«, stellte er fest.

»Doch.«

»Nein, stimmt nicht.«

»Du denn?«, fragte ich neugierig, aber ohne genau zu wissen, warum es mich interessierte.

»Sie ist nett, Cappy. Und sie tut mir leid.« Das war typisch Boyd – ein Junge, der mit einem Pfeilschuss einen Hirsch treffen konnte, aber Mitleid mit einem verletzten Streifenhörnchen oder einem schüchternen Mädchen hatte.

Ich wusste, dass ich eigentlich auch Mitleid mit Camilla haben sollte. Sie hing immer zu Hause, weil sie drei kleine Brüder hatte und ihrer Mutter helfen musste. Ihr Vater hatte sich nach der Geburt des Jüngsten aus dem Staub gemacht. Die Geschichten darüber, wo er hingegangen und was ihm zugestoßen war, waren so zahlreich wie die Austern am Rand der Bucht. Aber ich ärgerte mich einfach über Camilla, dauernd machte sie sich an Boyd heran und wollte sich mit ihm anfreunden, obwohl er doch schon eine Freundin hatte: mich.

Ich fummelte an dem ausgefransten Rand der aufgenähten Blume auf meiner Jeansshorts herum. Schweiß rann an meiner Wirbelsäule entlang; meine feuchten Beine rutschten über das Wagenpolster, während der Träger meines Tops mir am Rücken scheuerte. Boyd streckte die Hand aus und strich mit einem Finger über meine Schläfe, um eine feuchte Locke von meiner Wange zu schieben. Sie sank auf meine bloße Schulter. »Das Haar klebte dir im Gesicht«, bemerkte er nüchtern, bevor er den Kopf wieder aus dem Fenster streckte.

Diese einfache Berührung, die Art, wie er den Finger über meine Wange hatte gleiten lassen, brach meine jugendliche Unschuld ein Stückchen weit auf; genau das, was mich im Schlaf verfolgt und an den Sommermorgen mit mir getanzt hatte, nahm mir jetzt den Atem, ließ meinen ganzen Körper schlaff werden und meine Beine kribbeln, als hätte ich zu lange im Schneidersitz gesessen. Es war eine körperliche Empfindung, die ich noch nie gehabt hatte, wie eine Mischung aus Angst und Erwartung.

Erst später erfuhr ich, dass dieses Gefühl einen Namen hat: Verlangen.

Wie es auch heißen mochte, es sollte alles verändern, und ich war noch nicht bereit dafür. Aber immerhin wusste ich, auf wen ich wartete, und in diesem Wissen war ich zufrieden und geduldig.

Als alle Besorgungen und Arbeiten im Haus erledigt waren, als ich meine Pflichten erfüllt hatte und in die Freiheit zu Fluss und Meer entlassen wurde, stürmte ich aus der Küche. »Pass gut auf. Und sei vor der Dunkelheit wieder zu Hause und versuche doch einfach mal, dich heute wie eine Dame zu benehmen, nicht wie ein Lausebengel!«, rief meine Mutter hinter mir her.

»Ja, Mutter!«

Ich jagte zur Mündung des Flüsschens hinter Boyds Elternhaus. Bei ablaufender Flut ergoss es dort sein träges Wasser in den Seaboro River.

Schon von weitem hörte ich Boyds Stimme. Anscheinend zankte er sich mit seinem Freund Ross. Ich blieb stehen. Um unbemerkt zu horchen, duckte ich mich hinter die hohen Gräser.

»Für ein anständiges Baseballspiel fehlt uns noch ein Mann in unserem Team, Boyd. Aber nein, du bist ja so was von lahmarschig, du musst mit einem Mädchen im Bach spielen. Das ist doch wirklich was für Schlappschwänze. Manchmal frage ich mich ernsthaft, wieso du eigentlich mein Freund bist.«

»Jetzt halt aber mal die Klappe, Ross! Ich hab Cappy versprochen, dass ich heute mitkomme. Wir wollen –«

Ross unterbrach ihn. »Ist mir so was von scheißegal, was ihr vorhabt. Du benimmst dich wie ein Mädchen, du willst Vater-Mutter-Kind spielen …«

»Wir spielen nicht Vater-Mutter-Kind. Wir bauen ein Fort, du Depp.«

Ich duckte mich noch tiefer hinter die Grasbüschel.

»Was soll ich denn den anderen sagen?«, fragte Ross. »Dass du mit irgendeiner Tussi Kaffeekränzchen spielen willst?«

»Fangt schon mal an. Ich komme später dazu.«

»Manchmal finde ich dich wirklich zum Kotzen, Boyd.«

»Jetzt reicht's aber, Ross! Halt die Klappe! Zum Kotzen findest du mich? Du kannst gleich kotzen, wenn ich dir nämlich diesen Krebs hier in …«

Ich hörte schnelle, platschende Schritte im Schlamm, und schon kamen Boyd und Ross aus dem wilden Strandgras auf den Rasen gerannt, wo ich mich versteckte. Boyd hielt einen zappelnden Krebs in der Hand.

Ich schrie auf, versuchte noch, Ross auszuweichen, aber in der Hocke konnte ich mich nicht schnell genug bewegen, sodass er mich umstieß. Boyd war ihm auf den Fersen und stürzte auf uns beide. Während ich mich unter den Jungen herauswand, trat ich nach Ross. »Los, runter von mir, du Blödmann!«

»Du hast hier spioniert«, fauchte er. »Und ich sage deiner Mutter, dass du ›Blödmann‹ gesagt hast.«

»Ross!« Boyds Stimme schallte weit über den Rasen. »Geh nach Hause!«

Ross rappelte sich auf, lief an uns vorbei und holte einen Klumpen Schlamm vom Bachufer. Den klatschte er mir erst an den Hinterkopf, dann schmierte er feuchten Brei in meine Locken. Ich schrie und holte aus, um ihn zu schlagen, aber er rannte Boyd direkt in die Arme. Als Boyd ihn hinten am Hemd packte, riss es vom Hals bis fast zur Taille hinunter auf. Er drehte Ross herum. »Fass nie wieder ein Mädchen so an! Wehe, wenn du Cappy noch einmal haust, dann mache ich dich fertig, das schwöre ich dir!«

»Lass mich los!«, kreischte Ross.

Als Boyd ihn freigab, plumpste Ross auf den Boden, seine Beine gaben einfach unter ihm nach. Auf dem Hintern rutschte er ein Stück von uns weg, bevor er aufstand und wegrannte. Gerade da kam Ellie aus dem Haus. »Was macht ihr denn hier?«, fragte sie.

Ich befühlte meinen schlammverklebten Hinterkopf. »Dieser bekloppte Ross.«

Boyd half mir auf die Beine, und wieder spürte ich dieses unbekannte Ziehen, diese Sehnsucht. Ich wandte mich von ihm ab, zerrte an meinen Gummistiefeln, damit sie auch wirklich richtig an den Füßen saßen. Jetzt wollte ich den Nachmittag mit Boyd verbringen, und schon hatte ich Matsch in den Haaren und im Gesicht kleben. In einem kläglichen Versuch, den Schaden wiedergutzumachen, strich ich mir noch einmal durchs Haar. »Du Idiot!«, rief ich hinter dem flüchtenden Ross her.

Behutsam klaubte Ellie ein paar Schlammbröckchen aus meinem Haar. »Soll ich seine Mutter anrufen?«

»Nein, Boyd hat schon alles erledigt«, sagte ich mit einer gewissen Hochachtung in der Stimme.

Ellie lachte. »Möchtet ihr beiden, dass ich mitgehe, oder kommt ihr heute auch allein klar? Dann kann ich nämlich weiter im Kirchgarten helfen.«

»Wir gehen auch gern allein«, versicherte Boyd.

»Na gut, aber nicht weiter als bis zur Grenze des Reisfeldes.« Ellie gab mir einen Kuss auf die Stirn.

»Ja, alles klar«, sagten wir beide wie aus einem Munde.

»Also komm!« Ich übernahm die Führung und drehte mich ganze fünf Minuten lang nicht nach Boyd um, weil ich fürchtete, ihm könnte auffallen, wie rot ich geworden war.

»Ich weiß nicht mehr, wo wir unser Fort gebaut haben«, rief ich schließlich über die Schulter zurück. Allmählich verdrängte das vertraute Gefühl der Freundschaft die seltsame Nachwirkung seiner Berührung.

»Ungefähr zehn Meter hinter der Biegung«, antwortete Boyd und zeigte nach rechts.

»Hoffentlich ist es nicht weggespült worden.«

Boyd holte mich ein, und unsere Füße platschten nebeneinander durch das flache Wasser.

»Da ist es.« Er deutete auf ein Bauwerk aus Schlamm und Stöcken, das in sich zusammenfiel.

»Jemand hat es kaputtgemacht«, rief ich empört und rannte zu unserem Fort.

»Wahrscheinlich war das der Wind oder der Regen …«

»Nein, guck doch mal, jemand hat ein Loch reingetreten.«

»Na, dann machen wir es eben wieder heil.« Boyd löste einen Schlammklumpen aus meinem Haar.

Ich setzte mich neben das Fort auf eine umgestürzte Zypresse. Wochenlang hatten wir daran gearbeitet, hatten es nach und nach am Rand des brachliegenden Reisfeldes aufgebaut, im schützenden Schatten einer Lebenseiche. Wir hatten trockene, hohle Grashalme gesammelt und einen Mörtel aus Schlick und Sand angerührt, den wir in der Sonne trocknen ließen. Das Fort war für uns beide gerade groß genug.

»Ich wette, das war Camilla«, presste ich hervor.

»Camilla?« Lachend setzte Boyd sich neben mich.

»Ja, sie ist wahnsinnig verknallt in dich.«

»Das ist doch Quatsch.« Boyd warf eine Austernschale über den Bach.

»Das ist kein Quatsch. Sie rennt hinter dir her wie ein herrenloses Hündchen.«

»Sie hat eben nicht viele Freunde.« Boyd ritzte mit einem Stock eine Linie in die weiche Erde.

»Boyd und Camilla, Boyd und Camilla, Boyd und –«

»Hör auf!«, unterbrach Boyd meinen Singsang. »Wollen wir jetzt das Fort wieder aufbauen oder weitergehen und sehen, was wir unterwegs finden?«

»Ellie hat gesagt, wir dürfen nicht weiter als bis an die Grenze vom Reisfeld. Wir reparieren das Fort einfach. Dieses Loch da ist ja schrecklich, ich kann gar nicht hingucken.«

Boyd sah mich an, und ich wünschte mir verzweifelt, ich hätte keinen Schmutz im Haar, sodass er mich anfassen, meine Haut berühren würde. Doch er stand auf, und während er sich daranmachte, neue Stöcke zu suchen, sang er einen Song von den Beatles, etwas mit »Livin in the USSR«.

»Was? Wo willst du leben?«, fragte ich.

»Das ist doch bloß ein Lied. Ein Ohrwurm, ich habe es heute Morgen im Radio gehört.«

»Ich will nie, nie anderswo leben als hier. Niemals«, erklärte ich.

»Ich auch nicht«, sagte Boyd mit Bestimmtheit.

Ich lächelte ihn an, dann verwandte ich meine gesamte Energie darauf, unser Fort wieder instand zu setzen. In den wenigen Wochen, die Boyd und mir noch blieben, klebte ich mir bei jeder Gelegenheit Locken ins Gesicht oder auf die Lippen in der Hoffnung, er würde sie fortschieben und dabei mit den Fingern über meine Haut streichen. Die Bangigkeit verging, und nur die Hoffnung blieb.

Jetzt, als erwachsene Frau in Ellies Auffahrt, erkannte ich, dass auch Boyd inzwischen ein Mann war. Er stand mit einer Zigarette im Mund auf der Veranda seines Elternhauses. Am liebsten hätte ich vor dieser Realität die Augen geschlossen. Manches war in der Erinnerung einfach besser aufgehoben, und dazu gehörte offenbar auch Boyd Loughlin.

Es überkam mich wie eine blitzartige Erkenntnis, dass sämtliche Hoffnung, Freude und Erwartung, die ich jemals empfunden hatte, in die Zeit vor Sams Tod gehörten. Warum nur hatte ich vor seinem Tod solche Gefühle gehabt, danach aber nicht mehr? Hatte er meine Freude mitgenommen? Oder hatte ich sie ihm überlassen? Mit einer gewissen Distanziertheit registrierte ich, dass diese Erkenntnis interessant war, dass es sich lohnte, sie zu erforschen und genauer zu betrachten … später.

Mit einem ängstlichen Beben in der Brust schritt ich auf das Haus zu. Boyd beobachtete mich. Erst als ich ihn erreichte, ließ er die Zigarette fallen und trat sie mit dem Absatz aus.

»Also ist es wahr«, sagte er.

»Hallo, Boyd.« Unten an der weiß gestrichenen Treppe war ich stehen geblieben.

»Als meine Mutter mir erzählt hat, du wärst hiergewesen, dachte ich, sie hätte bloß einen schlechten Tag. Aber verdammt noch mal, es stimmt.«

Ich nickte.

»Was machst du hier?«

»Wirklich eine nette Begrüßung, Boyd.«

Er kam die Stufen herunter und stellte sich so dicht vor mich, dass ich den Zigarettenrauch in seinem Atem roch. »Hör mal, Catherine, du brauchst nicht hierher zurückzukommen und nach einer Lossprechung zu suchen.« Er spuckte aus. »Lossprechung – was für ein bescheuertes Wort.« Zornig starrte er mich einen Moment lang an. »Du solltest wieder fahren. Komm bitte nicht rein und bring Ma durcheinander oder mach die ganze Sache sonst wie schlimmer. Hau einfach wieder ab, und lebe dein Leben so weiter wie bisher!«

»Ich habe sie sehr gern, Boyd. Ich habe sie immer gerngehabt.«

»Das ist doch klar. Alle mögen Mutter.« Boyd hielt die Hand hoch wie ein Stoppschild, und ich wich zwei Schritte zurück. »Du musst von hier verschwinden, sonst sage ich noch etwas, was ich später bereuen werde.«

Entgeistert blickte ich den Mann an, den ich als Jungen angehimmelt hatte. Ich suchte nach dem Lichtkranz um seinen Kopf, den ich in unserer Kindheit hatte sehen können – nur ich allein. Mutter hatte damals gesagt, ich hätte mir das ausgedacht – außer dem Jesuskind könne niemand einen Strahlenkranz um den Kopf haben. Aber ich hatte ihn mehrmals um Boyds Kopf herum wahrgenommen: keinen Heiligenschein, sondern einen diffusen hellen Schimmer, der im Sonnenlicht funkelte. Jetzt sah ich nur noch dieses Relikt, eine welke Gestalt mit tiefen Spuren der Verzweiflung im Gesicht.

»Gut, ich fahre wieder.« Doch schon als ich mich zu meinem Wagen umdrehte, überlegte ich es mir anders. Wenn ich die Worte jetzt nicht sagte, würden sie in mir stecken bleiben, an der Stelle, wo ich sie seit achtzehn Jahren unterdrückt hielt, wo sie wüteten und mir unsichtbare blaue Flecken zufügten, weil sie immer nur herauswollten.

»Boyd!«, rief ich ihm nach, während er die Treppe wieder hochstieg.

Er blieb stehen. »Was denn?«, fragte er, ohne sich umzudrehen.

»Es tut mir leid. Es tut mir unglaublich leid, ganz furchtbar leid. Ich kann nichts tun, um es wiedergutzumachen, aber ich habe mich nie bei dir oder deiner Mutter entschuldigt. Ich habe euch alle so gerngehabt. Es tut mir wahnsinnig leid.«

Am liebsten hätte ich es immer wieder gesagt, hätte es unendlich oft wiederholt: Es tut mir leid, es tut mir leid, es tut mir leid. Verzeiht mir, verzeiht mir, verzeiht mir!

Boyd wandte sich auf der Treppe um und sah mich wütend an. Er zog eine Zigarette aus der Hemdtasche und steckte sie zwischen die Lippen. »Glaubst du denn, *das* hätte ich gemeint? Dass du dich entschuldigen sollst?«

Reglos blieb ich stehen. Ich wartete darauf, dass er zu sprechen fortfuhr, denn ich wollte wissen, was er eigentlich gemeint hatte. Doch er drehte sich wieder um, ging ins Haus und ließ mich in der Einfahrt allein.

Ich stieg in mein Auto. Als ich in den Rückspiegel schaute, stand Boyd erneut auf der Veranda und zündete sich gerade die Zigarette an. Der Mann, der mich eben hatte stehen lassen, besaß keine Ähnlichkeit mit dem Jungen, den ich gekannt hatte. Ich wünschte mir eine Erinnerung an ihn, an den Zwölfjährigen, der Ross einen Fausthieb in den Mund versetzte, weil der mich als zimperlich beschimpft hatte.

Doch dass ich ihm endlich die Worte gesagt hatte, ihm gesagt hatte, dass es mir leidtat, fühlte sich befreiend an. Sehr befreiend. Ganz egal, wie er reagiert hatte, ich hatte die Worte mehrmals laut und deutlich ausgesprochen.

Ich fand mich vor der Kirche aus Feldsteinen und weiß gestrichenem Holz wieder, die ich als Kind besucht hatte. Sie war im siebzehnten Jahrhundert erbaut worden und hatte die Kolonisation, die Revolution, die Sklaverei, den Bürgerkrieg und die Weltkriege überlebt. Ich war darin getauft worden, Sams Trauerfeier hatte dort stattgefunden. Behütet wurde das Kirchlein von Eichen, die sich wie Engel mit Flügeln aus Spanischem Moos herabbeugten, um ihrem Schützling Schatten zu spenden. Ein weißer Holzzaun, von dem die Farbe abblätterte, umgab einen Garten voller Wildblumen. Ein Schild kündigte den Vorübergehenden das Predigtthema der Woche an und gab ihnen ein kleines Rätsel zum Nachdenken mit auf den Weg: Was fehlt in der K--c-e? IHR. Auf getippten und handgeschriebenen Zetteln wurden Geburten, Todesfälle und andere Ereignisse bekannt gegeben. Das rostige schmiedeeiserne Tor stand offen: eine Einladung, sich über das Granitpflaster, in dessen Fugen Moos und Gras wucherten, zu dem massiven Zedernportal zu begeben.

Ich betrat den schwach erleuchteten Kirchenraum und schaffte es irgendwie, am Ende einer Bank einen Platz zu finden, ohne dabei jemanden anzuschauen. Sonnenlicht fiel durch die bunten Glasfenster und übergoss die Gläubigen mit dem Purpur von Christi Gewand und dem verwässertem Braun von seinem Kreuz. Ich zupfte mir die Locken im Nacken zurecht, versuchte, die Falten meines Sommerkleids zu glätten, und starrte auf die Bank hinunter, die so abgenutzt war wie ein getragener

Schuh. Die roten Samtpolster der Kniebänke waren verschlissen. Die Kirche erschien mir kleiner als früher, die bunten Fenster schmutziger. Die Luft war zu heiß, zu kalt, zu stickig, zu dünn.

Da erkannte ich, dass Boyd eine vernarbte Wunde wieder aufgerissen hatte, die ich verheilt geglaubt hatte: mein fehlendes Zugehörigkeitsgefühl.

Ich senkte den Kopf. Eine ins Gebet versunkene Frau würde niemand stören. Boyd hatte mir jegliche Selbstsicherheit geraubt, die ich vielleicht aus Cedar Valley mitgebracht hatte. Oder vielleicht sollte ich auch einfach meinem Aufenthalt in Seaboro die Schuld geben. Wie auch immer, für eine weitere Begegnung mit alten Bekannten – mochte sie nun freundlich sein oder nicht – hatte ich mich noch nicht wieder genügend erholt.

Doch der dünne Schleier der Anonymität zerriss, als Piper den Mittelgang hinuntergeschossen kam und mir die Arme um den Hals warf. »Du willst dich doch nicht etwa hier hinten verkriechen, so ganz allein. Komm, setz dich zu uns!« Sie deutete nach vorn auf die zweite Bank.

»Nein«, flüsterte ich, »da vorne will ich nicht sitzen. Geh zurück zu deiner Familie, du verrücktes Huhn!«

Sie nahm meine Hand. »Entweder kommst du mit, oder ich bleibe hier – dann können wir beide zugucken, wie Parker allein mit den drei Jungs klarzukommen versucht.«

»Vielleicht wird das ja ganz lustig.«

»Für mich nicht.« Piper zerrte an mir. »Dann hält meine Schwiegermutter mir nämlich nachher stundenlang eine Predigt darüber, wie Kinder sich im Gottesdienst benehmen sollten, und darauf habe ich keine Lust.«

»Mama ...« Wie auf Kommando hörten alle Kirchenbesucher auf, in ihren Gesangbüchern zu blättern, in ihren Handtaschen zu kramen oder ihre Umschläge für die Kollekte zu füllen. Stattdessen drehten sie sich nach Piper um. »Komm her, Mama, du sollst bei uns sitzen! Bitte, bitte ...«

Einige der Anwesenden lachten, und Piper winkte ihrem Jüngsten über die Kirchenbänke hinweg zu.

»Geh doch!« Ich versetzte ihr einen Schubs.

»Nicht ohne dich.«

»Du bist noch genauso stur wie früher. Ich weiß wirklich nicht, warum ich hergekommen bin«, maulte ich.

Wir standen auf und begaben uns nach vorn. Kerzengerade und hoch aufgerichtet schritt ich zwischen den Bänken hindurch. Man wusste ja nie, wer einen beobachtete, insbesondere, wenn vorn ein Siebenjähriger auf und ab hopste neben seinen älteren Brüdern, die wie er Khakihosen und weiße Hemden trugen.

Ich begrüßte Parker nickend, und er lächelte mich an. Mir fiel wieder ein, wie er einmal unter Wasser so lange den Atem angehalten hatte, dass wir alle gedacht hatten, er wäre ertrunken. Er war der größte Draufgänger in der ganzen Schule gewesen. Jetzt saß er mit seinen drei frisch gekämmten Sprösslingen in einer Kirchenbank und flüsterte lächelnd: »Schön, dich zu sehen!«

Wir hatten uns gerade hingesetzt, als Pfarrer Rory aus der Sakristei kam und hinter das Lesepult trat. Ich hätte schwören können, dass er mich direkt ansah, mir zunickte und lächelte. Ich war wieder auf Sams Beerdigung, saß in der hintersten Ecke der Kirche und wusste genau, dass selbst der Mann, der überall in diesem Gotteshaus blutend am Kreuz hing und eine schreckliche Dornenkrone trug, mir nicht vergeben konnte, ebenso wenig wie die Verwandten und die Freunde, die an diesem entsetzlichen Tag die Kirche bis zum Bersten füllten, mir jemals verzeihen konnten.

Dad, dachte ich, *warum bist du hierher zurückgekehrt?*

Dad antwortete nicht, aber Pastor Rory ließ uns das Lied Nummer 475 aufschlagen, »Amazing Grace«, und im gleichen Moment hörte ich Forrest Anderson wispern: »Rutsch mal ein Stück!«

Mit gezwungenem Lächeln drehte ich mich zu ihm um. »Was

machst du denn hier?«, stöhnte ich hinter meinem Gesangbuch, als er neben mir in die Bank glitt.

»Ich bin doch gestern zur Kirche eingeladen worden, oder?« Er zwinkerte mir zu.

Ich gab ihm keine Antwort, sondern rückte noch ein Stückchen und betrachtete Pfarrer Rory – noch ein Mensch, von dem ich mich nicht verabschiedet hatte, obwohl er ein so wichtiger Teil meines Lebens hier gewesen war. Er war immer für uns Kids da gewesen, hatte bei unseren Aktionen, beim Spendensammeln und bei den Treffen der Jugendgruppe geholfen. Dabei hatte er uns nie als Kinder behandelt, sondern als Menschen, die bald erwachsen werden und »das Reich Gottes« mit aufbauen würden.

An dem Tag, an dem Sam begraben wurde, hatte unser Pfarrer mich unter der hintersten Kirchenbank gefunden, zusammengekauert und mutterseelenallein. Die Erwachsenen waren so mit ihrem eigenen Schmerz beschäftigt gewesen, mit ihrem eigenen Überleben, dass sie noch nicht nach mir gesucht hatten. Ich war allein und hatte es verdient, allein zu sein – es stand mir nicht zu, jemals wieder Beachtung zu finden. Das akzeptierte ich mit ruhiger Gewissheit.

Doch der Pfarrer spürte mich auf und murmelte tröstende Worte, die etwas mit Erbarmen, mit Sinn und mit Vergebung zu tun hatten. Aber ich hatte gewusst, dass es seine Pflicht war, so zu mir zu sprechen. Folglich nahm mein neu entdecktes Selbst kein einziges seiner Worte auf – nein, ich war abstoßend, böse, schwarz vor Sünde.

Ich erinnere mich noch gut daran, wie sehr ich mich darüber wunderte, dass ich meine ersten zwölf Lebensjahre in dem Glauben verbracht hatte, ich sei ein guter Mensch, ich sei besser als die arme, dreckige Camilla oder die Rabauken auf dem Spielplatz, die kleine Kinder vom Klettergerüst schubsten, oder die Lümmel, die nach der Kirche Zigaretten stibitzten. In Wirklichkeit war ich schlechter, viel schlechter als die anderen, aber erst Sams

Tod hatte mir die Augen für mein wahres Ich geöffnet. Noch während der Pfarrer meine Hand hielt und mir erklärte, ich sei ein wertvoller Mensch, schwor ich mir, ab sofort die notwendigen Schritte zu unternehmen, die mich vor dem Schmerz bewahren würden, einen Menschen zu lieben, der nicht mehr bei mir war.

Bis ich heute Morgen Thurman in seinem Hotel in Alabama angerufen hatte, war es mir recht gut gelungen, dieses Kindheitsversprechen zu halten.

Ein Schaudern überlief mich, als mir blitzartig das Telefonat wieder einfiel, das erst wenige Stunden zurücklag. Ich versuchte, mich auf Pfarrer Rorys Ankündigungen für die nächste Woche zu konzentrieren.

Als der Gottesdienst vorüber war, huschte ich an den Seitenbänken entlang zur Damentoilette im hinteren Teil der Kirche. Ja, ich wusste noch genau, wo sich das stille Örtchen befand und dass man hinten über die Chorempore schleichen musste, um ungesehen dorthin zu gelangen. Ich schloss die Tür hinter mir ab, setzte mich und wartete eine Weile, bis auch die Letzten die Kirche verließen und zu ihren Picknicks und Familientreffen fuhren.

Doch bevor ich einen einigermaßen würdevollen Abgang inszenieren konnte, stöberte Piper mich auf.

»Cappy Leary, ich weiß, dass du da drin bist. Du hättest dir wenigstens was Originelleres ausdenken können als dieses Versteck, in dem du dich schon als kleines Mädchen verkrochen hast.«

Ich öffnete die Tür und sah sie böse an. »Was zum Teufel soll das denn heißen?«

»Aber, aber, darf man denn in der Kirche ›zum Teufel‹ sagen?« Sie grinste mich an. »Es sei denn, du sprichst davon, wer dich nach deinem Tod vielleicht holen kommt.«

»Ich verstecke mich doch gar nicht.«

»Tust du wohl. Und jetzt komm mit! Die Kinder haben einen Bärenhunger.«

Im Vorraum standen nur noch zwei Menschen: Forrest Anderson und Pfarrer Rory hatten die Köpfe zusammengesteckt und diskutierten eifrig. Mit gefühllosen Händen ging ich auf sie zu, während ich in Gedanken nur den einen Satz wiederholte: Bitte, redet nicht über mich! Wie konnte es sein, dass meine beiden Leben, das vergangene und das gegenwärtige, jetzt aufeinanderprallten – und das alles nur wegen Forrest Anderson?

Ich erreichte die beiden und hörte den Pfarrer sagen: »Ja, er war ein bedeutender Mann.« Dann wandte er sich zu mir um, und ein Lächeln erhellte sein Gesicht. »Sieh mal einer an, und da ist die kleine Cappy Leary – ganz erwachsen! Wie kommt das nur, dass ich keinen Tag älter geworden bin, während Sie plötzlich eine erwachsene Frau sind?« Er legte mir den Arm um die Schultern und drückte mich. »Es ist so schön, Sie wiederzusehen.«

»Das finde ich auch, Herr Pfarrer. Und Sie haben recht – Sie sehen wirklich kein bisschen älter aus.«

Er lachte und fragte dann mit einem Kopfnicken zu Forrest hinüber: »Der junge Mann hier schreibt über Ihren Vater, ja?«

»Jedenfalls behauptet er das.«

Der Pfarrer tätschelte noch einmal meine Schulter. »Es tut mir leid, dass Sie Ihren Vater verloren haben. Ich habe Grayson Leary wirklich gemocht.«

»Danke«, sagte ich.

Draußen klatschte Piper in die Hände. »Los, kommt! Parker wartet schon im Auto, mit drei schreienden Kindern. Mittagessen!« Sie wandte sich an den Pfarrer. »Hätten Sie Lust, zum Lunch zu uns zu kommen?«

Pfarrer Rory ließ mich los. »Sehr freundlich von Ihnen, mich einzuladen, Piper, aber ich habe den Cunninghams versprochen, mit ihnen zu essen.« Er tätschelte sich den Bauch. »Nicht, dass ich nicht zwei Mittagessen vertragen könnte, aber fahren Sie nur, und genießen Sie den Nachmittag!« An Forrest gewandt, fügte er hinzu: »Wenn Sie noch weiter sprechen möchten, wissen Sie ja, wo Sie mich finden.«

»Danke. Vielleicht suche ich Sie wirklich noch einmal auf. Ich wüsste so gerne noch ein bisschen mehr darüber, wie Grayson seine Vorstellungen von Geschichten und Gott in seinen Unterricht hineingewoben hat.«

»Wissen Sie, Grayson Leary war der Überzeugung, dass man Gott über Geschichten versteht.«

Ich wandte mich zum Gehen. Musste Forrest seine Nase denn wirklich in jeden Aspekt meiner Vergangenheit stecken? Nun reichte es. »Komm jetzt!«, presste ich hervor. In der Erwartung, dass die beiden Männer mir folgen würden, trat ich durch die hölzerne Doppeltür ins Sonnenlicht hinaus, doch plötzlich stand ich allein auf dem gepflasterten Weg, allein mit der blendenden Sonne und einem schwindelerregenden Hunger.

Links von der Kirche befand sich ein kleiner Platz für Andachten im Freien, gesäumt von einem Halbkreis aus Fichten und Zedern. Grabsteine von Gründungsmitgliedern der Kirche waren über den Rasen verstreut, doch die eingravierten Inschriften waren so verwittert, dass ich weder Daten noch Namen entziffern konnte. Selbst wenn wir in dieser Naturkapelle Sonntagsschule gehabt hatten, hatte ich mich gefürchtet, den Halbkreis der Bäume zu betreten, in dem vor einem handgeschnitzten Altar Kirchenbänke aufgereiht waren. Falls Gott jemals zu einem Menschen sprechen oder ihn auffordern sollte, etwas Unmögliches zu tun, so wie es bei Moses der Fall gewesen war, würde das hier geschehen, in diesem Halbrund, davon war ich überzeugt.

Von der gegenüberliegenden Seite der Rasenfläche lockte mich eine steinerne Bank, in deren Armlehnen Engel eingemeißelt waren. Ich ging hinüber, setzte mich und stützte den Kopf in die Hände. Während ich diesen Halbkreis nach wie vor nicht betreten konnte, kam Forrest Anderson geradewegs zwischen den Kirchenbänken hindurch anspaziert und stiefelte über die Grabplatten. Er ließ sich neben mir nieder, aber ich blickte nicht auf.

»Cappy«, sagte er leise.

»Bitte, nenn mich nicht mehr so! Bitte nicht! Du hast dieses Mädchen gar nicht gekannt.«

Ich erwartete ein ganz bestimmtes Gesicht – den Ausdruck, den er immer hatte, wenn er mich Cappy nannte oder wenn er mich auf die Palme bringen wollte – aber ich las nur Mitgefühl in seinen Zügen.

»Doch, ich kenne das Mädchen gut. Ich kenne sie über ihren Vater und aus den Momenten, wenn sie mal fünf Minuten lang nicht die vorsichtige, gut gewappnete Catherine spielt.« Er fasste nach meiner Hand. »Aber jetzt komm, deine Freundin erwartet uns zum Essen.«

»Ich dachte, du wolltest heute eine Stadtrundfahrt mit mir machen. Außerdem müssen wir nach Hause.«

»Dabei wird es jetzt erst richtig nett. Es gibt noch so viel mehr zu … sehen, und ich möchte das wirklich gern gemeinsam mit dir anschauen.«

Diese merkwürdigen Worte hörte ich wie aus der Ferne. Ich wünschte, ich hätte mich von ihrem Sinn einhüllen lassen können. Stattdessen schob ich sie fort und stand auf. »Wenn wir essen wollen, lass uns fahren! Ich kippe gleich um vor Hunger.«

Forrest lächelte. »Hast du was dagegen, wenn ich bei dir mitfahre? Heute Morgen hat Mr Hamilton mich mitgenommen.«

»Mr Hamilton?« Ich runzelte die Stirn. »Du kennst wirklich jeden hier – gibt es für dich überhaupt fremde Leute?«

»Hier ganz bestimmt nicht. Es sind die nettesten Leute, die man sich denken kann – und erst recht, wenn ich den Namen deines Vaters erwähne.«

»Meinen Namen verschweigst du vermutlich lieber … Sonst würden sie dich nicht so herzlich aufnehmen.«

»Das ist nicht wahr … Alle hier scheinen dich sehr zu mögen. Es klingt, als wärst du ein witziges, süßes Kind gewesen – als hättest du gerade so viel Unsinn gemacht, dass man sich gerne daran erinnert, ohne dir etwas nachzutragen.«

»Schön wär's!« Ich zog die Autoschlüssel aus der Handtasche und sah Forrest an. »Ich weiß überhaupt nicht, wo Piper jetzt wohnt.«

»Aber ich.« Er hielt mir das Kirchenprogramm hin, auf dessen Rand eine Adresse gekritzelt war. »Sie hat es mir aufgeschrieben.«

Während Forrest vor mir her zu dem einzigen Wagen ging, der noch auf dem Parkplatz stand, war mir einen Augenblick, als sähe ich Licht um sein Haar, um seine Gestalt herum. Dann war es wieder vorbei, und ich war mir sicher, dass ich mir diese Erscheinung bloß eingebildet hatte.

Wir verschlangen perfekt zubereitete Steaks vom Grill, einen Salat aus drei verschiedenen Bohnensorten und Pfirsichauflauf. Ich ertappte Forrest dabei, wie er versuchte, die Form auszukratzen.

»Erwischt!« Ich stellte mich hinter ihn und kniff ihn in den Arm.

Er zuckte zusammen, leckte sich aber die Finger ab. »Das ist vermutlich der himmlischste Nachtisch, den ich je gegessen habe.«

Piper kam zu uns. »Geheimes Familienrezept«, sagte sie.

»Na klar.« Ich grinste. »Das gleiche Rezept wie in unserem Schulkochbuch, ich weiß es noch genau.«

»Ach, Cappy!«, seufzte Piper, »kannst du Forrest denn nicht wenigstens einen Moment lang in dem Glauben lassen?«

Gerade machte er sich mit einer Gabel über die Reste in der

Auflaufform her. »Ist mir ganz egal, woher das Rezept stammt – Hauptsache, ich kriege noch ein bisschen davon.«

Parkers Stimme schallte über den Rasen. »Die Meisterschaft im Wiffleball beginnt in fünf Minuten.«

Während wir in den Garten schlenderten, wurde es Nachmittag, so mühelos und leicht, wie es im Frühsommer geschieht. »Plant mich nicht mit ein«, sagte ich, »ich habe Probleme mit der Hand-Augen-Koordination.« Ächzend ließ ich mich in einen weiß lackierten Holzsessel fallen. »Ich feuere Pipers Team an.«

Nach zwei Innings mit jeweils null Punkten jagten Pipers Jungs hinter dem Ball her und versuchten, ihre Mutter auf der Home Base aus dem Rennen zu werfen. Parker rannte lachend los und rief ihr zu, sie solle schneller laufen.

Als Forrest auch etwas rief, stiegen mir plötzlich Tränen in die Augen. Warum denn nur? Ging es wieder um meine Schuldgefühle wegen Sam? Oder um Boyds grausame Worte? Um Thurmans möglichen Betrug? Falls ich hier eine Szene machte, falls ich zuließ, dass das Weinen mich schüttelte, wollte ich einen sehr triftigen Grund dafür haben.

Seit diese Frau heute Morgen am Telefon gewesen war, hatte Thurman schon fünf- oder sechsmal angerufen, aber ich hatte nicht abgehoben. Ich ließ mein Handy aufschnappen: Aha, das siebte Mal.

Piper plumpste neben mir auf die Erde und umklammerte ihren Knöchel.

»Hast du dir wehgetan?«, fragte ich.

Sie zwinkerte mir zu. »Man muss ihnen weismachen, man wäre verletzt, sonst kriegt man den Punkt nicht.«

»Du tust nur so!«, schrie Zach wild herumhüpfend. »Du tust ja nur so! Wir haben gewonnen!«

Piper streckte sich im Gras aus. »So, jetzt erzähl mir mal von deinem glamourösen Leben! Mir steht noch der Sonntagsabwasch bevor und überhaupt jede Menge unerledigte Hausarbeit.«

Als ich nicht antwortete, rutschte Piper näher heran und sah mir prüfend ins Gesicht. »Du weinst ja gleich.«

»Stimmt gar nicht.«

»Das sehe ich dir doch an … Ist irgendwas passiert?«

»Ich weiß nicht genau. Ich glaube, Thurman ist mit einer anderen Frau zusammen.«

»Wie bitte?«

»Er ist in den letzten beiden Tagen nicht an sein Handy gegangen, also habe ich im Hotel angerufen und mich mit seinem Zimmer verbinden lassen. Eine Frau hat abgenommen, und ich könnte schwören, dass ich im Hintergrund seine Stimme gehört habe. Er hat gesagt, sie soll nicht drangehen. Aber ganz sicher bin ich mir nicht.«

Piper biss sich auf die Unterlippe und verscheuchte mit der rechten Hand Zach, der ihr einen Weberknecht zeigen wollte, der gerade seinen Arm hochkrabbelte. »Ist er denn der Typ Mann? Ich meine … Ist das schon mal passiert?«

»Nicht, dass ich wüsste«, sagte ich mit einem Schniefen, dann sah ich mich rasch nach Forrest um, denn ich wollte mich vergewissern, dass er uns nicht hören konnte. Er unterhielt sich am anderen Ende des Gartens mit Parker. »Es ist lächerlich. Ich bin nicht mal sicher, dass es wirklich passiert ist, und trotzdem zerfließe ich gleich.«

»Hast du mit ihm gesprochen?«

»Nein. Ich ignoriere seine Anrufe – soll er ruhig schmoren.«

»Ach so.« Piper stützte sich auf die Ellbogen. »Vielleicht war es das verkehrte Zimmer.«

Ich zuckte die Achseln. »Vielleicht.« Nachdenklich beobachtete ich Parker und Forrest, die zusammen Bier tranken und lachten. »Manchmal denke ich darüber nach, wie anders mein Leben jetzt wäre, wenn ich hiergeblieben wäre. Du weißt schon, die alte Vorstellung von den Schiebetüren, wie in dem Film *Sie liebt ihn – sie liebt ihn nicht*. Inwiefern wäre ich dann anders? Ein

Nachmittag, ein Kind, ein Versäumnis, und so viele Leben haben einen ganz anderen Verlauf genommen.«

Piper blickte starr geradeaus. Sie strich sich das Haar aus den Augen. »Hättest du jemanden aus Seaboro geheiratet? Wären wir dann immer noch beste Freundinnen?«

»Ja und nochmals ja. Aber wissen werde ich es nie. Ich meine, hätte Mutter irgendwann ihr Haus am Wasser gekriegt? Hätte Dad das Buch geschrieben, von dem er immer gesprochen hat? Wäre Sam später noch genauso süß gewesen wie als kleines Kind?«

»Ja, ja und nochmals ja«, sagte Piper. »Ich sitze hier und überlege, wie mein Leben aussehen würde, wenn ich weggegangen wäre, und du fragst dich, wie du jetzt leben würdest, wenn du hiergeblieben wärst.«

»Wenn du aus Seaboro weggegangen wärst? Hast du das je erwogen?«

»Na ja, wenn du gestern mitzählst und vorgestern …« Piper lachte. »Ich glaube, es gibt immer diesen anderen Weg, der uns fasziniert. Wenn das Wörtchen wenn nicht wär …«

»Was wäre dann?«, fragte ich sie.

»Was wäre, wenn ich aufs College gegangen wäre, statt hierzubleiben? Oder wenn ich es sogar riskiert hätte zu reisen? Oder wenn ich Parkers Heiratsantrag nicht angenommen hätte?« Sie seufzte. »Und bei dir?«

»Was wäre, wenn ich damals auf Ellies Frage nicht mit ja geantwortet hätte?«

»Auf welche Frage?«

»Ob ich auf Sam aufpasse.«

»Ach Gott, Cappy, schleppst du das immer noch mit dir herum?«

»Wie könnte ich es denn je vergessen, Piper? Ich habe ihn aus den Augen verloren, als ich mit Boyd rumgealbert habe. Sam ist ertrunken. Mein Leben lang wird mich das belasten.«

Piper schloss die Augen, und ich spürte förmlich, welchen Vortrag sie mir halten würde. Den gleichen, den ich von Mutter gehört hatte, von Dad, von Alice – dass es eigentlich gar nicht meine Schuld gewesen sei. Falscher Ort, falscher Zeitpunkt, Boyd war der Übeltäter, und so weiter.

Ich fasste Piper am Arm. »Bitte, sag nichts! Ich kann das alles jetzt nicht hören, okay? Also, erzähle mir von deinem Leben und warum du nicht einmal daran denken möchtest, was wäre, wenn …«

Sie zögerte, als überlege sie, ob sie trotz meines Protestes den Versuch unternehmen solle, mich mit dem Gerede von »Es war ja gar nicht deine Schuld« aufzumuntern. Aber offenbar entschied sie sich dagegen. »Ach, weißt du, in einer Ehe gibt es Höhen und Tiefen – gute und schlechte Zeiten. Manchmal bin ich einfach müde, verstehst du? Und ehrlich gesagt bin ich ein bisschen neidisch auf dich mit deinem Leben – du kannst tun und lassen, was du willst, du kannst morgen oder übermorgen jeden Weg einschlagen, der dir gefällt.«

»Nein, das siehst du falsch. Ich habe einen Job, ich habe Verpflichtungen. Ich kann nicht einfach losrennen und neue Wege ausprobieren.« Aber kaum hatte ich das gesagt, da blitzte am Rande meines Bewusstseins etwas auf, was ich so lange nicht wahrgenommen hatte, dass es mir inzwischen fremd geworden war. Trotzdem erkannte ich es sofort: Es war die Chance, das Leben zu verändern.

Piper erfasste es im gleichen Augenblick: endlose Möglichkeiten, die ihr nicht mehr offen standen.

Ihre Augen waren nass. »Dich hier zu haben ist ein Wunder.« Dann flüsterte sie: »Hast du seine Asche schon verstreut?«

»Nein.«

»Ich dachte, du hättest es vielleicht vor dem Kirchgang getan.«

»Nein«, erwiderte ich. »Ich hatte es vor, aber dann habe ich Boyd Loughlin getroffen und mich ablenken lassen.«

Piper stand auf und streckte mir die Hand hin. »Was hat er gesagt?«

»Eigentlich nicht viel. Bloß, dass ich hier nicht hingehöre und wieder wegfahren und seine Mutter nicht durcheinanderbringen soll.« Ich gab Piper die Hand und ließ mich von ihr auf die Füße ziehen.

»Nimm das nicht persönlich! Er behandelt alle so. Sehr traurig ist das.«

»Ich soll das nicht persönlich nehmen? Dass ich hier nichts zu suchen habe, dass er meine Entschuldigung nicht hören will und dass ich nicht wieder angerannt kommen soll, um irgendeine bescheuerte Vergebung zu suchen?«

»Das hat er dir alles an den Kopf geschmissen?«

»Ein bisschen anders formuliert, aber im Prinzip ja.«

»Schade, dass du ihm begegnet bist. Ich hätte dir sagen sollen, dass er jeden Sonntag herkommt und Ellie besucht.«

»Ach, ist schon in Ordnung. Ich konnte ihm etwas sagen, wozu ich bisher nicht die Gelegenheit gehabt hatte.«

Piper fasste wieder nach meiner Hand. »Was denn?«

»Bloß wenige Worte: Es tut mir leid.« Ich drückte ihre Finger.

Sie schloss die Augen. »Ach, Cappy!«

Ich bedeutete Forrest, dass er kommen solle, dann umarmte ich Piper. »Ich muss los. Vielen Dank für alles, meine liebe Freundin.«

Nachdem wir uns ausführlich von den Jungen verabschiedet hatten, brachen Forrest und ich auf. »Hat's dir Spaß gemacht?«, fragte ich ihn.

»Auf jeden Fall. Parker ist klasse.«

»Das war er schon immer.« Ich bog aus Pipers Straße ab, und während der Nachmittag sanft in den Abend überging, fuhr ich zu unserem Bed and Breakfast zurück.

Vor der Pension hielt ich an. »Forrest, hast du was dagegen, wenn ich dich hier rauslasse? Ich möchte noch mal losfahren und etwas allein erledigen.«

Er lehnte sich zurück und blinzelte gegen das Licht der untergehenden Sonne an. »Wenn ich dich nicht kennen würde, hätte ich den Verdacht, dass du alle paar Stunden wegfährst, um dich mit einem Liebhaber zu treffen.«

»Ja, genau.« Ich lächelte. »Mit einem heimlichen Liebhaber, den ich mir in Seaboro halte.«

Forrest öffnete die Beifahrertür. »Ich bin in der Bibliothek und lese, falls du reden möchtest, wenn du zurückkommst.«

»Danke, Forrest«, sagte ich, bevor ich ein letztes Mal den Weg zum Fluss einschlug.

Sieben

»Niemand hat mir je gesagt,
dass Kummer sich so sehr wie Angst anfühlt.«
C.S. LEWIS, *Über die Trauer*

Vor mir glitzerte das geschwungene Silberband des Flusses, als wäre es mit Pailletten bestickt. In der Landschaft meiner Kindheit spiegelte sich der gleiche Himmel wie an Sams letztem Tag, am Tag des Garnelenkochens, an dem wir die üppigen Gaben feierten, mit denen Seaboro gesegnet war. Früher hatte das Land den Menschen Baumwolle und Reis geschenkt, aber nun waren es die Garnelen, denen zu Ehren alljährlich ein Fest veranstaltet wurde.

Ich hatte dem Garnelenkochen, das mein letztes werden sollte, voller Freude entgegengesehen. Dad brachte zu diesen Festen immer den Kessel mit, einen riesigen gusseisernen Topf mit handgeschmiedeten Griffen, die klapperten, wenn Dad ihn aus dem Schuppen hinten auf Alice' Grundstück herauszog. Ich bildete mir ein, dass dieses Häuschen eigens gebaut worden war, um den Kessel aufzubewahren. Alles, was mit dem Garnelenkochen zusammenhing, hatte etwas Weihevolles, selbst das Verladen des Kessels. Dad und Jim verfrachteten ihn in unser Boot, während Ellie und Mutter uns Kinder mit dem Motorboot der Loughlins nach Charles Island brachten, wo das Fest stattfand.

Mit Vergnügen lauschte ich dem alljährlichen Geplänkel zwischen Dad und Jim. In meinen Ohren klang es wie eine Sinfonie der Vertrautheit und der Zufriedenheit.

»Mehr nach links, Jim«, sagte Dad.

»Verdammt, Grayson, du lässt ihn fallen!«

»Du hebst deine Seite nie hoch genug.«

»Gleich quetschst du meine Finger gegen die Bordwand.«

Boyd und Sam rannten um die beiden herum, versuchten zu helfen, wollten an dieser Zeremonie der Männer, an diesem Streit um das richtige Verladen des Kessels teilhaben.

Ich wickelte mir eine Haarsträhne um die Finger, während Sam an Jims Jeansshorts zerrte. »Daddy, Arm … Arm!« Jim jedoch hielt gerade mit beiden Händen den Kessel umklammert. Zum Ausbalancieren hatte er das linke Bein leicht angehoben, und so hievten die Männer das Monstrum über die Bordwand ins Heck des Bootes.

»Ellie, verdammt, halt den Kleinen fest! Das Ding erschlägt ihn noch.«

Ich sah zu Ellie hinüber, die mit einem Arm voller Handtücher und Taschen gerade das Motorboot festzurrte, das sie beladen wollte. »Jim, sprich vor den Kindern nicht so, ich komme sofort.«

»Ich nehme ihn schon«, gurrte ich, während ich zu Sam hinüberging, mich hinhockte, um auf Augenhöhe mit ihm zu sein, und ihn zu überzeugen versuchte, dass ich ein vollwertiger Ersatz für seinen Papa war. »Komm her, ich nehm dich auf den Arm«, sagte ich.

Dad ließ seine Seite des Kessels ins Boot plumpsen, womit er Jim aus dem Gleichgewicht brachte, sodass der sich krachend auf den Steg setzte, während der Kessel schräg im Heck liegen blieb, eingekuschelt in einen Berg Handtücher. Dad bückte sich und zerzauste Sams Wuschelkopf, hob den kleinen Jungen hoch, drückte ihn an sich und kitzelte ihn mit der Nase am Hals.

»Nein, nein …« Glucksend vergrub Sam das Gesicht am Hals meines Vaters. Ellie ließ die Taue los und schaute zu. Ihr Gesicht war glatt, und obwohl ich ihre Augen hinter der dunklen Sonnenbrille nicht erkennen konnte, sah ich, wie Jahre von ihr abfielen, während Dad mit Sam spielte.

Jim ließ die Mundwinkel fallen. Er rieb sich die Stirn, streckte die Arme nach Sam aus, der sich immer noch an Dads Hals schmiegte. »Tut mir leid, dass ich dich angebrüllt habe, mein Sohn. Ich wollte nur nicht, dass du zerquetscht wirst«, sagte Jim.

Urplötzlich fand ich es furchtbar schade, dass ich weder zwei Jahre alt noch ein kleiner Junge war – denn ich wollte selbst auf diesen Platz an Daddys Hals. Dabei wusste ich, dass Jims Jungen zwar mit meinem Vater jagen und fischen gingen, dass sie mir den Platz in seinem Herzen aber nicht streitig machen konnten.

»Ich will bei Dad im Boot mitfahren«, rief ich, sprang hinein und setzte mich neben den Kessel.

»Nein, Catherine.« Mutters Stimme klang gereizt. »Du neben dem Kessel, das gefällt mir gar nicht. Wenn er umkippt …«

»Ihr passiert schon nichts, Schatz!«, beruhigte Dad sie. Er übergab den kleinen Sam an Jim und löste die Leinen von den Klampen. Prüfend betrachtete ich sein Gesicht, denn mir war, als sähe ich Kummer in seinen Zügen. Ich verstand, warum er traurig war: Er hatte ja nur mich, keine Söhne, keinen Sam, keinen Boyd. In diesem Moment jedoch drehte er sich zu mir um, lächelte, und seine düstere Miene war wie weggeblasen. Jetzt gab es nur noch die Sonne in seinen Augen, einen Kessel, der gefährlich schwer war, und ein Kind, das Zuwendung brauchte.

»Mäuschen, setz dich zu mir nach vorn, bleib nicht neben dem Kessel!«, sagte Daddy und nahm mich in die Arme, während der Wind mir das Haar ins Gesicht pustete.

Boyds Beschwerde, wie unfair es sei, dass ich mit Dad fahren dürfe und er nicht, verhallte unbeachtet über mir. Daddy machte das Boot los und winkte mit übertriebenen Armbewegungen. Dann nahm er Fahrt auf und steuerte durch die Flussmündung aufs Meer hinaus.

Von mir aus hätte diese Bootsfahrt ewig dauern können. Ich genoss es, in Dads Armen zu sitzen und dabei den kreischenden Möwen, dem Plätschern der Wellen am Bootsrumpf und dem Ruf eines tauchenden Fischadlers zu lauschen. Klammheimlich versuchte ich, mich an Dads Hals zu kuscheln, aber ich war einfach schon zu groß.

Auf Charles Island belegten unsere Familien Jahr für Jahr dasselbe Fleckchen am Strand. Inoffiziell war es unser Land, mit Decken, Kühltaschen, Campingstühlen und Laternen, ein Stützpunkt, zu dem ich nach jedem Streifzug über den Strand zurückrannte, ein behagliches Zuhause. In meiner Erinnerung enthielt dieses letzte Garnelenkochen alle Elemente der Feste, die wir im Freien gefeiert hatten: Sand, Wasser, Essen, Liebe. Ich ließ mich von einem Moment zum anderen treiben: die kalte Limonade mit dem knirschenden Sand, der am Becherrand klebte, die *Capture-the-Flag*-Spiele im Dickicht der Palmettopalmen, der betrunkene Bürgermeister, der die falsche Frau angrapschte, das leise Geflüster der Teenager hinter den Bäumen, von wo aus sich fremdartiger, süßlich duftender Rauch in die Luft ringelte, das Kichern der Mädchen, die hinter Boyd herjagten in der Hoffnung, die Aufmerksamkeit des Angebeteten zu erringen.

Bald nach dem Essen begann der alljährliche Wettbewerb im Dosenschießen. Piper und ich versteckten uns hinter der Mauer einer Ruine. »Ich muss dir was erzählen«, flüsterte sie.

»Was denn?« Ich spähte um einen Mauervorsprung.

»Ich habe Billy Thompson geküsst.«

»Hast du nicht!« Rasch drehte ich mich zu ihr um. »Der sagt doch, alle Mädchen hätten Läuse.«

»Na, anscheinend hat er's sich anders überlegt. Du warst ja nicht auf Merritts zwölftem Geburtstag. Ihre Mutter ist nach oben gegangen, sie war bestimmt eine Stunde lang weg. Da haben sie angefangen, Flaschendrehen zu spielen.«

»Puh, da wäre ich aber abgehauen. Was hättest du denn gemacht, wenn die Flasche auf den ekligen Pierce gezeigt hätte?«

»Ja, daran hab ich auch gedacht, hat sie aber nicht.«

»Immerhin«, meinte ich, »Billy ist wenigstens süß.«

»Eigentlich ja, aber es war widerlich, als hätte ich eine Gummischlange im Mund. Das mache ich nie wieder, außer – ich heirate Parker.«

»Also, ich bin froh, dass ich nicht auf dem Geburtstag war«, erklärte ich.

Der Wind wehte über die verfallenen Mauern. Austernschalen klimperten wie Glöckchen.

»Das ist bloß der Wind, oder?«, fragte Piper. Sie senkte die Stimme. »Wollen wir losrennen? Bist du bereit? Dieses Jahr können wir gewinnen, das weiß ich.«

»Komm, wir zeigen es diesem verschlafenen Nest!«, rief ich, und wir stürzten aus unserem Versteck, kickten die Dose über den Strand und brüllten, wir wären die Königinnen und die Siegerinnen von Seaboro.

Zufrieden kehrte ich zu unserer Decke zurück, gerade rechtzeitig, um den Familien beim Beladen der Boote zu helfen. Wir fuhren nach Hause. Bis zum Schulanfang waren es nur noch sechs Tage, und ich wollte jeden einzelnen Moment dieses schwindenden Sommers in mich aufsaugen.

Wir legten am Steg hinter dem Haus der Loughlins an, luden Kühltaschen und Körbe aus, und dann kam der Kessel an die Reihe. Ich ließ mich im Gras nieder, um mir das letzte Ritual des Tages anzusehen – wie der Kessel aus dem Boot gewuchtet und wieder im Schuppen verstaut wurde. Das war so, als würden wir den Weihnachtsbaum abschmücken oder nach Ostern die ausgeblasenen Eier wieder verpacken.

Ellie stieg nach mir aus dem Boot – obwohl ich mir diese Szene unzählige Male vergegenwärtigt hatte, war sie in meiner Erinnerung stets gleich geblieben, was ich als Beweis dafür ansah, dass sie sich wirklich so abgespielt hatte. Es war sonnenklar, dass ich die Schuld hatte, denn Ellie hatte mich gefragt: »Cappy, mein Schatz, passt du mal eben auf Sam auf, während ich die Körbe ins Haus bringe?«

Und ich hatte geantwortet: »Ja, Ellie.« Ich weiß es ganz genau, denn ich höre es immer noch, mit eigenen Ohren, in meinen Albträumen. »Ja, Ellie. Ja, Ellie.« Eine einfache, eindeutige Antwort.

Sam und ich hatten uns im Gras gebalgt und über unsere Väter gelacht, die mit viel Mühe den Kessel aus dem Boot hoben und ihn wieder in den Schuppen trugen. Dann kam Boyd plötzlich mit einem Krebs angerannt, einer zappelnden Blaukrabbe, die wütend mit den Scheren schnappte. Meine Erinnerung an den Krebs, der sich an meinem kleinen Zeh festgeklammert hatte, war noch so frisch und lebendig, dass ich zurückwich, ohne jedoch Sam loszulassen.

»Nein!«, schrien Sam und ich einstimmig und rannten hinter einen uralten Baumstamm, der wahrscheinlich älter war als alle Menschen, die ich kannte. Vor Jahren war der Baumriese in einem wütenden Sturm umgestürzt. Auf der Rückseite hatte er eine Höhle, die für einen Zweijährigen gerade groß genug war.

Sam krabbelte in das Loch hinein, und ich setzte mich davor, um Boyd und dem Krebs den Weg zu ihm zu versperren – ich, die allmächtige Beschützerin.

Aber als Boyd zu nahe herankam, floh ich. Als er mir den Krebs ins Gesicht hielt und die Scheren vor meinen Augen auf- und zuklappten, rannte ich einfach davon. Das hat sich mir ganz fest eingeprägt: Ich bin davongelaufen. Doch, so war es.

Boyd und ich lachten, während er mir nachjagte, aber nur für wenige Momente.

Ellies Stimme zerriss den Abend. »Wo ist Sam?«

Ich drehte mich um. Sie stand mit einem Picknickkorb zu Füßen am Flussufer. Wie ein Segen fiel das Licht der Abendsonne auf ihre Gestalt.

Als Jim tropfend aus dem Fluss auftauchte, mit einer schlaffen, nassen Puppe in den Armen, dachte ich, benommen und begriffsstutzig, wie ich war: *Warum kommt er mit einer Puppe hoch, wo wir doch alle nach Sam suchen?* Mein Verstand war nicht in der Lage zu begreifen, dass Sam tot in den Armen seines Vaters hing.

Damals hatte ich Gott, Sam und allen Racheengeln versprochen, nie wieder ins kalte Wasser zu springen, nie wieder ja zu sagen, wenn ich es nicht wirklich meinte.

Ich nahm Dads Urne vom Beifahrersitz und ging den öffentlichen Fußweg hinunter zum Fluss und zum Anleger. Jemand hatte dort eine Laterne hängen lassen, die im Rhythmus der Wellen und meiner Schritte auf- und abwippte. Ich setzte mich auf die Vorderkante des Stegs. Die Urne lastete schwer auf meinem Schoß, sie war real, nicht nebelhaft wie meine Erinnerungen an Sam und Boyd, sondern so greifbar und zuverlässig wie die Gewissheit, mit der ich mich an das »Ja, Ellie« erinnerte, mit dem ich versprochen hatte, auf ihren kleinen Sohn aufzupassen.

Ich stand wieder auf und wanderte auf dem Anlegesteg hin und her, aber weder ganz bis zum Wasser noch ganz bis ans Land. Wie sollte ich das bloß fertigbringen, wie sollte ich die Urne über dem gleichen Fluss öffnen? Das erschien mir ebenso schrecklich, als hätte ich Sam unter Wasser festgehalten und ihm das Atmen verwehrt.

Sam.

Ich drehte mich um und blinzelte in die Sonne, flussaufwärts, dorthin, wo sich fünf oder sechs Häuser weiter Ellies Bootssteg befand, wo ich Sam aus den Augen verloren hatte. Die Neugier trieb mich zum Steg der Loughlins. Ich wollte wissen, ob der alte Eichenstamm, in dem Sam sich versteckt hatte, noch dort lag und ob die Seeadler wiedergekommen waren und dort nisteten. Mir war nur allzu bewusst, dass ich an jenem Sommertag nicht nur Sam verloren hatte. Sam war gestorben, aber auch wir anderen hatten ein Leben verloren, dieses ganz besondere Leben nämlich, das wir bis zu seinem Tod geführt hatten.

Während ich zu Ellies Steg hinüberging, zählte ich mir die

Verluste auf, die ich verschuldet hatte. Die Liste wurde immer länger: ein Zuhause, ein Ehemann, ein Sohn, ein Bruder …

Doch dann meldete sich auch Wut. Sie verhüllte und überwand den Schmerz. Ich freute mich über dieses Gefühl, und einen Augenblick lang glaubte ich zu verstehen, warum Boyd sich entschieden hatte, an seinem Zorn festzuhalten. Das war tatsächlich leichter, viel leichter.

Ich ließ mich in den Zorn hineinsinken, ließ mich von ihm überzeugen, dass ich Dads Bitte nicht zu erfüllen brauchte, dass ich es ihm in keiner Weise schuldig war, diese schwere Aufgabe zu erledigen. Ich stampfte auf, trat in die Luft. Während ich auf den Steg der Loughlins hinausging, brüllte ich: »Nein, das mache ich nicht.« Dabei hoffte ich, dass Dad mich hörte, dass er kapierte, dass diese Geschichte – in der die pflichtbewusste Tochter die Asche ihres Vaters an einem legendären Ort der Kindheit verstreut – zu Ende war. Ja, diese Geschichte war zu Ende.

Der rasende Zorn in mir wuchs wie ein um sich schlagendes, blindwütiges Lebewesen. Als ich mich auf dem Absatz umdrehte, rutschte ich auf dem bemoosten Brettersteg aus und verlor das Gleichgewicht. Ich wollte wieder schreien, blieb aber stumm und stürzte auf das morsche Holz. Entsetzt rollte ich mich auf den Brettern zusammen, voller Angst, dass ich etwas freigesetzt haben könnte, das eingeschlossen hätte bleiben sollen, sicher verwahrt in seiner Burg aus Nichtbeachtung und Verleugnung.

Bevor ich überhaupt merkte, dass ich sie losgelassen hatte, kippte die schwere Urne auf die Seite. Über meine angezogenen Beine hinweg tastete ich auf dem glitschigen Holz danach. Zu meiner Wut gesellte sich jetzt Panik, sodass ich meinen Arm und meine Finger nicht mehr in der Gewalt hatte, sondern nur ins Leere griff.

Dann sah ich die Urne rollen und in den Fluss plumpsen. Das Aufklatschen war nicht zu hören.

Mit absoluter Sicherheit wusste ich plötzlich, dass wir ebendieses Geräusch auch damals nicht gehört hatten, das wir nicht hörten, wie Sam ins Wasser fiel. Der Fluss war so lebendig, sein Rauschen so laut, dass uns dieses verhältnismäßig leise Platschen gar nicht aufgefallen war.

Ich schrie auf vor Angst. Es war eine so instinktive Angst, dass ich meine eigene Stimme nicht erkannte, sondern nur spürte, wie ich den Atem ausstieß. Nachdem ich mich an den Rand des Stegs vorgerobbt hatte, entdeckte ich im trüben Wasser die Urne, die sich noch nicht entschieden hatte, ob sie wieder auftauchen oder versinken wollte.

Ohne zu überlegen, beugte ich mich vor und griff danach. Meine Finger glitten über das Metall, doch ich kriegte das Gefäß nicht zu fassen.

Traumbilder überschwemmten mich: Ich versuchte, den Fluss zu überqueren, schaffte es aber nicht bis zum sicheren Ufer auf der anderen Seite. Mein ganzes Leben lang hatte ich solche Träume gehabt – ich rannte oder schwamm, ohne jemals anzukommen.

Ich wälzte mich vom Steg ins Wasser. Etwas anderes kam nicht in Frage. Ich konnte Dad nicht so versinken lassen wie Sam. Nicht ohne den richtigen Abschied, so wie er ihn sich gewünscht hatte.

Wie Blut schmeckte ich mein schlechtes Gewissen im Mund, kostete es, schluckte es herunter. Boyd hatte recht – es gab keine Lossprechung. Ich war hergekommen, um zu büßen, das erkannte ich jetzt.

Das Wasser schlug über meinem Kopf zusammen, als ich unterging. Es fühlte sich an wie Seide. In kleinen Stößen atmete ich aus, und mit jedem Ausatmen sank ich tiefer, immer tiefer zum Grund hinunter, wo kleine Fische meine Schienbeine kitzelten, wo im Gezeitenstrom unsichtbare Garnelen und Fische an mir vorbeischwammen. Die Strömung zog mich nach draußen – ins offene Meer hinein.

Ich wusste, dass ich nur loszulassen brauchte, dann würde alles in mir befreit werden: Schuldgefühle, Scham, Schmerz, alles, was unsere Familien verloren hatten, alles würde jetzt mit mir hinaustreiben.

Diese ungeheuerliche Erkenntnis tröstete mich so sehr, dass ich mich fallen ließ und ein letztes Mal ausatmete.

Unter Wasser hörte ich die Vorwürfe nicht mehr, die mein Leben lang in meinem Kopf herumgespukt hatten. Allerdings hörte ich meinen Namen – immer wieder meinen Namen.

Cappy.

Und wieder:

Cappy.

Jemand rief mich, der meinen richtigen Namen kannte, meinen Namen aus der Zeit, bevor Sam gestorben war.

Ich hatte keinen Sauerstoff mehr, die Erinnerungen verblassten, und ein ursprüngliches Bedürfnis zwang mich aufwärts, fort von meiner Vision, hinauf an die Wasseroberfläche. Meine Hände waren leer – Dads Urne hatte ich nicht wiedergefunden. Doch mein Hunger nach Leben zog mich hoch, meine Sehnsucht nach einem Leben, in dem jemand meinen Namen rief.

Als ich einatmete, füllten meine Lungen sich mit einer brennenden Mischung aus Wasser und Luft. Ich tastete nach festem Boden, spürte jedoch nur noch mehr Wasser unter mir. Also drehte ich mich auf den Rücken, doch trotz meiner krampfhaften Schwimmversuche ging ich immer wieder unter.

Meine Lungen brannten, meine Glieder waren nicht mehr zu gebrauchen, sie ignorierten meine Befehle zu schwimmen, obwohl sie das eigentlich konnten.

Als mein Körper wieder auftauchte, sog ich tatsächlich Luft in die Lungen. Doch wenn ich noch einmal untergehen sollte, wäre es das letzte Mal, das war mir klar.

Ein Gebet fiel mir ein, das ich seit vielen Jahren nicht mehr gebetet hatte: Lieber Gott, ich bitte dich, dass Sam nicht leiden musste, dass er nur diesen einen Atemzug machen musste. Diesen einen Atemzug voller Wasser und Frieden, der ihn in Schlaf sinken ließ.

Dabei wusste ich genau, dass das unmöglich war – Sam hatte mehr als einmal Atem geholt, er hatte hinaufgeschaut und die Wasseroberfläche gesehen genau wie ich gerade eben, aber nicht gewusst, wie er dorthin gelangen sollte, wie er zu all den Menschen da oben aufsteigen sollte, die ihn liebten und auf ihn warteten, aber zu spät nach ihm suchen würden.

Dieses Wissen ertrug ich nicht – ich konnte es nicht mit nach oben nehmen.

Wieder versank ich.

Da schoss mir ein Schmerz in den Kopf. Ich hörte auf zu treiben. Als ich nach oben griff, bekam ich eine breite Hand zu fassen.

Im festen Griff dieser unbekannten Hand begann ich zu würgen. Mein Kopf knallte gegen den Stegrand, meine Zähne schlugen aufeinander, Blut sickerte mir in den Mund, als ich mir die Wange aufbiss. An meinem Hals knackte es, und im Wasser blitzte etwas silbern auf: der Brillantanhänger von Thurman. Einen Augenblick lang schwamm er, tanzte kreiselnd, dann versank er. Ich griff nicht danach.

Stattdessen fasste ich mit der Linken nach der Holzkante des Bootsstegs. Meine Hand rutschte ab, doch ich packte wieder zu. Ich hustete, erbrach Meerwasser, während jemand meine beiden Hände am Stegrand festhielt. Ich wollte alles in mir ausleeren, wollte es in diesen Fluss spucken, in diese Schwärze. Ich wollte so leer sein, dass ich mich an nichts mehr erinnerte, sondern ganz neu und rein war.

Aber das ging natürlich nicht. Es gab keine Möglichkeit, alles, woraus ich bestand, alles, was mich geformt hatte, hinter mir zu lassen.

Als ich auf den Steg gekrochen war und mich auf den Rücken drehte, beugte Boyd Loughlin sich über mich. Sein Gesicht schien zu schwanken. Über seinem Kopf kreiste das Seeadlerweibchen. Es stieß die hohen Rufe der Seeadler aus, kam im Sturzflug herunter, stieg dann mit der Thermik wieder auf und verschwand aus meinem Blickfeld. Ich streckte den Arm aus und fasste nach Boyds Schulter. Er schob mir die Hände unter den Rücken und zog mich zum Sitzen hoch.

»Alles in Ordnung?«, fragte er, während er mir auf den Rücken klopfte, als wäre ich ein Kind, aber fester. »Was hast du denn gemacht? Bist du total verrückt geworden?«

Meine Stimme versagte. Ich fürchtete, dass ich sie unten im Fluss gelassen hatte. Ich deutete zum Himmel hinauf. »Hat sie ihr Nest wiedergekriegt?«, krächzte ich schließlich.

»Welches Nest? Was meinst du?« Boyd sah sich auf dem Steg um, blickte hinter sich. »Wovon redest du?«

Ich stieß einen Laut aus, etwas zwischen Schluchzen und Würgen, dann deutete ich auf das Wasser. »Ich hab ihn da unten gelassen.«

Boyd legte mir die Hände auf die Schultern. »Cappy, was hast du? Ist dir etwas in den Fluss gefallen? Ein Nest? Was wolltest du denn hochholen?«

»Ach Gott, ich habe ihn da unten gelassen«, wiederholte ich, während ich auf das Wasser zurutschte.

»Halt«, sagte Boyd.

Ich gehorchte. Genau wie damals, als ich zwölf war und er mir beim Baseballspiel Anweisungen gab. Inzwischen saß er vor mir, mit verzerrtem Gesicht, als kämpfe er mit tausend Worten und Gefühlen und könne sich nicht entscheiden, was Vorrang hatte. Er hob die rechte Hand, sodass ich erst dachte, er würde mich vielleicht schlagen, aber dann schien es mir, als wolle er mich an sich ziehen und in den Armen halten. Doch er senkte den Blick, ließ die Hand wieder fallen und schüttelte den Kopf. »Catherine Leary, was machst du denn bloß?«

»Ich habe Dads Urne in den Fluss fallen lassen. Das wollte ich nicht.«

»Von deinem Dad?« Boyd stand auf und blickte auf mich herunter, und wieder legte er mir die Hände auf die Schultern. »Du musst nach Hause, Cappy. Du kannst hier nicht bleiben. Steh auf!«

Also stand ich auf. Während ich mir noch das Wasser von den Wangen wischte, erschütterten plötzlich Schritte den Steg. Ich drehte mich um und sah eine alte Frau im Laufschritt auf uns zukommen. Sie trug eine mit Alufolie abgedeckte Auflaufform, die sie aber fallen ließ, als sie uns erreichte. Hühnerfleisch, Brokkoli und Reis flogen zu Boden. Erschrocken warf sie die Arme in die Luft. »Ach, du meine Güte, was ist denn hier los? Was ist passiert?«

Boyd schüttelte Reis von seinem Fuß. »Es ist alles in Ordnung, Alice«, sagte er.

»Alice?« Ich machte einen Schritt auf die Frau zu.

»Cappy Leary, was machst du denn hier? Was ist los?« Ihre Augen füllten sich mit Tränen. Mit den Händen beschrieb sie Kreise, als versuche sie, die Flugroute des Seeadlers von eben nachzuzeichnen. »Bitte sagt mir doch, was passiert ist!«

Boyd nahm ihre Hand. »Jetzt ist alles wieder gut. Ich habe mit Mutter hinten auf der Veranda gesessen und darauf gewartet, dass du das Essen bringst …« Er schaute auf die Scherben der Auflaufform hinunter, dann sah er mich an. »Und da habe ich jemanden auf dem Steg gesehen. Es war Cappy.«

Alice ließ Boyds Hand los. »Was hast du denn gemacht, Liebes? Warum bist du so nass?«

»Ich habe versucht … Ich wollte … Aber ich habe ihn im Wasser verloren.« Ich rieb mir das Gesicht und krümmte mich, weil ich ein heftiges Stechen in den Lungen spürte. »Ich muss ihn wieder raufholen, Alice. Ich kann ihn nicht einfach da unten lassen.«

»Es war nicht deine Schuld, Cappy. Alle waren daran beteiligt. Es war ein entsetzliches Zusammentreffen von unglückseligen Umständen. Du darfst diese Schuldgefühle nicht mehr mit dir herumtragen, mein Kind. Du musst dich davon befreien.« Alice' Stimme bebte.

Ich hörte ihre Worte, Worte, die ich von früher kannte. In meinem Kopf klangen sie nach wie das Geflüster eines Liebhabers, den ich umarmt hatte, um mich von ihm trösten zu lassen, ohne ihm je zu vertrauen.

Boyds Stimme riss mich aus meinen Gedanken. »Bitte, lasst uns vom Steg runtergehen! Wenn Mutter uns hier sieht, kommt sie gleich angerannt.«

In seiner Stimme schwangen Vorwürfe und Wut mit, die viele Jahre alt waren.

»Alice«, sagte Boyd, »mach dir wegen des Essens keine Gedanken! Nimm Cappy doch mit zu dir, während ich mich um Mutter kümmere. Sie ist heute besonders verwirrt.«

Ich wollte Boyd schütteln, um den einfühlsamen Jungen, den ich einst gekannt hatte, auf den Steg zurückzuholen. Ich wollte die Wut und den Hass vertreiben, den ich offenbar in ihm geweckt hatte. »Boyd«, sagte ich eindringlich, »ich bin nicht verwirrt. Ich habe eine Urne ins Wasser fallen lassen. Ich habe den Seeadler gesehen. Nein, ich bin nicht verwirrt.«

Er kniff die Augen zusammen. »Ich rede doch gar nicht von dir – ich rede von Mutter.«

»Ach so.« Ich holte tief Luft und reckte mich. »Tut mir leid.«

Boyd starrte mich an, bevor er leise fragte: »Warum bist du eigentlich da im Wasser gewesen?«

Trotz der Wärme zitterte ich, daher rieb ich mir die Arme. »Ich wollte die Urne wieder rausholen.« Müde schloss ich die Augen. »Und dann wollte ich einfach unter Wasser bleiben. Einfach eine Weile da unten bleiben.«

Er packte mich am Ellbogen. »Du hast mir einen Wahnsinnsschreck eingejagt. Ich habe gesehen, wie du reingefallen bist, aber dann bist du nicht wieder aufgetaucht.«

Ich öffnete die Augen wieder. Als ich ihn ansah, erinnerte ich mich daran, wie schön unsere Freundschaft bis zu Sams Tod gewesen war. Ich musste mich von ihm abwenden bei der Erinnerung an die kostbaren Möglichkeiten, die er und ich, wir beide, zusammen gehabt hatten. »Das tut mir leid.«

»Sieh zu, dass du trocken wirst, und fahr nach Hause ...«

»Danke für –«

Mit einer Handbewegung schnitt er mir das Wort ab.

Alice nahm mich bei der Hand, und ich folgte ihr über den Rasen zu ihrem Haus. Sie ließ mich allein, um Teewasser aufzusetzen, und kam mit Kamillentee in einer zart geblümten Tasse wieder, die mich an Mutter erinnerte. Sie hüllte mich in eine Wolldecke, als wäre sie die Stärkere, Standfestere von uns beiden. Alice war kleiner, als ich sie in Erinnerung hatte, aber ihr Haar, das sie zu einem Knoten aufgedreht trug, war noch so strahlend weiß wie früher. Auf ihren Jeans und der weißen Hemdbluse klebten immer noch Reiskörner und Brokkolistückchen. Nachdem sie sich zu mir gesetzt hatte, tätschelte sie mir die Hand und sah mich mit ihren braunen Augen mitfühlend an.

»Alice«, sagte ich, »ich muss dir etwas erklären. Ich habe ... die Urne mit Dads Asche in den Fluss fallen lassen. Ich wollte nicht versuchen, Sam ... wieder rauszuholen.« Ich beugte mich vor.

»Ach so.« Sie nickte. »Ich verstehe, mein Liebes.«

»Nicht zu fassen, dass sie mir reingefallen ist. Was ist bloß los mit mir?«

Alice lächelte. »Gar nichts ist mit dir los, Kindchen. Es ist einfach schwer für dich, hier zu sein.«

Ich trank einen Schluck Tee und lehnte mich in dem geblümten Sessel zurück. Trotz der Decke zitterte ich. »Das kann man wohl sagen. Aber es ist schön, dich wiederzusehen, Alice. Wie geht's dir denn?«

»Ach, ganz gut. Vor etwa sechs Jahren habe ich Mack verloren. Ich vermisse ihn immer noch jeden Tag.«

»Er war ein guter Mann.«

»Ja, das war er, genauso wie dein Vater.«

Ich stellte meine Teetasse auf das kleine Tischchen neben meinem Sessel. »Alice, darf ich dich etwas fragen?«

»Nur zu!«

»Hast du Dad gesehen, wenn er hier zu Besuch war?«

Sie schloss die Augen, rutschte tiefer in ihren Schaukelstuhl hinein und nickte zweimal.

»Wo?«

»Ach, an ganz verschiedenen Orten: bei Morgans, bei Ellie, im Gericht.«

»Du bist jetzt schon die Zweite, die mir erzählt, sie hätte ihn im Gericht gesehen. Was hat er denn da gemacht?«

Alice zuckte die Achseln. »Ich arbeite ja da.« Sie hob das Kinn. »Die Stadt Seaboro hat mir die Schlüssel gegeben, weißt du. Und dein Vater hatte dort in der Ausstellung ein Lieblingsbild, das hat er sich ab und zu angeschaut.«

»Habt ihr miteinander gesprochen?«

»Ja, natürlich. Was glaubst du denn? Dass ich so unhöflich gewesen wäre, ihn zu ignorieren?«

»Nein, ich meine, hat er dir erzählt, was es mit diesem Bild auf sich hatte?«

»Nein, Kindchen. Ich bin zwar furchtbar neugierig, aber er hat selbst nicht davon angefangen, also habe ich nicht nachgefragt.«

»Weißt du«, sagte ich, »ich verstehe das alles überhaupt nicht.«

»Wie meinst du das?«

Ich strich mir nasse Haarsträhnen aus dem Gesicht. »Alice, ich habe ja nicht mal gewusst, dass er hier war. Ich habe immer gedacht, er führe irgendwohin, um da zu studieren und zu arbeiten.«

»Vielleicht ist er ja hergekommen, um *hier* zu studieren und zu arbeiten.«

»Aber warum hat er mir das nicht erzählt? Warum hat er das vor mir verheimlicht?«

»Er war ein Mann, der vieles für sich behalten hat.«

Ich nickte. »Er hat es mir nicht erzählt, weil es meine Schuld war, dass er hier wegmusste. Er wollte nicht, dass ich ein schlechtes Gewissen habe. So war er. Ich sollte nicht denken, dass ich ihm etwas weggenommen habe, was er geliebt hat.«

Alice stand auf. Sie wirkte größer und jünger als noch vor ein paar Minuten. »Ich möchte dich nie wieder so reden hören, Catherine Carrington Leary. Du warst nicht die Ursache dafür, dass dein Vater und deine Mutter Seaboro verlassen haben. Es war ihre eigene Entscheidung.«

Erstaunt sah ich sie an. »Alice, ich bin doch kein Kind mehr. Ich weiß schon, was ich getan habe und was nicht. Was Sams Ertrinken angeht, kann ich weder mir noch dir noch sonst jemandem in dieser Stadt etwas vormachen. Ich wäre niemals hierher zurückgekommen, wenn Dad mich nicht gebeten hätte, seine Asche herzubringen. Ich brauche keinen Trost, keine kindische Beschwichtigung … jetzt nicht mehr.« Ich stand auf und beugte mich zu ihr hinunter, um sie in die Arme zu nehmen. »Es ist wunderbar, dich zu sehen. Du warst ein wichtiger Mensch für mich, und ich denke oft an dich.«

»Cappy, nimm dir etwas Zeit hier in Seaboro, versuche herauszubekommen, was dich und deinen Vater hierher zurückgeführt hat.«

»Ich weiß ganz genau, was uns beide hergeführt hat: Er fand es hier wunderschön, und deswegen hat er dafür gesorgt, dass auch ich wieder hergekommen bin. Aber jetzt fahre ich nach Hause. Dad hat mich gebeten, seine Asche zu verstreuen, und wenn es auch nicht ganz so geklappt hat, wie er es sich vielleicht vorgestellt hat – es ist erledigt.«

»Erledigt?«

»Ja, ich bin fertig.« Ich klatschte in die Hände. »Danke, dass du mir heute Abend geholfen hast. Du bist immer für mich da gewesen, wenn es bei mir gebrannt hat, stimmt's?« Ich bemühte mich zu lächeln, aber meine Lippen bebten.

Alice umarmte mich. Nachdem sie mich eine ganze Weile gehalten hatte, lehnte sie sich zurück und schaute mich an, ohne mich loszulassen. Ich dachte, sie wolle noch etwas sagen, aber sie wisperte nur: »Ich habe dich lieb, Cappy.«

»Ich dich auch, Alice.« Ich umarmte sie noch einmal zum Abschied.

Während ich zur Pension zurückfuhr, ging mir durch den Kopf, dass Alice zwar stundenlang tröstende Worte von sich geben konnte, dass ihr naiver Zuspruch aber weder an der Wahrheit noch an meinen Schuldgefühlen etwas ändern konnte. Mutter hatte eindeutig klargemacht, warum wir Seaboro verlassen mussten, als sie damals in mein Zimmer gekommen war, drei Tage nach Sams Tod, einen Tag nach seiner Beerdigung. Ja, damals war Sams Tod der Beginn unserer neuen Zeitrechnung gewesen.

Den ganzen Tag hatte ich überlegt, wie lange ich wohl noch warten musste, bis ich zu Alice' Scheune laufen und dort im Heu schlafen konnte. Erst wenn der Specht an das breite rote Tor klopfte und die Morgendämmerung mich betäubte, lief ich wieder nach Hause und legte mich in mein Bett, damit die aufgehende Sonne nicht in ein leeres Zimmer schien. Meine Eltern waren so verstört, dass sie meine Abwesenheit während der langen Nächte nicht bemerkt hatten.

Mutter und Vater waren gemeinsam in mein Zimmer gekommen; Mutter hatte sich auf meine Bettkante gesetzt und zu Dad aufgesehen. »Warum lässt du mich nicht allein mit ihr sprechen?«

»Was?« Mein Blick wanderte zwischen den beiden hin und her. Was wollte Mutter allein mit mir besprechen?

Dad beugte sich zu mir herunter und gab mir einen Kuss, bevor er Mutter wortlos den Gefallen tat und verschwand.

»Catherine, Liebes«, sagte sie, als er draußen war. »Die vergangenen Tage waren für uns alle schwer. Sehr schwer. Ich weiß, dass wir nicht für dich da gewesen sind. Es tut mir leid, aber ich muss dir jetzt etwas sagen, was für dich nicht leicht anzuhören sein wird.« Mutter lehnte sich gegen das Kopfteil meines Bettes und schloss die Augen, als koste es sie alle Kraft, die ihr noch geblieben war, die nächsten Worte zu sagen. Mir wurde es eng um die Brust, denn ich wusste, dass es etwas Schreckliches, etwas Entsetzliches sein musste. Ich wollte es nicht hören, daher hielt ich mir die Ohren zu.

Mutter öffnete die Augen wieder. »Mach es nicht noch schwerer, Catherine. So schlimm ist es auch wieder nicht, verglichen mit …«

Mit dem, was du getan hast …

Der Vorwurf in ihrem Schweigen war unüberhörbar.

Vor dem, was da vor mir Gestalt annahm, gab es kein Entrinnen: als hätte ein bösartiges Wesen sich in den Schatten meines Zimmers verkrochen und käme jetzt Zähne fletschend heraus.

»Du weißt, dass die Southern University Dad schon seit Jahren bittet, dort einen Lehrauftrag anzunehmen?«

Ich packte den Rand meiner Decke, zog sie bis ans Kinn hoch, dann über den Mund und sprach durch das Tuch hindurch. »Er hat immer abgelehnt. Jedes Mal.«

»Also, sie haben wieder nachgefragt, sie haben deinen Vater inständig gebeten, zu kommen und sein Fachwissen einzubringen …« Wieder schloss Mutter die Augen. Anscheinend kämpfte sie erfolglos gegen die Versuchung an, nur das Ende der Erklärung, die sie vorbereitet hatte, vorzubringen. »Wir ziehen nach

Cedar Valley, wo unsere Familien herkommen«, schloss sie mit einem tiefen Seufzer.

»Kommt gar nicht in Frage«, widersprach ich. »Daddy würde doch nie im Leben von hier weggehen, Mutter.«

»Doch, in drei Tagen reisen wir ab.«

Ich weinte nicht, so sicher war ich mir, dass Mutter sich irrte. Sie würden doch meine Wurzeln nicht ausreißen wollen. Es war eine ganz schlichte Tatsache: Wenn man mich von hier verpflanzte, würde ich eingehen. Einfach verwelken und sterben. Und Dad würde das gleiche Schicksal ereilen. Wieder einmal wäre ich an einem Tod schuld.

»Das ist deine Schuld!«, schrie ich Mutter an. »Du willst zu deiner Familie zurück. Deinetwegen sollen Daddy und ich hier weg – oder?« Meine Stimme wurde mit jedem Wort lauter. Ich schleuderte die Decke fort und sprang auf.

Weil ich selbst litt, tat ich ihr weh, so selbstverständlich, wie ich auf meinem Pferd durch den Strandhafer ritt. Ich musste mich wehren, musste zurückschlagen. Es musste ein Ziel für meine Vorwürfe geben, und jetzt hatte ich es gefunden: Mutter war es, Mutter mit ihrer Herzlosigkeit, ihrer leidenschaftslosen Sachlichkeit.

Doch da entdeckte ich in ihren Augen etwas, das ich noch nie bei ihr gesehen hatte: Tränen. »Es liegt nicht an mir, Catherine. Das darfst du nie wieder sagen.«

Die unausgesprochenen Worte wirbelten in wildem Tanz durchs Zimmer: *Es ist deine Schuld, Catherine. Deine Schuld. Deine.*

Das alles war mehr, als ich damals begreifen oder aufnehmen konnte. Ich stürzte an Mutter vorbei, rannte den Flur entlang, dessen Wände sepiabraune Familienfotos in Kirschholzrahmen zierten, jagte die Treppe hinunter, durch die Diele, wo die Post verstreut auf dem Tisch lag, und zur Haustür hinaus. Erst als ich keuchend vor der Scheune von Alice und Mack ankam, spürte ich wieder die Erde unter meinen Füßen.

Als ich das Tor aufstieß und mit einem Hechtsprung ins Heu flog, landete ich auf Boyd Loughlin, der am Boden hockte und aus einem Stück Holz einen Pfeil schnitzte.

Verblüfft sah er mich an. »Was machst du denn –«

»Raus hier!« Meine Stimme war so rau, dass ich sie nicht erkannte. Boyd war in mein Heiligtum eingedrungen, in mein Versteck. Ich rappelte mich hoch und baute mich mit verschränkten Armen vor ihm auf.

»Die Scheune gehört dir nicht allein.« Er reckte trotzig die Brust vor.

Der Geruch nach Holz, Heu und Erde mischte sich zu einem Duft, den ich am liebsten eingepackt hätte, um ihn immer bei mir zu haben. »Doch, sie gehört mir«, widersprach ich. »Ich will sie mitnehmen.«

»Was willst du wohin mitnehmen?« Fragend sah Boyd mich an, und da war es wieder: das Licht – ein schwaches Wabern um seinen Kopf herum, das alle seine Bewegungen begleitete. Mir war klar, dass Sonnenstrahlen durch die Risse in der Scheunenwand fielen, dass das Abendlicht in unser Versteck eindrang, aber ich sah den Schein und sank ehrfürchtig auf die Knie.

Ich sank ins Heu, vergrub mein Gesicht in Boyds Schoß – etwas, was ich nie zuvor getan hatte. Er legte mir die Hand auf den Kopf, warm und tröstend. Ich schloss die Augen und wartete auf die Worte, wartete auf die Lossprechung, ohne den Begriff zu kennen. Ich wusste nur, welches Gefühl sie in mir auslösen würde.

»Alles in Ordnung?«, wisperte er mit der tiefen Stimme eines älteren Boyd.

Das Blut pochte mir in den Ohren, während ich darüber nachdachte, wie ich ihm mitteilen konnte, dass ich diesmal nicht Sams wegen weinte, sondern dass eine weitere Katastrophe bevorstand.

Boyd strich mir mit den Fingern durchs Haar. Seine Sanftheit überraschte mich ebenso sehr wie die Tatsache, dass ich den Kopf in seinen Schoß gelegt hatte.

Ich sagte nichts. Ich wollte hierbleiben, mit geschlossenen Augen, seine warme Hand auf meinem Kopf spüren und warten, tausend Tage warten, tausend Jahre, bis mir verziehen, bis dieser Schmerz nachlassen würde.

Eine Stimme zerstörte unseren Frieden. »Cappy, Boyd ... Seid ihr hier?«, rief Alice in die Scheune hinein.

Ich setzte mich auf und schaute ihr entgegen. »Woher wusstest du, dass wir hier sind?«, fragte ich, während ich mir rasch das Gesicht abwischte.

»Ich weiß immer, wenn ihr kommt.« Sie lächelte. »Cappy, ich habe eben mit deiner Mutter gesprochen. Sie wollte wissen, ob du hier bist und wie es dir geht. Gut, habe ich gesagt ...«

Oh Gott, nein, bitte sprich es nicht aus. Gleich würde Alice wiederholen, was Mutter vorhin angekündigt hatte.

»Nein, sag ihr nicht, wo ich bin.«

»Sie hat es mir erzählt, Cappy – dass ihr umziehen wollt.«

»Was?« Boyds Stimme war leise.

»Sag es nicht, Alice, bitte sag es nicht!«, flüsterte ich.

»Catherine, du wirst es da gut haben, ganz bestimmt.« Ihre gemurmelten Sätze bestätigten das Furchtbare nur: Man würde mich hier wegreißen, weg von Ellie ...

Ellie. Sie war die Lösung. Warum war mir das nicht schon eher eingefallen?

»Wenn Mutter unbedingt in Cedar Valley leben will, kann sie ja hinziehen. Ich bleibe hier bei Ellie.« Voller Überzeugung stand ich auf.

Auch Boyd erhob sich. Er ging zur Werkbank, an der Mack ihm das Schnitzen beigebracht hatte, und spielte mit den Händen im Sägemehl.

»Ach, Cappy!« Alice zog mich an die Brust. »Ihr seid doch eine Familie. Du musst bei deiner Familie bleiben.«

»Wollt ihr mir nicht sagen, was hier eigentlich los ist?« Boyd warf sein Taschenmesser von einer Hand in die andere, aber seine zusammengepressten Lippen straften diese lässige Geste Lügen.

»Meine grässliche Mutter will, dass wir umziehen, aber ich gehe nicht mit.«

»Vielleicht wäre es das Beste, wenn ihr wegzieht«, meinte Boyd, indem er sein Messer zuklappen ließ.

In diesem Augenblick erkannte ich, dass ich meiner Sünde nicht entkommen konnte. Ich hatte mich an den einzigen sicheren Ort geflüchtet, den ich kannte. Eine andere Zufluchtsstätte gab es für mich nicht mehr.

»Ich will nicht«, wiederholte ich. »Ich fahre nicht mit.«

Alice seufzte. Ich sah, dass sie als Erwachsene meine Weigerung für kindisch hielt. »Du hast noch drei Tage, bis ihr abfahrt. Diese drei Tage würde ich nicht damit vergeuden, so zu tun, als würde es nicht passieren. Stattdessen könntest du …« Doch Alice beendete den Satz nicht. Selbst sie, die sonst immer einen guten Rat wusste, konnte mir anscheinend nicht sagen, wie ich meine letzten drei Tage hier verbringen sollte.

Boyd stürzte aus der Scheune. Die Art, wie er das Tor hinter sich zuschlug, tat mir im Herzen weh. Alice legte die Arme um mich, sodass ich an ihrer Brust ruhte. »Du musst jetzt nach Hause, Kindchen, du kannst nicht wieder die ganze Nacht hierbleiben.«

»Bitte, lass mich bleiben«, flehte ich. »Sag Mutter einfach, dass ich bei euch übernachte. Ich kann nicht nach Hause gehen. Ich kann einfach nicht.«

Nach kurzem Zögern gab Alice meiner Bitte nach. »Gut, dann rufe ich sie an. Aber morgen früh verschwindest du dann, gleich wenn es hell wird, so wie in den letzten Tagen auch«, sagte sie.

»Ehrenwort.«

Das Heu flüsterte unter ihren Füßen, als sie zum Tor ging;

sie drehte sich noch einmal um und schaute mich eine ganze Weile lang an. Zum ersten Mal sah ich ungesagte Worte in der Luft glitzern: Sie tanzten, drehten sich, wollten entkommen. Da schloss Alice die Augen, und die Wörter zersprangen in silbrige Splitter.

»Was ist, Alice? Was hast du denn?« Ich lief zu ihr hin, denn ich musste diese Worte unbedingt hören.

»Ach, Cappy.« Sie nahm mich noch einmal in die Arme. »Ich habe dich wirklich lieb.«

Und obwohl dieser Satz eine ungeheure Bedeutung für mich hatte, war mir klar, dass es nicht die tanzenden Worte waren, die ich gerade eben über ihrem Kopf gesehen hatte.

Als Alice schließlich gegangen war, legte ich mich ins Heu und redete laut mit mir selbst. »Daddy kann es in Cedar Valley garantiert nicht aushalten, darum kommen wir alle wieder zurück. Wir kommen zurück.«

Mit diesen Worten, mit meinem Leugnen der Tatsachen, blies ich mir einen tröstenden Luftballon auf und glitt dabei in Schlaf, den einzigen Schlaf, der mir in den Tagen nach Sams Tod vergönnt war: voller tiefer, reißender Gewässer und Angst.

In den nächsten drei Tagen packten meine Eltern. Ich betrat unser Haus nur selten, denn ich konnte es nicht ertragen. Überall standen Kartons mit Luftpolsterfolie und den Habseligkeiten der Familie, Möbelpacker im Blaumann stapften mit Packpapier durch mein Haus und ließen vorne auf der Veranda Zigarettenstummel liegen. Ich konnte das Gerede von Aufnahmeanträgen für Schulen, neuen Wohnvierteln und unserem zukünftigen Haus nicht mit anhören. In nüchternem Tonfall teilte Mutter mir mit, dass sie unser Haus an die Historische Gesellschaft in Seaboro verkauft hatten und dass niemand anders darin wohnen würde – für mich bloß ein weiterer Beweis dafür, dass wir wiederkommen würden.

Ellie war in jenen letzten Tagen emotional vollkommen unzugänglich. Sie hatte sich in sich selbst und in das ferne Land des Kummers zurückgezogen. Ich wollte sie besuchen und rannte zum Haus der Loughlins. Es war so voller Trauer, dass mir die Luft selbst dick und aufgequollen erschien, als enthielte sie noch mehr als den Verlust eines Kindes. Wenn Ellie, was selten geschah, aus ihrem Zimmer auftauchte, war ihr Gesicht gramverzerrt.

Mit langsamen, unbeherrschten Bewegungen sank ich schluchzend gegen ihren Küchentisch. Schließlich streckte sie die Arme aus und wickelte die Hände in meinen Pferdeschwanz. Gewaltsam versuchte ich, meine Tränen zu unterdrücken und damit auch den Schmerz, dieses Gefühl, ins Bodenlose zu stürzen.

»Man darf ruhig weinen, Cappy. Wirklich.«

»Mutter sagt, genug ist genug. Er war ja nicht mein Bruder. Es reicht.«

»Jeder von uns trauert auf seine eigene Weise, Cappy.«

Jetzt war der richtige Zeitpunkt, um mich zu entschuldigen. Ich fiel vor Ellie auf die Knie. »Es ist alles meine Schuld. Ach, Ellie – du musst mich doch hassen.«

Doch sie zog mich vom Boden hoch und nahm mein Gesicht in die Hände.

»Cappy, eins darfst du niemals vergessen: Ich habe dich lieb. Was auch passiert, was du auch erfährst, das darfst du nie vergessen.« Ellie stieß einen langen Seufzer aus, so als wäre alles, was sie sagen wollte, hinter ihrem Herzen gefangen, hinter ihrem großen, schönen Herzen. Ich wartete auf mehr – auf weise, tröstende Worte. Aber sie hatte nichts mehr, was sie mir geben konnte, nur noch ihre Umarmung.

Erst als ich Ellies Haus schon verlassen hatte, fiel mir ein, dass mir die Worte, deretwegen ich sie aufgesucht hatte, nicht über die Lippen gekommen waren. Ich hatte nicht gesagt: *Es tut mir leid.*

Acht

»Inmitten der Schwierigkeiten liegt die Möglichkeit.«
ALBERT EINSTEIN *zugeschrieben*

In Klamotten, die mir am Leib klebten und den salzigen, modrigen Geruch des Flusses verströmten, kam ich in die Pension zurück. Ich versuchte, mich an der Bibliothek vorbeizuschleichen und ungesehen durch die Diele und die Treppe hinauf in mein Leuchtturm-Zimmer zu huschen.

»Cappy.« Durch die offene Bibliothekstür hörte ich Forrests Stimme.

Zähneknirschend drehte ich mich um. Er saß mit einem Buch im Schoß ganz hinten in dem leeren Raum. »Hey«, begrüßte ich ihn lahm, »ich dachte, du wärst längst oben.«

»Ich habe auf dich gewartet«, erklärte er, ohne sich zu rühren.

Ich trat neben die Bar. »Warum?«

»Ach, einfach, weil ich Lust dazu hatte.« Blinzelnd sah er mich an. »Bist du … schwimmen gewesen?«

»Ja, aber nicht absichtlich.« Ich strich mir das Haar aus dem Gesicht.

»Hast du …« Nun stand er doch auf, legte das Buch auf ein Tischchen und kam zu mir.

»Was habe ich?«

»Hast du seine Asche verstreut?«

Eine Weile blieb ich einfach still stehen und nahm die Einzelheiten ringsherum in mich auf, kleine, triviale Details: Forrests strubblige Locken, ein schräg verrutschter Lampenschirm auf einem Tischchen, der Staub auf der Fensterbank unter dem Klimagerät, ein Spitzendeckchen mit einem Kaffeefleck.

In Forrests Miene malte sich Besorgnis, und ich stellte mir vor, wie er reagieren würde, wenn er wüsste, was ich getan hatte. Wenn ich auf ihn zuginge und die Arme ausstreckte, würde er mich halten, ich dürfte mich bei ihm anlehnen, ihm die schreckliche Geschichte erzählen, die gerade auf Boyds Anleger passiert war. Doch stattdessen machte ich einen Schritt rückwärts. Ich wusste zwar, dass er mir voller Mitgefühl und als Freund zuhören würde, aber es wäre ein falscher Trost. Forrest kannte nicht die ganze Wahrheit, er wusste nicht, was ich getan hatte, wer ich eigentlich war.

»Ist alles in Ordnung?«, fragte er jetzt.

»Doch, ja. Ja, ich habe seine Asche verstreut … Ich muss jetzt ins Bett. Morgen früh fahren wir nach Hause.« Ich wandte mich ab, von Forrest, von diesem Raum, von Seaboro.

Am Morgen des Memorial Day ging ich als Erstes zum Gericht, um zu erkunden, was Dad bewogen hatte, nach Seaboro zurückzukommen. Die ganze Nacht lang hatte ich darüber nachgegrübelt, aber mehr als der eine Grund, dass er die Stadt geliebt hatte, war mir nicht eingefallen.

Das Gerichtsgebäude gehörte zu den wenigen Bauten in der Stadt, die 1865 bei General Shermans Marsch von der Verwüstung verschont geblieben waren; aber schon in meiner Kindheit hatte es nicht mehr als Gericht gedient. Der historische Bau beherbergte eine Sammlung von Kunstwerken, welche die Stadt Seaboro und die sie umgebende Landschaft des Lowcountry darstellten, folglich war er auch an Feiertagen für Touristen geöffnet.

Als Kind hatte ich dieser Kunstsammlung auf zahllosen Schulausflügen Besuche abgestattet. Während ich an diesem Morgen nach langer Zeit wieder einmal die breite Holztreppe zum Eingang hinaufstieg, holte ich tief Luft. In der Lunge spürte ich ein Stechen, das mich an mein gestriges Tauchbad im Fluss erinnerte. Nun hatte ich mich schon den zweiten Morgen ohne Forrest aus der Pension gestohlen. Aber ich musste mir das Bild, von dem Alice erzählt hatte, ansehen, ohne dabei seinen beobachtenden Blicken und seinen bohrenden Fragen ausgesetzt zu sein.

Welkende Blumen quollen aus den Blumenkästen, und vom Wasser, das sich hinter dem nächsten Häuserblock befand, wehte feuchte Luft herein. Ich rüttelte an den Türen, aber sie blieben geschlossen. Schließlich las ich ein Pappschild: »Die Seaboro-Ausstellung öffnet heute erst um 11 Uhr. Bitte kommen Sie wieder.«

An der ganzen Main Street entlang waren die Bürgersteige, die Veranden vor den Häusern und die Fenster zu Ehren des Memorial Day mit Flaggen geschmückt. In Seaboro galt dieser Tag als Sommeranfang. Alle würden sich auf Picknicks, Paraden und Partys treffen, nur ich war ganz allein. Ich fand die Einsamkeit bedrohlicher als sonst, und mir wurde auch klar, warum – früher war der Memorial Day immer ein Tag voller Vorfreude auf die unbeschwerten Wochen gewesen, die vor mir lagen, auf Vergnügen und Meer und Freiheit. Heute jedoch war er einfach ein ganz gewöhnlicher Tag.

Mit einem Stöhnen trat ich gegen das Messingblech unten an der Tür. Mein Flip-Flop bog sich um, und ein stechender Schmerz schoss mir durch den Fuß. Niedergeschlagen setzte ich mich auf eine Bank und versuchte, die Person, die das Gebäude aufschließen sollte, durch reine Willenskraft dazu zu bewegen, ganz schnell zu erscheinen.

Doch als ich mich kurze Zeit später immer noch nur in Gesellschaft der menschenleeren Straße und der zirpenden Grillen befand, verließ ich meinen Sitzplatz und stieg die Vortreppe wieder hinunter. Auf der anderen Straßenseite begann der große Rasenplatz, auf dem die Statue eines Konföderierten strammstand. Der namenlose Soldat war ein Denkmal für alle Männer aus Seaboro, die im Bürgerkrieg gefallen waren. In die Marmorplatte zu seinen Füßen waren ihre Namen eingemeißelt.

Auf der weiten grünen Rasenfläche standen Bänke, denen Magnolien und Lebenseichen Schatten spendeten. An den Ecken wachten Gaslampen. Inzwischen wärmte die Sonne, die vom wolkenlosen Himmel schien, mir die Arme – als wäre sie meine einzige Freundin. Ich schlenderte den Bürgersteig entlang, strich über die Rückenlehnen der Bänke, über die Türknäufe der Läden; da waren der Friseur, die Apotheke, die Boutique und das Antiquariat. Die vertrauten Namen ließ ich mir auf der Zunge zergehen, die der neuen Geschäfte probierte ich erst einmal, während ich sie laut aussprach.

Vor einem Café blieb ich stehen. Es war immer noch das alte *Cloud Nine Café*, das schon seit 1932 in den gleichen Räumlichkeiten existierte. Davor stand die antike Eisenbank, im Fenster lagen Croissants und Kuchen. Auf einmal verspürte ich Hunger. Als ich eintrat, empfing mich ein intensiver Duft nach Hefe, Zucker und Kaffee.

Die abgenutzten Resopaltische sahen aus, als hätten sie schon die Eröffnung des Cafés miterlebt. Das Summen der Klimaanlage erfüllte den kleinen Raum. Die Deckenventilatoren, die eigentlich die kühle Luft verteilen sollten, vermischten Keks- und Speckgerüche und sogen Hitze aus der Küche in den Gastraum, sodass abwechselnd Schwaden kühler und warmer Luft um die Tische zogen. Doch niemand beschwerte sich über solche Lappalien, denn das Essen machte den mangelnden Komfort mehr als wett.

Hinter der Theke stand eine junge Frau, nicht älter als achtzehn, die ein Haarnetz über dem blonden Wuschelkopf trug. »Kann ich Ihnen helfen?«, fragte sie.

»Ja, ich hätte gerne eine Tasse Kaffee.« Ich musste husten, so heiser und rau war meine Stimme. »Und ein Zimtscone dazu, bitte.«

»Kommt sofort«, sagte sie.

Ich zog mich an die Fensterfront zurück und wartete, doch die Stille machte mir zu schaffen. Mit Thurman hatte ich immer noch nicht gesprochen, beschloss aber, damit zu warten, bis ich ihn sah. Allerdings würde ich erst abfahren können, wenn ich herausgefunden hatte, warum Dad hierher zurückgekehrt war.

So viele Geheimnisse wisperten und tuschelten rings um mich herum!

Als ich mein Handy herausholte, stellte ich fest, dass ich die Anrufe von ein paar Freundinnen verpasst hatte. Dad hatte sie immer meine »Partygirls« genannt. Er machte sich nicht viel aus ihnen – keine von ihnen habe Yeats oder Hemingway gelesen, sagte er immer, darauf wette er, und garantiert würden sie nicht einmal Zeitgenossen wie Pat Conroy kennen.

Ich bestätigte das nie, aber er hatte recht – wahrscheinlich lasen sie nicht einmal die Tageszeitung. Aber sie stärkten mich mit ihrem ausgelassenen Lachen, ihren dummen Streichen und ihrem leichtfertigen Gehabe.

Wenn Dad besonders frustriert war, fragte er mich, warum ich immer noch so tue, als wäre ich auf dem College, warum ich mich von den Bars, Konzerten und Partys nicht verabschieden könne. Ich erwiderte dann, ich hätte eine sichere Stelle, verdiene mein eigenes Geld, sei selbst für mich verantwortlich und mit dieser Situation durchaus zufrieden.

Ich wusste, dass ihn das traurig stimmte, aber wir hatten nur eine einzige heftige Auseinandersetzung darüber gehabt. Dad hatte damals einen wichtigen auswärtigen Termin und fragte mich, ob ich Forrest zu einer Preisverleihung an der Universität begleiten könne. Forrest sollte für eine seiner Kurzgeschichten den Literaturpreis der Southern University erhalten. Ich hatte nein gesagt und mich auf keine Diskussion eingelassen. Nur ich allein wusste, dass ich für einen Mann wie Forrest nicht gut genug war – er brauchte mehr, als ich ihm geben konnte. Bei

Thurman war das anders, bei ihm musste ich nicht mehr sein, als ich war. Für ihn brauchte eine Beziehung nicht tiefgehender oder anspruchsvoller zu sein als das, was wir bisher gelebt hatten.

Ich klappte gerade mein Handy wieder zu, als das junge Mädchen mit dem Haarnetz mich rief. »Madam?«

Erschrocken fuhr ich zusammen und ließ das Handy fallen. »Ja?«

»Ihre Bestellung.« Sie stellte eine weiße Tüte und einen Styroporbecher mit Deckel auf die Theke.

»Danke.« Ich hob mein Handy wieder auf und wich dann einer Frau aus, die sich an mir vorbei ins Café schob. Ihr silbriges Haar war zu einem modischen Bob frisiert. Auch wenn die dünne Haut um ihre Augen herum Geschichten vom Alter erzählte, war diese Dame schön: eine schmale, zierliche Gestalt. Sie trug ein Alligatortäschchen in der Armbeuge und lächelte mich an.

»Entschuldigung«, sagte ich.

»Kein Problem, meine Liebe.«

Während sie an mir vorüberschritt, hörte ich das leise Knistern ihrer Seidenhose. Ihre makellose Kleidung und die perfekte Frisur gaben nicht den geringsten Hinweis auf die morgendliche Schwüle, die mir den Schweiß in den Nacken trieb. Plötzlich drehte sie sich um und musterte mich. »Sind Sie das, Catherine Leary?«

Ich riss die Augen weit auf und griff nach den lockigen Strähnen, die mir ins Gesicht hingen. Ein bisschen Make-up hätte mir sicherlich gutgetan. Ich wusste, dass ich zerzaust und ungepflegt aussah, aber ich hatte vorgehabt, nur schnell in die Ausstellung zu huschen, einen Blick auf dieses verdammte Bild zu werfen und dann wieder abzuhauen und nach Hause zu fahren.

»Ja.« Ich nickte. »Die bin ich.«

»Wie schön! Ich habe von Mary-Belle Fortner gehört, dass Sie in der Stadt sind. Welche Freude, Sie hier zu sehen!«

Ich nickte noch einmal, wobei ich mir wünschte, endlich einen großen Schluck von meinem Kaffee trinken zu können. Mary-Belle musste die Frau sein, die ich bei meinem ersten Besuch bei Ellie getroffen hatte.

»Sie erinnern sich nicht mehr an mich, oder?«, fragte die alte Dame.

Diese Frage hasste ich, doch ich lächelte. »Tut mir leid. Es ist einfach so lange her.«

»Ich bin doch Dixie Appleton, deine ... Ihre Klavierlehrerin.«

Ach so, ja. Dixie hatte Klavier- und Tanzstunden gegeben und uns in die Umgangsformen und die Nettigkeiten eingeweiht, die den Charme einer Dame aus den Südstaaten ausmachten – wie man geht, wie man spricht, wie man eine Teetasse hält, eine Visitenkarte überreicht oder ein Dankschreiben verfasst. Musste sie nicht furchtbar enttäuscht sein, weil ihre Bemühungen bei mir offensichtlich nichts gefruchtet hatten und ich jetzt mit abgestoßenem Nagellack, zerknautschten Klamotten und fliegenden Haaren vor ihr stand? Am liebsten hätte ich mir ein Teetässchen geschnappt und vornehm daran genippt, um ihr zu zeigen, dass ihre Lehren nicht vollkommen spurlos an mir vorübergegangen waren. Wie gern hätte ich ihr erzählt, dass ich mich immer gleich mit einem Kärtchen bedankte und dass ich im Sitzen die Beine stets in Höhe der Knöchel kreuzte! Überdies hatte ich die Stuhlbezüge für mein Esszimmer mit einem Kreuzstichmuster bestickt, wie es in den Südstaaten jede gute Hausfrau machte – doch, tatsächlich –, während ich in Mutters letzten Lebenstagen an ihrem Bett gewacht hatte.

Mrs Appleton nahm mich in die Arme.

»Catherine, meine Liebe. Dich würde ich überall wiedererkennen. Du – Verzeihung, *Sie* sehen aus, als kämen Sie gerade von irgendeinem aufregenden Abenteuer – genau wie früher.«

Ja, wirklich aufregend – gestern Abend hatte ich die Urne meines Vaters im Fluss versenkt.

Doch aus Dixie Appletons Mund war diese Bemerkung keine Beleidigung, und ich fasste sie auch nicht so auf. Als Kind hatte ich ihre Geduld und ihren Charme auf eine harte Probe gestellt, denn wenn ich überhaupt zu ihrem Unterricht aufgekreuzt war, war ich direkt vom Fluss, von unserem Fort oder aus dem Reitstall gekommen.

Ich lachte, immer noch mit der rauen Stimme, mit der ich gesprochen hatte. »Abenteuer. Ja, so könnte man es wohl nennen.«

»Wie geht es Ihnen? Was machen Sie hier unten? Leben Sie noch in den Bergen?« Sie schürzte die Lippen. »Es tut mir so leid, dass Sie Ihre Mutter verloren haben, und jetzt auch noch Ihren Vater. Das muss schwer für Sie sein.«

Ich wandte mich ab, dabei drückte ich den Styroporbecher so fest zusammen, dass er an der Seite aufbrach. Der heiße Kaffee rann mir am Arm hinunter, verbrannte einen Streifen Haut vom Handgelenk bis zum Ellbogen. Nach Luft schnappend ließ ich den Becher fallen, sodass die dunkle Flüssigkeit sich über den Dielenboden und Dixies spitze Lederpumps ergoss.

»Ach Gott, entschuldigen Sie bitte.« Mit heftigen, krampfhaften Bewegungen wischte ich mir erst über den Arm, dann versuchte ich, den Fußboden trocken zu reiben.

Eine Hand legte sich auf meine Schulter. »Schon gut. Ich kümmere mich darum.« Ich sah zu dem jungen Mädchen auf, das mich bedient hatte.

»Wenn Sie mir ein paar Papiertücher geben, wische ich das hier auf«, sagte ich. Als ich zu Dixie aufschaute, erwartete ich, einem strafenden Blick zu begegnen, aber ich entdeckte nur Mitgefühl in ihren Augen. Ich stand wieder auf. »Es tut mir so leid wegen Ihrer Schuhe.«

»Nein, es war ja meine Schuld. Offenbar habe ich etwas Falsches gesagt.« Sie legte mir die Hand auf den Arm, schaute sich rasch im Café um und fragte dann flüsternd: »Sind Sie wiedergekommen, um sich Ihr Elternhaus anzuschauen? Um sich an Ihre Kindheit mit ihm zu erinnern?«

»Nein, ich bin hier, um seine Asche zu verstreuen.«

»Ach so.« Ich sah Dixie an, dass sie, wahrscheinlich zum ersten Mal in ihrem Leben, um eine passende Antwort verlegen war.

Auf einmal zog meine Kehle sich zu, meine Augen füllten sich mit Tränen, Gefühle, die ich nicht zulassen konnte, nicht zulassen wollte, jedenfalls nicht in ihrer ganzen Wucht, raubten mir den Atem. Das junge Mädchen kam zu mir, fasste mich am Arm, reichte mir einen neuen Becher Kaffee. »Weinen Sie doch nicht, Madam. Hier ist frischer Kaffee, umsonst. Sie müssen nichts bezahlen, und aufzuwischen brauchen Sie auch nicht – aber weinen Sie bitte nicht.«

Dixie führte mich am Arm nach draußen und setzte sich mit mir auf die eiserne Bank vor dem Café.

»Das Mädchen hat gedacht, Sie wollten wegen des Kaffees in Tränen ausbrechen.« Dixies Worte waren in Gelächter gehüllt, wie ein wunderschönes Geschenk.

»Ach, wegen des Kaffees?« Ich lachte mit.

Mit gebührendem Abstand saßen wir auf der Bank, zwei Frauen, die sich in einem früheren Leben, in einer anderen Zeit gekannt hatten. »Mein aufrichtiges Beileid«, sagte meine alte Lehrerin noch einmal.

»Danke.« Endlich genehmigte ich mir einen Schluck frischen Kaffee. Ich hob den Becher. »Der ist gut.«

Wieder lachte sie. »Ist er die Tränen wert?«

»Auf jeden Fall.«

Wir schwiegen eine Weile. Ein Junge auf einem Skateboard sauste vorbei. Eine Frau, jünger als ich, die eine Sportkarre mit einem Baby schob, lächelte uns im Vorübergehen zu.

Dixie brach das Schweigen. »Wie lange bleiben Sie denn in Seaboro?«

»Ich fahre heute wieder«, antwortete ich.

»Ach, das ist aber schade! Dann versäumen Sie ja die Parade und das große Picknick. Ich bin sicher, dass viele Leute hier Sie sehr gerne sehen würden.«

»Ich muss … zurück«, stammelte ich.

»Familie?«

Ich schüttelte den Kopf. »Arbeit, Haus, Hund … Freunde. Sie wissen schon.«

Dixie musterte mich so lange, bis mir unter ihrem freundlichen prüfenden Blick unbehaglich wurde. »Stimmt etwas nicht?«, fragte ich sie.

»Ich überlege gerade, ob ich Sie etwas fragen darf.«

»Nur zu.«

»Sind Sie schon bei Ellie gewesen? Ellie würde Sie furchtbar gern sehen … sehen, dass es Ihnen gut geht.«

»Ja«, erwiderte ich. »Ich war kurz bei ihr und habe hallo gesagt.«

Dixie biss sich auf die Unterlippe, als versuche sie, sich ihre nächste Frage zu verkneifen. »Hat Ellie sich an Sie erinnert?«

»Ja.«

»Haben Sie in irgendeiner Weise Kontakt zu ihr gehalten?«

»Nein.« Doch hinter meiner einsilbigen Antwort staute sich alles andere, was ich gern gesagt hätte: *Ich hätte so gerne Kontakt gehalten, aber Mutter meinte, ich solle nach vorn schauen. Einmal, als ich noch auf der Highschool war, habe ich Boyd angerufen, aber er hat aufgelegt, weil ich meine Worte nicht schnell genug rausgekriegt hatte. Und Ellie habe ich auch einmal angerufen, an ihrem Geburtstag, der Anrufbeantworter war dran, aber vor lauter Angst habe ich nicht draufgesprochen.* Von alldem sagte ich Dixie kein Wort. Stattdessen stand ich auf. »Ich muss los. Es war schön, Sie wiederzusehen.«

»Es hat mich auch sehr gefreut.«

Als ich wieder am Gerichtsgebäude ankam, stand eine kleine

Frau vor der Tür und versuchte aufzuschließen. Sie drehte sich um und lächelte mich an – Alice McPherson.

»Ja, einen schönen guten Tag, mein Liebes«, sagte sie, als ich die Treppe hochstieg.

Ich lachte. »Das ist schon das zweite Mal heute, dass jemand *Liebes* zu mir sagt.«

Alice strich mir über die Wange. »Geht's dir heute besser? Weißt du, du hast mich gestern Abend zu Tode erschreckt.«

Ich gab Alice ein Küsschen auf die Wange. »Ich muss nur ganz kurz in die Ausstellung, geht das?«

»Gestern habe ich schon gedacht, ich hätte bloß geträumt. Ich freue mich wahnsinnig, dich hier zu sehen, Cappy Leary.«

»Danke, Alice. Und ich wünschte, ein Teil von gestern Abend wäre tatsächlich bloß ein Traum gewesen.« Ich tätschelte ihr den Arm. »Ich bin nur hier, um ganz schnell einen Blick auf das Bild zu werfen, bevor ich wieder abreise. Ich will sehen, was Dad so sehr geliebt hat, dass er immer wieder herkommen musste.«

»Klar.« Alice widmete sich wieder dem Schlüssel und dem Schloss.

»Ich helfe dir«, sagte ich.

»Nein, wenn das jemand sieht, denken sie vielleicht, ich käme mit diesem Job nicht mehr klar.« Sie zwinkerte mir zu. »Dann geben sie die Schlüssel der alten Mrs McGillicutty. Sie will das schon seit 1975 machen – aber nur über meine Leiche. Diese alte Tratschtante kriegt die Schlüssel nicht. Sie hat mal versucht, Mack zu küssen, auf einer Silvesterparty.«

»Du vergisst aber auch gar nichts, Alice, stimmt's?«

Sie blinzelte mich an und sagte dann so leise, dass ich mich zu ihr beugen musste: »Es gibt schon ein paar Sachen, die eine alte Dame gerne vergessen würde, wenn sie könnte.«

Alice öffnete die Tür, blieb aber im Eingang stehen und sah mich an. »Du bist immer noch eine schöne junge Frau, auch wenn der Schmerz von gestern Abend sich in deine Mundwinkel eingegraben hat und ein müder Schimmer in deinen grünen Augen liegt.«

»Das soll vermutlich ein Kompliment sein«, sagte ich.

»Ach, nimm's nicht so ernst!« Alice schmunzelte. »Manchmal merke ich nicht mal, dass ich laut vor mich hinrede. Das wird immer schlimmer.« Sie trat in die Eingangshalle und knipste die Lichter an.

Nervös fuhr ich mit der Hand über das hölzerne Treppengeländer. »Hängt das Bild oben oder unten?«

»Komm mit!«, forderte Alice mich auf.

Ich folgte ihr die Treppe hinauf und oben den Flur entlang bis in einen Raum auf der rechten Seite, wo Werke von einheimischen Künstlern ausgestellt waren: gerahmte Gemälde, Zeichnungen, Volkskunst, Flechtkörbe aus Sweetgras und anderes Kunsthandwerk aus der Gegend.

Alice stellte sich mitten in den Raum und deutete auf die hintere Wand. »Da hängt es.«

Zögernd näherte ich mich dem Gemälde und blieb dann stehen.

»Es gehört zu meinen Lieblingsbildern«, bemerkte Alice.

»Wer hat es gemalt?«

»Keine Ahnung – ein anonymer Künstler.«

Ich lachte. »Ich dachte, du wüsstest alles.«

»Weiß ich ja auch – bloß das nicht.« Alice zog sich zurück und setzte sich in einen Korbsessel an der Wand.

Ich betrachtete das Bild. Es war ein Ölgemälde, für das der Künstler als Untergrund ein Stück Treibholz verwendet hatte. In gedämpften, beinahe grauen Farbtönen war eine Abendstimmung dargestellt – das Ende eines Tages. Ein Mann stand auf dem nassen Sand, den das ablaufende Wasser hinterlassen hatte, und streckte einer Frau, die zu seinen Füßen saß, die Hand hin. Er wollte ihr aufhelfen, das war offensichtlich, aber sie schaute ihn nur an. Von rechts ragte eine Eiche ins Bild, die auf einem ihrer Äste ein kleines, leeres Vogelnest trug. Im Hintergrund tosten unter niedrig hängenden grauen Wolken die Wellen. Auf dem Messingschildchen unter dem Gemälde stand als Titel: *Der letzte Tag*. Und darunter: *Anonymer Künstler*.

Ich wandte mich an Alice. »Das hier war … Dads Lieblingsbild? Bist du sicher?«

»Ganz sicher.«

»Ein schönes Bild. Es kommt mir vor, als hätte ich es schon mal gesehen – oder war das ein ähnliches Bild?«

Alice zuckte die Schultern. »Wir haben es erst vor etwa drei Jahren bekommen. Es war eine anonyme Schenkung – jemand hat es auf die Vordertreppe gelegt mit der Auflage, dass wir es hier aufhängen sollten und weder verkaufen noch verschenken dürfen.«

»Das ist alles verdammt merkwürdig.«

»Eine so hübsche Frau wie du sollte nicht fluchen.«

»Ich würde zu gern wissen, was mein Vater darin gesehen hat.«

Alice stellte sich neben mich und strich mit einem Finger über den unteren Rand des Treibholzes. »Als ich es zum ersten Mal gesehen habe, hat es mir wegen seiner künstlerischen Technik so gut gefallen, aber im Laufe der Zeit habe ich gemerkt, dass es schön ist, weil es einem das Herz zerreißt.«

Sie wandte sich zum Gehen. »Ich lasse dich jetzt allein. Bitte melde dich, wenn du Fragen hast! Ich bin im Büro.«

Ich nickte. »Nein, ich bin schon fertig. Ich kann mir nicht erklären, warum ein trauriges Gemälde Dad so gefallen hat. Da verlässt ein Mann eine Frau oder er bringt die Frau dazu, ihn zu verlassen – oder ein schlimmes Unwetter verdirbt einen Tag am Strand. Keine Ahnung, aber immerhin habe ich es jetzt gesehen.«

Wir verließen den Raum gemeinsam. Als wir unten ins Foyer kamen, sah ich Alice an. »Ich möchte mich für gestern Abend bedanken. Wirklich. Du hast mich in der allerschlimmsten Verfassung erlebt. Ich verstehe überhaupt nicht, was mit Dad los war, und ich habe es jetzt auch satt, noch weiter darüber nachzugrübeln. Ich glaube, ich muss einfach nach Hause.«

»Cappy.« Alice ergriff meine Hand. »Dass man etwas nicht versteht, ist noch kein Grund, davor wegzulaufen.«

»Weißt du, das hier ist alles ganz schrecklich für mich. Und Dads Wunsch habe ich jetzt ja erfüllt.«

Alice nahm mich in die Arme. »Wenn du wiederkommen möchtest oder dich doch zum Bleiben entschließt – ich bin hier. Bitte vergiss das nicht! Ich weiß allerdings nicht, wie lange ich noch hier sein werde.«

»Hör auf!« Ich löste mich von Alice. »Ich bin wirklich froh, dass ich dich wiedergesehen habe. Ich konnte mich nie richtig für alles bedanken, was du damals in den letzten Tagen hier für mich getan hast.«

»Gern geschehen, meine Liebe!«

Ich trat durch die Eingangstür des Gerichtsgebäudes ins Freie. Im tiefsten Innern spürte ich, dass mein Aufenthalt in Seaboro noch nicht beendet war, nein, keineswegs, trotz allem, was ich gerade zu Alice gesagt hatte. Es gab da etwas Unerklärliches, das gerade erst begonnen hatte.

Neun

»Es gibt so etwas wie heiligen Müßiggang.«
GEORGE MACDONALD

Ich fuhr durch die Straßen Seaboros, die zur Feier des Tages beflaggt waren. Jeder Fahnenmast trug in schwarzen Buchstaben den Namen eines Mannes oder einer Frau und bezeichnete darunter den Krieg, in dem diese Menschen ihr Leben geopfert hatten. In der Ferne hörte ich eine Musikkapelle, die sich gerade einspielte, mit Trommeln, die noch nicht im Takt schlugen, quietschenden Hörnern und Klarinetten. Wie auf einem verschwommenen Aquarell sah ich mich mit zehn Jahren auf der Bordsteinkante sitzen, Dad neben mir, der neugeborene Sam auf meinem Schoß, Ellie und Jim hinter uns, Mutter im Hintergrund. Ich hielt ein knallrotes Eis in der Hand, das an meinem Arm hinuntertropfte, weil es schneller schmolz, als ich lecken konnte. Boyd sprang vor uns herum, denn er wollte die Parade sehen, noch bevor sie um die Ecke bog.

Bei dieser Erinnerung musste ich lächeln. Am liebsten hätte ich angehalten, um das Mädchen auf der Bordsteinkante zu suchen. Ich hätte ihm geraten, abzulehnen, wenn Ellie es in zwei Jahren bitten würde, auf Sam aufzupassen. Ich hätte diesem Mädchen gern gesagt: »Tu's nicht! Sag Ellie, sie soll Sam mitnehmen, dann werden wir alle auch in zwanzig Jahren noch hier sitzen. Wir werden immer noch zur Parade gehen, wir alle zusammen.«

Aber das kleine Mädchen war natürlich verschwunden. Schon lange.

In meiner Handtasche spielten Glocken eine Melodie. Ich griff nach meinem Handy. Als ich aufs Display schaute, atmete ich erst einmal tief aus, bevor ich dranging. Es war eine Nummer aus Seaboro.

»Hallo.« Ich zwang mich zu meiner fröhlichen Telefonstimme, die ich nach den Jahren in meinem Job meisterhaft beherrschte.

»Hey, wo steckst du denn?«

»Ach, hallo, Forrest. Mir geht's gut, und dir?« Ich rieb mir den Nasenrücken. »Ich bin bloß losgezogen, um mir Kaffee zu holen … Bin schon auf dem Rückweg. Kann ich dir was mitbringen?«

»Nein. Komm einfach schnell wieder, damit wir unsere Stadtrundfahrt machen können. Ich würde heute gern euer früheres Haus sehen.«

»Es ist der letzte Tag hier … und …« Meine Worte hallten durch das Auto: *der letzte Tag, der letzte Tag.*

Das Bild – *Der letzte Tag.* Daran, dass meine Kehle sich plötzlich zuzog, spürte ich, dass mir gleich noch mehr einfallen würde. Ich hielt am Straßenrand, schob den Schalthebel in Parkposition und starrte durch die Windschutzscheibe.

Ein Schauder lief mir über die Arme, über den Nacken. In meiner Brust öffnete sich etwas.

Ich wusste genau, wo ich das Gemälde – oder ein anderes im gleichen Stil – schon einmal gesehen hatte. Dieses Bild hatte Ellie gemalt.

»Der letzte Tag«, wiederholte ich.

»Was? Fehlt dir was?«, tönte Forrests Stimme aus dem Handy. Ich hatte vergessen, dass ich es noch in der Hand hielt.

»Ich muss weiter … Ich muss Ellie besuchen. Ich komme später.« Ich drückte Forrest weg.

Der letzte Tag.

Aber wessen letzter Tag war gemeint? Mit geschlossenen Augen versuchte ich, mich an das Bild zu erinnern. Ein Mann zog eine Frau an der Hand: Dad, der Mutter überredete, das Meer, ihr Haus und ihre Träume aufzugeben? Allerdings sah der Mann nicht wie Dad aus und die Frau nicht wie Mutter. Doch ich erinnerte mich an einen Ratschlag, den Dad mir bei der Lektüre eines Romans gegeben hatte, der mir unverständlich erschien: Ich dürfe das Gelesene nicht wörtlich nehmen, hatte er gemeint, ich müsse die Themen und die Emotionen erspüren, bevor ich die Aussage auf mein eigenes Leben übertragen könne.

Vielleicht hatte das Bild ja auch mit *meinem* letzten Tag zu tun. Gab es einen Hinweis darauf?

An unserem letzten Tag in Seaboro war ein Mann von der Lokalzeitung erschienen, um ein Foto von der Familie zu machen, das die Historische Gesellschaft später auf den Kaminsims stellen wollte. Von jeder Familie, die einmal in diesem Haus gelebt hatte, sollte dort ein Foto stehen – und unseres sollte am Tag des Auszugs aufgenommen werden. Mutter hatte darauf bestanden, dass ich ein weißes Leinenkleid mit einer steifen, kratzigen Schürze anzog, als könne sie die zukünftigen Betrachter des Fotos damit überzeugen, dass ich ein reines, unschuldiges Kind war, so sauber und weiß wie mein Kleidchen.

Nach der letzten Aufnahme war ich an den Kartons und den anderen Umzugsrequisiten vorbeigerannt, auf mein Rad gesprungen und am Reitstall vorbei auf die Landzunge hinausgefahren, an den Strand.

Ich hob den Rocksaum, damit mein Kleid nicht sandig wurde, kletterte auf den Felsvorsprung, der ins Meer hinausragte, und schaute über die weite Wasserfläche. »Es tut mir leid«, entschuldigte ich mich bei den Wellen, bei Sam, beim Leben. »Ich werde nie, nie wieder etwas Unrechtes tun. Das verspreche ich. Aber bitte mach, dass wir nicht umziehen! Bitte, lieber Gott, mach, dass wir nicht umziehen!«

Doch niemand antwortete mir. Da erkannte ich, dass es keine Rolle mehr spielte, was ich jetzt noch sagte. Ich lief an den Strand hinunter, wühlte mich in den Sand hinein. Dass ich mein Kleid ruinierte, war mir vollkommen gleichgültig. Ich brauchte Trost und wusste nicht, wo ich ihn sonst finden sollte. Es war tiefste Ebbe, und die Sonne ging gerade unter. Als ich den Kopf in den Sand bohrte, spürte ich ein verräterisches Kratzen. »Sanddollar« nannten wir die flachen, stachellosen Seeigel, die sich bei Ebbe im Sand eingruben. Rasch kniete ich mich hin und buddelte ihn aus. Ich drehte ihn um und schaute zu, wie er vergeblich mit den Füßchen zappelte, um zurück ins lebensrettende Meer zu kriechen. In der Mitte, da, wo ich den Kopf hingelegt hatte, hatte seine Schale einen Riss. Ich hatte ihn umgebracht. Wieder schluchzte ich auf. Diesen Sanddollar musste ich unbedingt retten.

»Ich bringe dich zurück, ich rette dich«, weinte ich, während ich mit dem Seeigel in der Hand auf allen vieren zum Meer krabbelte. Vorsichtig setzte ich ihn ins seichte Wasser. »Siehst du, jetzt geht's dir wieder gut.«

Eine Welle erfasste ihn und trug ihn ins Meer hinaus.

Ich drehte mich um. Hier lagen Hunderte von Sanddollars und Seesternen im Sand, direkt unter der Oberfläche, man brauchte bloß mit dem großen Zeh zu scharren, gestrandete Meerestiere, von der Flut ans Ufer getragen; da lagen sie nun, auf dem abtrocknenden Sand, und mussten sterben.

Wie wild fing ich an, nach ihnen zu graben. Mit vollen Händen warf ich Seeigel und Seesterne in die Brandung. Auch als die Flut langsam wieder einsetzte, arbeitete ich weiter. Meine Hände waren rau, meine Fingerspitzen bluteten, aber ich kratzte und scharrte wie von Sinnen, um die Lebewesen zu retten, die zwischen den Gezeiten gestrandet waren.

Entweder spürte ich den Schmerz nicht, oder ich verlor mich darin – im Rückblick wusste ich das nicht mehr. Jedenfalls war Boyd plötzlich hinter mir aufgetaucht und hatte mich am Arm gepackt. »Cappy, hör auf!« Er sagte meinen Namen immer lauter, bis ich innehielt und die Hände aus dem Sand nahm. Ich versuchte, mich auf ihn zu konzentrieren.

»Du blutest ja«, sagte er. »Was machst du denn da?« Sein Haar flatterte im Wind. Unter den grauen Wolken wirkte sein Gesicht weiß.

»Siehst du das nicht? Ich rette Sanddollars und Seesterne. Ich rette sie«, schrie ich und streckte die blutigen Hände in die Luft. »Sie strampeln und treten mit ihren winzigen Beinen, sie versuchen, wieder ins Wasser zu laufen. Ich rette sie. Was sollte ich denn sonst hier tun?« Ich stieß Boyd so fest gegen die Knie, dass er neben mir in den Sand fiel. Behutsam nahm ich einen Sanddollar in die Hand und hielt ihn Boyd hin – als Versöhnungsgabe.

Er nahm den Seeigel, drehte ihn um und stand auf. »Siehst du, er lebt noch. Du machst mir Angst, Cappy. Du blutest. Dein Kleid ist kaputt. Hör auf! Sie sterben doch gar nicht. Sobald die Flut kommt, geht es ihnen wieder gut.«

Ich schubste ihn noch einmal, aber diesmal war er darauf vorbereitet und stemmte sich fest in den Sand. Er packte meine Hände und hielt sie fest.

»Sie sind tot. Sam ist tot. Ich bin tot«, wimmerte ich.

»Du bist lebendig, Cappy. Hör damit auf! Du bist doch noch am Leben«, stotterte er mit brüchiger Kinderstimme.

Ich riss mich los und ließ mich in den Sand fallen, zusammengekrümmt wie ein Fötus. Dass Boyd wegrannte, spürte ich zwar, aber sehen konnte ich es nicht. Sam hätte hier liegen sollen, und ich hätte tot sein müssen. Etwas war verkehrt gelaufen, war verwechselt worden.

Als ich sicher war, dass Boyd wirklich weg war, dass ich nicht mit ansehen musste, wie er mich verließ, hob ich den Kopf und betrachtete die einsame Kuhle im Sand, die bezeugte, dass er gerade noch bei mir gewesen war. Ich legte mich wieder hin und wartete. Worauf, wusste ich nicht – vielleicht auf die Flut oder auf Dad, der tatsächlich schließlich durch den Sand angerannt kam, mich in die Arme nahm und mich so fest an sich drückte, dass ich kaum noch atmen konnte. Er entwand meinen verkrampften

Händen Sanddollars und Seesterne und murmelte dabei Worte, an die ich mich später nicht mehr erinnern konnte. Dann nahm er mich mit nach Hause und versteckte das zerrissene Kleid, damit Mutter es nicht sah.

Vielleicht zeigte das Gemälde Dad und mich oder Boyd und mich am Strand – gar nicht die Eltern. Oder vielleicht stellte es uns alle dar – uns alle sechs am letzten Tag, bevor wir unser gewohntes Leben aufgaben. Mutter, Daddy und mich, die Familie, welche die Stadt verließ; Boyd, der sich in seine Wut rettete; Jim, der sich in den Tod flüchtete; Ellie, die in Alzheimer versank.

Die Regentropfen auf der Windschutzscheibe brachten mir zu Bewusstsein, dass ich immer noch am Straßenrand parkte. Meine lebhafte Erinnerung hatte mir nichts weiter gezeigt als das, was ich bereits wusste – ich hatte Sam getötet, danach waren wir umgezogen. Ging es hier also um Vergebung? Um das Weiterleben nach dem Erinnern? Nein. Es musste noch etwas anderes dahinterstecken.

Sam.

Boyd.

Ellie.

Plötzlich riss ich die Augen auf. Mein Herz flatterte einen Augenblick, so sehr erschreckte mich meine Erkenntnis. Ich schaltete die Scheibenwischer ein und fuhr auf schnellstem Wege zu Ellie Loughlins Haus.

Palmettowedel streiften meinen Wagen, als ich in die Auffahrt einbog. Die Reifen sackten in den schlammigen Boden, weil ich zu schnell auf den Parkplatz neben dem Garten fuhr. Obwohl die Klimaanlage mir mit voller Kraft Wind ins Gesicht blies, rann mir der Schweiß am Hals herunter. Meine Handflächen waren feucht, und während der fünfminütigen Fahrt hatte ich mir die Unterlippe wund gebissen.

Ich stellte den Motor aus und starrte den Pick-up an, der neben mir parkte: Das war Boyds Wagen. Panik rumorte in meinem Bauch. Zögernd stieg ich die Verandastufen hinauf und klopfte an die Tür. Früher war ich einfach ins Haus gestürmt und hatte nach Ellie, Sam oder Boyd gerufen.

»Hallo … Ist jemand zu Hause?«, rief ich, als niemand öffnete. Die Regentropfen wurden größer, platschten auf den Teppich aus Kiefernnadeln neben der Veranda, flossen mit metallischem Singsang durch die Regenrinne.

Ich spazierte auf der Veranda auf und ab; schließlich setzte ich mich in die Korbschaukel. Es war drückend schwül, vom Fluss zog Dunst herüber wie eine warme Decke, unter der man zu ersticken droht. Ich hatte das Gefühl, einen ungeheuren Verlust erlitten zu haben, der nichts mit meinem gegenwärtigen Leben zu tun hatte, nein, sondern mit meiner Kindheit, mit meiner Unschuld, mit dem, was gewesen war und was hätte sein sollen. Mir war klar, dass ich jetzt ein anderer Mensch wäre, wenn ich in Seaboro geblieben wäre. Ich wäre in der Lage, die Geräusche zu erkennen, die mich in diesem Moment umgaben, die singenden Vögel, die quakenden Frösche zu benennen. Die Fähigkeit, ihre Stimmen zu identifizieren, war nur ein verlorenes Teilchen dieses großen Puzzles, das ein vollkommen anderes Bild ergab als das, in dem ich mich nach meinem zwölften Lebensjahr wiedergefunden hatte.

Die Haustür schleifte über den Holzboden. Als ich aufsprang, stand Boyd vor mir. Vielleicht waren es die Erinnerungen an ihn, die mich gerade beschäftigt hatten, jedenfalls wurde mir weich ums Herz, als ich seine harten Gesichtszüge, seine blutleeren Lippen sah.

»Du bist immer noch hier?«, fragte er schroff.

»Ja.« Ich machte einen Schritt auf die Haustür zu. »Bitte, lass mich noch ein letztes Mal zu deiner Mutter.«

»Du hast die ganze Zeit hier draußen gesessen? Seit du angeklopft hast?«

Ein Windstoß fegte um die Hausecke und wehte mir Haare ins Gesicht. »Ja.«

»Du lässt dich immer noch nicht so leicht kleinkriegen, was?«, meinte er.

»Bitte, Boyd! Du brauchst mich nie wiederzusehen. Ich weiß, dass du mich hasst. Ich komme nie wieder. Ich fahre bald fort. Ich möchte nur deine Mutter noch einmal sehen.«

Er setzte sich in die Schaukel und blickte zu mir hoch. »Okay, aber nur, wenn du dich an folgende Regeln hältst: Du darfst deine Familie nicht erwähnen. Du darfst ihr keine Fragen über die Vergangenheit stellen – sie bringt Vergangenheit und Gegenwart auch so schon total durcheinander. Und du darfst nicht weinen – das regt sie nämlich so auf, dass ich Stunden brauche, um sie wieder zu beruhigen. Kapiert?«

»Ja.«

»Entschuldige dich nicht für etwas, was Schnee von gestern ist. Setz dich einfach zu ihr, und rede mit ihr über irgendwas, worüber sie gerade reden will.«

»Ich hab's begriffen, Boyd.« Ich legte die Hand auf den Türgriff, fragte dann aber noch: »Erinnerst du dich an meinen letzten Tag hier?«

»Genau solche Fragen meine ich. Die darfst du nicht stellen.« Er stand auf und kam zu mir.

»Ich frage ja nicht deine Mutter, sondern dich.«

Boyd fischte eine Zigarette aus seiner Gesäßtasche und schob sie sich zwischen die Lippen. »Doch, natürlich.«

»Weißt du noch, dass du gedacht hast, ich würde wieder herziehen?«

»Ach, Mensch, ich wusste doch, dass du nicht wiederkommen würdest.« Er zündete die Zigarette an und stieß durch die Nase ein Rauchwölkchen aus.

»Nein, das stimmt nicht. ›Du kommst wieder‹, hast du zu mir gesagt. Ich weiß es noch genau.«

»Ich wollte dich einfach nur beruhigen. Ich dachte, du hättest den Verstand verloren, wie du da durch den Sand gerobbt bist, blutend und weinend. Du wolltest Sanddollars retten, die gar nicht tot waren.«

»Woher wusstest du, dass ich nicht wiederkommen würde?«

Boyd machte einen tiefen Lungenzug, dann blies er den Rauch zu den blau gestrichenen Deckenbalken hoch. »Weil Dad mir gesagt hat, deine Familie würde Seaboro nie wieder betreten.«

Meine Hand rutschte vom Türgriff ab. Verblüfft sah ich Boyd in die Augen. »Weißt du, warum er das gesagt hat?«

Er zuckte die Achseln. »Nur wenn du es auch weißt.« Er wandte sich ab und ging die Stufen hinunter. »Los, besuche meine Mutter! Ich bin unten am Steg. Ich muss die Segel einpacken – ein Sturm zieht auf.«

Als ich ins Haus trat, hörte ich Ellies Stimme. »Boyd?« Schritte kamen den Flur entlang, dann stand sie vor mir. »Ach, hallo, Cappy.« Verwirrung überzog ihr Gesicht. Anscheinend überlegte sie, ob sie lächeln sollte.

»Hi, Ellie«, wisperte ich und nahm sie in die Arme.

Sie hielt mich eine ganze Weile fest, bevor sie zurücktrat. »Bist du länger in der Stadt?«

»Nur noch ein Weilchen. Ich wollte dich sehen, bevor ich wieder fahre.«

»Boyd hat mir erzählt, dass du hier bist.«

»Ich bin vor ein paar Tagen angekommen.«

Ellie schloss die Augen und lehnte sich an die Wand. Plötzlich riss sie die Augen wieder auf und musterte mich. »Hat deine Mutter dir erlaubt herzukommen? Du weißt ja, dass du Arrest kriegst, wenn du sie nicht vorher fragst.«

»Ja.« Ich ließ den Blick schweifen, suchte die Wände nach Ellies Bildern ab, nach Gemälden auf Treibholz. »Komm, wir setzen uns ins Wohnzimmer vor den Kamin«, schlug ich vor, denn ich roch den süßen Duft von brennendem Kiefernholz.

Ellie lächelte. »Boyd hat uns ein Feuer gemacht, weil ein böses Unwetter aufzieht. Willst du Scrabble spielen, bis dein Daddy kommt und dich abholt?«

»Gute Idee.« Ich griff nach Ellies Hand, hob sie an meine Wange und drückte sie einen Augenblick dagegen, dann gab ich ihr einen Kuss auf die Handfläche. Ach, wie lieb ich diese Frau hatte!

Im Wohnzimmer drehte Ellie sich ein paarmal um sich selbst. »Ich weiß nicht mehr, wo ich das Scrabblebrett hingelegt habe.«

»Setz dich«, sagte ich, »ich hole es. Es ist da drüben, auf dem großen Tisch im Esszimmer.«

Langsam begab ich mich ins Esszimmer, um das Spielbrett zu holen und die Bilder, die dort hingen, zu betrachten. Ich berührte ein unregelmäßiges Stück Treibholz, auf das Ellie Strandhafer und einen Seeadler gemalt hatte. Nachdem ich tief durchgeatmet hatte, wandte ich mich zu ihr um; sie hatte sich in einen Sessel gesetzt und stopfte gerade eine Haarsträhne in ihren Knoten zurück.

»Ellie?«

Sie sah mich an. »Ja, mein Liebling?«

»Wer hat das hier gemalt?«

»Na, ich natürlich.« Sie erhob sich und kam zu mir, strich über das Holz. »Das ist mein liebster Malgrund. Raues Holz unter glatter Farbe. Die Oberflächenstruktur des Holzes bringt das Meer und den Sand so schön zur Geltung, und dann sieht es so aus, als wäre ich eine bessere Malerin, als ich in Wirklichkeit bin.«

»Du bist eine hervorragende Malerin, Ellie, seit eh und je.«

»Ja, findest du? Dann musst du unbedingt mein Lieblingsbild sehen.« Ellie drehte eine Runde im Raum, dann eine zweite. Bei der dritten Runde fasste ich sie am Ellbogen.

»Ich brauche es ja nicht heute zu sehen«, sagte ich.

»Ich kann es nicht finden. Wo ist es denn?« Mit bebenden

Lippen drehte Ellie sich zu mir. Große Tränen stürzten ihr aus den Augen.

Ich fand keine Worte, wusste ich doch genau, wo das Bild sich befand: in der Kunstausstellung im Gericht.

»Wir werden es schon finden.« Ich holte tief Luft, und in dem kurzen Moment, bevor ich wieder ausatmete, traf ich eine Entscheidung. »Was ist denn auf dem Bild zu sehen?«

»Oh«, Ellie lächelte. »Ich selbst.«

Zu gern hätte ich gewusst, in welcher Welt sie sich gerade aufhielt, ob in der Realität oder im Reich der Verwirrung.

»Wirklich? Und wer noch?«

Sie schaute nach links und nach rechts. »Ich hatte es über den Kamin gehängt, das schwöre ich. Wo ist es bloß?«

Ich zog ein Tischchen an Ellies Sessel heran und legte das Scrabble darauf, doch Ellie schlug die Hände vors Gesicht und schluchzte leise, als hätte sie einen Schluckauf, so wie ich es bisher nur bei kleinen Kindern gehört hatte.

Ich nahm ihre Hand. »Ellie, weine nicht! Ich suche das Bild.«

»Jetzt ist alles verloren. Du kannst es nicht finden.«

Als die Fliegengittertür über die rückwärtige Veranda scheuerte, blickten wir beide auf. Boyd trat ein. »Was hast du zu ihr gesagt, Catherine?«, fuhr er mich an.

»Nichts. Wir haben ihre Bilder angeguckt, und da hat sie festgestellt, dass sie ihr Lieblingsbild nicht finden kann.«

»Verdammt noch mal.« Er trat gegen den Türrahmen. »Ich hab ja gewusst, dass ich dich nicht hätte reinlassen dürfen.«

»Boyd, wo ist ihr Bild?«

Ellie hörte auf zu weinen. »Boyd weiß es nicht. Ich habe es selbst verloren.«

Ich erhob mich, ging auf ihn zu. »Vielleicht im Gericht?«

Boyds Gesicht verzerrte sich. Er rief nach der Pflegerin, die angerannt kam und sich gleich um Ellie kümmerte. Dann fasste er mich am Arm. »Halt den Mund!«, zischte er. »Du hast keine

Ahnung, was du da tust.« Er zog mich auf die hintere Veranda hinaus und kickte mit dem Absatz nach der Tür, sodass sie zuflog.

Wir schauten in Ellies Garten hinaus, der jetzt von Wildblumen und Unkraut überwuchert war. Der früh blühende wilde Senf zog einen bronzefarbenen Schleier vor den schimmernden Fluss.

Mir fiel ein, wie Boyd, Sam und ich als Kinder durch das hohe Gras gerannt waren. Der kleine Sam konnte sich ganz darin verstecken, und dann lachte er, so wie Kinder lachen, aus dem Bauch heraus, mit ganzer Seele.

Ich verscheuchte diese Erinnerung und wandte mich wieder Boyd zu. »Erklär mir bitte, was hier los ist! Sofort.«

»Ich weiß es nicht.« Er sagte das so nachdrücklich, als wäre jedes Wort ein ganzer Satz.

»Doch, du weißt es.«

»Nein, Catherine, wirklich nicht. Warum sagst *du* mir denn nicht, was los ist? Warum bist du eigentlich hier? Warum belästigst du meine Mutter? Und wie hast du von dem Bild erfahren?«

Etwas von der Liebe, die ich für den Jungen empfunden hatte, der dieser Mann einst gewesen war, wurde wieder in mir wach. Erschöpft sank ich in einen weißen Schaukelstuhl, von dem die Farbe abblätterte, und ich erzählte ihm, worum Dad mich gebeten hatte.

Boyd ließ sich neben mir in einen Sessel fallen. »Warum hat er sich das gewünscht?«

»Eins kannst du mir glauben, Boyd – ich habe keine Ahnung.«

Wieder zog er eine Zigarette aus der Tasche, betrachtete sie, steckte sie dann zurück und sah mich aus erloschenen, dunklen Augen an. Ich erkannte, dass auch er fort war; der Boyd, den ich gekannt hatte, war tot – genau wie sein Bruder Sam.

Als er nichts sagte, fragte ich ihn: »Wer ist auf dem Bild zu sehen?«

»Das weiß ich nicht«, meinte er. »Ich weiß bloß, dass sie immer stundenlang geweint hat, wenn sie es angeguckt hat – deswegen musste ich es aus dem Haus schaffen.«

Ich schloss die Augen. Der Wind nahm zu, spritzte uns Regen ins Gesicht und auf die Hände. Aber wir rührten uns nicht.

»Ich hasse dich, Catherine.« Boyd sagte das so nüchtern, als teile er mir die Temperatur mit. »Ich hasse deinen Vater, deine Familie und alles, was nach dem Tag, an dem Sam starb, passiert ist.«

Diese Sätze trafen mich nicht so tief, wie sie es eigentlich hätten tun sollen. Mir wurde klar, dass ich es längst gewusst hatte. Ich trug das Wissen um Boyds Hass schon so lange mit mir herum, dass es ein Teil von mir geworden war. »Du musst mich ja hassen«, sagte ich. »Ich bin schuld daran, dass du deinen Bruder verloren hast.«

Erstaunt sah Boyd mich an. »Glaubst du, ich würde dich deshalb hassen?«

»Warum denn sonst?« Mein Gesicht war nass – ob vom Regen oder von meiner Verzweiflung, war mir gleichgültig.

»Das ist doch Scheiße, Catherine. Es ist meine Schuld, dass ich ihn verloren habe. Nicht deine. *Ich* habe ihn doch weggejagt.«

An diese Antwort hatte ich nicht im Traum gedacht. Es dauerte eine ganze Weile, bis sie mich erreichte, so als müsse sie eine große räumliche und zeitliche Entfernung überwinden.

Boyd stand auf und blickte auf mich hinunter. »Ich hasse dich, weil bei uns alles auseinandergebrochen ist, nachdem du weggezogen warst, nachdem deine Familie weggezogen war. Ihr seid weggelaufen, ihr habt euch ein schönes neues Leben in den Bergen eingerichtet. Wir dagegen mussten hierbleiben und mit den Blicken klarkommen, mit den geflüsterten Bemerkungen hinter unserem Rücken. Ich wusste, was ich getan hatte – ich wusste, dass alles meine Schuld war –, aber deine Familie konnte abhauen, während wir mit dem ganzen Elend hier zurückgeblieben sind.« Aufgewühlt rannte Boyd auf der Veranda hin und her. Dann trat er in den Regen hinaus und hob das Gesicht zum Himmel. »*Das* ist der Grund, warum ich dich hasse.«

Schließlich schaute er mich wieder an. »Aber jetzt ist Mutter auch gegangen, sie hat sich in diese Demenz zurückgezogen.«

»Und auch deinen Vater hast du verloren«, flüsterte ich. Mussten wir alle Menschen verlieren, die wir liebten?

»Ja, ihn auch. Er war so ein tapferer Mann, aber er konnte den Schmerz um seinen geliebten Sohn nicht verwinden und hat sich umgebracht. Die anderen haben gesagt, er hätte sich mit dem Boot verirrt oder sei in ein Unwetter geraten oder ohnmächtig geworden, aber das interessiert mich gar nicht. Schon als er rausfuhr, hatte er gar nicht die Absicht zurückzukommen, das weiß ich genau.«

Ich stand auf, ging zu Boyd in den Regen hinaus und nahm seine Hand. »Ich bin schuld, dass ihr Sam verloren habt. Ich hatte deiner Mutter ja versprochen, auf ihn aufzupassen. Ich habe gesagt: ›Ja, Ellie.‹ Du darfst dir keine Vorwürfe machen, Boyd. Du weißt doch, dass ich es war.«

Er entriss mir seine Hand. »Du hast ihn nicht weggejagt. Du hast ihn nicht so erschreckt, dass er in den Fluss gelaufen ist. Das war ich. Wenigstens einer von uns muss ohne Schuldgefühle leben können.«

Ich ging im Kreis umher. Meine Schritte quietschten im nassen Gras. »Wir mussten ja umziehen. Wir sind hier weggegangen, weil meine Familie die Schande nicht ertragen konnte – meine Schande.«

Boyd blinzelte mich durch den Regen an. »Welche Schande denn?«

»Herrgott noch mal, Boyd! Es stand doch in den Zeitungen.

Weißt du das nicht mehr? ›Kleiner Junge unter Aufsicht des Nachbarmädchens ertrunken‹. Erinnerst du dich? Und in derselben Woche kriegte Dad eine Stelle angeboten. War das etwa Zufall?« Ich schüttelte den Kopf. »Das kann mir keiner weismachen.«

Boyds Gesicht schien weicher zu werden, aber vielleicht war es auch nur das Regenwasser, das die Wut in seinen Zügen verschwimmen ließ. »Du glaubst also, deine Familie wäre deinetwegen umgezogen?«

»Das ist doch klar. Was soll ich denn sonst glauben? Dass Dad ausgerechnet in der Woche nach Sams Tod wunderbarerweise seinen Traumjob ergattern konnte? Dass Mutter sich auf einmal kein Haus am Wasser mehr wünschte und auch nicht mehr in den erlauchten Kreis der ›Töchter der Konföderation‹ aufgenommen werden wollte?«

»Willst du wirklich hören, was ich weiß?« Boyd musterte mich zweifelnd.

»Ja, unbedingt.«

Er drehte sich um. Sein breiter Rücken wirkte wie eine Mauer, die ich weder überwinden noch durchbrechen konnte. Dann sprach er. »Meine Familie hat deine Familie aufgefordert, Seaboro zu verlassen.«

Wie eine vom Sturm aufgepeitschte Welle überrollte die Übelkeit meinen Magen. Unter der Wucht dieser neuen Erkenntnis krümmte ich mich. Boyd legte mir die Hand auf die Schulter. »Du hast mich danach gefragt.«

Der Regen hatte nachgelassen, aber wir waren beide bis auf die Haut durchnässt. Ich richtete mich wieder auf. »Du sagst also, deine Familie hätte von uns verlangt, dass wir wegziehen?«

»Genau«, bestätigte Boyd.

»Woher weißt du das?«

»Ich habe es gehört.«

»Wo? Wann?« Ich wischte mir übers Gesicht.

Wieder wandte Boyd sich ab. Er blickte über das Wasser hinweg auf einen Punkt, den ich nicht erkennen konnte. »Das war am Tag nach Sams Tod. Mutter und Vater dachten, ich wäre mit dem Boot rausgefahren.«

Ich nickte.

»Aber ich war in meinem Zimmer. Sie haben sich unterhalten, in der Küche, deshalb konnte ich nicht jedes Wort verstehen. Aber Dad hat zu Mutter gesagt, sie müsse ein Ultimatum stellen. Das ist alles, was ich weiß.«

Ich ging über die Wiese zum Fluss hinunter. Die Regenwolken über uns hatten sich verzogen, als wäre ein Vorhang aufgegangen, hinter dem ein tiefes Blau zum Vorschein kam. Nur über dem Horizont hingen noch Wolken, als wollten sie das Meer und alles, was sich darin befand, zudecken. Ich wäre gerne unter diese Wolkendecke gekrochen, vielleicht wäre ich dort sicherer gewesen. Das hier war zu viel – und doch nicht genug.

Boyd folgte mir, bis wir die Böschung erreichten. Ich setzte mich auf den regenfeuchten Boden und zog die Knie an die Brust. »Ist das alles? Wir sollten aus der Stadt wegziehen, weil dein Vater das so wollte?« Boyd antwortete nicht. Ich konnte keinen klaren Gedanken fassen, suchte nach Worten. »Aber warum? Wo wir uns doch alle so gebraucht haben …«

»Keine Ahnung, ich weiß bloß, dass ihr weitergemacht habt. Ihr habt euch ein neues Leben aufgebaut, wir nicht – für uns drei war alles aus.«

»Wir hätten uns alle gegenseitig helfen können, damit fertig zu werden, verstehst du? Ich habe Ellie gebraucht. Doch, wirklich. Warum hast du mir das damals nicht gleich erzählt, nachdem du es gehört hattest?«

»Ich war dreizehn, Cappy. Ich wusste nicht, was ich machen sollte.«

Schweigend saß ich im nassen Gras. Ich spürte, dass da draußen am Horizont etwas wartete, still und in sich zusammengekauert, das seine Gestalt noch nicht preisgeben konnte oder wollte. Ich kniff die Augen zusammen. Irgendetwas hatte ich übersehen.

»Boyd.« Ich sprang auf.

»Was denn?«

»Komm mit mir in die Ausstellung!«

»Hör zu, Cappy, ich kenne das Bild in- und auswendig.«

»Bitte!«

Boyd erhob sich und stellte sich breitbeinig vor mich. »Und warum?«

»Ich glaube, da gibt es noch was ... etwas, was ich übersehen habe. Einen Hinweis oder eine Antwort.«

»Die Antwort hast du doch hier.« Er machte eine Handbewegung zum Haus hinüber. »Eine Familie, die der Verlust zerstört hat. Du weißt ja, dass dein Vater zu Besuch gekommen ist ... Allerdings erst, als mein Vater tot und deine Mutter gestorben war, aber er ist hergekommen.«

»Ich habe davon gehört.«

»Vielleicht öfter, als ich weiß, aber in den letzten vier Jahren habe ich ihn mindestens dreimal gesehen.«

»Wann war er das letzte Mal hier?«, fragte ich.

»Das ist etwa ein Jahr her.«

Ich ließ den Kopf in die Hände sinken. »Boyd, das war ganz kurz vor seinem Tod.« Während ich zum Haus zurückging, wünschte ich mir nichts sehnlicher, als zu Ellie durchzudringen, ihr ganz viele Fragen stellen zu können.

»Halt. Ich hole dir deine Sachen aus dem Haus, wenn's dir recht ist. Ich fürchte, dass Mutter wieder anfängt zu weinen und ...«

»Na gut«, willigte ich ein.

Als Boyd wiederkam, überreichte er mir meine Handtasche und meine Schlüssel. »Sie ist eingeschlafen. Ich muss das Boot noch fertigmachen. Fahr einfach nach Hause, und vergiss das alles hier! Was geschehen ist, ist geschehen. Rühre nicht mehr daran!«

»Ja«, pflichtete ich ihm bei. »Was geschehen ist, ist geschehen.«

Mit einem letzten Blick verschwand er im Haus. Es begann wieder zu tröpfeln.

Der Fußpfad ums Haus herum war von wilden Blumen überwuchert, und ich tat mein Bestes, um keine Blüte zu zertreten, während ich mir vorsichtig den Weg zur Auffahrt suchte.

Als ich um die Hausecke bog, blieb ich wie erstarrt stehen: Neben meinem Wagen wartete eine Gestalt mit einem Regenschirm. Forrest hatte mich aufgespürt. Da ich anscheinend meine Beine nicht mehr zum Gehen bewegen konnte, kam er auf mich zu. Er hielt den Schirm über mich. »Alles in Ordnung?«

Ich bemühte mich, ihm nicht ins Gesicht zu sehen, denn ich brauchte sein Mitleid nicht. Ich musste Forrest von hier wegbringen, bevor er das mit dem Bild herausfand, bevor er von Ellie und Sam und den Geheimnissen unserer Familien erfuhr. Schließlich sollte unsere jämmerliche Geschichte nicht unbedingt in seinem Artikel landen. Forrest musste mit seiner Bilderbuchvorstellung von einem märchenhaft schönen Seaboro und der heilen Familienwelt seines verehrten Grayson Leary nach Hause fahren.

»Woher wusstest du, wo ich bin?«, fragte ich mit einem maskenhaften Lächeln. Auch Forrest empfand es wohl als aufgesetzt, denn er legte den Kopf schräg.

»Du hast vorhin gesagt, du wolltest zu Ellie fahren, aber es klang so merkwürdig ängstlich. Als du nicht in die Pension zurückgekommen bist, habe ich deshalb Mr Hamilton um Ellies Adresse gebeten, und er hat mich hergefahren.«

»Ich hasse Kleinstädte.« Ich versuchte zu lachen, brachte aber nur ein raues Husten hervor.

»Ich hab mir Sorgen um dich gemacht. Am Telefon hast du geklungen, als würde etwas nicht stimmen.«

Jetzt schaute ich ihm doch ins Gesicht. »Lass uns hier verschwinden …« Ich deutete auf das Haus. »Ich wollte bloß vorbeifahren und eine alte Freundin der Familie besuchen, aber sie ist jetzt krank. Und ich möchte nicht, dass du Boyd begegnest.«

»Aha, die alte Liebe.«

»Lass uns fahren!«

Wir stiegen in mein Auto. Ich ließ den Motor an und setzte zurück. »Es ist Zeit, nach Hause zu fahren, Forrest. Die Partys und Picknicks sind inzwischen alle abgesagt. Das Wetter ist scheußlich, und ich glaube, du hast alles herausgefunden, was du wissen musst.«

»Zeigst du mir bitte noch euer früheres Haus?«

Doch, das war der perfekte Schluss für sein Märchen – unsere alte, vor dem Bürgerkrieg erbaute Villa. »Ja, da fahren wir sofort hin. Ich bin sicher, dass es für Touristen geöffnet ist.«

»Für Touristen?«

Ich nickte. »Ja, es gehört jetzt der Historischen Gesellschaft, und es ist im Stil von damals hergerichtet und möbliert, damit man sehen kann, wie die Häuser früher, zur Zeit der Stadtgründung, eingerichtet waren.«

»Du bist wohl der einzige Mensch, den ich kenne, durch dessen Elternhaus Führungen gemacht werden.«

»Ach, was bin ich doch für ein Glückskind!«

Zehn

»Man lässt sich gewöhnlich eher von Gründen überzeugen, die man selbst gefunden hat, als von solchen, die andere sich überlegt haben.«

BLAISE PASCAL

Wenn es nach mir gegangen wäre, hätte ich jede Abbiegung vermieden, die zu diesem Haus führte, doch nun stand ich mit Forrest direkt davor. Eigentlich wollte ich es nicht betreten, aber ich sah keine andere Möglichkeit, Forrest aus Seaboro herauszukriegen.

Er berührte meinen Ellbogen. »Ist das komisch für dich?«

»Ein bisschen schon.« Ich sah an der alten Villa hinauf. Wie eine Großmutter stand sie vor mir, als mustere sie über ihre Brille hinweg prüfend mein Kleid und mein Betragen. An den Fenstern hingen noch dieselben Vorhänge wie früher – fast konnte ich den Staub riechen und den zerschlissenen Goldrand an dem gelb-grünen Stoff hinter den Fenstern spüren.

»Findest du, dass das Haus sich verändert hat?«, fragte Forrest.

Ich schüttelte den Kopf. »Nicht sehr. Ich habe das Gefühl, dass es mich anschaut – um zu sehen, ob ich etwas Ordentliches aus meinem Leben gemacht habe.« Ich rieb mir die Arme. »Davon kriege ich Gänsehaut.« Um mich abzulenken, zeigte ich auf die Magnolie links von der Vordertreppe. »Die hat Dad an dem Tag gepflanzt, an dem ich geboren wurde.«

Forrest nickte. »Ich weiß. Und jedes Jahr an deinem Geburtstag hat er eine große rosa Schleife hineingehängt.«

»Ja, und Mutter hat sie dann am nächsten Tag wieder abgenommen, weil sie das geschmacklos fand.« Ich lachte, aber es war ein freudloses Lachen. »An einem Tag im Jahr eine große

Schleife vor der Tür hängen zu haben war fast mehr, als sie ertragen konnte. Ich erinnere mich noch, wie ich mir überlegte, dass sich an meinem dreizehnten Geburtstag die Farbe ändern müsste – zu Rot oder Leuchtendblau oder Orange. Bestimmt würde Dad ein Zeichen setzen wollen, weil ich an dem Tag zum Teenager werden würde. Also würde er eine neue Farbe aussuchen, davon war ich überzeugt.«

Forrest ließ den Arm auf meine Schultern sinken, aber ich duckte mich unter dem Gewicht weg.

»Also gut«, sagte ich seufzend, »bringen wir es hinter uns!«

Nachdem wir die Treppe hinaufgestiegen waren, las ich das Messingschild neben der Haustür: *Whitfield House. Gesellschaft für Denkmalschutz, Seaboro, gegr. 1942.*

»Weißt du«, sagte ich zu Forrest, »während der ganzen Zeit, in der wir hier gelebt haben, hat Mutter das Haus weiter Whitfield House genannt. Nie Leary House. Es war, als hätten wir hier gar nicht gewohnt.«

Als ich sah, wie Forrest sich mit den Fingern durchs Haar fuhr und sein weißes Hemd vorn glatt strich, war mir klar, dass er sich genauso fühlte, wie ich mich damals stets gefühlt hatte – man musste vorzeigbar sein, um über die Schwelle dieses Hauses treten zu dürfen. Wir gelangten in die vordere Diele, und mir wurde schwindelig, weil die Erinnerungen mit solcher Macht auf mich einstürzten und mein früheres Zuhause immer noch Gefühle in mir auslöste. Ich hätte schwören können, dass ich Stimmen hörte: Mutter rief meinen Namen, Dad lachte, Piper lief rufend die Treppe hinauf. Ich hörte das Klappern des Geschirrs bei Mutters diversen Mittagessen und Dinnerpartys. Wie schrecklich musste es für sie gewesen sein, aus diesem Haus, in dem sie in ihrem Element gewesen war, herausgerissen zu werden!

»Hallo!«, rief Forrest nach links ins Wohnzimmer hinein, während ich wie angewurzelt stehen geblieben war und den vertrauten Kronleuchter anstarrte. Früher hatte ich mir immer vorgestellt, von der obersten Treppenstufe an die Lampe zu springen und in die Diele zu schaukeln. Am Tag unserer Abreise hätte ich das wirklich tun sollen. Als ich mir ausmalte, wie Mutter darauf reagiert hätte, musste ich lächeln.

Eine Frau in einem Kleid aus der Zeit vor dem Bürgerkrieg trat in die Diele. »Hallo, ich bin Mrs Whitfield. Willkommen in meinem Zuhause!« Sie drehte sich in ihrem Reifrock.

Obwohl ich wusste, dass dieser kleine Auftritt für die Touristen gedacht war, staunte ich mit großen Augen.

Forrest lachte. »Hallo. Wir wüssten gern, ob wir schnell einen Rundgang machen dürfen.«

»Ja«, sagte die Frau. »Möchten Sie eine Audio-Führung, oder soll ich mitkommen und Ihnen die Geschichte des Hauses erläutern?«

Über uns hörten wir Schritte: Oben wanderten Touristen umher.

Forrest schaute zur Decke hinauf, dann sah er die Frau an. »Wohnen Sie hier?«

Sie schüttelte den Kopf. »Nein, aber für ein paar Stunden in der Woche macht es Spaß, so zu tun als ob.«

Er fasste mich am Arm. »Ich möchte Ihnen Catherine Leary vorstellen. Sie hat vor vielen Jahren tatsächlich hier gewohnt.«

Ich boxte Forrest in den Arm und rang mir ein Lächeln für die Fremdenführerin ab.

Sie breitete die Arme weit aus. »Was für eine Ehre, Sie hier begrüßen zu dürfen – eine Leary. Möchten Sie, dass ich Sie herumführe?«

»Nein, danke. Ich glaube, ich kenne mich noch einigermaßen aus.«

»Dann gehen Sie nur!« Sie lächelte. »Schön, dass Sie hier sind.« Und damit verschwand sie hinter der Tür am Ende des Flures, die zu der Küche mit dem Ziegelfußboden führte.

»Forrest, kneif mich mal in den Arm, ich habe gerade eine

außerkörperliche Erfahrung. Ich hätte nicht herkommen sollen. Das übersteigt einfach mein Fassungsvermögen«, plapperte ich mit gespielter Munterkeit los.

»Na komm …« Er nahm mich an der Hand. »Als Erstes gucken wir uns dein Zimmer an.«

»Nein, lass uns mit dem Erdgeschoss anfangen«, bat ich und begann mit einer gemächlichen Führung durch mein Elternhaus, das jetzt mit Stilmöbeln aus der Zeit zwischen 1845 und 1860 eingerichtet war.

Im Speisezimmer blieb Forrest stehen. »Sind das eure Möbel gewesen?«

»Nein.« Ich schüttelte den Kopf. »Von der Einrichtung erkenne ich nicht viel wieder, bis auf die Vorhänge und den Kronleuchter. Wenn du vom Stil meiner Eltern einen Eindruck haben willst, müsste ich Fotos ausgraben. Das Haus war immer so förmlich eingerichtet, aber wir hatten mehr mehr Kunstwerke.«

Forrest deutete auf den Kaminsims aus Kirschholz, auf dem sechs gerahmte Familienfotos standen. Er betrachtete das Bild ganz rechts. »Bist du das?«

Ich rieb mir mit den Fingerspitzen die Schläfen. »Ach, ja, tatsächlich. Ich erinnere mich noch, wie die Aufnahme gemacht wurde, aber ich habe sie nie gesehen.« Ich nahm den Rahmen in die Hand. Mutter trug einen langen pfirsichgelben Rock und eine weiße Seidenbluse. Dazu hatte sie die Familienperlen umgelegt, die jetzt mir gehörten, die ich aber noch nie getragen hatte. Dad hatte einen blauen Nadelstreifenanzug mit gelber Krawatte und weißem Oberhemd an – im normalen Leben hätte er sich niemals so gekleidet. Ich stand in meinem weißen Kleid mit der steifen Schürze zwischen ihnen. Mein Haar fiel in weichen Locken herab, die normalerweise etwa eine Viertelstunde hielten, bevor sie wieder durcheinandergerieten. Daddy hatte mir den Arm um die Schultern gelegt, Mutter hatte die Hände vor der Taille gefaltet. Wir lächelten alle drei in die Kamera.

Forrest berührte das Glas über dem Foto, strich über mein Kindergesicht. »Du warst wirklich ein niedliches kleines Mädchen.«

»Findest du?«

»Aber ganz bestimmt.«

»Oh.« Ich stellte das Foto zurück. Ganz von fern tauchte der Wunsch auf, dass Forrest vor achtzehn Jahren hier gewesen sein möge, um mir das zu sagen. Ich beobachtete ihn, wie er durch den Raum ging und auf die Bibliothek deutete.

»Das Arbeitszimmer deines Vaters?«

»Ja«, bestätigte ich. »Er hatte da drinnen stapelweise Bücher liegen. Die Regale reichten nie aus – Mutter hat das verrückt gemacht. Sie ist dann reingegangen, hat die Bücher alphabetisch geordnet, neu aufgestapelt, umsortiert, bis sie dann irgendwann einfach die Tür zu seinem Arbeitszimmer zugemacht und keinen mehr hineingelassen hat.«

Jetzt stand die zweiflügelige Glastür offen, und Forrest ging hinein. Der Raum war mit einem Schreibtisch und einigen Regalen möbliert, auf denen in Leder gebundene Bände und ein paar unechte Segeltrophäen standen.

Ich sah mich nach einer Sitzgelegenheit um, aber über alle Sessel waren grüne Bänder gespannt, auf denen *Bitte nicht hinsetzen* stand.

Forrest trat ans Fenster, holte sein Büchlein aus der Tasche und machte sich rasch ein paar Notizen.

»Was schreibst du da?«

»Ich beschreibe die Aussicht.«

»Ach so.« Ich stellte mich neben ihn. »Nein, die hat sich nicht verändert.« Wir schauten auf die gepflasterte Straße hinaus, auf die Gaslampen und auf das rosa Haus gegenüber mit der breiten weißen vorderen Veranda. Der Regen hatte aufgehört, doch die Bürgersteige waren noch nass. »Aber die Bäume sind sehr gewachsen, und früher stand in der Auffahrt gegenüber immer ein roter Firebird. Er gehörte einem von den Teenagern, die da gewohnt haben.« Ich musste lächeln, weil mir dieses Detail wieder eingefallen war. Ja, jetzt lieferte ich Forrest die Informationen, die er brauchte.

»Bist du manchmal hier bei deinem Dad im Zimmer gewesen?«

»Oh ja.« Ich deutete auf einen marmornen Pflanzenständer. »Da drüben stand ein riesiger Ledersessel, da habe ich gesessen und gelesen, während er gearbeitet hat. *Wilbur und Charlotte, Die Chronik von Narnia, Alice im Wunderland, Der heimliche Garten.*« Ich schlug mir die Hand vor den Mund, um meine Gefühle zurückzudrängen. Plötzlich empfand ich wieder die große Freude, die Bücher mir früher bereitet hatten, eine Freude, die in einen noch größeren Schmerz über ihren Verlust umzuschlagen drohte. Ich verließ den Raum und ging durch die Diele zur Küche.

Bevor ich die Tür erreichte, holte Forrest mich ein. »Ich wollte dir nicht wehtun. Entschuldige bitte.«

Ich wirbelte herum. »Du hast mir nicht wehgetan. Das hier ist also die Küche«, erklärte ich, indem ich die Schwingtür aufstieß.

Forrest schob sich an mir vorbei. »Habt ihr hier viel Zeit verbracht?«

Ich verdrehte die Augen. »Nein, Forrest, wir sind nie in der Küche gewesen.« Ich ging zur Vordertreppe, deutete hinauf. »Oben waren drei Schlafzimmer. Eins für Mutter und Dad, eins für mich, eins für Gäste. Das war's.«

Forrest legte mir eine Hand ins Kreuz und schob mich sanft auf die Treppe zu. »Na, komm, wir haben es fast geschafft. Jetzt lass mich hier nicht im Regen stehen.«

»Im Regen stehen? Wie meinst du das?«

»Du weißt ja, wie abweisend und sarkastisch du wirst, wenn du mit deinen Gefühlen nicht klarkommst.«

»Stimmt überhaupt nicht. Und, nebenbei gesagt, das hier ist nicht gerade ein Vergnügen für mich.«

»Danke, dass du es meinetwegen auf dich nimmst.« Er grinste, und ich folgte ihm die Treppe hinauf in mein früheres Zimmer, an dessen Tür immer noch der alte gläserne Drehknauf prangte. »Ich weiß noch, wie Mutter die Haushälterin angewiesen hat, das Kristallglas an den Zimmertüren einmal in der Woche zu putzen.«

Forrest betrat mein Zimmer vor mir. Die Wände waren moosgrün gestrichen, nicht mehr blassrosa wie zu der Zeit, als ich darin gewohnt hatte, und auf dem Doppelbett mit den Pfosten an den Ecken lag ein Quilt mit einem Muster aus stilisierten Eheringen, nicht mehr das Erbstück von meiner Großmutter. »Das hier ist nicht mehr mein Zimmer«, stellte ich fest.

Um das Bett herum war ein Seil gespannt, aber Forrest schob es beiseite und setzte sich auf den Quilt. Ich musste lachen.

»›Pass auf, dass du kein Hautöl auf die Tagesdecke schmierst, mein Schatz. Wir wollen doch das Familienerbstück nicht ruinieren.‹« Ich ließ die Hand über eine Kommode an der Wand gegenüber gleiten. Darauf lag ein gerahmtes Verzeichnis der Möbelstücke, in dem auch aufgeführt war, wie alt sie waren und von welchen Plantagen sie stammten.

»Dein Zimmer.«

»Nicht mehr«, wiederholte ich. »Jetzt lass uns gehen. Ich habe genug gesehen.« Ich ging die Treppe hinunter und trat auf die Veranda, wo ich mich in einen Schaukelstuhl setzte und mindestens eine Viertelstunde wartete, bis Forrest endlich herauskam. »Okay, ich bin fertig, wir können fahren«, meinte er.

»Ja, lass uns nach Hause fahren!«, seufzte ich.

»Nein, nein, noch nicht nach Hause. Mindestens fünf Leute haben gesagt, ich müsse unbedingt die Ausstellung im Gerichtsgebäude sehen, wenn ich die Geschichte von Seaboro verstehen will.«

»Das kann schon sein, Forrest, aber du bist nicht hier, um die Geschichte von Seaboro zu verstehen, sondern um die Geschichte meines Vaters etwas besser kennenzulernen.«

»Beide sind miteinander verwoben. Geschichten durchdringen sich immer gegenseitig – eine beeinflusst die andere.«

Ich erhob mich. »Jetzt klingst du wie ein Pauker.«

»Ach, meine Süße, man weiß nie, was man lernt, wenn man mit mir zusammen ist!«

Mitleidig schaute er mich an, bevor er mir eine feuchte Haarsträhne aus dem Gesicht schob.

Ich entzog mich seiner Berührung, seinem Blick und begab mich zum Auto. »Und wohin jetzt, Herr Professor?«, fragte ich.

»Zum Gericht bitte, Madam!«, hörte ich seine Stimme hinter mir.

Ich fuhr einen Umweg zum Gericht, vorbei an den historischen Sehenswürdigkeiten, dem berüchtigten Leuchtturmwärterhaus und an ein paar von Dads Lieblingsplätzen, darunter auch *Bud's Shrimp Shack*.

»Hey, lass uns hier Mittag essen«, schlug Forrest vor.

»Kommt nicht in Frage – nicht an einem verregneten Feiertag wie heute, da platzt der Laden nämlich aus allen Nähten – lauter betrunkene Touristen und schreiende Kinder.«

Er lächelte. »Und du bist keine Touristin?«

»Jedenfalls bin ich nicht betrunken.«

»Vielleicht würde dir das die Sache erleichtern«, meinte Forrest.

»Ja, bestimmt würde es mir dann leichter fallen, mit dir zusammen zu sein.« Ich gab ihm einen Klaps aufs Bein.

»Du bist so witzig, Cappy Leary. Umwerfend komisch.«

Kurz darauf hielt ich an. »*Et voilà*: das Gericht. Viel Spaß!« Ich lehnte mich im Sitz zurück.

»Du kommst nicht mit rein?«

»Nein, ich denke, ich genehmige mir lieber im *Cloud Nine*

einen Kaffee und warte da auf dich.« Ich stieg aus dem Auto und spannte meinen Regenschirm auf. »Da gibt es köstliche Zimtscones.«

Forrest kam um den Wagen herum. Der Wind zerzauste ihm das Haar, und ich musste mich beherrschen, um ihm nicht über die Locken zu streichen und sie zu ordnen.

»Komm doch mit!«, bat er.

»Da ist eine Frau, die Führungen macht, sie heißt Alice McPherson. Alice wird dir alles erzählen, was du wissen musst. Ich verspreche dir, dass sie viel, viel mehr weiß als ich.«

Blinzelnd sah er mich an. »Wovor läufst du davon?«

»Wie bitte?«

»Du läufst vor irgendwas oder irgendwem davon.«

»Ja, vor dem schwarzen Mann. Jetzt verschwinde endlich! Viel Spaß! Ich bin da drüben.« Ich machte mich auf den Weg zum Café.

Das junge Mädchen, das mich am Vortag bedient hatte, lächelte mir entgegen. »Kaffee und ein Zimtscone zum Mitnehmen?«

»Genau, allerdings bitte zum Hieressen.« Ich fächelte mir mit der Hand Luft zu. »Ist das heiß hier drin!«

»Ja.« Sie schob die Unterlippe vor und pustete sich ihre Locken aus dem Gesicht. »Vor ein paar Stunden hat der Blitz in die Klimaanlage eingeschlagen.«

»Ach so. Übrigens, ich heiße Catherine.« Ich streckte ihr die Hand hin.

»Ich weiß.« Lächelnd schüttelte das junge Mädchen mir die Hand. »Ich bin Allie. Mrs Appleton hat mir erzählt, dass Sie früher hier gelebt haben. ›Wissen Sie, sie kommen immer wieder nach Hause zurück‹, hat sie gesagt. Aber ich bin ganz sicher, wenn ich mal von hier weggehe, komme ich nicht mehr wieder.«

Ich lachte. »Alle kommen wieder zurück? Na, da ist Dixie Appleton ja sehr von Seaboros Charme überzeugt.«

»Glauben Sie?« Sie reichte mir das Scone mit einer Serviette.

»Ja.« Hungrig biss ich in das süße Gebäck.

»Wissen Sie, Mrs Appleton hat gesagt, Sie hätten früher in dem Haus an der Seventh Street gewohnt, wo jetzt Führungen gemacht werden und wo die Gesellschaft für Denkmalschutz ihre Büros hat und so.« Das Mädchen lehnte sich gegen die Theke.

»Ja.« Ich nickte. »Das war mein Elternhaus – ist lange her.«

»Wie war das, in so einem tollen Haus aufzuwachsen?«

»Toll?«

»Ja. Ich spare für mein Studium, ich will Architektur studieren. Diese alte Villa gehört zu den schönsten Beispielen aus der Zeit vor den Kriegen, mit ihren Elementen des georgianischen Kolonialstils und aus der Epoche des Greek Revival.«

»Aber es gibt da drinnen viele Gespenster.«

Allie riss die Augen auf. »Das habe ich mir gedacht. Doch, wirklich.« Leiser fuhr sie fort: »Sind Sie deswegen umgezogen – wegen der Gespenster?«

»Vielleicht.« Ich schmunzelte. »Und wo bleibt mein Kaffee?«

Lachend drehte Allie sich zur Kaffeemaschine um, schenkte mir großzügig ein und reichte mir die Tasse. »War schön, Ihre Bekanntschaft zu machen, Catherine.«

»Gleichfalls, Allie«, sagte ich, bevor ich zum Fenster hinüberwanderte, um mir einen Tisch zu suchen. Waren wir wegen der Gespenster ausgezogen? Wenn, dann waren sie mir bis nach Cedar Valley und wieder hierher zurück gefolgt. Der Kreis hatte sich geschlossen.

Ein himmelblaues Käfer-Cabrio hielt am Straßenrand. Die Fahrerin sah mich an: Piper. Sie sprang aus dem Auto, stürzte ins Café und schloss mich in die Arme. »Juhu, Catherine.« Der Kaffee spritzte über mein verknautschtes T-Shirt.

»Langsam.« Ich versuchte aufzustehen.

»Ich dachte, du wärst schon wieder weg.« Piper lächelte so breit, dass ich ihre Backenzähne sehen konnte. »Ich freue mich so, dass du noch hier bist.« Dann zog sie einen Schmollmund. »Warum hast du mir nicht gesagt, dass du noch bleibst?«

»Ich habe mich erst in allerletzter Minute dazu entschlossen. Da war einfach noch was … zu erledigen.«

»Nämlich?«

Ich blickte zum Gerichtsgebäude hinüber. »Forrest wollte mein Elternhaus sehen und dann noch in die Ausstellung im Gericht. Ich warte gerade auf ihn.« Prüfend blickte ich zum Himmel hinauf. »Schlechtes Wetter. Bestimmt hat es alle Feiertagspläne durchkreuzt.«

»Das ist eben unsere Methode, die Touristen loszuwerden.«

Vom Lachen wurde mir innerlich ganz warm. »Diesmal hat's nicht geklappt.«

»Siehst du? Das ist der Beweis, dass du hierher gehörst.« Piper umarmte mich noch einmal, bat Allie mit einer Handbewegung um Kaffee und setzte sich. »Ich bin auf dem Weg zum Supermarkt, aber wenn ich mich zwischen dir und Einkaufen entscheiden soll, können die Kinder sich von mir aus gern eine Pizza kommen lassen.«

»Du bist verrückt.« Ich beugte mich über den Tisch. »Als wir heute in unserem alten Haus waren, habe ich an dich gedacht.«

»Wie war es denn?« Piper legte den Kopf zurück und schloss die Augen. »Wir haben da so viel Spaß gehabt. So viele Pläne und Wünsche.«

»Ja, und deine Wünsche haben sich alle erfüllt«, sagte ich. »Du hast Parker geheiratet, Kinder gekriegt, lebst am Meer. Du hast es so gewollt und hast es auch gekriegt – wie im Märchen.«

Piper richtete sich gerade auf. »Glaubst du, alles wäre perfekt, bloß weil ich genau das gekriegt habe, von dem ich mir eingebildet habe, dass ich es wollte? Glaubst du, ich hätte nicht auch Tage, an denen ich mich frage, was es sonst noch für mich geben könnte? Oder an denen ich mir wünsche, ich müsste nicht mit Parkers griesgrämiger Mama klarkommen? Oder ich wäre nicht so todmüde? Oder ich könnte mal ausschlafen und dann mit einer Freundin was trinken gehen? Und immer Coupons sammeln und nach Sonderangeboten Ausschau halten zu müssen kann einem auch auf die Nerven gehen. Jeder hat zu kämpfen, Cappy Leary, da gibt es keine Ausnahme. Niemand hat ein Leben wie im Märchen. Wenigstens niemand, den ich kenne.«

Ich griff nach Pipers Hand, wobei der Kaffee umgekippt wäre, wenn sie ihn nicht mit raschem Griff gerettet hätte. »Ich wünschte, ich hätte jede Minute deiner Kämpfe miterleben können«, sagte ich.

»Ja, das wäre schön gewesen.« Sie seufzte. »Aber wie sagt Pfarrer Rory doch immer? ›Achte auf die kleinen Freuden am Wegesrand!‹«

»Das, liebe Freundin, hat Dad auch oft gesagt. Aber die einzige Freude, die ich auf dieser sonderbaren Reise nach Seaboro gefunden habe, ist das Wiedersehen mit dir.«

Piper lachte. »Dann guckst du eben nicht an den richtigen Stellen.«

Ich trank einen Schluck Kaffee und biss von meinem Scone ab, bevor ich Piper fragte: »Was glaubst du, warum meine Eltern hier weggezogen sind?«

»Keine Ahnung. Du hast es mir nie erklärt. In keinem deiner Briefe bist du darauf eingegangen. Du hast bloß erzählt, dass dein Dad einen neuen Job hat und dass du ganz bestimmt irgendwann zurückkommst. Was du natürlich nicht gemacht hast. Außerdem« – Piper nahm meine Hand – »hast du bald gar nicht mehr geschrieben.«

»Ich musste aufhören, Piper. Das tut mir leid. Ich konnte einfach nicht mehr schreiben – ich musste mich zwingen, alles zu vergessen.«

Flüsternd fragte sie: »Und warum seid ihr weggezogen?«

»Ich habe immer gedacht, es wäre … meinetwegen gewesen. Aber inzwischen glaube ich, dass vielleicht noch mehr dahintergesteckt hat.« Ich schaute aus dem Fenster auf das Gerichtsgebäude. »Möglicherweise hatte es etwas mit Ellie zu tun.« Ich holte tief Luft. »Also, ich bin bereit, es mir anzuhören: Was hat es hier für Gerüchte über unseren Umzug gegeben?«

»Ich war ja erst zwölf, vergiss das nicht! Wir Kinder haben einfach geglaubt, dass dein Vater einen neuen Job hat. Das, was passiert war, hatte euch so mitgenommen, dass ihr nicht hierbleiben wolltet – deswegen hat dein Vater den Job angenommen, so haben wir es uns zusammengereimt. Wir wussten alle, dass es nicht deine Schuld war, aber uns war auch klar, dass du das ganz anders gesehen hast.«

»Und sonst wurde nichts erzählt?«

»Oh doch. Angeblich war dein Vater mit dem Gesetz in Konflikt geraten. Jemand hatte entdeckt, dass deine Mutter von General Sherman abstammte, also hat die Stadt Seaboro sie aufgefordert wegzuziehen. Oder der Geist eines Whitfield hatte euch verjagt, weil du dich nicht wie eine richtige Dame benommen hast.«

Ich verschluckte mich fast vor Lachen. »Wirklich?«

Piper nickte.

»Das war alles?«

»Mehr oder weniger.«

Ich zeichnete mit dem Finger das Muster nach, das die Regentropfen auf der Fensterscheibe hinterließen. »Forrest braucht so lange … Ich schau mal nach ihm.« Dann drehte ich mich wieder zu Piper. »Geh und kauf deiner Familie was zu essen. Ich verspreche dir, dass ich noch mal vorbeikomme, bevor wir abfahren.«

»Ganz bestimmt?«

»Indianerehrenwort.«

Sie grinste. »Wollt ihr beiden heute Abend mit uns essen?«

»Das ist lieb von dir, Piper, aber danke, nein. Ich versuche wirklich, Forrest aus der Stadt rauszubringen, so schnell ich kann.«

»Du willst nicht, dass er … von Sam erfährt.« Piper sagte das so laut und bestimmt, dass ich sicher war, Forrest könnte es auf der anderen Seite des großen Rasenplatzes hören.

»So ist es, Piper, er soll es nicht wissen. In diesem Aufsatz, den er schreibt, geht es um Dad, nicht um mich, und ich will nicht, dass das, was ich getan habe … einen Einfluss auf seine Arbeit hat.«

Piper öffnete den Mund, um etwas zu sagen, doch ich schnitt ihr mit einer Handbewegung das Wort ab. »Bitte, Piper, das reicht erst mal.«

»Okay.« Zum Abschied nahmen wir uns noch einmal in die Arme.

Hinter mir schlossen sich die Türen des Gerichtsgebäudes mit einem leisen Geräusch. Staubkörnchen tanzten in dem Lichtstreifen, der auf den Kiefernboden fiel. Forrest hielt sich jetzt schon so lange hier drinnen auf, dass Alice und er sich unmöglich nur über Gewehrkugeln aus dem Bürgerkrieg und Sweetgras-Körbe unterhalten konnten. Ich sah mich um, horchte, hörte aber nur das Summen der Klimaanlage, die in den letzten Zügen zu liegen schien. Also beschloss ich, dass der Zeitpunkt günstig war, um noch einmal einen Blick auf Ellies Bild zu werfen, auf den Horizont, den ich mir zwar angeguckt hatte, ohne ihn aber richtig zu betrachten.

Obwohl ich in meinen Flip-Flops so leise wie möglich ins Obergeschoss hinaufschlich, erwarteten Forrest und Alice mich oben an der Treppe. »Hey«, begrüßte ich Forrest, »was hast du denn so lange hier gemacht?«

»Die Keramiksammlung hat mich interessiert«, antwortete er. »Tut mir leid, ist dir die Wartezeit zu lang geworden?« Dann grinste er sein klugscheißerisches Grinsen, aus dem ich ersehen konnte, dass ich soeben genau das getan hatte, was er sich gewünscht hatte – ich war gekommen, um ihn zu suchen.

»Ja. Wenn wir vor Einbruch der Dunkelheit fahren wollen, müssen wir jetzt allmählich los.«

»Vor Einbruch der Dunkelheit?« Forrest biss sich auf die Unterlippe. »Hmm … An den Plan erinnere ich mich gar nicht.«

»Es ist ein neuer Plan«, erklärte ich und wandte mich Alice zu.

»Hallo, Alice.« Ich drückte ihr die Hand. »Tut mir leid, wenn dieser nette Gentleman dich aufgehalten hat.«

»Überhaupt nicht. Es ist unglaublich interessant, sich mit ihm zu unterhalten. Und er schreibt einen faszinierenden Aufsatz über deinen Vater. Ist das nicht großartig – für jeden Roman ein Leben, das sich durch die Lektüre verändert hat. Am schönsten finde ich die Geschichte, wie ein junges Mädchen durch *Das Herz ist ein einsamer Jäger* dazu gebracht wird, ihre Entscheidungen noch einmal zu überdenken. Beim Lesen wird ihr nämlich klar, wie sehr sie sich isoliert hat.«

»Keramik, was?«, sagte ich zu Forrest.

»Oh ja, er mag die indianische Keramik so gern. Und ich habe ihm das Lieblingsbild deines Vaters gezeigt.«

Ich wirbelte zur Treppe herum, verlor das Gleichgewicht, konnte mich aber, bevor ich stolperte, gerade noch am Treppenpfosten festklammern.

»Alles klar?« Forrest hielt mich am Arm fest.

»Lass uns gehen«, sagte ich. Was auch immer sich da an diesem blöden Horizont befinden mochte, konnte ruhig dort bleiben – für immer und ewig.

»Warte mal«, sagte Forrest, »ich habe mein Notizbuch in der Kunstsammlung vergessen.« Er drehte sich um und ging in den Saal, in dem Ellies Gemälde hing.

Ich folgte ihm. Alice kam hinter uns her.

Forrest holte sein Büchlein, blätterte darin herum und kritzelte ein paar Bemerkungen hinein, während ich von einem Bein aufs andere trat, bemüht, das Bild nicht anzusehen, das nur anderthalb Meter von mir entfernt hing. Doch dann, als reagiere er auf eine magnetische Kraft, hob sich mein Kopf, sodass mein Blick genau auf den Horizont des windgepeitschten Meeres fiel.

Mit zusammengekniffenen Augen musterte ich die Linie zwischen Meer und Himmel: Was übersah ich? Was war da verborgen?

Da entdeckte ich eine Träne im Gesicht der Frau; ich zeigte darauf. Ohne zu merken, dass ich laut sprach, fragte ich: »Weint sie?«

Alice stieß so heftig die Luft aus, als wären ihre Lungen gerade zusammengefallen. »Du bist meines Wissens bisher die Einzige, der das aufgefallen ist.«

»Du siehst sie auch?« Ich drehte mich zu Alice um.

»Ja«, flüsterte sie. »Man kann die Träne nur erahnen, oder?«

»Jetzt sehe ich sie ganz deutlich«, bemerkte ich.

Forrest blickte von seinen Notizen auf und näherte sich dem Bild. »Offensichtlich ist etwas erst, wenn wir es sehen. Ich sehe keine Träne.«

Seine Worte jagten mir einen Schauer über den Rücken. *Offensichtlich ist etwas erst, wenn wir es sehen.*

Schritt für Schritt entfernte ich mich von Forrest und Alice. Forrest beugte sich vor und studierte das Gesicht der Frau. Alice verschränkte die Arme. Für sie war es eindeutig, was da zu sehen war.

Ich starrte auf das Gemälde, bis es verschwamm, bis Wasser und Horizont, Ölfarbe und rissiges Holz wie in einem Dunst ineinander verschmolzen. Da sah ich es plötzlich: ein rundliches Gebilde aus Wellen – wie eine Decke, in die eine Kindergestalt hineingewickelt war. Das Gebilde hatte kein Gesicht.

Mir stockte der Atem. Jetzt ging mir endgültig die Luft aus. Ich streckte die Hand aus, um mich an irgendetwas festzuhalten, fand aber nichts, sondern stolperte vorwärts. Unversehens war Forrest an meiner Seite, packte meinen Arm und stützte mich.

Ich stieß ihn weg, ging unsicher einen weiteren Schritt auf das Gemälde zu, dann berührte ich mit der Spitze meines kleinen Fingers die Gestalt links oben am Horizont. »Seht ihr das?«, flüsterte ich.

Alice antwortete als Erste. »Lieber Gott, ja. Wie kommt es, dass mir das nie aufgefallen ist?«

»Ein Kind«, stammelte ich.

»Wo?« Auch Forrest flüsterte. »Zeig es noch mal!«

Ich deutete wieder auf das Gebilde. »Da.«

»Ich sehe nur Wellen, Wasser, Himmel. Wovon redet ihr bloß?«

»Das ist Sam«, sagte ich.

Alice nickte. »Der süße kleine Sam mit seinen grünen Augen.«

Im Geist sah ich Sam vor mir, im Schatten der Dämmerung, sein Haar leuchtete weiß im Kontrast zu seiner braunen Haut, die dunkler war als meine, seine rundlichen Füßchen gruben sich in den Sand, seine kleinen Hände griffen mit bedingungsloser Liebe nach Ellie. Aber seine Augen konnte ich nicht erkennen. Das fand ich merkwürdig, ich sah ihn in der Erinnerung so deutlich vor mir, bloß seine Augenfarbe konnte ich nicht ausmachen. Ich wartete darauf, dass Alice diese Gedächtnislücke füllte.

»Er war ein Teil von dir«, sagte sie.

»Ja, natürlich war er das«, bestätigte ich, und jetzt spürte ich den Sauerstoffmangel. Ich lebte von uralter Luft. »Ich habe ihn geliebt.«

Alice sah mich prüfend an. Wieder schienen, genauso wie an jenem Abend damals in der Scheune, ihre unausgesprochenen Worte vor mir herumzutanzen. Aber jetzt wollten sie mich erreichen.

»Sag es!« Bittend hob ich die Hand.

Alice nickte, schloss die Augen, öffnete sie wieder. »Nein, du musst es selbst sagen, Cappy.«

»Ich kann's nicht.« Ich spreizte die Finger. »Ich weiß, dass da unausgesprochene Worte sind. Jetzt habe ich schon zweimal gespürt, wie sie vor dir tanzen, aber ich kann sie nicht lesen.«

»Dreh dich um, schau noch einmal hin, erspüre sie!«, wies Alice mich an.

Aber als ich mich umwandte, sah ich nur Forrests neugieriges Gesicht. Ich hob den Blick wieder zu Ellies Bild – und dann sagte ich, als könnten meine eigenen Worte das, was Ellie nicht aussprechen wollte, verhüllen: »Dad, Mutter. Dad, Ellie. Jim, Boyd, Sam.«

Mir stockte der Atem.

»Grüne Augen.« Ich drehte mich zu Alice um. »Die Augen der Learys.«

Alice antwortete mit einer Art Nicken, indem sie das Kinn auf die Brust senkte – eine Bestätigung, die fast wie ein Gebet wirkte.

»Was?«, fragte ich mit tauber Zunge. Stromstöße liefen mir über die Arme. »Sam … der Sohn von Ellie und Dad?«

»Ja.« Nur ein einziges Wort, mit dem Alice mir auch den letzten Flecken festen Boden meiner Kindheit unter den Füßen hinwegzog, auf dem ich noch gestanden hatte.

»Hat meine Mutter das gewusst?« Ich schaute zu Forrest hinüber. »Und du?« Ich fuhr mit der Hand durch die Luft, wild, verzweifelt. »Alle außer mir haben es gewusst, aber keiner hat den Mut gehabt, es mir zu sagen, stimmt's?« Meine Stimme wurde lauter, voller. »Ich musste erst diese blödsinnige Reise machen, um herauszufinden, dass ich meinen Halbbruder umgebracht habe?« Jetzt schrie ich, doch als Forrest mich in den Arm nehmen wollte, schubste ich ihn weg.

»Nein«, sagte er, »ich habe es nicht gewusst.« Dann senkte auch er den Kopf. »Das müssen die verlorenen Seiten aus deiner Kindheit sein, von denen dein Vater gesprochen hat.«

»Die verlorenen Seiten?« Ich holte tief Luft. »Lügen! Nichts als Lügen! Keine bescheuerten verlorenen Seiten. Lass es uns nicht zum Familiendrama hochstilisieren, Forrest! Es war nichts weiter als eine abscheuliche Lüge.«

Regungslos sah er mich an.

Alice fasste mich am Ellbogen. »Ich bin die Einzige, die es gewusst hat, Cappy.«

Vielleicht, dachte ich, vielleicht sollte ich einfach an meinem Zorn festhalten und immer wieder vor mich hin murmeln *Ist mir egal, ist mir egal.* Aber es war mir nicht egal.

Alice trat neben mich und nahm meine Hand.

»Und mit welchen Lügen lebe ich sonst noch?«, fragte ich sie. »Habe ich in den letzten achtzehn Jahren in einer Art Phantasiewelt gelebt, Alice? Das verändert alles, mein vergangenes Leben, mein heutiges. Diese Erkenntnis … wirft alles über den Haufen.«

Während ich Alice anschaute, spürte ich, wie etwas Unaufdringliches, aber Beständiges in mir seinen Platz einnahm: die Wahrheit. Ich wollte mehr davon.

»Woher weißt du das alles, Alice?«

»Ich war in der schrecklichen Nacht dabei, als die Familien sich im Warteraum der Notaufnahme versammelt hatten. Es war die schlimmste Nacht meines Lebens – bis ich dann so plötzlich Mack verlor, als sein Aneurisma geplatzt ist. Deine Eltern und Ellie und Jim saßen auf den Plastikstühlen an der Wand.

So ist das mit dem Kummer: Er verschont niemanden. Da war niemand, der Ellie oder Jim hätte stützen können. Alle waren so in ihren Schmerz versunken, dass sie sich gegenseitig nicht helfen konnten. Sie schotteten sich ab, bis der junge Arzt erschien und verkündete, sie hätten getan, was sie konnten, aber Sam sei tot.

Ellie wollte ganz genau wissen, was den Tod herbeigeführt hatte, sie musste es einfach wissen. Sie hatte so ein verzweifeltes Bedürfnis, die Einzelheiten zu kennen, dass sie ganz außer sich war; sie wollte niemanden gehen lassen, bevor sie nicht alles erfahren hatte.

Als der Doktor Ellie den Laborbericht überreichen wollte, brach sie zusammen und weinte herzzerreißend. Jim nahm den weißen Bogen entgegen und las ihn mit geschwollenem, verstörtem Gesicht. Als er fertig war, schleuderte er das Blatt auf den Boden und verließ das Wartezimmer. Ellie und deine Eltern blieben allein zurück. Inzwischen war es mitten in der Nacht.

Dein Vater stand schließlich auf, hob den Laborbericht auf und las ihn in dem grellen Neonlicht. Er schaute deine Mutter an und sagte: ›Er ist ertrunken.‹ Das sagte er so nachdrücklich, dass Ellie aufhörte zu weinen, aufsprang und ihn mit einer Entschlossenheit anschaute, die ich bei dieser stillen Frau noch nie erlebt hatte. Sie bat deinen Vater, den Bericht genau zu lesen. Das habe er getan, erwiderte er, und die beiden sahen sich lange an – bis deine Mutter zwischen sie trat und ihm das Papier aus der Hand riss. Ach, ich hoffe, dass ich nie wieder so etwas durchmachen muss wie in jener Nacht.« Alice verstummte. Sie ließ sich auf einen Stuhl fallen, als habe es sie ihre gesamte Energie gekostet, diese Geschichte zu erzählen, die sie so lange für sich behalten hatte.

»Aber der Bericht«, drängte ich, »was stand da drin?«

»In großen roten Buchstaben war darin Sams Blutgruppe angegeben. Eine Blutgruppe, die bei den Loughlins nicht vorkam.«

Ich schwieg, wartete auf das Ende ihres Berichts.

»Ellie war so vom Schmerz überwältigt, dass es uns schien, als wäre sie mit Sam gestorben. Während dieser Zeit gab es für sie nichts mehr außer ihrem kleinen Sohn.« Alice machte eine Pause und betrachtete das Gemälde, als könne sie hinter den Pinselstrichen jene Nacht erkennen. »Noch im Wartezimmer hat sie deinen Eltern gestanden, dass Sam das Kind deines Vaters, dass Sam sein Sohn gewesen war.«

Ich versuchte, mir die Szene auszumalen. Was ich über Ellie

wusste, meine Erinnerungen an sie und das, was ich an ihr so schätzte, waren in diesem Bild, das Alice mir da aufzwang, nicht wiederzufinden. Ich konnte mir einfach nicht vorstellen, wie Ellie zusammenbrach, wie sie diesen unglaublichen Betrug beichtete, nach dem nichts mehr so wie früher war.

»Hatte Dad es schon gewusst?«, flüsterte ich, selbst erstaunt, dass ich mich trotz meiner Benommenheit nach Einzelheiten erkundigte.

»Nein«, sagte Alice.

»Ich habe Ellie wohl nicht richtig gekannt«, überlegte ich laut. Forrests Anwesenheit hatte ich total vergessen.

»Doch, doch. Du hast sie ganz genau gekannt. Der Kummer überwältigt die Menschen, Cappy, er treibt sie zu Dingen, die sie sonst meiden würden. Ellie hat es uns allen erzählt, und dann konnte sie es nicht wieder zurücknehmen.«

»Weiß Boyd davon?«

»Keine Ahnung. Er hat nachgedacht, hat viele Andeutungen gehört. Ständig lag er auf der Lauer, hat gelauscht und seine Mutter immer wieder ausgefragt. Vielleicht hat er es sich zurechtgereimt.«

»Geheimnisse«, sagte ich.

»Ja.« Alice' Stimme klang hohl, wie eins der Keramikgefäße an der gegenüberliegenden Wand.

»Was wäre, wenn ich das Kind auf dem Bild nicht entdeckt hätte? Ich hätte es nie erfahren … Ich wäre durchs Leben gegangen, ohne es auch nur zu ahnen.«

Forrest stellte sich neben mich. »Ich glaube, das war es, was dein Vater dir in seinem Brief mitteilen wollte – in dem Brief über die herausgerissenen Seiten deiner Kindheit. Außerdem war er überzeugt, dass jeder in einem Kunstwerk genau das sieht, was er oder sie darin sehen muss. Wenn du Sam vorher nicht auf dem Bild gesehen hast, dann solltest du ihn vielleicht auch nicht sehen – noch nicht.«

Empört drehte ich mich zu Forrest um. »Hör auf! Tu nicht so, als hättest du meinen Vater besser gekannt als ich. Ich habe dich nicht gebeten mitzukommen. Und er auch nicht. Ich habe dich nicht nach deiner Meinung gefragt, und ich will sie auch gar nicht hören.«

Forrest schob die Hände in die Taschen seiner Khakishorts. Sein Hemd war hinten aus der Hose gerutscht, und er wirkte jung und verletzlich. Ich wollte mich wieder abwenden, aber mein Herz ließ es nicht zu. Bevor er den Raum verlassen konnte, lag ich in seinen Armen, mit der Wange an seiner Brust.

Er legte mir die Hände auf den Hinterkopf. »Ach, Cappy!«

Sein Herz pochte stetig wie ein tröstendes Metronom. Vielleicht konnte ich ewig so in seinen Armen bleiben, wo sein Herzschlag übertönte, was Alice gesagt hatte.

Forrest streichelte mir über den Kopf und verlagerte sein Gewicht.

»Beweg dich nicht!«, murmelte ich in sein Hemd. »Bleib so …«

»Ja«, sagte er, »ja.«

Ich lehnte mich gegen ihn, mit meinem ganzen Gewicht, bis Alice' Stimme zu mir durchdrang. »Cappy?«

Es regnete jetzt wieder in Strömen, so als hätte der Himmel nur darauf gewartet, dass Alice die Wahrheit aussprach, um dann alle Schleusen zu öffnen. Die Wassermassen prasselten auf das Dach herunter. Ich schaute Alice an. »Du hast dieses Wissen die ganzen Jahre lang für dich behalten?«

»Ja, es stand mir nicht zu, es weiterzugeben.«

»Weiterzugeben …«, wiederholte ich. Eine plötzliche Befürchtung verscheuchte die Ruhe, die ich in Forrests Armen gespürt hatte. Ich packte seinen Arm, drückte ihn. »Das schreibst du doch nicht etwa …«

»… in meinem Aufsatz? Nein, Cappy, bestimmt nicht.«

Wie ein schwerer Mantel senkte sich die Müdigkeit auf mich hinab. In diesem Mantel wollte ich schlafen, bis der Regen aufhörte, bis ich zu Hause in Cedar Valley war, wohin dieses neue Wissen mir nicht folgen würde.

»Ich bin müde«, sagte ich zu Forrest.

Alice nahm meine Hand. »Lass dir Zeit, um das alles zu verstehen.«

»Ach, ich verstehe es nur zu gut«, entgegnete ich. »Wir sind umgezogen, weil Sam der Beweis war, dass Dad und Ellie sich liebten – dass sie untreu waren. Alles, was Mutter sich bis dahin hatte einreden können, war mit diesem Laborbericht hinfällig geworden. Und Jim konnte es nicht mehr ertragen, Dad Tag für Tag zu begegnen, immer in dem Wissen, dass ... Also gab es nur eine Lösung – wir mussten fort.

Ich habe immer gedacht, wir wären nach Cedar Valley gezogen, weil ich nicht auf Sam aufgepasst hatte. Ich habe geglaubt, wir hätten uns meinetwegen von Mutters geliebter Stadt und unseren besten Freunden getrennt.«

»Ich hätte dir sagen können, dass das nicht der Grund war«, meinte Alice leise. »Niemand hier in der Stadt hat dich für das Unglück verantwortlich gemacht. Wenn überhaupt nach einem Schuldigen gesucht wurde, dann ist Boyds Name gefallen, weil er euch beide gejagt hat – weil er seinen Bruder so erschreckt hat.«

»Eigentlich ist es ja auch egal, was damals gemunkelt wurde ... oder auch heute noch. Wir sind weggezogen. Die Familie Loughlin war zerstört. Jetzt verstehe ich, warum Boyd uns hasst. Er glaubt, dass wir geflüchtet sind und ganz normal weiterleben konnten, während er hier mit den Vorwürfen, dem Schrecken und dem Rest seiner Familie klarkommen musste.«

Alice legte mir den Arm um die Schultern. »Ich glaube, das reicht für einen Tag. Kommt doch zum Lunch mit zu mir rüber und –«

Abwehrend hob ich die Hand. »Ich will nichts mehr über die Vergangenheit hören.«

»Manchmal«, sagte Alice, »manchmal müssen wir die Wahrheit über die Vergangenheit erfahren, um die Zukunft entdecken zu können.«

Lange sah ich meine alte Freundin an, während Wut und Trauer sich in meinem Herzen bekämpften. Dann schaute ich zu Forrest hinüber. Er nahm meine Hand und verflocht seine Finger mit meinen. So verließen wir das Gerichtsgebäude. Ich konnte fast hören, was Dad jetzt gesagt hätte: *Gib der Geschichte Zeit, in dir anzukommen. Lass ihr Raum, sich zu bewegen, sich zu drehen und zu wenden, bis du siehst, was sie dir zu sagen hat.*

Der Wind hatte zugenommen. Auf der kurzen Fahrt zur Pension zurück peitschte er den Regen schräg gegen die Windschutzscheibe. Ich hatte Forrests Angebot zu fahren gern angenommen. Schweigend steuerte er meinen Wagen. Offenbar spürte er, dass es nichts zu sagen gab.

Zorn und Schmerz, Trauer und Misstrauen, Sehnsucht und Abwehr vermischten sich. Weder seelisch noch körperlich war ich imstande, diese Enthüllungen über meine Familie zu ertragen und zu verarbeiten.

Dad hatte eine Affäre gehabt, aus der ein Sohn hervorgegangen war – ein Sohn namens Sam, der durch meine Schuld im Fluss ertrunken war. Die Fakten waren eindeutig, die Auswirkungen dagegen so grau und nebelhaft wie das Gemälde, das ich gerade betrachtet hatte.

Wenn ich von diesem Mosaikstein aus Dads Leben nichts gewusst hatte, was hatte ich dann überhaupt über ihn gewusst? Er liebte die Literatur. Er glaubte an die Macht von Geschichten. Er war integer und ehrenhaft. Er liebte mich. Ich ging weiter zurück, in die Kindheit, und erinnerte mich an eine Situation am Strand.

Dad und ich hatten von der alten Fußgängerbrücke aus Krebse gefangen, bis unser Eimer randvoll war, die großen Krebse, die sich im kochenden Wasser blau färbten. Bei tiefster Ebbe waren wir an den Strand hinuntergewandert – der Sand fühlte sich an wie ein weicher, nasser Teppich, der sich bis zur zweiten Sandbank hin ausbreitete. Ich wusste noch, wie ich geglaubt hatte, das Wasser jage auf den Horizont zu, und wie ich Dad das gesagt hatte. »Das Wasser läuft weg. Es sieht so aus, als ob es auf die andere Seite kommen will.«

Mein Vater hatte laut und herzlich gelacht. »Ach, das ist eine schöne Analogie, meine wunderbare Tochter.«

»Was?« Ich war noch so jung, dass ich nicht wusste, was eine Analogie war. Vielleicht ein Meerestier, das ich noch nicht kannte?

Mein Vater schloss mich in die Arme und strich mir über den Kopf. Bestimmt war ich nicht älter als sechs oder sieben gewesen, denn ich reichte ihm nur bis zur Taille. »Die tiefste Ebbe bringt die höchste Flut«, erklärte er.

Selbst damals als Kind hatte ich bereits verstanden, was er damit meinte: Wenn es aussah, als wäre alles weg, als wäre der tiefste Punkt erreicht, dann würde bald alles wieder zurückströmen.

Damals hatte ich ihm geglaubt.

Heute jedoch, mit all der Lebenserfahrung, die ich gesammelt hatte, nahm ich ihm das nicht mehr ab. Eine tiefe Ebbe war nicht mehr als eine tiefe Ebbe. In der Natur mochte sie vielleicht eine Hochflut nach sich ziehen, doch für mein Leben galt das nicht.

Trotz all meiner widerstreitenden Gefühle wurde ein ganz schlichtes Bedürfnis so dringlich, dass ich Forrest am Arm fasste. »Ich habe Hunger«, sagte ich und zeigte auf Morgans Supermarkt.

Forrest parkte so dicht am Eingang, wie er konnte. »Lauf rein, und besorge uns was. Ich warte draußen.« Er hielt mir einen Zwanzig-Dollar-Schein hin, aber ich winkte ab. Durch den Regenvorhang rannte ich auf das blinkende Licht über der Ladentür zu. In dem nach Kiefern duftenden Verkaufsraum standen die Waren ohne jede erkennbare Ordnung in den Regalen. Und, ja, ich hatte recht gehabt – vorn auf der Theke lag der *Farmer's Almanac*.

Ich schlenderte nach hinten, wo Regenwasser auf den Holzfußboden tropfte. Links an der Wand fand ich Sandwiches in Frischhaltefolie, Gebäck und Brownies aus eigener Herstellung. Für mich wählte ich ein Tomaten-Mayonnaise-Sandwich, für Forrest eins mit Roastbeef und Cheddarkäse, dazu zwei riesige Brownies mit extra viel Schokolade und zwei Glasflaschen Coca Cola. Ich stellte alles auf die Ladentheke und packte noch einen Almanach dazu, einfach um Forrest zu beweisen, dass ich recht gehabt hatte. Links von der Kasse lagen in einem kleinen, schiefen Sperrholzregal getrocknete Muschelschalen und Meerestiere, die mit verschiedenen Motiven verziert waren: die Muscheln mit Engeln und Weihnachtsmännern, die Krebse mit Gesichtern. Diese kleinen Kunstwerke waren lackiert, sodass sie glänzten.

Ich suchte mir einen Sanddollar aus, der in der Mitte, wo er zusammengeklebt worden war, einen feinen Riss hatte. Über den Riss war ein weißer Engel gemalt. Hinten auf dem Gehäuse war ein dünner Draht festgeklebt, an dem man das kleine Kunstwerk aufhängen konnte. Ich legte den Seeigel oben auf die Sandwiches und rief dann in den leeren Laden hinein: »Hallo, ist hier jemand?«

Ein grauhaariger Mann tauchte links unter der Theke auf. »Hallo, Fräulein. Sorry, ich habe gerade das Regal hier repariert.« Er kam zu mir, tippte meine Einkäufe ein und nahm dann vorsichtig den Seeigel in die Hand. »Diese Sanddollars werden hier gesammelt und bemalt, wissen Sie – da haben Sie ein kleines Stück Seaboro erworben, das Sie mit nach Hause nehmen können, doch, doch.«

»Danke.« Fast hätte ich einen Knicks gemacht. »Der ist sehr hübsch.«

»Aber versuchen Sie bloß nicht, selbst welche zu sammeln. Lebende Sanddollars darf man nicht mitnehmen, das ist verboten. Man darf nur die aufheben, die man tot und eingetrocknet am Strand findet.«

Bei der Erinnerung an den Sanddollar, der vor so langer Zeit unter meiner Wange zerbrochen war, zog sich mein Herz zusammen. Ach, Sanddollars wieder zusammenzukleben war einfach – wäre es doch genauso leicht gewesen, die Scherben meines Lebens aufzusammeln, wieder zusammenzufügen und mit Lack zu überziehen – bis es aussah, als wäre nie etwas geschehen.

Elf

»Das Herz hat seine Gründe,
die der Verstand nicht kennt.«
BLAISE PASCAL

Die Pension schien sich auf einen regnerischen Nachmittag vorzubereiten – sie strahlte Wärme und Geborgenheit aus. Schweigend betraten Forrest und ich das Haus, und ich folgte ihm in die Bibliothek, wo wir uns an einem kleinen runden Tisch in der hintersten Ecke niederließen.

Ich stellte die Papiertüte mitten darauf. »Forrest?« Leise pochte ich auf das Holz.

»Ja?«

»Bitte verwende das, was du heute gehört hast, nicht in deinem Aufsatz. Du ... Du verstehst nicht alles, und es hat nichts mit ...«

Er hob die Hand. »Ich habe dir doch schon gesagt, dass alles, was ich heute erfahren habe, nichts mit meinem Artikel zu tun hat.« Er beugte sich über den Tisch. »Aber ganz viel mit dir und damit, wer du jetzt bist.«

»Inwiefern?« Ich knetete die Hände im Schoß.

»Wir kennen uns jetzt so viele Jahre, wir haben so oft miteinander geredet, sind zusammen ausgegangen und haben viel Zeit miteinander verbracht, aber nicht ein Mal hast du mir von einem kleinen Jungen namens Sam erzählt.«

»Ich konnte nicht.«

Forrest stöhnte. »Hast du überhaupt irgendjemandem davon erzählt?«

»Willst du das wissen, weil es eine richtig gute Story sein könnte, oder weil es dich tatsächlich ein bisschen interessiert?«

Ohne zu blinzeln, sah er mich an. Ich hätte schwören können, dass seine Augen dunkler wurden. »Musst du mich das nach all den Jahren wirklich fragen?«

»Ich bin keine Geschichte. Das hier ist kein Roman. Es ist das wirkliche Leben – mein Leben.«

»Nein, Catherine.« Forrest sah weg. Mir wurde klar, dass er mich endlich Catherine genannt hatte, doch es klang verkehrt wie ein falscher Ton in einem Lied. Er nahm seine Baseballkappe ab und fuhr sich durch die Locken. »Es war das Leben deines Vaters. Er hat sich gewünscht, dass du etwas Bestimmtes in seinem Leben verstehst – und es vielleicht auf dein Leben überträgst. Aber ausnahmsweise geht es hier einmal nicht nur um dich. Hier geht es auch um ihn.«

Ich hätte es leichter hinnehmen können, wenn Forrest mir ins Gesicht geschlagen hätte. Verletzt wandte ich mich ab; ich unterdrückte die Tränen, die mir in der Kehle aufstiegen. Während ich diesen Hieb noch verarbeitete, verteidigte ich mich schon: »Ich glaube, ich habe ihn besser gekannt als du. Ich bin mit ihm aufgewachsen. Schließlich war er ja mein Vater. Wie kannst du dir einbilden, du wüsstest, was er sich gewünscht hat oder warum er mich mit seiner Asche hierher geschickt hat?« Ich wandte mich ihm zu, kochend vor Wut. »Du denkst immer, du wüsstest, was für die anderen richtig ist – als wärst du die von Gott bestimmte Autorität in Sachen mein Vater!«, schrie ich ihn an.

Ich dachte, Forrest würde meinem Blick ausweichen, sich vielleicht sogar entschuldigen, stattdessen aber beugte er sich vor. »Was war denn sein Lieblingsbuch? Sein Lieblingszitat? Wer war seine beste Freundin?«

Auch ich gab nicht nach, sondern lehnte mich noch weiter über den Tisch. »Und von welcher Brücke aus hat er am liebsten Krebse gefangen? Wann hat er seinen ersten Hai geangelt? Wo hat er den Kessel zum Garnelenkochen aufbewahrt? Welches

Motorboot hat ihm am besten gefallen?« Ich stampfte mit dem Fuß auf. »Du hast ihn nicht gekannt, Forrest Anderson. Dass du mit ihm zusammengesessen und über Literatur palavert und Zitate an der Pinnwand gesammelt hast, heißt noch lange nicht, dass du ihn so gut gekannt hast wie ich.«

»Da hast du recht: Von diesen Dingen habe ich keine Ahnung. Aber die waren alle bloß in seinem früheren Leben wichtig – als er noch hier in Seaboro gewohnt hat. Ich aber spreche von seinem Leben in Cedar Valley.«

»Seine Lieblingsbrücke war die hinter dem Seaboro Creek – einmal haben wir da in fünf Minuten fünfzehn Krebse gefangen. Seinen ersten Hai hat er mit Boyd Loughlin geangelt. Den Eisenkessel hat er im Schuppen hinter Alice' Scheune aufbewahrt. Sein Lieblingsmotorboot war ein Boston Whaler von 1972, sechzehn Fuß mit Außenborder.«

Forrest kam noch näher. »Sein Lieblingsbuch war *Das Ende einer Affäre* von Graham Greene, sein Lieblingszitat war *Das Herz hat seine Gründe, die der Verstand nicht kennt* und …« Er machte einen tiefen Atemzug: »Seine beste Freundin warst du.«

»Also gut«, sagte ich, »du willst den fehlenden Teil der Geschichte hören? Den Teil, den du noch nicht verstehst? Hier kommt er: Wir sind aus dieser Stadt weggezogen, als ich zwölf war, weil ich auf den zweijährigen Sam aufgepasst habe, den Sohn unserer besten Freundin, und ihn aus den Augen verloren habe. Er ist ertrunken. Wir sind umgezogen. Das ist alles. Und damit nicht genug in diesem Albtraum – gestern habe ich Dads Urne in den Fluss fallen lassen, genau an derselben Stelle, anstatt seine Asche zu verstreuen, wie er mich gebeten hatte. Eine tolle Geschichte, was?«

Forrest lehnte sich zurück. »Das tut mir leid«, flüsterte er.

»Mir auch. Aber du wolltest ja die ganze Geschichte hören, stimmt's? Die vollständige Geschichte. Jetzt kennst du sie. Ich habe keine Ahnung, warum Dad mich hierher zurückgeschickt hat – dabei hatte ich mich endlich ganz von diesem Ort abgenabelt.«

»Wirklich?« Forrest nahm meine Hand, strich über meine Handfläche. »Bist du sicher?«

In meinem Kopf herrschte so ein Durcheinander, dass ich keine Antwort fand. Ich schloss die Augen

»Miss Leary?« Mr Hamilton stand in der Tür.

»Ja?« Ich entdeckte einen gelblichen Fleck vorn auf meiner Leinenbluse. Offenbar war Mayonnaise von den Sandwiches durch die Papiertüte gesickert, als ich sie an die Brust gedrückt hatte.

»Da ist ein Anruf für Sie.«

»Für mich?«

»Ja.« Er nickte.

Ich stand auf: Thurman. Das konnte nur Thurman sein – er vermisste mich. Er hatte eine Erklärung für die Frauenstimme am Telefon. Er brauchte mich; er liebte mich.

Diese Gedanken spukten mir durch den Kopf, während ich langsam zum Telefon ging, das auf einem wackligen Kirschholztischchen in der Diele stand. Ich nahm den Hörer auf. »Hallo?«

»Miss Leary?« Es war eine Frauenstimme, die klang, als sei sie den Tränen nahe.

»Ja bitte?«

»Hier ist die Tierklinik in Cedar Valley. Ich versuche schon den ganzen Tag, Sie zu erreichen. Ich rufe an, um Ihnen mitzuteilen, dass Murphy wahrscheinlich einen Schlaganfall erlitten hat. Unsere Nachtwache hatte ein Poltern gehört und Murphy gefunden … in Krämpfen. Jetzt ist ihre rechte Seite gelähmt und beide Hinterbeine auch.«

Ich konnte mein Schluchzen nicht mehr unterdrücken. Alle Tränen, die ich seit Tagen, Monaten, Jahren zurückgehalten hatte, stiegen auf und füllten meine Kehle, meine Augen, mein Herz.

Ich ließ den Hörer fallen, lehnte mich an die Wand und ließ sie fließen.

Ich hörte, wie Forrest den Hörer aufhob und leise hineinsprach. »Ja, ja, das sage ich ihr. Wir kommen nach Hause, so schnell wir können.« Dann zog er mich an sich. Ich weinte um Sam, um Dad, um Mutter, um Ellie und um Boyd, ich weinte um Murphy. Und ich weinte um mich und um die Jahre, die vorbeigezogen waren, ohne dass ich diesen Schmerz gespürt hatte, ohne dass ich überhaupt etwas anderes wahrgenommen hatte als oberflächliche Gefühlsregungen.

Forrest murmelte weder »Ist ja gut« noch »Das kriegen wir schon hin«. Er sagte gar nichts, sondern hielt mich einfach, während ich mein ganzes Leid herausschluchzte.

Mit wunder Kehle fragte ich schließlich: »Was haben sie sonst noch gesagt? Ist sie tot?«

»Nein. Sie wollen Murphy beobachten und sichergehen, dass es wirklich ein Schlaganfall war und nicht bloß ein Krampfanfall. In ein oder zwei Tagen werden sie wissen, ob Murphy eine bleibende Lähmung hat. Cappy, sie ist fünfzehn. Für einen Golden Retriever ist das ein langes Leben.«

»Ich weiß ... Ja, ich weiß.« Aber, dachte ich, für einen kleinen Jungen sind zwei Jahre *kein* langes Leben.

Forrest nahm mein Gesicht in die Hände. »Komm. Wir haben noch etwas zu tun.«

»Lass uns nach Hause fahren«, schniefte ich. »Wir müssen nach Hause und Murphy abholen.«

»Ja, aber vorher müssen wir noch etwas anderes erledigen.«

»Was denn?« Ich folgte Forrest in die Bibliothek, wo er meine Schlüssel vom Tisch nahm.

Mr Hamilton stand hinter der Theke. Abwechselnd schaute er Forrest und mich an. »Sie wissen von der Sturmwache draußen, oder? Falls eine Evakuierung nötig wird, werden die Touristen als Erste aufgefordert, die Stadt zu verlassen.«

»Eine Sturmwache?« Ich traute meinen Ohren nicht.

Mr Hamilton nickte, dann schaltete er das Fernsehgerät ein, das über der Bar hing. Er suchte den Wetterkanal, stellte den Ton aber ab. Ein hagerer Mann, der seine wenigen Haare sorgfältig über den fast kahlen Schädel gekämmt trug, deutete auf einen Großbildschirm, auf dem der vorausberechnete Weg eines Hurrikans zu sehen war. Dieser Weg führte direkt auf die Küste von South Carolina zu.

»Aller Wahrscheinlichkeit nach werden Sie beide morgen früh evakuiert«, erklärte Mr Hamilton.

Fragend sah Forrest ihn an.

»Ja, und Sie werden unser Hämmern hören – wir bringen die Sturmläden an. Tut mir leid, wenn wir Sie damit aufwecken sollten.«

Forrest hatte mir die Hand auf den Rücken gelegt. Ich fühlte mich leer, ausgehöhlt wie eine ausgeblichene Muschelschale im Sand. Doch als ich mich von ihm zur Beifahrertür meines Wagens geleiten ließ, senkte sich eine große Ruhe auf mich herab.

Der Nachmittag war schon weit fortgeschritten, als Forrest und ich endlich auf dem Steg standen, von dem ich Sam hatte herunterstürzen lassen, von dem mir Dads Urne heruntergefallen war und der für mich den Verlust meiner Kindheit symbolisierte. Stück für Stück nahm ich das Bild in mich auf, das sich mir bot: die einsetzende Flut; den Steg, der sich nach links neigte; die Eiche zu meiner Rechten, wo ein dicker Eichelhäher hockte und uns beobachtete. Der Duft von frisch aufgeblühtem Jasmin erfüllte die feuchte Luft. Der Horizont lag im Dunst verborgen, und die dichten Wolken hingen so niedrig, dass Himmel und Meer miteinander zu verschmelzen schienen. Trotz der regenschweren Wolken war es im Moment wenigstens trocken.

Forrest wandte sich mir zu. Er trug immer noch seine Khaki-Shorts, aber sein T-Shirt hatte er ausgezogen und auf die mit

Pfützen übersäte Wiese fallen lassen. Ich stand mit einem Fuß auf dem hölzernen Anlegesteg, mit dem anderen im Gras, so als könnten meine Füße sich nicht entscheiden, ob sie vorwärts- oder zurückgehen sollten.

In der Nähe stand der Pfahl mit der Plattform, den Pipers Sohn und seine Seeadler-Gruppe inzwischen errichtet hatten. Oben lagen die Reste des Adlerhorstes, aber der Vogel war nicht zu sehen. Als ich Forrest anschaute, wurde mir das Herz schwer. Ich schob es auf das leere Nest.

»Hier ist das Kind ertrunken.« Emotionslos stellte er das fest, als ginge es einfach um eine Tatsache, die nichts mit mir zu tun hatte.

Ich nickte bestätigend, verwundert darüber, wie wenig Wirkung seine Worte auf mich hatten – als hätte ich mich an den Tatbestand gewöhnt.

»Wo hast du die Urne ins Wasser fallen lassen?«, fragte er.

Ich deutete nach links. »Sie ist bestimmt weg. Ich habe versucht, danach zu tauchen, aber ich konnte sie nicht finden.«

»Sie war ja aus schwerem Metall. Wahrscheinlich ist sie in die Tiefe gesunken.«

Forrest baute sich so auf, als wolle er gleich einen Kopfsprung ins Wasser machen.

»Forrest!«, brüllte ich.

»Was denn?«

»Du darfst keinen Köpper machen, wenn du nicht weißt, wie tief das Wasser ist. Das ist das oberste Gebot, wenn man im Fluss schwimmen will. Man darf sich beim Reinspringen nicht verletzen …«

Etwas in mir wusste, dass ich nach rückwärts gewandt sprach, in die Vergangenheit hinein, dass ich eigentlich Sam warnte, nicht Forrest. »Spring nicht, nicht jetzt!«

Forrest ließ sich mit dem Hintern zuerst in den Fluss plumpsen. Eine hohe Wasserfontäne spritzte über den Steg. Als er wieder auftauchte, schüttelte er den Kopf, sodass funkelnde Wassertröpfchen in der Luft tanzten. Dann versank er erneut, kam wieder hoch und tauchte wieder unter. Wenn er unter Wasser war, hielt ich jedes Mal den Atem an, bis ich bei seinem letzten Tauchgang schließlich doch Luft holen musste, weil mir die Lungen fast zersprangen. Forrest blieb zu lange unten, viel zu lange. Ich atmete noch einmal ein und hielt dann die Luft an, bis meine Lungen brannten und mein Herz wild klopfte. Ich rannte ans Ende des Stegs. »Forrest!«, schrie ich.

Bäuchlings legte ich mich auf die Holzbohlen. Meine Stimme zerriss die Stille um mich herum. Sein Name flog über das Wasser, über die Austernbänke, über den schwarzen Schlick, bis er schließlich in den schaumgekrönten Wellen verhallte, mit denen die Flut einsetzte.

Der Schmerz ergoss sich über mich wie eine Flüssigkeit. Ich konnte die Empfindungen nicht mehr auseinanderhalten: den Kummer und die Selbstvorwürfe, die Einsamkeit und den Verlust, die Angst und die Sehnsucht und schließlich auch Liebe und Hass. Ich spürte sie alle, als wären sie in einem festen Strang verwoben, während ich Forrests Namen rief.

»Ich bin hier drüben …« Ich setzte mich auf, fuhr herum und sah ihn ein Stück weiter auf der Böschung knien.

»Nicht aufstehen!«, rief ich ihm zu. Meine Stimme klang jetzt anders, als wäre etwas hinzugekommen – oder vielleicht auch weggenommen worden. »Sonst zerschneidest du dir die Füße.« Ich deutete auf die zerbrochenen Muschelschalen. »Diese Austernschalen sind scharf wie Rasierklingen.«

Er rang nach Luft, beugte sich vor, um besser atmen zu können.

»Alles in Ordnung?«, fragte ich.

Forrest nickte. »Ich habe die Urne da unten ertastet … und konnte sie nicht da stehen lassen. Ich musste sie einfach mit hochbringen, aber sie steckte schon so tief im Schlamm.«

Erst da sah ich sie: Bedeckt mit Sand, schwarzem Schlick und Streifen von grünem Moos, stand die Urne auf den Muscheln.

So schnell ich konnte, lief ich den Steg entlang und bis zum Rand der Wiese. »Du hast sie gefunden.« Ich schaute auf Forrest hinunter.

Er nickte. »Ich hatte mir schon gedacht, dass sie zu schwer sein würde, um einfach wegzutreiben. Und als ich sie dann da unten fühlen konnte, hatte ich Angst, dass ich sie vielleicht nicht wiederfinden würde, deswegen bin ich so lange unten geblieben, bis ich sie ausgegraben hatte.«

Er stemmte die Urne hoch. »Hier, nimm! Ich schwimme zum Steg rüber.«

Ich legte mich auf den Bauch, streckte die Arme nach der Urne aus, umschloss sie mit den Händen und zog sie zu mir aufs Gras hinauf. Forrest schwamm zum Steg, stieg die Leiter hoch und kam dann zu mir.

Als er sich neben mir im Gras niederließ, starrte ich ihn an, als hätte ich ihn noch nie gesehen, diesen Mann, den ich bereits seit fünfzehn Jahren kannte. Ich sah einen anderen Menschen vor mir, einen Mann, der Dad liebte und der für mich in den Fluss getaucht war.

»So etwas hat noch nie jemand für mich getan«, flüsterte ich.

»Willst du die Asche jetzt verstreuen?« Forrest klopfte auf die Urne.

Ich schüttelte den Kopf. »Dabei möchte ich allein sein. Das verstehst du, oder?«

»Du brauchst nicht alles allein zu machen, Cappy. Ich bin doch da.«

Seine Worte schenkten mir so viel Trost, dass ich mich am liebsten hätte einlullen lassen. Aber ich verbot mir diese Anwandlung, denn ich wusste genau, dass immer, wenn ich mich erwartungsvoll auf etwas Schönes einließ, unabwendbar die Katastrophe folgte. »Warum versuchst du, so viele Gefühle in mir zu wecken? Gefühle, die ich seit Sams Tod nicht mehr gehabt habe?« Ich schlug mit der Faust auf den Boden. »Das, was ich empfunden habe, bevor unsere Welt auseinandergebrochen ist, will ich gar nicht mehr spüren. Ich bin ganz zufrieden so, auch ohne diese ganze Hoffnung und Fülle … Das brauche ich alles gar nicht. Es ist mir doch auch ohne das richtig gut gegangen.«

»Richtig gut?« Forrest stand auf und blickte auf mich hinunter. »Du hast seit vielen Jahren keine echten Gefühle mehr gehabt und findest, dass es dir richtig gut geht?«

»Ja, ganz genau.« Ich rappelte mich ebenfalls wieder hoch und sah ihm ins Gesicht.

»Ich habe immer so viel Potenzial in dir gesehen, die Fähigkeit zu Größe, zu tiefer Liebe, aber sobald man dir zu nahe kommt, ziehst du dich zurück.« Er schlug sich mit der Faust in die Handfläche. »Aber weißt du was, Cappy? Es ist gut, dass du nichts spürst. Es ist gut, dass du in dir nichts zulässt, was dich dazu bewegen könnte, ja zum Leben zu sagen, denn auf diese Weise wirst du nie erfahren, wie es sich anfühlt« – er spreizte die Hände –, »einen Menschen zu lieben, von dem man keine Gegenliebe erhoffen kann.«

Ich krümmte mich, musste mich mit den Händen auf den Knien abstützen. »Himmel, was ist nur falsch an mir?«

Forrest strich mir über den Kopf, antwortete aber nicht.

»Ich glaube, ich kann das nicht.« Ich richtete mich wieder auf und wischte mir übers Gesicht. »Ich glaube, ich kann Dads Asche nicht in diesen Fluss streuen.«

Forrest legte mir die Hände auf die Schultern. »Doch, das kannst du. Du darfst jetzt nicht aufgeben – *in medias res*, wie dein Dad gesagt hätte.«

Reglos blieb ich unter seinen Händen stehen. Wie gern hätte ich sein Gesicht, seine Arme berührt, aber ich hielt die Urne fest umklammert. »Mittendrin?«

»In der Mitte zwischen Vergangenheit und Zukunft.«

»Das nennt man Gegenwart, Forrest.«

»Aber das meine ich ja. Du bist nie ganz da, nie ganz präsent, weil du die Vergangenheit nie losgelassen hast und nicht in die Zukunft schauen willst. Du hast keiner Menschenseele von Sam erzählt – dabei hast du diese Geschichte dein Leben lang mit dir herumgetragen. Und du beantwortest die Fragen deines Vaters nicht, in denen es um die Zukunft geht. Genau das meine ich.«

»Ich kann Dads Fragen beantworten, Forrest, ich will es bloß nicht. Und hast du jemals darüber nachgedacht, dass ich dir vielleicht nichts von Sam erzählt habe, weil es dich nichts angeht? Weil es niemanden etwas angeht?«

Forrest schüttelte den Kopf. Er nahm mein Gesicht in die Hände. Es begann wieder zu regnen; große Tropfen landeten auf unseren Gesichtern. »Dass Sam und dein Vater tot sind, heißt noch lange nicht, dass sie nicht Teil dieser Geschichte sind.«

Sanft streichelte er mir den Hinterkopf, den Nacken.

»Ich wette, du kannst die Fragen auch nicht beantworten«, murmelte ich. »Welche Unterlassung würdest du später bereuen, Forrest Anderson?«

»Das ist die zweite Frage …« Er zog mich näher an sich.

»Das weiß ich«, wisperte ich.

»Ich kann sie erst beantworten, wenn du die Antwort auf die erste Frage weißt.«

Ich schwieg, denn er schloss mich in die Arme.

Ich sehnte mich unendlich danach, mich dem Gefühl von Geborgenheit hinzugeben und das wachsen zu lassen, was zwischen uns entstehen wollte, aber mein Herz entschied anders. Ich versetzte Forrest einen kleinen Schubs, und er ließ mich los. »Bringen wir zu Ende, weswegen wir hergekommen sind«, sagte er.

Als ich zu ihm aufschaute, sah ich es, klar und leuchtend, selbst ohne Sonnenschein: ein schimmerndes Licht, das um ihn herum pulsierte. Überrascht nahm ich seine Hand, starrte ihn an, aber als ich blinzelte, war der Schimmer wieder verschwunden.

»Nein. Hier kann ich das nicht, nicht an dieser Stelle, an der …«

»Doch, du kannst.« Forrest legte mir die Hand auf die Schulter. »Hier gibt es keine Schuld, gar keine.«

Ich machte eine Kopfbewegung zum Wasser hin. »Für mich ist die Schuld hier zu Hause, genau an dieser Stelle.«

Inzwischen waren wir beide klatschnass, Forrest von seinem Tauchgang, ich vom Regen. Der auffrischende Wind zerrte an unseren Haaren und unserer Kleidung.

Forrest schaute mir in die Augen. »Nein, sie hat hier kein Zuhause, sie ist fort. Sie ist schon lange, lange fort. Du allein bist es, die ihr ein Zuhause gegeben hat, und zwar in dir. Kein Mensch macht dich für das Unglück verantwortlich. Wie lange willst du diese Schuld denn noch mit dir herumtragen?«

»Ewig. Ich kann sie für immer und ewig tragen, Forrest.« Doch als ich ihn ansah, vermochte ich zum ersten Mal zu glauben, dass jemand, der von Sams Tod erfahren hatte, mir keinen Vorwurf daraus machte.

»Wie lange kann eine Frau für einen Fehler büßen? Wie viele Jahre?« Seine Stimme verlor sich im Wind.

Ich blickte auf die Urne und dachte an Dad. Sam gehörte zu mir, noch unauflöslicher, als ich es bisher gewusst hatte. Er war Dads Sohn. Ich dachte an das Foto auf Ellies Schreibtisch, an die Bindung zwischen ihnen, an Dads Traurigkeit, als wir Seaboro verließen. Jetzt wusste ich, dass sein tiefer Schmerz von einem Verlust herrührte, den ich damals nicht einmal erahnt hatte.

Mit der Urne im Arm trat ich auf den Steg. Am Ende setzte ich mich auf das rissige Holz. Forrest stand zwar im Hintergrund auf der Wiese, aber mir war klar, dass ich diese Aufgabe allein erledigen musste. Ich schraubte den Deckel ab und drehte das Gefäß um.

Der Wind, der Regen und die Strömung des Flusses vereinten sich zu einer Kraft, die Dad von mir forttrug, an den Ort, wo er hingewollt hatte. Ich wusste, dass ich eigentlich tiefsinnige Worte hätte sprechen sollen, Worte der Liebe und des Abschieds, aber ich empfand nur Leere in mir.

Schließlich stand ich wieder auf und ging zu Forrest zurück. Ich vergrub mein Gesicht an seiner durchnässten Brust. Die Gerüche von salzigem Fluss, sauberem Regen und Gras vereinten sich zum erdigen Duft der Lossprechung.

Als ich den Kopf wieder hob, wartete er darauf, dass ich ihn küsste.

Während wir uns ins Gras sinken ließen, verlor ich mich in seinen Armen, in dem Trost, den dieser Mann mir spendete. Er verurteilte mich nicht, obwohl er wusste, was ich getan hatte. Bei Forrest konnte ich meine Schuldgefühle vergessen.

Seine Hände wanderten meinen Rücken hinauf, sein Mund lag warm auf meinem. Doch ein Donnerschlag trennte uns.

Forrest stand auf und zog mich mit hoch. »Lass uns in die Pension zurückfahren.« Seine Stimme klang voller, erfüllt von dem, was wir im Gras am Fluss begonnen hatten.

Ich nickte zustimmend.

Wasser und Blätter klatschten gegen die Windschutzscheibe, als wir zurückfuhren. Dann standen wir im Flur der Pension und schauten uns an. »Wir sollten nach Hause fahren«, sagte ich.

»Nein, noch nicht.« Forrest zog mich an sich.

Im grellen Licht, in der nüchternen Realität unserer Unterkunft verwandelte ich mich wieder in die Frau, die ich eigentlich war. Vernünftige Überlegungen überlagerten alles andere.

Thurman.

Murphy.

»Murphy … Wir müssen nach Hause, wegen Murphy«, erklärte ich.

»Es ist zu spät, und das Wetter ist schlecht. Morgen brechen wir ganz früh auf.«

Ich suchte nach der Energie, um mich mit Forrest zu streiten, fand aber nur ein tiefes Bedürfnis nach Ruhe. »Also gut«, willigte ich ein, »morgen in aller Frühe.«

Ich wollte Forrest etwas zurückgeben, eine Art Gegengeschenk für alles, was er an diesem Tag für mich getan hatte. Behutsam nahm ich seine Hand, führte sie an meinen Mund und küsste seine Handfläche, dann sein Handgelenk.

Er hob mein Kinn, drehte mein Gesicht so, dass ich ihn ansehen musste. Eine Weile betrachtete er mich prüfend, als suche er etwas in meinen Zügen.

»Das Richtige zum falschen Zeitpunkt ist nie das Richtige«, flüsterte er schließlich.

Ich zitterte. »Aus welchem Buch zitierst du jetzt?«

Er schüttelte den Kopf. »Aus keinem. Das war von mir.«

Damit zog er den Schlüssel aus seiner triefend nassen Hose und lehnte sich gegen das Treppengeländer. Aus seinen Haaren tropfte Wasser auf seine Schultern, sodass sich zwischen uns kleine Pfützen bildeten. Ich musste daran denken, dass dieses Wasser ein Teil des Flusses war, der uns hierher gefolgt war.

»Ich bin furchtbar müde.« Erschöpft schloss ich die Augen.

»Dann leg dich ein bisschen hin! Ich werde weiter lesen. Komm ruhig in mein Zimmer, wenn du wieder wach bist.« Er gab mir einen Kuss auf die Stirn, als wäre ich ein kleines Kind. Damit drehte er sich um und war fort.

Zwölf

»Die Träume breit ich aus vor deinen Füßen:
Tritt leicht darauf, du trittst auf meine Träume.«
WILLIAM BUTLER YEATS

Ich schwimme durch den Fluss, weil ich etwas Wichtiges suche. Ich bin müde, unendlich müde, aber dann fällt mir ein, dass ich ja gar nicht zu schwimmen und zu kämpfen brauche, weil ich unter Wasser atmen kann. Also lasse ich mich treiben, und die Flut trägt mich an mein Ziel.

Das Wasser funkelt und glitzert, es ist mit Prismen aus Licht durchsetzt, Garnelen, Königsfische und Forellen gleiten vorbei. Ich gehöre zu ihnen, sie akzeptieren mich. Ich bin frei und von Frieden erfüllt. Licht blinkt und tanzt über mir. Hier unten kann niemand mir etwas zuleide tun. Und ist es nicht wunderschön? Ich staune über die Anmut, die wir normalerweise nur von oben sehen: die sich kräuselnden Wellen, die springenden Fische, das Gras und die Muscheln an den Ufern. Hier unten ist das alles ungleich bezaubernder.

Ich lasse mich fallen, sinke tiefer, bis ich spüre, wie die Wassertiere und Muscheln auf dem Flussgrund mich kitzeln. Als ich mit einem Fuß auftreten will, zieht der dicke, saugende schwarze Schlamm mich noch tiefer nach unten. Da weiß ich plötzlich, dass ich mich geirrt habe: Ich kann gar nicht unter Wasser atmen. Aber jetzt halten die Schlingpflanzen und der Schlamm mich fest, mich und Sam, wir sind gefangen, wir strecken die Arme zum gläsernen Wasserspiegel empor. Verschwommen sehe ich etwas Eingewickeltes, ein Bündel – weit weg, fast schon am Horizont, oben auf den Wellen. Ein Seeadlerweibchen stößt immer wieder seinen Ruf aus, während es über das Wasser gleitet.

Schweißgebadet und voller Panik tauche ich aus dem Schlaf auf, zerre an den Laken, ringe nach Luft.

Ich riss an meiner Bettdecke, doch sie rutschte auf den Boden. Seit der Nacht vor meiner ersten Verabredung mit Thurman hatte ich diesen Traum nicht mehr gehabt. Folglich hatte ich unsere Beziehung als eine Art Zauberspruch betrachtet, der die immer wiederkehrenden Träume bannte, in denen Sam ertrank und ich mit ihm unterging. Was ich eigentlich am anderen Flussufer suchte, hatte ich nie herausgefunden. Aber was es auch war, ich schwamm los, um es zu erreichen, doch dann gab ich auf und ging mit Sam unter.

Wie ein Fötus krümmte ich mich auf dem Bett zusammen, packte mir ein Kissen vor den Bauch und zog die Füße möglichst weit vom Fußteil fort, als enthielte das Holzbrett die Pflanzen und den Schlamm, die ihre Fänge nach mir ausstreckten. Nie wieder wollte ich diesen Albtraum träumen. Nie mehr sollte die Vergangenheit aus der Tiefe nach mir greifen, um mich zu quälen.

Draußen fegten Sturmböen ums Haus und warfen sich gegen die Fenster. Ich stand auf und trat an die Glastür. Der Himmel war grünschwarz, die Unwetterfarbe, die Farbe eines Blutergusses. Die Palmettopalmen bogen sich unter dem peitschenden Wind, sodass es aussah, als hätte jemand ein Bild von einem Strand um fünfundvierzig Grad gedreht. Der Dünenhafer duckte sich unter dem treibenden Sand.

Mit einem hohen Pfeifen, als riefe jemand am Strand nach seinem Hund, fuhr ein Windstoß um die Hausecke und stieß meine Tür auf. Sand, Gras, Regen und ein großer Palmettowedel flogen in mein Zimmer.

Mit einem Satz war ich an der Tür, schlug sie wieder zu und schloss sie ab. Plötzlich war es still, als hielte der Sturm den Atem an, doch ich zog mich trotzdem rasch zurück. Ich wollte nicht vor der Scheibe stehen, wenn das Unwetter wieder zum Leben erwachte.

Unter dem Gewicht dieses neuen Wissens über die Familie Leary hatte ich offenbar den ganzen Nachmittag und bis in den Abend hinein geschlafen. Ich wäre gerne nach oben zu Forrest in sein Zimmer gelaufen, kroch aber stattdessen wieder ins Bett, zog mir die Decke unter das Kinn und wartete auf das Ende des Unwetters.

Während ich den Morgen herbeisehnte, beobachtete ich die Schatten an der Decke und dachte an Murphy und Thurman und die vielen Möglichkeiten, die mich zu Hause erwarteten. Forrest und ich waren nur drei Tage fort gewesen, doch diese kurze Zeit hatte gereicht, um mein Leben völlig auf den Kopf zu stellen.

Endlich überwältigte mich doch der Schlaf. Ich erwachte erst wieder, als sich das rosarote Leuchten der Morgendämmerung in mein Zimmer stahl. Als ich aufstand, spürte ich, wie die Müdigkeit sich über meinen Rücken und mein Inneres ausbreitete.

Ich duschte schnell, zog mich an und hinterließ auf dem Anrufbeantworter in meinem Büro die Nachricht, dass ich heute, am Dienstag, nicht kommen würde. Leise schlich ich mich in die Bibliothek hinunter, wo ich die Fernbedienung fand und das Fernsehgerät einschaltete. Die elektronische Spur des Orkans zeigte an, dass er die Küste von South Carolina kurz berührt hatte, bevor ein Westwind ihn wieder aufs Meer hinausgedrückt hatte. Im Vorüberziehen hatte er Seaboro zwar Regen und Wind beschert, die Küste jedoch verschont.

Das Fernsehen zeigte Bilder von geknickten Bäumen, zerschlagenen Bootsstegen und umgestürzten Strommasten. In der Ferne hörte ich den schwachen Ruf eines Vogels: ein Seeadler. Ich sprang vom Barhocker und griff nach meiner Handtasche. Wie ging es dem Seeadlerweibchen? Hatte der Sturm sein Zuhause jetzt endgültig zerstört?

Die Pension lag noch ganz ruhig in der Morgenstille. Ich

wusste, dass ich als Einzige schon auf den Beinen war. So schnell ich konnte, steuerte ich den Wagen zwischen abgebrochenen Palmettowedeln und großen Pfützen hindurch, bis ich an den Fluss kam. Die Sonne ging gerade auf, als ich an Ellies Garten vorbei zu der Plattform fuhr, die Zachs Gruppe errichtet hatte. Der Pfahl stand noch gerade. Langsam ließ ich den Blick hinaufwandern. Ganz oben hockte das Seeadlerweibchen im Nest und schaute mit gelben, ausdruckslosen, aber scharfen Augen auf mich herunter.

»Alles klar?«, fragte ich, als könnte der Vogel mir antworten.

Ein leiser, hoher Ruf ließ mich zusammenfahren. Als ich mich umdrehte, sah ich, dass der männliche Seeadler mich von einem Ast aus beobachtete.

Ich setzte mich auf einen Baumstamm und atmete aus, als hätte ich jahrelang die Luft angehalten. Die Seeadler waren in ihren zerstörten Horst zurückgekehrt, sie hatten Zweige von ihrem alten Nest zusammengesucht und sich ein neues Zuhause errichtet, in dem sie ausruhen und ihre Küken großziehen konnten, und dieses neue Heim hatte den Sturm überlebt. Ich blieb sitzen und schaute so lange hinauf, bis ich wusste, was ich als Nächstes zu tun hatte: Ich musste aus den Bruchstücken, die ich während meines Aufenthalts hier in Seaboro gefunden hatte, etwas Neues erschaffen. Bevor ich nach Hause zurückfuhr, musste ich noch ein paar Leute aufsuchen und ein paar abgebrochene Äste wieder miteinander verbinden.

Ich fuhr in die Pension zurück und lief in die Bibliothek, um Forrest zu suchen. An der Tür begrüßte mich Mr Hamilton. »Darf ich Ihnen etwas bringen?«, fragte er.

»Haben Sie Kaffee?«

»Ja, und meine Frau hat gerade einen leckeren Auflauf mit Eiern und Käse gemacht.«

»Ja, sehr gern«, sagte ich. »Außerdem möchte ich die Rechnung bezahlen.«

»Oh, das hat Mr Anderson schon erledigt.«

Ich hielt mich an der Theke fest. »Er hat schon bezahlt?«

»Ja, beide Rechnungen, seine eigene und Ihre auch.«

»Ist er denn schon weg?«

»Ich denke, ja. Er hat bei meiner Frau bezahlt, ich habe ihn gar nicht mehr gesehen. Ich musste heute früh rasch in den Hafen und nach den Booten schauen – da hat sie mit ihm gesprochen.«

»Wie ist er denn hier weggekommen?«, fragte ich erstaunt.

»Meine Frau hat sich gewundert, denn er hat sich einen Mietwagen bringen lassen – das muss vor etwa einer Stunde gewesen sein.«

Forrest war fort – er hatte bezahlt und sich weggeschlichen, um mir nicht mehr in die Augen sehen zu müssen, um vergessen zu können, was gestern Nachmittag beinahe zwischen uns geschehen wäre. »Dann bitte nur einen Kaffee!«, rief ich Mr Hamilton nach, der schon auf dem Weg in die Küche war.

»Keinen Auflauf?« Er drehte sich nach mir um.

»Nein, ich muss mich auch auf den Weg machen.«

Ich holte das Handy aus der Handtasche. Ich musste Forrest anrufen, herausfinden, warum er schon losgefahren war, wo er sich befand. Doch dann fiel mir ein, dass ich nur die Nummern von seinem Büro in der Uni und von seinem Anschluss zu Hause hatte.

In den wenigen Augenblicken, die ich brauchte, um meine Tasche ins Auto zu bringen, legte ich mir einen Plan zurecht: Ich wollte mich von drei Menschen verabschieden, bevor ich nach Hause fuhr. Nichts weiter. Ich wollte nicht mehr darüber nachdenken, warum Forrest mich hier alleingelassen und ob Thurman mich betrogen hatte, sondern mich endlich um meinen lieben Hund kümmern.

Das Haus von Piper und Parker war leer. Die Auffahrt war von Pfützen und Fahrrädern übersät, aber statt der hellen Jungenstimmen empfing mich eine auffällige Stille. Auf meiner Uhr war es neun. Wo konnten sie alle sein, so früh an einem Sommermorgen?

Ich kritzelte ein paar Worte auf die Rückseite eines alten Kontoauszuges, den ich ganz unten in meiner Handtasche entdeckt hatte: *Piper – bin endlich fertig hier. Rufe dich an, wenn ich zu Hause bin. Grüße deine hinreißende Familie. Alles Liebe. C.* Dann schrieb ich meine Telefonnummer darunter und ging mit dem Zettel in der Hand zur Veranda.

Nachdem ich über Plastikspielzeug und ein rostendes Dreirad gestiegen war, klemmte ich die Notiz zwischen die Holz- und die Fliegengittertür. Überall hatte Pipers Familie Spuren hinterlassen – ein Sammelsurium an Gegenständen, das vermutlich dafür sorgte, dass Piper sich sicher fühlte und nie den festen Boden unter den Füßen verlor. Ich klopfte dreimal auf den Pfosten an der Verandatreppe und stieg wieder in mein Auto.

Auch Ellies Veranda war noch nass. Das Regenwasser hatte sich in Lachen gesammelt, in denen sich silbrigweiß der Himmel spiegelte. Vor dem Haus parkte nur ein Wagen, auf dem ein blauer, runder Sticker mit der Aufschrift *Ambulante Krankenpflege Seaboro* klebte. Anscheinend war Boyd zu seiner Frau und seiner Arbeit nach Savannah zurückgekehrt.

Nachdem ich einmal tief durchgeatmet hatte, klopfte ich an die Tür. Es gab Dinge, die ausgesprochen werden mussten, selbst wenn der Mensch, der sie hören sollte, sie nicht mehr verstehen konnte. Es gab Worte, die aus ihrem Gefängnis befreit werden mussten, weil sie sonst so wild herumflatterten, dass sie in meinem Inneren Schaden anrichten konnten.

Die Pflegerin, die ich schon vor drei Tagen kennengelernt hatte, öffnete mir. Sie lächelte mich an. »Hallo, da sind Sie ja wieder. Kommen Sie rein!« Ihr Kittel war mit einem Muster aus Pflastern bedruckt.

»Danke«, sagte ich, während ich in die Diele trat. »Darf ich ein paar Minuten mit Ellie allein sein?«

Die Frau biss sich so fest auf die Unterlippe, dass ich schon befürchtete, sie würde gleich eins der gedruckten Pflaster auf ihrem Kittel benötigen. »Also, Boyd hat gesagt, ich dürfte seine Mutter in den nächsten Tagen mit niemandem allein lassen. Sie war in der letzten Woche … ein bisschen durcheinander.«

»Ja, das verstehe ich.« Ich nickte.

Gemeinsam begaben wir uns in den großen Wohnraum. Ich staunte darüber, wie schnell einem etwas vertraut werden konnte: ein Café, der Anblick von Pantöffelchen vor einem Clubsessel, Wellengeplätscher an einem Bootssteg.

Ich trat an Ellies Sessel heran, setzte mich neben sie und nahm ihre Hand. Mit geschlossenen Augen atmete sie stoßweise durch den halb geöffneten Mund aus. Als ich ihr die Hand drückte, schlug sie die Augen auf und lächelte mich an. »Hallo, Cappy.«

»Hi, Ellie.« Ich beugte mich zu ihr.

»Was machst du heute hier?«

Ich schaute ihr in die Augen. Sie wirkten wie blank gewischt, als wäre der Regen bei ihr eingedrungen, in ihre Seele, und hätte jegliche Verwirrung weggespült. Ich sah, dass sie sich in der Gegenwart befand, und nutzte die Gelegenheit – dass sie mich als dreißigjährige Frau erkannte und verstand, warum ich hier war.

»Ich muss heute wieder fahren, Ellie, aber ich wollte mich erst noch von dir verabschieden. Ich möchte, dass du weißt, wie lieb ich dich habe und dass ich nie vorhatte, einfach so zu verschwinden, ohne Kontakt zu halten. Ich hatte Angst vor euren Vorwürfen, vor dem Schmerz, den ich in dir und in Jim und in Boyd wieder wachrufen würde. Aber jetzt sehe ich natürlich ein, dass ich hätte anrufen sollen, dass ich hätte herkommen sollen. Du sollst wissen, dass ich dich liebe. Du warst in meinem Leben der wichtigste Mensch außerhalb meiner Familie.«

Die alte Dame zog die Stirn kraus, sodass ich mich fragte, ob ich wohl zu viel gesagt hatte, ob sie mich überhaupt verstand.

»Cappy, meine Liebe, ich weiß das alles. Ich habe dich auch lieb. Schon immer. Du hast mich nie verlassen – ich wusste, dass du wiederkommst, wenn die Flut steigt, wenn dein Herz wieder gesund wird.« Sie nickte, und eine kleine Träne, die sie nicht zu bemerken schien, sickerte aus ihrem Augenwinkel. Sie verflocht ihre Finger mit meinen, hob unsere Hände an ihr Gesicht und küsste meinen Handrücken. Dann schloss sie die Augen und rezitierte: »›Die Silberäpfel mir vom Mond, die gold'nen mir vom Sonnenrand.‹« Ich ließ zu, dass Ellie diese Worte gegen meine Haut sprach, ihre Lippen flüsterten sie an meiner Hand. »Das war sein Lieblingsgedicht«, fügte sie hinzu.

Mein Herz wurde weit. »Ich wünschte, ich hätte es gewusst –«

Ich wollte sagen, dass ich zu gern von Sam gewusst hätte, von Dad und Ellie, aber dann erkannte ich so deutlich, wie mir selten etwas klar geworden war, dass ich es damals noch nicht hatte erfahren dürfen, dass es das Herz des Kindes, das ich gewesen war, zerrissen hätte.

»Was hättest du gern gewusst, mein Liebling?«

»Dass du mich trotzdem noch lieb hattest«, sagte ich. Es waren die aufrichtigsten Worte, die ich je gesprochen hatte. Ich wünschte, ich hätte gewusst, dass mich auch nach Sams Tod noch jemand geliebt hatte.

»Ich habe dich immer sehr geliebt, Cappy, ob du es spüren konntest oder nicht. All die Jahre lang. All die langen Jahre.«

Dicke Tränen rannen mir übers Gesicht, und ich ließ es einfach zu. Lange Minuten saß ich so neben Ellie und erlaubte der Wahrheit, ganz bei mir anzukommen. Ellie hatte mich immer liebgehabt, auch dann noch, als ich es nicht hatte empfinden können.

Eine Hand landete in meinem Gesicht. Ellies Stimme klang plötzlich ganz anders – brüchiger. »Entschuldigen Sie, aber warum stützen Sie sich auf meinem Sessel ab?«

Als ich mich aufrichtete und ihr ins Gesicht sah, war sie schon wieder weit fort. Die verwirrte Greisin, die ich vor drei Tagen kennengelernt hatte, war zurückgekehrt. »Ich bin Catherine Leary«, erklärte ich.

»Ach so?« Ellie drehte rasch den Kopf hin und her, dann erhob sie sich und rief laut: »Boyd … Boyd … Cappy ist da!«

»Boyd ist heute nicht hier«, sagte ich und stand ebenfalls auf.

»Heute? Wie meinst du das? Er wohnt doch hier.«

Mir fiel wieder ein, dass die Pflegerin gesagt hatte, sie dürfe uns nicht allein lassen. Als ich mich umdrehte, sah ich sie in der Ecke auf einem Stuhl sitzen. Ich gab ihr einen Wink, und sie kam zu uns. Verwundert musterte sie mich.

»Was ist denn?«, wollte ich wissen.

»Das war eins der wenigen Male, dass ich Mrs Loughlin völlig wach und ganz im Hier und Jetzt erlebt habe.«

Ich schaute Ellie nach, die gerade in die Küche ging, wobei sie weiter nach Boyd rief.

»Tatsächlich?«, fragte ich.

Die Pflegerin nickte. »Die anderen Male war sie mit …« Verlegen schaute sie in den Flur hinaus. »Wahrscheinlich verstoße ich jetzt gegen meine Schweigepflicht, aber ich finde es wichtig, dass Sie es erfahren. Sonst war Ellie nur einigermaßen bei sich, wenn … wenn Ihr Vater hier war.«

»Wie bitte?« Mein Herzschlag setzte aus. Ein neues Wissen keimte unter meinem Herzen. »Woher wissen Sie, dass es mein Vater war?«

»Boyd hat es mir erzählt. Wenn Ihr Vater zu Besuch gekommen ist – dann hat sie ihn manchmal erkannt, dann konnten die beiden miteinander sprechen, manchmal sogar eine Stunde lang oder länger, bevor sie wieder abgetaucht ist.« Die Pflegerin trat in den Flur, rief nach Ellie, sprach dann aber nach rückwärts gewandt weiter. »Sie hat ihn vor allem dann erkannt, wenn er ihr vorgelesen hat.«

Ich legte mir die Hand auf die Brust, als könnte ich mich so vor dem wappnen, was auf mich einstürmte. Es war Liebe, reine Liebe. Zu Ellie. Zu Dad. Zum Leben. Zur Hoffnung. Liebe zu Dads Überzeugung, dass Worte und Literatur den Menschen zu sich bringen, dass sie uns zu unserem wahren Selbst zurückführen, dass sie uns miteinander verbinden.

Wie gern wäre ich zu ihm gerannt, um die Arme um seinen Hals zu werfen und ihm unmissverständlich zu zeigen, wie sehr ich ihn liebte.

Stattdessen suchte ich Ellie in der Küche auf und umarmte sie ein letztes Mal. Bevor ich mich verabschiedete, bat ich die Pflegerin um die Adresse von Boyds Firma und eine Wegbeschreibung dorthin. Nachdem ich den Zettel in die Gesäßtasche meiner Jeans gestopft hatte, lief ich hinaus zum Auto.

Ich strich mit der Hand über Sams Grabstein, zog mit dem Zeigefinger die Daten nach. Dann setzte ich mich auf das dichte Gras und zupfte Unkraut von seinem Grab, glättete die schwarze Erde und säuberte sie von Steinen und Abfall.

Die Grabsteine um mich herum waren mit kleinen Schmucksachen dekoriert, mit Tellerscherben, kaputten Uhren und zerbrochenen Spiegeln. Auf einem Schulausflug in der siebten Klasse hatte ich gelernt, dass die afrikanischen Sklaven einst diese Tradition aus ihrer Heimat mit nach South Carolina gebracht hatten. Sie legten einen Gegenstand, der dem Verstorbenen viel bedeutet hatte, oder das, was er zuletzt in der Hand gehalten hatte, auf das Grab.

Die Gullah glaubten, dass die Muscheln den Geist des Meeres verkörperten und den Toten in die nächste Welt hinüberbrachten. Mit elf Jahren hatte ich mir vorgestellt, dass die Geister in grau gestreiften Venusmuscheln den Ozean überquerten oder Sanddollars als Flöße verwendeten, um über den Horizont nach Hause zu fahren. Dieses Bild vermischte sich nun mit der Erinnerung an Sams grüne Augen, an sein geliebtes Lachen, an seine kurze Kindheit.

All die Jahre hatte ich darüber nachgegrübelt, wie mein Leben wohl verlaufen wäre, wenn er nicht ertrunken wäre. Jetzt, an seinem Grab, überlegte ich zum ersten Mal, wie *sein* Leben wohl ausgesehen hätte. Hätte er jemals das Geheimnis seiner Mutter erfahren? Wäre es irgendwann für uns alle offensichtlich geworden, dass er die grünen Augen der Learys hatte?

Ich griff in meine Handtasche und holte den bemalten Sanddollar heraus, den ich in Morgans Kramladen gekauft hatte. Ich bot ihn auf der flachen Hand dar, bevor ich ihn behutsam auf den gesäuberten, geglätteten Erdboden vor Sams Grabstein legte. Mehr konnte ich nicht tun – ich schenkte meinem kleinen Halbbruder ein letztes Gefährt, das ihn auf die andere Seite hinüberbringen sollte, und entließ ihn damit aus meinem Kopf und meinem Herzen.

Die Wegbeschreibung zu Boyds Bootsbauwerkstatt stand in der Handschrift der Pflegerin auf einem babyblauen Zettel. Eine Stunde lang fuhr ich über gewundene Straßen durch die Sumpfwiesen, bis ich den Savannah River erreichte. Ich überlegte kurz, ob ich Thurman anrufen sollte, entschied mich aber dagegen.

Die Lagerhalle, vor der ich parkte, trug die Aufschrift *Loughlin Bootsbau*. Als ich durch die Hintertür eintrat, roch ich den süßen Duft von Sägemehl, der mich sogleich an Boyd als Kind erinnerte. Vier Männer unterbrachen ihr Schleifen und Sägen und wandten sich zu mir um.

»Hallo!«, rief ein dunkler Lockenkopf. »Suchen Sie jemanden?«

»Ja!«, brüllte ich gegen den Krach an, den eine Schleifmaschine irgendwo hinten in der Halle veranstaltete. »Ich suche Boyd Loughlin.«

Der Mann lachte. »Na klar doch. Die Hübschen sind alle für Boyd.« Er breitete die Arme aus. »Wie wär's denn mit mir?«

Ein kleinerer Mann, der neben ihm stand, stieß ihn in die Seite. »Du bist doch verheiratet, und Boyd ist das übrigens auch.« Er zwinkerte mir zu. »Aber ich nicht.«

Ich musste lachen. »Na schön, aber wo ist Boyd denn?«

Der kleinere Mann deutete auf die Eisentreppe hinten in der Halle. »Da oben. Ich glaube, er macht gerade eine Schlusslackierung.«

»Danke.« Ich marschierte in die angegebene Richtung und stieg die Metalltreppe hoch. Meine Flip-Flops kündigten mich laut klatschend an.

Oben fand ich Boyd bei der Arbeit. Mit einem Pinsel in der Hand beugte er sich über ein hölzernes Boot. Der stechende Geruch von Lack erfüllte die Luft.

Wo der Lack bereits aufgetragen war, schimmerte der Bootsrumpf feucht. Boyd drehte sich zu mir um, legte den Pinsel auf die Dose und wischte sich die Hände an der Schürze ab. »Catherine«, begrüßte er mich.

»Hi, Boyd.« Ich wusste nicht, was ich mit meinen Händen und Füßen anfangen sollte.

Er sah sich um. »Was machst du denn hier? Woher wusstest du, wo ich arbeite?«

»Ellies Pflegerin hat mir die Adresse gegeben und mir den Weg beschrieben.«

Als er lächelte, sah ich einen winzigen Moment den Boyd von früher vor mir.

»Ich bin bloß gekommen, um mich zu verabschieden und dir zu sagen …« Doch plötzlich hatte ich vergessen, was ich sagen wollte. Die tiefsinnigen Sätze, die ich mir auf der Fahrt ausgedacht hatte, lösten sich in der vom Lackdunst geschwängerten Luft auf.

Boyd spreizte die Hände. »Was denn? Was wolltest du sagen?«

»Tut mir leid.« Meine Stimme ließ mich im Stich.

»Das weiß ich schon. Brauchst du mir nicht noch mal zu erzählen. Wirklich, das ist vollkommen überflüssig. Lass uns einfach so weiterleben wie bisher.«

»Genau, das ist es.« Ich machte einen Schritt auf ihn zu. »Ich glaube, bisher hat keiner von uns beiden richtig gelebt. Wir haben diese … diese Sache viel zu lange mit uns rumgeschleppt.«

»Du vielleicht, aber ich nicht. Lass mich mit deinem Scheiß in Ruhe!«

Ich holte tief Luft. »Du kannst mich nicht noch mehr hassen, als du's ohnehin schon tust – deswegen habe ich nichts zu verlieren.« Ich ging um das Boot herum, berührte eine Fläche, die noch nicht lackiert war.

»Hast du das gebaut?«

»Ja«, sagte er knapp.

»Es ist schön. Ein erstaunliches Stück Handwerkskunst. Mack wäre stolz auf dich.« Ich schaute ihm in die Augen. »Ellie hat mich heute erkannt«, sagte ich.

»Das sind ihre besten Tage – wenn sie klar ist –, aber es können auch die schlimmsten sein.«

»Damals war alles vermischt, oder?«, fragte ich.

»Was war vermischt?«

»Das Beste und das Schlimmste – in unserer Kindheit war alles vermischt.«

Boyd starrte mich schweigend an. Seine Lippen bildeten eine blutleere Linie.

»Ich glaube«, sprach ich weiter, »du und ich, wir haben uns zwei unterschiedliche Methoden ausgesucht, um mit dieser schrecklichen Tragödie fertig zu werden. Ich habe aufgehört, Liebe zu geben oder anzunehmen. Du hast dich für die Wut entschieden.«

»Und was geht das dich an?« Speichel aus seinem Mundwinkel landete auf dem Fußboden im Sägemehl, wo er einen kleinen feuchten Kreis hinterließ.

»Weil ich den Jungen geliebt habe, der du damals warst. Weil ich Ellie liebe. Weil ich jetzt gehe und nie wieder die Gelegenheit haben werde, es dir zu sagen. Weil ich ein Stück weit mit dafür verantwortlich bin, dass du so … wütend bist. Und ich will dir den Teil abnehmen, den ich dir abnehmen kann. Ich möchte, dass auch du verstehst, was ich jetzt begriffen habe.«

»Und was genau hast du jetzt begriffen?«

»Es ging nicht nur darum, dass du und ich nicht richtig auf Sam aufgepasst oder ihn erschreckt haben. Es war nicht nur unser Versagen, dass unsere Familien auseinandergerissen wurden.«

»Was meinst du denn? Dass meine Mutter und Grayson eine Art Affäre hatten? Glaubst du, du würdest mir damit was Neues erzählen?«

»Nein, Boyd. Ich möchte dir sagen, dass nicht wir beide der Grund dafür waren, dass meine Familie weggezogen und deine auseinandergebrochen ist – nicht wir waren der Grund, sondern Sam.«

»Weil er ihr gemeinsamer Sohn war?«

Ich öffnete den Mund, brachte aber kein Wort heraus.

»Scheiße, Catherine, glaubst du denn, ich wüsste das nicht? Ich habe das schon vor langer Zeit kapiert.« Boyd bohrte mir einen Finger in die Schulter. »Du musst so tun, als wäre nichts passiert, und einfach weiterleben – du mit deinem hübschen Gesicht –, ganz sorglos und unbeschwert.«

»Du spinnst wohl«, fuhr ich ihn an. »Ich und unbeschwert? Du hast ja keine Ahnung!«

»Und« – Boyd wich einen Schritt zurück – »du auch nicht.«

»Ich geb's auf!« Verzweifelt hob ich die Hände. »Ich hatte gedacht, wir könnten darüber sprechen.«

»Da hast du dich geirrt.« Sein Atem roch nach Zigaretten.

»Das ist nicht das erste Mal.« Ich wandte mich zum Gehen,

blieb aber noch einmal stehen. »Boyd Loughlin, es ist, als lägest du mit Sam zusammen da unten im Fluss.«

Nachdem ich die Treppe hinuntergeflappt war, wäre ich am liebsten losgerannt, ging aber ganz gesittet bis zur Tür. Als ich sie hinter mir schloss, hörte ich einen der Männer zu Boyd hochbrüllen: »Was hast du der hübschen Frau denn an den Kopf geknallt? Bist du verrückt, Mann?«

Wenn ich auch nur ein bisschen Mumm in den Knochen gehabt hätte, wäre ich umgekehrt und hätte diesen Männern erklärt, dass in diesem Fall ich diejenige gewesen war, die Boyd etwas an den Kopf geknallt hatte. Ich zog gerade meine Autoschlüssel aus der Tasche, als mein Oberarm wie in einen Schraubstock eingespannt wurde. Boyd stand hinter mir. Als ich mich umdrehte, ließ er mich los.

»Was wolltest du damit sagen, Catherine? Dass ich auch unten im Fluss liege?«

»Man kann auch tot sein, ohne gestorben zu sein, Boyd.«

Er verdrehte die Augen und wandte sich ab. »Du bist vollkommen verrückt, genau wie dein Vater das war.«

Ich sah ihm nach, wie er zur Halle zurückschlurfte, denn ich dachte, er würde zurückkommen und sich entschuldigen. Aber er schlug die Tür hinter sich zu, ohne sich auch nur einmal umzudrehen.

Schließlich stieg ich in meinen Wagen und drehte die Klimaanlage hoch. Die Straße führte auf die Savannah Bridge hinauf, dieses Wunderwerk menschlicher Baukunst, das in den Himmel zu ragen schien. Ich würde die Brücke überqueren, mich dabei fühlen, als könne ich fliegen, und dann endlich nach Hause zurückfahren.

Alles, was ich in diesen vergangenen drei Tagen gelernt hatte, erinnerte mich an die verrückten Zitate, die Dad an seine Pinnwand geheftet hatte – willkürlich, weder nach Themen geordnet noch nach einem anderen System; es waren einfach zufällige

Kindheitserinnerungen und halb vergessene Wahrheiten. Die Sorge, die mir die Brust zuschnürte, galt Boyd. Ich würde mich auch weiterhin bemühen, ihn zu erreichen, ich wollte nach den sanfteren Seiten suchen, die er in sich verbarg – nach seinen liebenswerten, liebevollen Zügen. Vielleicht konnte seine Liebe wieder zum Leben erwachen.

Dreizehn

»Wie viele Menschen sind in eine neue Epoche ihres Lebens eingetreten, nachdem sie ein Buch gelesen haben!«

NACH HENRY DAVID THOREAU

Als ich in Cedar Valley ankam, war die Tierklinik schon geschlossen, doch ich stellte mich vor den Hintereingang und hämmerte so lange gegen die Tür, bis ein müder Teenager mit Stoppelbart mir öffnete. »Wir haben geschlossen.«

»Mein Hund«, sagte ich, »ist sehr krank ... Murphy.«

Auf einmal wirkte der Junge hellwach und ließ mich ein. »Ich halte hier Nachtwache – ich sollte bei Murphy bleiben, bis Sie kommen. Ich bin der veterinärmedizinische Assistent.«

»Wie geht es ihr denn?« Ich drängte mich an ihm vorbei zu den Zwingern. Von dem Geruch nach nassem Hundefell, Tierfutter und Ammoniak wurde mir schwindelig.

»Kommen Sie mit«, sagte der junge Mann, »sie ist in der Krankenabteilung.«

Ich folgte ihm den Gang hinunter. Vor einem großen Zwinger fiel ich auf die Knie. Murphy lag hinter dem Tor, die Schnauze gegen den Maschendraht gepresst, die Hinterbeine gespreizt, als wären sie überflüssige Anhängsel. »Murphy.« Ich kauerte mich auf den Boden, schob die Finger durch den Draht und kraulte ihr die Nase.

»Mensch, sie muss nach vorn gerobbt sein, als sie Ihre Stimme gehört hat!«, flüsterte der junge Mann. »Ich hatte sie auf das Bett da hinten gelegt.« Er deutete auf ein rundes Hundelager mit dem Schafsfell, das ich mitgebracht hatte.

Mit einem Griff öffnete er den Zwinger, und ich krabbelte zu Murphy hinein, vergrub den Kopf in ihrem Fell und weinte. Sie leckte mir das Gesicht, legte mir die linke Vorderpfote auf den Kopf. Der Assistent ging hinten in den Zwinger und zog ihr Bett vor ans Gitter.

»Kann ich sie mitnehmen?« Ich sah zu ihm auf.

Er schüttelte den Kopf. »Ich habe die Spritzen und die Medikamente, die sie braucht, falls sie –«

»Dann bleibe ich bei ihr, bis morgen früh der Arzt kommt.«

»Hier drin?« Zweifelnd sah er sich in dem düsteren Zwinger um. »Ich bin ja hier. Ihr passiert schon nichts.«

»Doch«, sagte ich, »helfen Sie mir einfach, Murphy wieder auf ihr Bett zu legen!«

Gemeinsam wuchteten wir Murphy auf ihr Lager; ich ließ mich neben ihr auf dem fleckigen Linoleum nieder und legte ihr die Hand auf die Brust. »Sie können uns jetzt allein lassen«, sagte ich zu dem jungen Mann.

»Ich bin sofort da, wenn irgendwas ist. Rufen Sie einfach!«

»Danke.« Ich streckte mich neben Murphy aus und kraulte ihr Ohren, Hals und Schnauze, bis ihre Zuckungen nachließen und ich an ihrem gleichmäßigen Atmen hörte, dass sie eingeschlafen war.

Unsere Atemzüge fanden in den gleichen Rhythmus. Ich legte ihr die Hand wieder auf die Brust und flüsterte ihr zu, was für ein wunderbarer Hund sie sei und dass sie Dads beste Freundin gewesen sei. Ich streichelte ihre ergraute Schnauze, weinte, bis der Rand ihres Hundebettes nass war von Tränen und der Schlaf mich überwältigte. Als ich erwachte, war ihre Brust reglos und ihr Gesichtsausdruck der eines ruhigen Welpen. Das Morgenlicht sickerte durch die kleinen Jalousien. Katzen miauten nach ihrem Frühstück, Hunde bellten, weil sie herausgelassen werden wollten.

Ich blieb bei meiner Hündin, bei Dads Hündin, auf dem Fußboden liegen. Erst als sich Schritte näherten, setzte ich mich auf, ohne jedoch die Hand von Murphys Brust zu nehmen. Dr. Morrison in seinem grünen Kittel beugte sich zu mir herunter, die Hände wie zum Gebet zusammengelegt.

»Miss Leary«, sagte er, »alles in Ordnung?«

Ich schüttelte den Kopf. »Sie ist tot.« Ich spürte, wie ich das Gesicht verzog, um mein Schluchzen zu unterdrücken.

Der Tierarzt öffnete die Zwingertür, kniete sich neben mich und befühlte Murphys Brust. »Ja«, sagte er, »sie ist tot.«

»Sie war der beste Hund auf der ganzen Welt – das wissen Sie ja, oder?«, fragte ich.

»Ja, das weiß ich. Ihr Vater fand das auch.«

Ich nickte. »Er hat recht gehabt. Er hat in so vielen Dingen absolut recht gehabt.«

»Murphy hatte ein gesegnetes Leben, Miss Leary. Voller Liebe und Anerkennung, und Sie haben neben Ihrer Hündin gelegen, als sie gestorben ist. Möchten Sie noch etwas Zeit haben, um sich von ihr zu verabschieden?«

»Nein.« Mit steifen, schmerzenden Muskeln erhob ich mich von meinem harten Lager. »Ich habe mich die ganze Nacht lang von ihr verabschiedet.«

Während ich dem Tierarzt den Gang hinunter folgte, drehte er sich zu mir um. »Sie müssen nach Hause fahren und schlafen. Danach rufen Sie mich an, dann besprechen wir, was … mit ihr geschehen soll.«

Ich nickte, bevor ich noch einmal zurückrannte und Murphy einen letzten Kuss auf die Schnauze drückte. Während ich die Klinik verließ, wappnete ich mich bereits für die Ankunft in meinem leeren Heim.

Im Haus fühlte es sich an, als hätte ich während meiner Abwesenheit die Fenster offen gelassen, doch statt dass Luft und Licht hereingeströmt waren, war jegliche Atmosphäre, die ein Zuhause ausmachte, davongeflogen. Ich sortierte die Post in Werbung und Briefe, auf die ich reagieren musste, und warf die Zeitungen in die Altpapiertonne. Auf der Titelseite des aktuellen *Cedar Valley Herald* wurde berichtet, dass die Ausläufer des Orkans über die Stadt hinweggefegt waren und ein paar Bäume umgestürzt, mehrere Autos zertrümmert und ein Dach abgedeckt hatten.

Benommen vor Müdigkeit, rief ich im Büro an und erklärte, ich brauche noch einen freien Tag. Ich aß einen getoasteten Bagel mit Gelee und kroch ins Bett, wo ich mich vom Schlaf überrollen ließ wie von einer großen Woge der Erleichterung. Im Laufe des Vormittags döste ich immer wieder ein, hörte in der Ferne das Telefon klingeln und vor meinem Fenster das Leben brummen: Autos, Nachbarn, Vögel. Mehrmals sprach Thurmans Stimme auf den Anrufbeantworter. Einmal glaubte ich, Forrests Stimme zu vernehmen, aber vielleicht war das auch bloß ein Traum.

Einige Stunden später wusste ich, was ich zu tun hatte: Ich musste Dads Lieblingsbücher lesen. In der dunklen Nacht mit Murphy, als ich mir vorgerechnet hatte, was ich alles verloren hatte, war mir das als die einzige Lösung erschienen – ich musste herausfinden, was Dad geliebt und was sein Herz berührt hatte.

Ich duschte, zog eine Jeans und eine lange weiße Leinenbluse an, band mein Haar hinten zusammen und fuhr in die öffentliche Bibliothek von Cedar Valley. Seit der Highschool war ich nicht mehr dort gewesen. Als ich den staubigen Geruch von Papier und Büchern einatmete, erinnerte ich mich wieder, dass Mutter mich früher im Sommer einmal in der Woche mit in die Bibliothek von Seaboro genommen hatte. Ich hatte dann die fünf oder sechs Bücher, die ich mir in der Vorwoche ausgeliehen hatte, zurückgegeben und mir fünf neue ausgesucht. In einer Ecke, hinter dem Schreibtisch, in den Piper *Ich liebe Parker* eingeritzt hatte, summte die Klimaanlage, und hinter der Ausgabetheke hatte ich eine Liste der Nancy-Drew-Bücher deponiert, die ich schon einmal ausgeliehen hatte, damit ich nicht irrtümlich einen Band mitnahm, den ich bereits gelesen hatte.

Ich hatte Stunden damit zugebracht, die Bücher auszuwählen, die in der nächsten Woche meine ständigen Begleiter und besten Freunde werden sollten. Ich liebte die knittrigen Plastikeinbände, das weiche Papier häufig gelesener Seiten und die Aufregung, wenn ich ein neues Buch fand – eines, dessen Rücken knackte, wenn ich es zum ersten Mal aufschlug.

Die Bibliothek in Cedar Valley war viel moderner als die in Seaboro: Links an der Wand standen Computer, und auf niedrigen Tischen waren Malbücher ausgebreitet, damit die Kinder beschäftigt waren, während ihre Mütter die Regale durchstöberten.

Ich wandte mich der Belletristikabteilung zu. Wann hatte ich zum letzten Mal einen Roman gelesen – oder überhaupt etwas anderes als das, was im Studium verlangt worden war?

Ein plötzlicher Gedanke ließ den Kummer aufflackern wie einen Blitz, den man nur aus dem Augenwinkel sieht. Es musste Dad das Herz gebrochen haben, dass ich keine Romane mehr las. Er hatte nie viel mehr gesagt als »Hast du in letzter Zeit etwas Gutes gelesen?«, woraufhin ich ihm dann erzählte, in der neuesten Ausgabe der *Allure* stehe ein phantastischer Artikel darüber, wie man verhindern könne, dass die Haare sich in der sommerlichen Feuchtigkeit kräuselten.

Vermutlich hatte er sein Bedürfnis, über Bücher zu sprechen, in Diskussionen mit Freunden, Kollegen und mit Forrest stillen können. Zudem hatte er seine Studenten gehabt. Aber als ich jetzt in der Bibliothek stand, ging mir auf, dass *ich* vielleicht diejenige war, die etwas verpasst hatte. Und ich fand es nur richtig, dass der erste Roman, den ich seit Jahren wieder lesen würde, sein Lieblingsbuch war. Aber in der Buchhandlung wollte ich mir das Buch nicht besorgen, denn dort lief ich ständig Gefahr, Forrest oder einem von Dads früheren Kollegen über den Weg zu laufen.

Nachdem ich in der letzten Reihe die Autoren mit G gefunden hatte, ging ich an den Regalen entlang, bis ich Graham Greene entdeckte: *Die Kraft und die Herrlichkeit* und *Am Abgrund des Lebens* standen da, aber *Das Ende einer Affäre* fand ich nicht.

»Kann ich Ihnen bei der Suche behilflich sein?«, hörte ich eine Stimme.

Hinter mir stand Mrs Parson. Ich hätte sie mir gar nicht anders vorstellen können als hier zwischen den Bücherreihen, mit ihrer Brille, die an einer silbernen Kette hing. Ich wusste sofort, wer sie war, obwohl ich sie viele Jahre nicht gesehen hatte. Ich lächelte. »Ja, ich suche einen Roman von Graham Greene, der scheint aber nicht da zu sein.«

»Ich schau mal schnell nach. Vielleicht ist er ausgeliehen.«

»Danke. Es geht um *Das Ende einer Affäre*.«

»Bin gleich wieder da.« Sie drehte sich um. Ihre Strumpfhose gab bei jedem Schritt ein Geräusch von sich, während sie durch den Raum ging.

Als sie wiederkam, reichte sie mir ein zerlesenes Exemplar des Romans. »Er ist gerade zurückgebracht worden – lag auf dem Stapel, der wieder einsortiert werden muss.«

»Danke schön.« Ich nahm das Buch entgegen und blätterte es durch. Dann schaute ich sie an. »Haben Sie es gelesen?«

Mrs Parson nickte. »Ja, eine traurige Geschichte, aber wunderschön geschrieben.«

»Wovon handelt sie denn?«

»Ach, auf die Frage gibt es viele Antworten. Der Roman beschäftigt sich mit Themen wie Liebe, Gott und Verlust.«

»Und worum ging es für Sie?«, fragte ich.

»Lesen Sie ihn selbst, und sagen Sie mir dann, was Sie dazu meinen.« Sie lächelte mir zu und kehrte an die Informationstheke zurück.

Ich schlängelte mich zwischen den gut gefüllten Regalen bis zur Lyrikabteilung durch, griff nach einer Sammlung von Gedichten von W.B. Yeats und nahm beide Bücher zur Ausleihe mit. Mrs Parson tippte etwas in den Computer, dann schaute sie auf. »Leseausweis?«

»Ach so«, sagte ich, »nein, nicht mehr.«

»Haben Sie Ihren Führerschein dabei?«

»Ja.« Ich lächelte. »Ich bin Catherine Leary.«

»Mir war doch so, als würde ich Sie kennen. Catherine Leary. Erinnern Sie sich nicht an mich? Ich bin Mrs Parson.«

»Es ist so schön, Sie wiederzusehen«, sagte ich.

»Ja, ich freue mich auch – es ist Jahre her, dass Sie das letzte Mal hier waren.«

Ich nickte. »Von jetzt ab komme ich wieder öfter, das verspreche ich Ihnen.«

Mrs Parsons Zungenspitze zeigte sich in ihrem Mundwinkel, während sie meine Daten in den Computer eingab. Schließlich überreichte sie mir einen neuen Leseausweis und die beiden Bände. »Ihr Vater fehlt uns.«

»Mir auch.« Ich steckte die Karte in meine Handtasche und verließ die Bibliothek mit meinem Lesestoff und einem halben freien Tag vor mir.

Als ich mit der Lektüre unter dem Arm nach Hause kam, pochte die Müdigkeit immer noch hinter meinen Augen. Das Blinken des Anrufbeantworters irritierte mich, also hörte ich die Nachrichten ab. Ein Anruf aus dem Büro – sie hofften, dass es mir gut ging, und ich solle mir keine Gedanken darüber machen, dass ich noch einen Tag versäumte, mir stünde ja noch genügend Urlaub zu. Dann dreimal hintereinander und von Mal zu Mal frustrierter Thurmans Stimme, die mich aufforderte, doch bitte zurückzurufen. Bis zum Abend sei er noch in Alabama. Schließlich Forrest – leise und verletzt, mit einer verwirrenden Nachricht. »Hey«, sagte er, dann machte er eine Pause, sodass ich schon dachte, das wäre alles. Aber in dem Moment, als ich auf Löschen drücken wollte, sprach er weiter. »Warum bist du einfach so losgefahren? Du hättest mir wenigstens sagen können, dass du allein nach Hause fahren wolltest.« Die Pause, die darauf folgte, wurde durch den Piepton beendet. Dann kam die nächste Nachricht.

Ich setzte mich an den Küchentisch und ließ den Kopf in die Hände sinken. Was hatte er bloß gemeint? Schließlich war *er* doch abgehauen – nicht ich. Ich griff zum Telefon, wählte die Nummer seines Büros und dann seine Nummer zu Hause, aber beide Male erreichte ich nur den Anrufbeantworter. Ich hinterließ zweimal die gleiche Nachricht: »Ich bin's. Ich bin nicht einfach weggefahren … *Du* bist verschwunden. Wo steckst du denn?«

Daraufhin fiel mir nichts mehr ein, was ich noch hätte tun können, also stieg ich die Treppe hinauf in mein Schlafzimmer, schleuderte meine Schuhe in die Ecke, stellte die Tüte mit dem Scone und dem Kaffee von *Starbucks* auf meinen Nachttisch und rollte mich unter der Daunendecke zusammen, um *Das Ende einer Affäre* zu lesen. Ach, wie sehr wünschte ich mir, Murphy würde aufs Bett springen und auf meinen Füßen schlafen, während ich las! Ich unterdrückte die Tränen und schlug das Buch auf. *Eine Geschichte hat keinen Anfang und kein Ende*, lautete der erste Satz. Ich schloss die Augen und wusste, dass das stimmte. Nach einer Weile las ich weiter. Erstaunlicherweise wollte ich gar nichts anderes tun.

Ich hungerte nach Worten, nach Geschichten, ohne von diesem Bedürfnis gewusst zu haben. Krümel fielen in mein Bett, als ich achtlos aß; der Kaffee war kalt, als ich endlich daran dachte, davon zu trinken. Ich stürzte mich in das Buch, in die Sätze und Gefühle, und mir fiel wieder ein, dass eine Geschichte mich an einen anderen Ort versetzen konnte. In den folgenden Stunden, während die Sonne über den Himmel wanderte und unten das Telefon klingelte, sehnte ich mich nach nichts anderem.

Als es mir zu viel wurde, als diese Geschichte voller Liebe

und Geheimnisse mich mit ihrer Verzweiflung zu überwältigen drohte, schlief ich ein.

Am Abend stand ich mit schmerzendem Rücken wieder auf und ging nach unten. Die traurige Liebesgeschichte klang in mir nach, sie mischte sich mit Gedanken an Dad und Ellie, an Sam, Thurman, Murphy und an meine misslungenen Versuche zu lieben.

Ich nahm den Gedichtband von Yeats mit in die Küche, schob eine Pizza – das einzige Essbare im Haus – in die Mikrowelle, ignorierte den blinkenden Anrufbeantworter und verzog mich dann mit dem Buch und meinem fertigen Abendessen in Dads Arbeitszimmer. Als ich in seinen Schreibtischsessel sank, wurde mir klar, dass ich seit seinem Tod nicht mehr an seinem Schreibtisch gesessen hatte, ja, dass ich mich seitdem überhaupt nicht mehr in diesem Raum niedergelassen hatte.

Doch jetzt, mit einem Gedichtband in den Händen, schien sein Schreibtisch genau der richtige Platz für mich zu sein. Ich schob die Pizza zur Seite, schlug das Buch auf und suchte nach dem Gedicht mit dem Vers über die silbernen und goldenen Äpfel. Ich sehnte mich danach, seine Bedeutung zu entschlüsseln.

Als ich die Seite gefunden hatte und das ganze Gedicht las, stand mein Herz beinahe still. Es waren die Schlussverse des Gedichtes *Das Lied des wandernden Aengus*:

Wohl bin ich alt und Wandersmann
Durch hohles Land und hohes Land,
Doch will ich späh'n, wohin sie sprang,
Sie küssen, führen bei der Hand
Und geh'n durchs lange bunte Gras,
Und pflücken zeit und zeitenlang
Die Silberäpfel mir vom Mond,
Die goldnen mir vom Sonnenrand.

Als mein Herz wieder einen gleichmäßigen Rhythmus gefunden hatte, war er anders als vorher. Für einen winzigen Moment war ich ganz in das Gedicht eingetaucht, hatte mich darin verloren und war mit einer neuen Einsicht zurückgekehrt: Dad war gewandert, bis er sie gefunden hatte, »zeit und zeitenlang«. Es war reine Liebe gewesen und würde immer reine Liebe bleiben – eine traurige Liebesgeschichte. Und eine Zeitlang – keiner von uns wusste, wie lange – befand Ellie sich noch dort, wo er sie küsste, sie an der Hand führte und gemeinsam mit ihr durch das lange bunte Gras ging.

Mein Herz dehnte sich aus, es wuchs, bis ich mich auf dem Sessel herumdrehte und auf Dads Pinnwand schaute.

Mag sein, dass ich tief in meinem verschlossenen Herzen von Dad und Ellie gewusst hatte, doch unbewusst hatte ich mich entschieden, meine Schuld selbst zu tragen und dieses Wissen in meinem Herzen zu begraben.

Ein Gedanke überfiel mich, versetzte mich in Panik: Wenn ich nun überhaupt nicht geliebt hatte?

Die Pinnwand mit Dads willkürlich aufgehängten Zitaten und Notizen verwirrte mich. Ich lehnte mich zurück, als könnte ich dann besser sehen, griff zu einem kalten Stück Pizza und starrte auf die Zettel, bis sie vor meinen Augen verschwammen, fand aber weder ein System noch irgendein Zitat von Graham Greene oder Yeats. Aber dann entdeckte ich etwas: Mitten auf der Pinnwand hing der erste Satz von Greenes Roman. *Eine Geschichte hat weder Anfang noch Ende.*

Ich riss einen Zettel aus einem leeren Notizheft, schrieb darauf … *wovon das Vergangene der Prologus ist* und heftete ihn gleich neben das Zitat von Graham Greene – genau in die Mitte. Unwillkürlich musste ich lächeln. *In medias res* – mittendrin.

Nun hatte ich die Sammlung von Zitaten, die für Dads Leben, für mein Leben, wichtig waren, erweitert. Und ich wollte noch mehr hinzufügen.

So viel war mir klar: Ich wollte nicht ein Leben führen, ein anderes jedoch lieben. »Thurman.« Ich sprach seinen Namen aus, schmeckte ihn auf der Zunge, um herauszubekommen, welche Gefühle ich noch für ihn empfand, jetzt, nachdem ich entdeckt hatte, wie innig und wie lange mein Vater eine andere Frau geliebt hatte. Ein plötzlicher Entschluss trieb mich aus dem Haus.

Das Sportbüro war dunkel und leer, denn die normalen Bürozeiten waren längst vorüber und die Nacht senkte sich schon wie ein Netz auf das Gebäude herab. In seiner letzten Nachricht auf meinem AB hatte Thurman gesagt, er sei aus Alabama zurück und habe eine Überraschung für mich. Mir war, als müsse ich auf Zehenspitzen durch die Flure schleichen, obwohl ich mich wie sonst auch mit meinem eigenen Schlüssel eingelassen hatte.

Ich schloss mein Büro auf. Obwohl der Raum von Papier, Notizen und Apparaten wie Telefon, Faxgerät und Kopierer überzuquellen schien, wirkte er seltsam leer. Auf meinem Schreibtisch stand ein Foto von Thurman und mir auf dem Basketballplatz vor einem Spiel gegen die University of North Carolina.

Ich wanderte durch den Raum, strich mit der Hand über den Schreibtisch, über das Telefon. Dann packte ich die Nachrichten auf meinem Schreibtisch zusammen und steckte sie in meine Handtasche. Ich wollte sie später beantworten. Hastig ging ich die Schlüssel an meinem Schlüsselbund durch, bis ich den mit dem T daran fand: Thurmans Büro.

Hier knipste ich das Licht nicht an, sondern trat gleich in den kleinen Nebenraum mit den Aktenschränken. Ich kam zu den Ordnern mit den Unterlagen über die neu angeworbenen Spieler und hielt den Atem an. Genau hier hatte ich gestanden, als Thurman und ich uns zum ersten Mal verabredet hatten.

»Hey«, hatte er gesagt, »wollen wir nach der Arbeit noch was trinken gehen?«

Ich hatte gezögert, aber nur einen Moment lang. Beziehungen

mit Arbeitskollegen waren ein großes Tabu, hier jedoch stand der hoch angesehene Coach Thurman Whittaker vor mir und lud mich ein.

Während ich nach einer Antwort suchte, sah er mich eindringlich an. »Okay«, meinte er schließlich, »ich habe jetzt über ein Jahr lang Mut gesammelt, um dich zu fragen. Du musst was sagen.«

Nach diesem Geständnis – dass dieser allseits geschätzte Trainer Mut brauchte, um mich zu einem Drink einzuladen – konnte ich nicht anders: Ich lächelte und willigte ein, allerdings erst für den nächsten Abend.

Ich öffnete den Aktenschrank. Was hoffte ich denn hier zu finden? Thurman würde doch nicht so dumm sein, den Beweis für sein Vergehen aufzubewahren – wenn es überhaupt eins gab. Oder doch – sofern jemand anders die Finger mit im Spiel hatte. Ganz plötzlich stellte dieser Gedanke sich ein. Er kam aus einer Quelle, die ich noch nicht kannte – einer Quelle, aus der sich Zweifel an Thurmans Charakterstärke und an seiner Integrität speisten.

Im gleißenden Neonlicht ging ich die Ordner durch. Nach einer Stunde waren meine Rückenschmerzen fast unerträglich geworden, und die Uhr zeigte elf. Alles, was ich gefunden hatte, waren Namen und Adressen von potenziellen Spielern und Notizen über die Chancen einer Anwerbung. *Mutter möchte, dass er für die University of North Carolina spielt – muss eher die Mutter überreden als den Spieler.* Oder *Auf der Highschool mit Alkohol am Steuer erwischt.* Oder *Bester Mann für Freiwürfe.*

Ich achtete darauf, alle Zettel und Notizen in den Akten zu lassen, in die sie hineingehörten. Meine Hoffnung, etwas Belastendes zu finden, schrumpfte von Ordner zu Ordner. Im letzten Ordner waren die Unterlagen über den Spieler abgeheftet, den Thurman in der vergangenen Woche besucht hatte: Darius Williams.

Was ich da fand, wusste ich längst – Darius Williams tendierte dazu, auf einem kleineren College in Alabama zu studieren, um nah bei seiner Familie zu bleiben, die er mit unterstützte, weil es keinen Vater gab. Doch dann, ganz hinten, entdeckte ich ein kleines Stück Papier: die Zahlungsanweisung für eine Jahresmiete für ein Haus in der Tyndale Lane. Diese Straße kannte ich selbstverständlich – es war eine saubere Vorstadtstraße am Fuß der Berge, wo die Professoren mit ihren Familien wohnten und die Kinder auf breiten Bürgersteigen unter großen Bäumen oder auf den Spielplätzen am Anfang und am Ende der Straße spielten.

Während ich die hingekritzelte Notiz betrachtete, hielt ich die Luft an: *Tyndale Lane 125, Miete für ein Jahr*. Darunter eine nicht zu entziffernde Unterschrift, die mit einem C begann und in der Mitte entweder ein l oder ein s aufwies.

Die Vorschriften für die Anwerbung neuer Spieler waren mir vertraut – jeder, der im PR-Bereich der Sportabteilung arbeitete, musste sie kennen: Wer Verstärkung für das Basketballteam der Universität anwerben wollte, durfte einen in Frage kommenden Spieler zum Essen einladen, aber nur einmal im Monat. Er durfte dem Spieler auch Arbeit geben, aber nur gegen faire Bezahlung. Doch ein Haus für die Familie des jungen Mannes zu mieten, damit sie in seiner Nähe wohnen konnte – das verstieß eindeutig gegen die Vorschriften. Auch wenn Thurman nichts damit zu tun haben sollte, konnte diese Regelverletzung unser gesamtes Basketballprogramm kippen.

Ich zwang mich, langsam weiter zu atmen, dann nahm ich den Zettel mit in mein Büro, kopierte ihn und brachte das Original wieder in Thurmans Ordner zurück. Mir war klar, dass es sich nur um eine handgeschriebene Notiz in einer Akte handelte, aber mehr hatte ich nicht gefunden. Getrieben von meinem Bedürfnis nach Wahrheit, ließ ich die Kopie in meiner Handtasche verschwinden.

Vierzehn

»›Kuriöser und noch kuriöser!‹, schrie Alice.«

LEWIS CARROLL

Obwohl mein Büro mich an diesem Donnerstagmorgen wenig lockte, fuhr ich zur Arbeit. Sie hatte einen großen Vorteil: Wenn ich mich auf die verschiedenen Aufgaben konzentrierte, die ich zu erledigen hatte, musste ich mich nicht mit meinen Gefühlen auseinandersetzen. Ich steckte gerade mitten im hektischen Aufarbeiten nach den Tagen der Abwesenheit, da hüstelte jemand an der Tür. Als ich von meinem Schreibtisch aufsah, stand Thurman vor mir. Mit einem Lächeln, das wie eine Grimasse wirkte, halb unverschämt und halb entschuldigend, schaute er auf mich herunter. »Hallo, Schatz«, sagte er.

Ich hob die Augenbrauen. »Sprichst du nicht mit der falschen Frau?«

Er strich seine Khakishorts glatt und ließ sich auf den Stuhl vor meinem Schreibtisch fallen. »Catherine, ich habe dich so schrecklich vermisst! Warum bist du tagelang nicht ans Telefon gegangen? Ich habe mir solche Sorgen gemacht. Ich wusste ja nicht mal, dass du heute wieder zur Arbeit erscheinen würdest; erst als ich auf dem Flur dein Licht gesehen habe, war mir klar, dass du wieder da bist.«

»Ich bin vor zwei Tagen nach Hause gekommen«, sagte ich. »Hast du meine Nachricht nicht gekriegt?«

»Dass du nach Hause kommen würdest?«

»Nein, dass es mir ein Vergnügen war, mit der Frau in deinem Hotelzimmer zu telefonieren.«

»Catherine, du musst im falschen Zimmer angerufen haben.«

»Ich habe deine Stimme gehört.«

Er schloss die Augen und atmete tief durch, als hätte er es mit einem Spieler zu tun, der die Ball-Raum-Verteidigung nicht kapierte. »Das war ich nicht. Ich habe mir in Alabama den Arsch aufgerissen, um diesen Spieler hierher zu kriegen. Wie soll ich da mit einer Frau zusammen gewesen sein? Ich bin schließlich nicht zu meinem Vergnügen unterwegs gewesen. Verdammt noch mal, Catherine, ich habe gearbeitet.«

»Thurman, das hier ist nicht der richtige Ort, um darüber zu reden.«

Er tippte sich an den Hals. »Und wo ist die Kette, die ich dir geschenkt habe?«

»Auf dem Grund des Seaboro River.«

Er runzelte so stark die Stirn, dass sein ganzes Gesicht sich verzog. »Wie bitte? Der Brillantanhänger, den ich dir geschenkt habe, liegt auf dem Grunde irgendeines Flusses in irgendeinem Provinznest?«

»Ganz genau.«

Thurman schäumte vor Wut. »Na toll, Catherine! Du bist sauer auf mich und wirfst ein Schmuckstück für tausend Dollar weg. Einfach super.«

Ich stand auf, beugte mich über den Tisch und stützte mich auf die Hände. »Ich habe es nicht in den Fluss geworfen. Es ist reingefallen, und ich konnte es nicht wiederfinden. Ich habe es nicht mit Absicht gemacht. Tut mir leid …«

»Ja, ich sehe dir an, dass es dir wirklich leidtut.«

»Thurman, bitte, ich habe harte Tage hinter mir.«

»Ich weiß, ich weiß. Wir haben beide harte Tage gehabt. Ich habe sie damit verbracht, diesen Spieler zu beknien, einen Vertrag mit uns abzuschließen, und als ich dann nach Alabama zurückgefahren bin, hatte ich einen Totalschaden und musste mir einen Leihwagen nehmen.«

»Was? Wurde jemand verletzt?«

»Nein, mir ist nichts passiert. Aber ich wollte damit sagen, dass es eine ätzende Zeit war – keine schöne Art, den Sommer zu beginnen. Hör mal, Catherine, ich bin nicht hergekommen, um mich mit dir zu zanken. Ich liebe dich. Du hast mir gefehlt, als du weg warst. Doch, wirklich. Aber es hat geklappt. Darius hat es sich noch mal überlegt und spielt jetzt für mich. Also hat der ganze Aufwand sich gelohnt, denke ich.«

Fragend sah ich ihn an. »Und was ist mit seiner Familie?«

»Sie zieht her. Sie hat ein Haus in der Tyndale Lane gefunden, da kann er sie jederzeit besuchen und ihr helfen.«

»Ach ja?«

Thurman beugte sich über meinen Schreibtisch und küsste mich.

Instinktiv, aus vierjähriger Gewohnheit, erwiderte ich seinen Kuss. Doch auf seine Worte reagierte ich nicht. Stattdessen erzählte ich ihm von Murphy. Ich sagte mir, dass er mich bestimmt in die Arme nehmen würde. Dann fände ich den vertrauten Trost bei ihm, und meine Zweifel und das Gefühl der Entfremdung könnten sich in Luft auflösen.

»Ach, das tut mir aber leid. Sie war so ein lieber Hund.« Thurman machte ein trauriges Gesicht. »Hör mal, ich habe heute Abend ein Essen mit dem Vorstand«, erklärte er dann. »Ich rufe dich an, wenn es vorbei ist, und dann holen wir die verlorene Zeit nach. Ich hasse es, wenn wir getrennt sind, das ganze Chaos und …«

Als er das Zimmer verließ, musste ich erst einmal verdauen, was sich soeben ereignet hatte. Mir war, als hätten wir zwei Gespräche gleichzeitig geführt: eines mit ausgesprochenen, das andere mit unausgesprochenen Worten. Thurman hatte mich nicht einmal gefragt, wie es mir in Seaboro ergangen war, und Murphys Tod hatte er abgetan, als bedeute ihm diese Nachricht ebenso wenig wie der Artikel über umgestürzte Bäume auf der Titelseite unserer Lokalzeitung.

Wenn ich auf der Reise, auf die mein Vater mich geschickt hatte, etwas gelernt hatte, war es das: Wahrheiten, die in der dunklen Erde des Betrugs verborgen liegen, verwandeln sich im Laufe der Zeit in etwas Gefährliches.

Ich zog die Kopie der Zahlungsanweisung hervor, die ich am Abend zuvor in den Akten gefunden hatte. Entweder behielt ich sie und trug so dazu bei, dass dieser Betrug unter der Freude darüber verborgen blieb, dass Darius unterschrieben hatte, oder aber ich übergab das Papier dem Direktor der Sportabteilung, damit er sich weiter darum kümmerte.

Das Klingeln des Telefons schreckte mich auf. Als ich abnahm, drang Pipers Stimme durch den Hörer in mein Büro.

»Hey, Cappy.«

»Hey, Piper. Was gibt's?«

»Immer das Gleiche – Fahrdienst zur Jugendfreizeit der Kirche, Parker ist wieder mal auf Geschäftsreise, auf dem Flur türmen sich Wäscheberge, und ein Kind ist krank.«

»Ach, dein glamouröses Leben«, sagte ich.

»Genau. Und außerdem habe ich heute Abend was Besonderes vor.«

»Tatsächlich?«

»Ja, ich lade Alice zum Essen ein.«

Lachend lehnte ich mich zurück und schloss die Augen. »Grüße sie von mir.«

»Sie hat sich den Knöchel verstaucht, als sie nach dem Hurrikan die Sturmläden wieder abgenommen hat – sie wollte nicht auf Bobby warten, der ihr sonst bei solchen Sachen hilft.«

»Gib ihr einen Kuss von mir.« Meine Stimme klang gepresst, denn in meiner Kehle steckte ein Kloß – meine Liebe zu Alice.

Dann erzählte Piper mir den neuesten Klatsch und Tratsch aus Seaboro und Geschichten von den Streichen ihrer Jungen, die mich wieder zum Lachen brachten.

»Ach, und das große Picknick, das am Memorial Day ausgefallen ist, soll in zwei Wochen nachgeholt werden. Besteht vielleicht die Möglichkeit, dass du dazu wieder herkommst?«, fragte sie.

»Auf keinen Fall. Hier ist so viel los.« Ich schaute zu, wie eine Liste von neu eingetroffenen E-Mails auf dem Bildschirm erschien. Da war die allwöchentliche Bekanntgabe der freien Stellen an der Southern University. Auch die Literaturzeitschrift hatte einen Job anzubieten, und ich fragte mich, ob Forrest mir diese Mail geschickt hatte. Während Piper weitersprach, löschte ich die Nachricht.

»Okay, ich muss Schluss machen. Zach kotzt an allen möglichen und unmöglichen Stellen im Haus.«

»Du Glückspilz«, sagte ich.

»Ach, bevor ich auflege«, meinte Piper, »hast du dich mit deinem Freund wieder vertragen? Hast du rausgekriegt, was passiert ist?«

»Wir arbeiten dran. Ich bin nicht ganz sicher, was eigentlich los ist … Ich habe keine richtigen Beweise.«

Ich hörte Piper seufzen. »Man braucht nicht immer Beweise, um etwas sicher zu wissen.«

»Das ist mir klar. Aber guck dich mal an – du bist mit deinem ersten Mann zusammengeblieben, du hast dich an ihn gebunden, und alle haben ihre Probleme, das hast du selbst gesagt. Thurman und ich sind jetzt vier Jahre zusammen. Das kann ich nicht einfach hinschmeißen«, argumentierte ich, wobei ich mich selbst genauso zu überzeugen versuchte wie meine Freundin.

»Die Partnerin zu betrügen und anzulügen – das sind keine Probleme, das sind … Gründe für eine Trennung«, wandte Piper ein.

»Weiß ich, meine Liebe. Hör mal, ich habe schrecklich viel Arbeit. Lass uns später weiterreden!«

Wir legten auf, aber ihre letzten Worte klangen noch wie ein Echo im Raum nach: *Die Partnerin zu betrügen und anzulügen …*

Ich steckte die Kopie der Notiz über die Hausmiete in einen Briefumschlag, den ich in die oberste Schublade meines Schreibtisches schob.

Nachdem ich mein Büro verlassen hatte, versuchte ich, meine alltägliche Routine wieder aufzunehmen: Ich rief ein paar Freundinnen an, kaufte Lebensmittel ein, packte dabei automatisch eine Tüte Hundefutter in den Wagen und stellte sie wieder zurück, gab die Wäsche in der chemischen Reinigung ab und fuhr nach Hause, um mir etwas zu essen zu kochen.

Während ich allein am Küchentisch mein Abendbrot verzehrte, las ich das erste Kapitel von *Wer die Nachtigall stört*, dann goss ich die Blumen in Dads Arbeitszimmer. Wieder stand ich vor seiner Pinnwand und ging die Zitate durch, sprach sie mir laut vor. Da, als wäre die flache Korktafel plötzlich dreidimensional geworden, entdeckte ich sie – die Unterteilungen. Unter den Zetteln versteckt waren Bindfäden auf den Kork geheftet, welche die Tafel in Rechtecke einteilten.

Ich legte den Finger auf das erste Feld und las ein paar Zitate: Verlust. Dann das nächste Rechteck: Liebe. Daneben das Wesen des Schreibens, der Kunst … Hinter der scheinbar zufälligen Platzierung steckten tatsächlich ein Sinn und ein System – eine Ordnung.

Für meine Gefühle wünschte ich mir das Gleiche – eine Aufteilung in ein Schema, das ich verstand. Ich überlegte, ob es Zeit sei, mit Thurman zu sprechen, ihm alles zu erzählen. Doch da überlief mich ein Schauer. Er war ja bei einem Geschäftsessen im Steakhaus.

Der Zweifel rankte sich an mir hoch wie Giftefeu, dann kletterte er auch in meinem Inneren empor, wo er so unerträglich juckte, dass ich mein Bedürfnis, die Wahrheit zu erfahren, schließlich nicht mehr unterdrücken konnte.

Rauch, Stimmenlärm und die Ausdünstungen von Männern, die beim Klirren ihrer Scotchgläser Geschäfte abschlossen, schlugen mir aus dem dunkel getäfelten Restaurant entgegen, als ich eintrat. Die Mitte des Raumes wurde von einem quadratischen Tresen beherrscht. In dem Spiegel, der schräg darüber hing, kontrollierte ich mein Aussehen: Ich trug ein blassgrünes Kleid, das meine Sonnenbräune und meine Leary-Augen gut zur Geltung brachte.

Ich wandte mich ab und rieb mir über die bloßen Arme, denn die zum Kleid passende Jacke hatte ich zu Hause gelassen. Wenn ich Thurman bei einer Affäre ertappte, wollte ich nicht nur als die pflichtbewusste Angestellte und Freundin auftreten, sondern selbstbewusst und ein bisschen sexy wirken. Meine Locken trug ich offen, sie umspielten meine Schultern.

Ich presste die Lippen zusammen, um das Lipgloss besser zu verteilen, bevor ich mit einem Glas in der Hand zwischen den voll besetzten Tischen hindurchspazierte. Vielleicht würde ich Thurman den Drink ins Gesicht schütten, wenn ich ihn mit der Frau erwischte. Ich quetschte mich hinter Stühlen hindurch, entschuldigte mich, suchte mit den Augen den Raum nach ihm ab. Mein Magen fing an zu schlingern, ein Gefühl, das mir eben, als ich das Restaurant zuversichtlich betreten hatte, noch nicht aufgefallen war. Meine Hände zitterten. Meine Füße fühlten sich zu groß an für die Pumps, in denen sie steckten.

Inzwischen hatte ich die Bar einmal umrundet, ohne eine Spur von Thurman zu entdecken. Die Hochglanztheke erinnerte mich an die zerkratzte Eichentheke in der Pension von Seaboro und dann an den Lack auf Boyds Boot. Hier war alles sauberer, strahlender. Mein Blick fiel wieder auf mein Spiegelbild, und ich erschrak über mein ängstliches Gesicht mit den weit aufgerissenen Augen. Ich hätte diesen idiotischen Ausflug in das verräucherte Lokal nicht unternehmen sollen. Wie war ich bloß darauf gekommen, dass ich damit etwas lösen könnte? Damit, dass ich mich vor aller Augen in eine peinliche, demütigende Situation brachte, würde ich die vielen Fragen nicht beantworten, die ich zu den nächsten Kapiteln meines Lebens hatte.

Da sah ich über den glänzenden Tresen hinweg Thurmans blondes Haar schimmern. Er hatte mir den Rücken zugewandt und sprach mit einer Frau mit langen rotbraunen Locken. Plötzlich wäre ich am liebsten im Erdboden versunken. Doch ich zwang mich, abzuwarten und die beiden zu beobachten. Thurman entfernte sich von der Bar, die Frau folgte ihm. Ihre Köpfe tauchten hinter die hohe, mit Leder bezogene und mit Polsternägeln beschlagene Trennwand eines Separees und verschwanden.

Ich schlich mich von hinten an das Separee heran, holte tief Luft, schoss mit einer schnellen Drehung auf den Absätzen um die Trennwand herum und stand vor einem runden Tisch. Fünf Männer mit Scotchgläsern neben sich säbelten mit übergroßen Messern an riesigen Steaks herum. In die Mauer hinter ihnen waren hinter schmiedeeisernen Gittern Gestelle für Weinflaschen eingepasst. Während ich vollkommen verwirrt in die Runde blickte, hörte ich das, was die Männer sagten, nur verzerrt. Die Langhaarige bückte sich und schrieb etwas auf einen Notizblock – aha, die Kellnerin. In einzelnen Puzzleteilchen nahm ich die Szene in mich auf, bis ich einsehen musste, dass Thurman sich tatsächlich mit vier anderen Männern bei einem Arbeitsessen befand.

Seine Stimme übertönte den Lärm. »Catherine, was machst du denn hier?«

Meine Zunge war wie festgeklebt; ich bedeckte meine nackten Arme mit den Händen und hätte mir am liebsten eine gefaltete Serviette über den Ausschnitt gelegt.

Thurman stand auf und nahm mich am Arm. »Fehlt dir was?«

Die Kellnerin reichte ein Stück Papier über den Tisch. »Hier ist die Rechnung für die Getränke«, sagte sie zu einem Mann, den ich nun erkannte: Es war Carl Lasinski, der Vorstandsvorsitzende der Sportabteilung, der früher in ganz Amerika für die Southern University Basketball gespielt hatte.

Ich war jetzt ganz distanziert, beobachtete die Szene beinahe, als wäre sie eine Fernsehshow und nicht mein peinlicher Versuch, Thurman mit einer Geliebten zu erwischen. Carl nahm die Rechnung entgegen und kritzelte unten auf das Blatt seine Unterschrift.

Thurman schüttelte mich leicht. »Catherine«, sagte er, »was ist denn los?«

Immer noch hatte ich die Tatsache, dass keine Frau mit am Tisch saß, nicht ganz erfasst. Ich wandte den Blick vom Tisch ab und brachte ein gekünsteltes Lächeln zustande, das ich vermutlich nur meiner gründlichen Erziehung zur Südstaaten-Dame zu verdanken hatte. Dixie Appleton wäre stolz auf mich gewesen.

»Nichts, mir geht's gut«, log ich, »ich habe einfach ein paar Erledigungen gemacht und gedacht, ich komme mal kurz vorbei und sage euch hallo.« Wieder zwang ich mich zu einem Lächeln.

Thurman entschuldigte sich. Wortlos führte er mich vom Tisch fort und nach draußen. Ich verwandte meine ganze Konzentration darauf, mit sicheren Schritten geradeaus zu gehen.

Als wir den Parkplatz erreichten, ließ Thurman mich los und trat einen Schritt zurück. »Was machst du denn bloß, Catherine?«

Wenn ich mich anstrengte, sah ich Boyd auf der Veranda seiner Mutter vor mir: Diese kaum beherrschte Wut erkannte ich sofort wieder.

»Das habe ich dir doch gerade erklärt.« Mit zitternden Lippen lächelte ich weiter.

»Das ist doch Schwachsinn! Also, was willst du hier?«

»Du glaubst mir also nicht?«

»Nein, Catherine, ich glaube dir nicht. Das ist schon das

zweite Mal in einer Woche, dass du dir einbildest, ich würde etwas anderes tun als arbeiten. Ich habe den Eindruck, dass du mich kontrollierst. Dabei manövrierst du dich selbst in peinliche Situationen, und außerdem glauben die Männer da drinnen jetzt, meine eigene Freundin würde mir nicht vertrauen.« Er schüttelte den Kopf, so wie Erwachsene es vor einem Kind tun, das sich schlecht benommen hat. »Seit du von deinem bescheuerten Trip an den Strand zurück bist, benimmst du dich ganz komisch.«

Seine Worte prasselten mit solcher Heftigkeit auf mich ein, dass meine Entschlossenheit zerbröselte. Ich schämte mich, weil ich die Tränen nicht zurückhalten konnte, sondern einfach losheulte. Wie war ich nur darauf gekommen, dass dieser Ausflug etwas zwischen uns klären könnte? Ich versuchte, meine Tränen zu verbergen, indem ich mich abwandte. Ich hatte beweisen wollen, dass mein Zorn, meine Verdächtigungen gerechtfertigt waren, stattdessen aber hatte ich mich nur selbst zur Lachnummer gemacht.

»Catherine«, rief Thurman hinter mir her, doch ich stolperte zu meinem Wagen und ignorierte ihn. Ich wusste, dass er nicht hinter mir herkommen würde, so wie er an meinem Geburtstagsmorgen nicht gewendet hatte. Er würde sich einfach später darum kümmern.

Zu Hause krabbelte ich gleich unter die Decke. Dass ich nicht einschlafen konnte, lag diesmal nicht an einem Unwetter, sondern an meiner Aufgewühltheit. Meine Gedanken tobten durch ein Labyrinth aus Bildern und Entscheidungen, die ich in meinem Leben getroffen hatte: mein Ja auf Ellies Frage hin, eine Frau am Telefon in einem Hotelzimmer, Sam in den Armen seines Vaters, Forrest, der auf den Flussgrund hinabtauchte.

Ich lag immer noch wach, als ich hörte, wie die Haustür aufgeschlossen wurde: Thurman hatte einen Schlüssel. Ich ließ die

Augen zu, als er sich über mich beugte, aber vor dem Geruch nach Scotch und Zigarrenrauch gab es kein Entkommen.

»Catherine«, sagte er, »wir müssen reden.«

»Ich versuche zu schlafen. Ich bin einfach zu müde«, murmelte ich in mein Kissen.

»Jetzt!«, beharrte er.

Ich drehte mich um und öffnete ein Auge. »Was ist denn, Thurman?«

»Wir dürfen das nicht mehr ignorieren. Ich kann es nicht haben, dass du mir nicht vertraust, dass du hinter mir herspionierst. Ich mache doch nichts verkehrt. Ich liebe dich. Ich liebe dich seit dem Tag, als du im Sportbüro erschienen bist, um dich vorzustellen, und dabei über den Teppich im Eingang gestolpert bist. Ich liebe dich seit dem Tag, an dem du mich zum ersten Mal mit deinen grünen Augen angeschaut hast. Ich habe niemals auch nur im Traum daran gedacht, eine andere zu heiraten.«

Ich stellte mir vor, wie Thurman sich diese Worte aufgesagt hatte, genau so, wie er einen Text für eine Pressekonferenz einübte. Ich sah ihn vor mir, wie er auf der Heimfahrt diesen kleinen Vortrag so lange wiederholte, bis er ausgefeilt und poliert war, sodass er ihn mir als Geschenk überreichen konnte. Bei diesem Bild musste ich unwillkürlich lächeln, was Thurman als Einlenken interpretierte.

Er fuhr mir mit der Hand durchs Haar und drehte meinen Kopf so, dass ich zu ihm aufschauen musste. Ich schloss die Augen wieder, weil ich seinem Blick nicht begegnen konnte, was er erneut falsch deutete, entweder als Kapitulation oder als Vergebung, jedenfalls beugte er sich zu mir herunter und küsste mich mit seinem ewig gleichen Kuss, den ich schon seit vier Jahren kannte.

Ich drehte mich auf den Bauch und zog mir das Kopfkissen unter die Brust. »Bitte, lass uns morgen reden! Ich bin todmüde. Bitte … geh.«

»Scheiße«, sagte er, und kurz darauf hörte ich die Haustür zuschlagen. Meine Erschöpfung ließ nicht zu, dass ich noch einmal aufstand, um sie abzuschließen.

Fünfzehn

»Wenn du deine Überzeugungen nicht
änderst, wird dein Leben ewig so weitergehen.
Ist das eine gute Nachricht?«
NACH WILLIAM SOMERSET MAUGHAM

Als ich an dem Morgen nach meinem demütigenden Auftritt im Restaurant in mein Büro kam, erfuhr ich, dass die Ermittler von der NCAA die Southern University von jeglichen Verletzungen der Anwerbevorschriften freigesprochen hatten. Gegen die Mitglieder des Fördervereins, gegen die man ermittelt hatte, bestand nicht mehr der geringste Verdacht.

Ich stand in meinem Büro und musste mir eingestehen, dass Thurman gestern Abend die Wahrheit gesagt hatte, dass er wirklich zu einem Arbeitstreffen ins Restaurant gegangen war. Noch mehr schämte ich mich, als ich daran dachte, wie jämmerlich ich gewirkt haben musste – eine Freundin, die nach etwas suchte, was sie sich nur einbildete. Nachdem Carl Lasinski die Rechnung abgezeichnet hatte, hatte er mich entgeistert angestarrt, während die anderen Männer sich mit gerunzelter Stirn, das Scotchglas in der Hand, das Lachen verkniffen hatten.

Carl Lasinskis Unterschrift auf der Getränkerechnung: ein großes C und dann ein Schnörkel mit einem s in der Mitte.

Auf einmal wusste ich, dass ich etwas tun musste, was ich eigentlich gar nicht beabsichtigt hatte. Ohne anzuklopfen, marschierte ich ins Büro des Direktors der Sportabteilung, zu Coach Fontaine. In den vergangenen fünf Jahren war ich mindestens einmal täglich bei ihm gewesen, denn unser Direktor kontrollierte die Verlautbarungen streng, die seine Abteilung an die Medien herausgab. Die Wände seines Büros waren mit Fotos von Spielern und Trainern sowie den Siegerurkunden bedeckt, die die Southern University in verschiedenen sportlichen Disziplinen errungen hatte. Ich wunderte mich immer, dass Fontaine in einem Raum arbeiten konnte, der so mit Erinnerungen an frühere Siege angefüllt war. Musste es ihm da nicht schwerfallen, sich auf die aktuellen Anforderungen zu konzentrieren?

Coach Fontaine war ein kräftiger Mann. Sein weißes Haar stand ihm in Wattebäuschen vom Kopf ab und wippte bei jeder Bewegung. Seine Stimme wirkte wie ein dröhnendes Musikinstrument, das er einsetzte, um das Letzte aus seinen Sportlern herauszuholen, um sich Respekt zu verschaffen und Teams zusammenzuschweißen.

Als ich ihm den Zettel aus Thurmans Akte auf den Schreibtisch legte, blickte er auf. »Was soll das denn? So ein Mist! Was wollen die Medien denn jetzt noch?«, fragte er und ließ das s in Mist so lange zischen, als bestünde es aus zwei Silben.

»Das sind nicht die Medien.« Plötzlich kamen mir Zweifel an meiner spontanen Aktion, und ich trat zwei Schritte zurück. »Aber es scheint mir wichtig zu sein.«

Er schaute sich den Zettel genauer an. »Wo haben Sie das gefunden?«

»Ich mache ja die Ablage.«

»Ja. Aber wo haben Sie das hier gefunden?«

»Muss ich das sagen?«

Er blinzelte mich an. »Was glauben Sie, was das ist?«

»Es könnte eine Geldanweisung sein, für die Miete für ein Haus in der Tyndale Lane, bezahlt von Carl Lasinski.«

»Der Vorwurf ist nicht von Pappe.« Coach Fontaine erhob sich und beugte sich über den Schreibtisch.

Ich nickte. »Das weiß ich.«

»Ich schaue mir die Sache mal an.« Sein Telefon klingelte, und er schickte mich mit einer Handbewegung fort. Ich verließ sein Büro so würdevoll, wie ich es vermochte. Während ich mich an meinem Schreibtisch in die tägliche Arbeit vertiefte, summte es in meinen Ohren, solche panische Angst hatte ich vor den möglichen Auswirkungen dessen, was ich da losgetreten hatte.

Ich beantwortete E-Mails, verschickte die Presseerklärung, dass Darius den Vertrag mit der Southern University unterschrieben hatte, machte die Ablage und sagte Thurman, dass ich ihn selbstverständlich am Abend im *Pig'n Pull* zu unserem gewohnten Freitagsessen treffen würde. Anschließend ging er dann zu seinem allwöchentlichen Pokerspiel. Außergewöhnlich war am Rest meines Arbeitstages nur, dass nichts Außergewöhnliches mehr passierte, nachdem ich die Kopie der Geldanweisung weitergegeben hatte.

Ich fuhr die von Kiefern und Zedern gesäumte Straße hinunter, um mich mit Thurman zum Essen zu treffen. Erst als ich vor einer roten Ampel hielt, sah ich, dass jenseits der Kreuzung die Straße gesperrt war. Die empfohlene Umleitung führte über den Indian Trail zur Kerman Street. Hinter der orange-gelben Absperrung lag mitten auf der Straße eine riesige Kiefer. Ein Trupp aus fünf Männern in leuchtend orangeroten Westen stand um den Baum herum. Einer hielt eine Motorsäge, während die anderen anscheinend die Aufgabe hatten, ihm Anweisungen zu erteilen.

Am Straßenrand parkte ein Lastwagen der Stadtwerke, sodass ich in drei Zügen wenden musste, um umzukehren. Bestimmt war der Baum während des Orkans umgestürzt – zum Glück hatte er weder ein Dach eingedrückt noch ein Auto zerquetscht.

Ein zerquetschtes Auto.

Ein Totalschaden.

Unvermittelt trat ich voll auf die Bremse. Reifen quietschten, als mein Hintermann schleuderte, um nicht auf mich aufzufahren. Ich bog scharf rechts in meine Straße ab.

Ich stellte den Wagen in die Einfahrt, öffnete das Garagentor und lief zur Altpapiertonne. Der Betonboden in der Garage war glatt, offenbar war über Nacht etwas aus meinem Wagen herausgetropft – vielleicht war die Reise nach Seaboro für mein altersschwaches kleines Gefährt doch zu viel gewesen. Jedenfalls rutschten die Füße unter mir weg. Ich ruderte mit den Armen, um mich irgendwo festzuhalten, fiel aber, und obwohl ich noch versuchte, den Sturz mit den Händen abzufangen, landete ich mit einem Plumps auf dem Beton.

Vor Schreck und Schmerz schrie ich auf. Als ich mich auf die Seite wälzte, drückte sich die schmierige Substanz auf dem Boden in meine Seidenbluse und meinen Leinenrock.

Falls jemand vorbeigefahren wäre, hätte er durch das offene Garagentor eine dreißigjährige Frau mitten in einer Ölpfütze auf der Seite liegen sehen.

Ich stand auf, humpelte zur Altpapiertonne, in die ich erst vor zwei Tagen meine Zeitungen hineingeworfen hatte, und fischte mit meiner gesunden Hand das oberste Exemplar heraus. Von der Titelseite blickte mir das Foto von dem Wagen entgegen, der in einer Einfahrt von einer umgestürzten Eiche eingedrückt worden war. Jetzt wusste ich, warum dieser Schnappschuss mir aufgefallen war – das Auto war ein Lexus, der allerdings vor einem Haus in der Siedlung im unteren Teil von Cedar Valley parkte, dort, wo die Häuser sich glichen wie ein Ei dem anderen.

Eingehend betrachtete ich das grobkörnige Bild. Nachdem ich mich vergeblich bemüht hatte, das Nummernschild zu entziffern, fiel mein Blick auf etwas anderes – hinten im Rückfenster des Autowracks klebte ein kleiner, runder Basketballsticker.

Ich nahm die Zeitung an mich, blies ein paarmal kühlende Luft auf mein pochendes rechtes Handgelenk und sprang wieder in mein Auto.

In den letzten Tagen hatte ich mehrmals Einzelheiten wahrgenommen, ohne sie weiter zu beachten – dazu gehörten Lasinskis Unterschrift und das Zeitungsfoto. Jetzt gewannen diese Details an Schärfe, als hätten sie eine Woche lang im Entwicklerbad gelegen. Ich suchte immer nach Indizien, nach Garantien dafür, dass mein Herz mir die Wahrheit sagte. Aber auch ohne diese handfesten Beweise hatte ich mit meinen Ahnungen von Anfang an richtig gelegen.

Das *Pig'n Pull* war brechend voll, die von Barbecue- und Butterdämpfen geschwängerte Luft zum Ersticken. Ich ging gleich in den hinteren Teil des Restaurants, wo Thurman und ich immer saßen. Dort fand ich ihn an unserem Tisch, vor dem bereits aufgetragenen Essen. Das nach alter Tradition geräucherte Schweinefleisch war mit reichlich Soße übergossen, die auf meinem Teller bereits gelierte. Thurman war schon dabei, das Fleisch von den Rippchen zu ziehen. Als er mich sah, wischte er sich den Mund mit einer Serviette ab, stand auf und nahm mich in die Arme. »Bist du bei der Arbeit aufgehalten worden?«

Ich antwortete nicht, schaute ihn nur an.

»Ich habe schon für dich bestellt«, meinte er. »Hoffe, das ist okay. Ich wusste ja, dass wir es heute Abend eilig haben.«

Als ich wieder nicht antwortete, kniff er die Augen zusammen. »Was ist denn mit dir passiert?« Er deutete auf meinen Rock, auf meine Hand, die ich in merkwürdigem Winkel vor der Brust hielt. Dann strich er mir über die Wange.

»Dein ganzes Gesicht ist mit Fett oder so was beschmiert.«

»Ich bin hingefallen«, erklärte ich. »Schlimm.«

»Wo denn? Hast du dir wehgetan?« Er fasste mich am Ellbogen.

Ich konnte nicht anders, ich musste ihn ununterbrochen ansehen. Ein neuer Gedanke ergriff von mir Besitz: *Ich liebe diesen Mann nicht. Ich habe diesen Mann nie geliebt.* Das machte mir Angst. Diese Angst schnürte mir die Luft ab.

Thurman berührte meinen Hals. »Wir müssen dir eine neue Kette besorgen.«

Ich versuchte zu lächeln, aber innerlich suchte ich nach einem

Gefühl – dem Gefühl, das ich gestern Morgen bei meinem Telefongespräch mit Piper gehabt hatte, dem Gefühl, das Dad für Ellie gehabt hatte, und wieder blieb mir vor Angst fast die Luft weg: Vielleicht konnte ich einfach nicht lieben. Denn wenn ich den Mann nicht liebte, mit dem ich seit Jahren zusammen war …

Dann stieg aus meinem tiefsten Innern, von dort, wo sie schon immer zu Hause gewesen war, die Wahrheit auf. Selbstverständlich konnte ich lieben. Ich liebte Dad, ich liebte Ellie, ich hatte Mutter geliebt, ich liebte Piper, ich hatte Murphy geliebt und liebte die Berge, das Meer und sogar die Luft draußen, die an diesem Abend den Sommer ankündigte.

Ich griff in meine Tasche und zog die *Cedar Valley Herald* mit dem Foto von dem eingedrückten Lexus heraus.

Thurmans Gesichtszüge entgleisten, als hätte ein Puppenspieler sie dirigiert und nun plötzlich die Fäden fallenlassen. Als er schließlich den Mund öffnete, brachte er nur Gestotter zustande. »Das ist gar nicht meiner – oder doch, aber ich bin nicht selbst gefahren. Bill – ich hatte ihn Bill geliehen. Ich war doch gar nicht da.«

»Thurman!« Abwehrend hielt ich meine gesunde Hand hoch. »Stopp. Mir wird schlecht, wenn ich das höre. Natürlich war in deinem Hotelzimmer eine Frau am Telefon. Natürlich ist es bei der Anwerbung nicht mit rechten Dingen zugegangen – ich habe die Notiz über die Miete gefunden, für das Haus in der Tyndale Lane, in dem die Familie von Darius wohnen soll. Und das hier ist ganz eindeutig dein Auto, du hast jemanden besucht und mir vorgelogen, du wärst noch in Alabama.« Ich tippte mit dem Zeigefinger auf das Foto.

»Catherine, du lebst in einer Phantasiewelt. Ich war nicht mit einer Frau zusammen, ich bin nicht in dem Haus da gewesen, und Unregelmäßigkeiten bei der Anwerbung hat es schon gar nicht gegeben. Die Miete hat Carl Lasinski bloß bezahlt, weil er *mir* etwas Schöneres zum Wohnen anbieten wollte – aber ich habe sein Angebot selbstverständlich abgelehnt. Das Haus war nie für einen Basketballspieler gedacht.«

»Das ist das Erstaunlichste daran«, sagte ich, nachdem ich die Sprache wiedergefunden hatte, »dass du in keiner Weise und nicht mal jetzt genug Achtung vor mir hast, um mir die Wahrheit zu sagen.«

»Ich sage dir doch die Wahrheit.« Thurman schlug mit der Faust auf den Tisch, sodass die Soße schwappte. »Aber was ist mit dir? Na? Was machst du? Ich habe gehört, dass dein Verflossener mit dir zusammen in diesem komischen Seaboro war. Stimmt das?«

Ich musste lächeln. »Ja, das stimmt.«

»Na also! Wer lügt hier das Blaue vom Himmel herunter? Wer … hat hier wen betrogen?«

»Thurman, ich wollte an uns beide glauben, deshalb habe ich bisher die Augen zugemacht, aber jetzt kann ich das nicht mehr. Was wahr ist, bleibt wahr, ganz egal, wie lange es verheimlicht wird. Ich habe lange Zeit nichts gemerkt, ich meine: nicht *richtig* gemerkt. Aber jetzt sehe ich allmählich klar.«

»Du spinnst doch«, sagte Thurman.

In seinem Mundwinkel klebte ein dicker Klecks Barbecuesoße. Ich machte keine Anstalten, ihn abzuwischen. Stattdessen marschierte ich aus dem Restaurant, ohne mich noch einmal umzudrehen. Nein, ich warf keinen Blick zurück. Ich war nicht einmal versucht, das zu tun.

Draußen hob ich das Gesicht zu den Bergen, die Cedar Valley umgaben. All die Jahre lang hatte ich mich zwischen ihnen geborgen gefühlt wie in einer Wiege, versteckt vor der weiten Welt und vor meinem eigenen Herzen. Nie, nicht ein einziges Mal, war ich einen der gewundenen Pfade hinaufgestiegen, die mir einen weiten Blick auf Cedar Valley und die Umgebung ermöglichen würden.

Aber vorher musste ich in die Notfallambulanz.

Sechzehn

»Ohne Bücher kann ich nicht leben.«
THOMAS JEFFERSON *in einem Brief an John Adams*

Mit einem Gips in leuchtendem Pink um das rechte Handgelenk stand ich vor dem Aktenschrank in meinem Büro. Ich hatte das Wochenende mit Lesen, Schlafen und erneutem Lesen verbracht, hatte mich wieder fesseln lassen von meiner verloren geglaubten Leidenschaft, mich in Geschichten zu verlieren. Beim Stöbern in Dads Büchern hatte ich Zitate und Geschichten gefunden, die ich vergessen hatte: von Maugham, Chesterton, C.S. Lewis, Pascal. Forrest hatte ich nicht angerufen, und er hatte sich auch nicht gemeldet. Das Thema, wer zuerst aus der Pension aufgebrochen war, war nicht geklärt, und die Nachrichten, die wir auf unsere Anrufbeantworter gesprochen hatten, erschienen mir wie ungeordnete Puzzleteilchen.

Ich wartete auf die Reue, die mich eigentlich hätte überkommen müssen: Schließlich hatte ich Thurman verlassen, hatte eine vierjährige Beziehung abgebrochen. Doch alles, was ich empfand, war eine so ungeheure Erleichterung, dass ich lächeln musste. In diesem Moment trat Coach Fontaine in mein Büro, ohne vorher anzuklopfen.

»Catherine Leary«, sagte er mit dieser Stimme, die selbst mich dazu bewegt hätte, einen Vier-Meilen-Sprint hinzulegen.

»Guten Morgen«, antwortete ich und schloss den Aktenschrank mit der harten Kante meines Gipsverbandes.

»Sie hatten mir am Freitag eine Kopie auf den Schreibtisch gelegt.«

»Ja, das stimmt«, sagte ich.

»Ist Ihnen bewusst, was Sie damit in Gang gesetzt haben?«

»Doch, ja.« Ich ging ihm entgegen. »Das ist mir vollkommen klar. Wollen Sie mich jetzt gleich feuern oder erst später?«

»Wir entlassen Mitarbeiter nicht, weil sie die Wahrheit aufdecken, Catherine.« Er schwenkte ein Fax von der NCAA, der Nationalen Gesellschaft für College-Sport. »Aber es wird Konsequenzen haben.«

»Selbstverständlich.« Ich lehnte mich an meinen Schreibtisch. »Die Wahrheit hat immer Konsequenzen.«

»Korrekt, meine Liebe. Ich wollte Sie einfach wissen lassen, dass da eine Menge auf uns zukommt. Es wird neue Ermittlungen geben, und wahrscheinlich werden einige Köpfe rollen. Ihrer wird aber nicht dabei sein.«

»Danke, Sir.«

Während er mein Büro verließ, machte er noch eine letzte Bemerkung: »Catherine, Sie haben richtig gehandelt.«

Ich schloss die Augen. »Das hoffe ich«, sagte ich zu mir selbst. Als ich die Lider wieder aufschlug, stand Thurman vor mir. Er hatte die Lippen zusammengekniffen und die Fäuste geballt. »Ist dir eigentlich klar, was du da getan hast?«

Er wartete meine Antwort nicht ab, sondern trat noch näher. »Ich werde wahrscheinlich meinen Job verlieren und du deinen auch, der Vorstand wird sich auflösen, das Basketballprogramm ist im Eimer, und alle werden sich über die Southern University die Mäuler zerreißen. Und all das wegen einem elenden Stück Papier.« Auf Thurmans Unterlippe standen Speichelbläschen. Als er mit der Faust auf meinen Schreibtisch schlug, spürte ich, dass er lieber mir ins Gesicht geschlagen hätte.

»Thurman«, flüsterte ich, »es geht hier nicht um ein Stück Papier, sondern um alles, was sich vorher abgespielt hat, und alles, was danach gekommen wäre.«

»Du hast keine Ahnung, wovon du redest!«, schrie er. »Meinetwegen kannst du mich verlassen, du kannst dich gerne benehmen, als hättest du den Verstand verloren, und mit irgendeinem Überflieger von Professor an den Strand abhauen, aber deswegen brauchst du doch nicht das Basketballprogramm kaputtzumachen.«

Ich deutete auf die Tür. »Bitte geh jetzt!«

Thurman drehte sich auf dem Absatz um und knallte meine Bürotür hinter sich zu.

Ich holte tief Luft und griff nach Handtasche und Aktenmappe. So schnell ich konnte, ohne in den Laufschritt zu verfallen, hastete ich den Flur entlang, doch Fontaine trat mir in den Weg. »Ich habe alles mit angehört«, erklärte er.

Ich drückte meine Aktentasche gegen die Brust. »Ich weiß nicht, ob ich hierbleiben kann«, sagte ich.

»Nehmen Sie sich etwas Zeit, um darüber nachzudenken, ja?«

»Das werde ich tun«, versprach ich und fügte dann hinzu: »Die Wahrheit verändert die Dinge auf seltsame Weise, finden Sie nicht?«

»Das kann man wohl sagen.« Der sonore Klang seiner Antwort hallte mir nach bis auf den Parkplatz hinaus.

An diesem drückend schwülen Nachmittag, an dem ein Gewitter nach dem anderen niederging, war die Buchhandlung brechend voll. Die Leute kamen durch die Tür, schüttelten lachend die Regenschirme, wrangen sich das Haar aus und brachten die Nässe so mit herein.

Mit dem Duft von Kaffee und Zimtbrötchen in der Nase wanderte ich durch den Laden. Das alte Gefühl, mich in einer Geschichte zu verlieren und ein wenig verändert wieder daraus aufzutauchen, hatte ich am Wochenende so genossen, dass ich mir mehr davon wünschte.

In der Abteilung für Künstlerbedarf suchte ich mir ein Päckchen Pastellkreiden und einen Zeichenblock aus und nahm beides mit in die Romanabteilung. Ich strich über die Buchrücken, überlegte, wo ich anfangen sollte – bei der klassischen oder der zeitgenössischen Literatur, bei Liebesromanen oder Mystery-Thrillern, bei Südstaatenautoren oder anderen. Ich freute mich über die breite Palette an Möglichkeiten.

Dann entdeckte ich ein Buch, das Dad etwa einen Monat vor seinem Tod gelesen hatte: *The Pleasure Was Mine* von Tommy Hays. Es handelte von einem Mann, dessen Frau an Alzheimer erkrankt war. Ich zog es aus dem Regal.

»Hallo, du«, hörte ich hinter mir. Ich drehte mich um. Forrest Anderson.

»Hallo«, sagte ich. »Wie witzig, dass ich dich hier treffe!« Auf einmal wurde mir klar, dass ich mehrere Vorwände gehabt hatte, um dieses Geschäft zu betreten, dass der eigentliche Grund aber nun vor mir stand.

Er lehnte sich an das Regal. »Na ja ... Ich bin fast jeden Tag hier. Dich dagegen habe ich seit Jahren nicht mehr in diesen heiligen Hallen gesehen.« Forrest strich über meinen Gipsverband. »Was hast du denn gemacht?«

»Ich bin in der Garage gestürzt ...«

Schweigend standen wir einen Moment oder länger da, während die Zeit und andere Dinge, die ich noch nicht benennen konnte, sich zwischen uns ausdehnten.

»Tut mir leid, dass Murphy ...« Forrest fasste nach meiner Hand, wich jedoch rasch wieder zurück, als könne er sich verbrennen.

»Woher weißt du es?«

»Ich habe in der Tierklinik angerufen ... Dann bin ich hingefahren und habe mich von ihr verabschiedet.«

»Ach so.« Ich starrte auf den zerschlissenen blauen Teppichboden. »Also«, fragte ich nach einer Weile, »wie war das eigentlich mit unserer Abreise? Ich habe deine Nachricht gekriegt ... Aber warst du wirklich schon losgefahren, oder war Mr Hamilton nur etwas durcheinander?«

»Ich habe versucht, dich anzurufen …«

»Ich weiß … Doch ich bin an dem letzten Morgen in Seaboro noch zu dem Seeadlernest gefahren, ich wollte mich vergewissern, dass der Sturm es nicht runtergeweht hatte, und als ich zurückkam, hat Mr Hamilton gesagt, du hättest bezahlt und wärst abgereist.«

Forrest schüttelte den Kopf. »Nein, ich habe bezahlt, hab meinen Seesack gepackt und bin dann zum Laufen an den Strand. Als ich wiederkam, hat Mrs Hamilton gesagt, du wärst schon weg. Ich habe mich dann von ihr verabschiedet, während Mr Hamilton gerade im Hafen war, und vermutlich hast du dich bei ihm abgemeldet, als sie weg war …« Er fasste mir unters Kinn, hob mein Gesicht, sodass ich ihn ansehen musste.

»Ja«, überlegte ich, »aber Mr Hamilton hatte mir gesagt, du wärst schon losgefahren, du hättest einen Mietwagen bestellt. Deshalb hab ich gepackt und bin auch abgefahren. Ach, ich finde das ganz, ganz schade.«

Forrest nickte. Der Raum zwischen uns füllte sich mit Traurigkeit, mit Bedauern. Schließlich seufzte er tief. »Das ist einfach Wahnsinn. Ich will dir böse sein, und dann stehst du mit deinen grünen Augen und deinen Grübchen vor mir, und ich kann überhaupt nicht mehr wütend sein.«

»Nein?« Ich lächelte.

Forrest sah auf die Uhr. »Schwänzt du heute? Es ist doch erst drei.«

»Kann sein, dass ich da aufgehört habe.«

»Wie bitte?«

»Das ist eine lange Geschichte.«

»Ich habe viel, viel Zeit. Die Literaturzeitschrift sucht übrigens jemanden für die PR-Abteilung. Ich habe Beziehungen.«

»Vielleicht komme ich darauf zurück.«

Er deutete auf die Kaffeebar. »Wollen wir einen Kaffee trinken?«

»Klar.«

Ich folgte ihm an die Theke, wo ich einen grünen Tee bestellte und er einen Kaffee, schwarz. Während er bezahlte, betrachtete ich diesen Mann, der schon so lange für mich da war – wie die Berge, die uns umgaben. Und so wie ich mir für die Berge nie Zeit genommen hatte, hatte ich auch ihn nie wirklich angeschaut und mich nie richtig über ihn gefreut. Ich war dankbar für seine Anwesenheit gewesen, für seinen Schutz und seinen Trost, aber ich hatte all das, was er mir geschenkt hatte, nie richtig gewürdigt. Diese Erkenntnis war so neu, dass ich noch nicht wusste, wie ich ihm meine Dankbarkeit zeigen sollte.

Wir setzten uns an einen Ecktisch, lehnten uns zurück und schauten uns über die runde Marmorplatte hinweg an.

»So«, sagte Forrest schließlich, »ich habe den Artikel fertig.«

»Darf ich ihn lesen?« Mein Herz verfiel in das gleiche panische Tempo wie vorhin, als ich aus dem Sportbüro gehetzt war.

Forrest griff in seine Aktentasche und zog einen Packen Papier hervor. »Hier ist er. Auch wenn ich deine Erlaubnis für die Veröffentlichung nicht brauche, würde ich mich doch darüber freuen.«

Ich warf einen raschen Blick auf das Deckblatt: *Aus Geschichten lernen*

»Nur zu«, sagte Forrest. »Da wir jetzt beide hier sind, lies ihn ruhig!«

Vor Aufregung konnte ich nur ganz flach atmen. »Soll ich ihn nicht lieber mitnehmen und zu Hause lesen?«

»Nein, ich möchte dir dabei zuschauen … Ich möchte deine Reaktion sehen. Ist das in Ordnung?«

Ich schob mir eine Haarsträhne aus dem Gesicht, fast schlotterten mir die Knie unter Forrests Blick. Als ich mich bemühte, tief durchzuatmen, wurde mir bewusst, dass es noch etwas Schlimmeres gab, als im Fluss, in den dunklen Gezeitenströmungen, zu ertrinken – nämlich das Sterben im Alltag, wenn der

Seele langsam der Sauerstoff ausging und nur eine leere Hülle übrig blieb.

Viele von Professor Grayson Learys Studenten waren der Überzeugung, ihr verehrter Lehrer könne über das Wasser wandeln, und wenn sie jemals das Vergnügen haben sollten, das Lowcountry kennenzulernen, die Landschaft, in der er früher lebte, würden sie sehen, dass sie damit gar nicht so falsch lagen.

Professor Loughlin wurde am Fuße der Cedar Valley Mountains geboren, in einer Stadt, die durch ihre Universität und ihre Colleges geprägt ist. Als Sohn eines Professors konnte er schon mit vier Jahren lesen. Zeitlebens blieb er eine Leseratte.

Ich sah zu Forrest auf. »Stimmt das? Konnte er wirklich schon mit vier Jahren lesen?«

Forrest nickte, dann forderte er mich mit einer knappen Geste zum Weiterlesen auf. Der Artikel schilderte nun Cedar Valley und Dads Kindheit in dieser Stadt, seine Heirat mit einer jungen Frau, die ebenfalls aus der Gegend stammte, und ihren gemeinsamen Entschluss, sich ein Leben am Meer aufzubauen.

Hier in Seaboro, South Carolina, war es, in einer Landschaft, die eher aus Wasser denn aus Erde besteht, in einer Landschaft der Mythen und der Mystik, wo Grayson Leary zu der Überzeugung kam, dass das ganze Leben eine Geschichte ist und die Themen und Metaphern großer Romane uns helfen können, unsere Welt und uns selbst zu verstehen. In Seaboro gelangte er zu dem Schluss, dass Geschichten über eine große Macht verfügen.

Weiter beschrieb Forrest in seinem Artikel Dads Theorien, die Kleinstadt Seaboro samt ihrer Historie, unser altes Zuhause, Dads Arbeitszimmer und sogar die Aussicht von dort auf die gepflasterten Straßen. Am Ende der Einleitung hielt ich die Luft an, so gespannt war ich – wie würde Forrest Dads Rückkehr nach Cedar Valley erklären?

Er berichtete, wie sehr Dad meine Mutter geliebt hatte, wie die beiden von dem Moment an, als sie sich mit siebzehn Jahren kennengelernt hatten, bis zu Mutters Tod vor fünf Jahren gemeinsam durchs Leben gegangen waren.

Ich schloss die Augen, dann sah ich Forrest an. »Du glaubst wirklich, dass er Mutter so sehr geliebt hat?«

»Ganz eindeutig.«

»Wie konnte er dann …«

Forrest zuckte die Achseln. »Dein Vater hat nie von Ellie gesprochen. Kein einziges Mal. Er hat zwar über Alzheimer und Verwirrtheit geredet, aber nicht im Zusammenhang mit einem bestimmten Menschen.« Er trank von seinem Kaffee und beugte sich über den Tisch. »Doch wie sehr er deine Mutter geliebt hat, das hat er mir erzählt, ebenso wie lange sie schon zusammen waren und dass es im Laufe einer Ehe Prüfungen, Fehler und sogar Kriege gibt. Ich weiß, dass deine Mutter kalt gewirkt hat, Cappy, ja, das weiß ich wohl – ich habe sie ja oft genug erlebt. Aber dein Dad hat die Frau hinter dieser Fassade gekannt und geliebt. Doch, ganz bestimmt.«

»Ich kapiere das nicht«, seufzte ich.

»Ich auch nicht. Aber ich weiß, dass dein Vater Ellie nicht besucht hat, solange deine Mutter noch lebte. Ich glaube, er ist erst wieder hingefahren, als er erfuhr, dass Ellie … krank war.«

»Auf so ein Leben kann ich verzichten – verstehst du? Wo man sich für eine Lebensweise entscheidet, obwohl man eigentlich eine andere liebt.«

»Grayson hat alles geliebt, jeden Tag seines Lebens, mit glühender Leidenschaft.«

»Doch, das weiß ich«, sagte ich nachdenklich und wandte mich wieder dem Artikel zu.

Nach dreizehn Jahren im Lowcountry tat Professor Grayson Leary das, was Thomas Wolfe einmal für unmöglich erklärt hat: Er kehrte mit seiner Frau und der zwölfjährigen Tochter nach Cedar Valley zurück, um alles, was er gelernt hatte, alles, was er in Seaboro geworden war, in seinem Unterricht an der Southern University einzubringen.

In Cedar Valley widmete er sich fortan seiner Lebensaufgabe: Er unterstützte seine Studenten dabei, in jedem Roman etwas zu finden, was sie auf ihr eigenes Leben anwenden konnten.

Im Folgenden war die Rede davon, wie mein Vater seine Studenten lehrte, beim Lesen erst den Wortsinn eines Textes zu verstehen, dann nach den übergreifenden Themen zu suchen und schließlich, wenn die Geschichte sie persönlich berührte, Möglichkeiten zu finden, um die Lehre der Geschichte auf ihr eigenes Leben anzuwenden. Es folgten Berichte von fünf Studenten, die alle durch einen Roman, den sie in Dads Seminar gelesen hatten, zu tief greifenden Veränderungen in ihrem Leben angeregt worden waren. Die Selbstzeugnisse der Studenten waren nur mit ihren Initialen überschrieben, gefolgt vom Titel des Romans.

Wieder schaute ich Forrest an. »Gut gemacht«, sagte ich.

»Du bist noch nicht fertig.«

»Die Beispiele lese ich später.« Ich stützte die Ellbogen auf den Tisch. »Forrest, hättest du Lust, heute wandern zu gehen?«

Er fuhr sich mit den Händen durchs Haar und lehnte sich wieder zurück. »Ich glaube nicht. Heute nicht. Ich muss noch einen neuen Kurs vorbereiten, den ich in der Summer School gebe.«

»Ach so«, sagte ich geknickt.

»Vielleicht nächstes Mal«, meinte er.

»Darf ich das hier mitnehmen?« Ich hielt den Artikel hoch.

»Na klar.«

Er stand nicht auf, als ich ging. Ich schaute mich einmal um und sah, dass er das Buch durchblätterte, das ich auf dem Tischchen zurückgelassen hatte. An der Kasse bezahlte ich den Zeichenblock und die Pastellkreiden. Ich verspürte eine Mischung aus Trotz und Freude, und am liebsten hätte ich geweint oder gelacht, aber welches von beiden, wusste ich nicht.

Als ich nach Hause kam, um mir Wandersachen anzuziehen, empfing mich in meinem Wohnzimmer ein Blütenmeer. Rosen, Freesien, Lilien, Päonien und andere Blumen standen in Vasen und Töpfen; einige Blütenblätter waren schon auf den Tisch gefallen. Nachdem ich die betörenden Düfte tief eingeatmet hatte, suchte ich nach etwas Schriftlichem. Nur zwei Menschen besaßen den Schlüssel zu meinem Haus: Forrest und Thurman.

Ich ging im Zimmer umher, schob Blumen zur Seite, hob einen Rosenstrauß hoch und fand darunter einen Umschlag versteckt. Ich zog eine elfenbeinfarbene Karte heraus, die oben in der rechten Ecke in dunkelblauer Schrift die Initialen TDW aufgedruckt trug. Darauf stand in Thurmans schräger Handschrift:

Liebste Catherine,

so viele Blumen, wie hier stehen, so viele Jahre werde ich dich lieben. Ich bin ein Idiot, der den schlimmsten Fehler seines Lebens gemacht hat. Ohne dich bin ich nichts. Ich werde auf dich warten …

Ich liebe dich,
Thurman

Ich hob eine Rose an die Nase, strich mit dem Finger über die seidigen Blütenblätter. Welche Frau würde sich nicht wünschen, solche Worte zu lesen?

Mit geschlossenen Augen prüfte ich, ob Thurmans Versprechen und diese Überraschung mich im tiefsten Innern berührten. Dabei kam ich zu einer Erkenntnis: Es war nicht, dass ich nicht lieben konnte. Ich hatte bloß geglaubt, es nicht zu verdienen.

Und ob ich es verdiente!

Ich ließ Rose und Karte auf den Tisch fallen und ging in mein Zimmer, um mich umzuziehen.

Eichen und Magnolien prangten in den satten Grüntönen des Frühsommers. Aus dem dunklen, blattreichen Buschwerk darunter schoben sich die Rhododendrenblüten wie ein Feuerwerk heraus. Eine Frau kam mir vom Wanderweg her entgegen. Mit zurückgelegtem Kopf trank sie aus einer Wasserflasche.

Ein hölzernes Schild, das die Routen für verschiedene Tageswanderungen als eingeschnitzte rote Linien zeigte, markierte den Beginn des Wegs. Die roten Linien erinnerten mich an die voraussichtliche Bahn des Hurrikans, die ich auf dem Fernsehbildschirm in einer Bar von Seaboro gesehen hatte.

Das war, erinnerte ich mich, nur ein vermuteter Weg gewesen. Abweichungen in verschiedene Richtungen waren möglich, je nach Wind, Gezeiten und Erddrehung. Und war dieser Nachmittag für mich etwas anderes? Es gab viele Routen, es gab alternative Pfade, über die ich nie nachgedacht hatte. Ich fuhr mit dem Finger über das Holz des Schildes. Alle Wege führten den Berg hinauf, zu dem Panoramablick, aber der Schwierigkeitsgrad und die Länge waren unterschiedlich.

Ich überlegte, dass ich gern so einen Wegweiser für mein Leben gehabt hätte – *Sie können diese Route einschlagen oder jene oder auch eine ganz andere.* Doch am Fuße des Berges zu verharren, weil ich Angst hatte, mich für rechts oder links zu entscheiden, brachte mich nicht weiter.

Ich entschied mich für den dritten Pfad, berührte die Kiefernstämme, die Azaleen, die Eichen. Voller Freude genoss ich die frische Luft und die üppige Natur. Als ich den Gipfel erreichte, neigte die Sonne sich schon dem Horizont zu, der ganz anders aussah als in Seaboro, wo Himmel und Meer in sanftem Dunst ineinander übergingen.

Hier war der Horizont zerklüftet und von hinten beleuchtet. Ich stellte mich auf einen Felsblock und schaute ins Tal hinunter, auf die Stadt und die Flüsse, auf die kleinen Häuser und weit über die Berge. Vor Einbruch der Dunkelheit musste ich wieder hinunter, aber es war ein gutes Gefühl, hier oben zu stehen, nachdem ich so viele Jahre wie auf dem Grunde eines Flusses gelebt hatte.

Ich wusste, dass ich zum Teil für Sams Tod verantwortlich war. Aber ich wurde geliebt. Man hatte mir verziehen. Dieses Wissen öffnete etwas in mir, das bisher verschlossen gewesen war. Zu wissen, dass nicht ich es gewesen war, die meine Familie genötigt hatte, aus dem geliebten Seaboro wegzuziehen, erlaubte mir, meine Vergangenheit in einem neuen Licht zu sehen, und befreite mein Herz aus seinem dunkel verhängten Verlies.

Vielleicht konnte das Vergangene wirklich der Prolog zu einem neuen Leben werden, so wie Shakespeare es geschrieben hatte: »... wovon das Vergangene der Prologus ist.«

Ja, dieses Mal würde ich der Vergangenheit gestatten, das Vorwort zu meinem neuen Leben zu sein, zu einem helleren, ungestümeren Leben, in dem ich Gelegenheiten beim Schopf packen und das Risiko eingehen wollte, mich zu freuen.

Während ich versonnen über den Rand des Felsblocks strich, entdeckte ich auf einem Weg – auf einem anderen als dem, den ich genommen hatte – einen Wanderer. Forrest hatte seine Baseballkappe tief ins Gesicht gezogen, aber ich erkannte seine braunen Locken. Er schaute zu mir hinauf und lächelte.

Das Licht der Abendsonne lag golden auf der Landschaft, und der Übergang zwischen Tag und Nacht barg Hoffnungen und Möglichkeiten in sich. Dieser wunderschöne Rundblick war schon immer für mich da gewesen. Ich hatte nichts getan, um ihn zu verdienen, und doch hatte er auf mich gewartet.

Forrest ließ sich neben mir nieder und reichte mir eine Wasserflasche. »Ich weiß, dass du das nicht sehr oft machst – da dachte ich, du möchtest vielleicht etwas trinken.«

Ich nahm die kühle Flasche und hielt sie mir an die Stirn, bevor ich in langen Zügen daraus trank. »Ich dachte, du wolltest nicht mit.«

»Hab's mir anders überlegt.« Er sah mich an.

»Es ist so schön hier oben. Ist ja nicht zu fassen, dass ich noch nie hergekommen bin.«

»Noch nie?«

Ich schüttelte den Kopf. »Nein.« Wir lauschten den knirschenden Schritten anderer Wanderer, die auf trockene Zweige und Steinchen traten, einem Wasserfall, der in der Ferne seufzte, dem schrillen Ruf eines Vogels. Ich betrachtete Forrests Profil. »Ich hab's gelesen«, sagte ich.

»Den Artikel?«, fragte er, ohne mich anzusehen.

»Nein, das Buch.«

Jetzt wandte er den Kopf und blinzelte mich unter seiner Kappe an. »Welches Buch?«

»*Das Ende einer Affäre*. Kennst du das?«

»Ja, dein Vater und ich haben viele Male darüber gesprochen.«

»Warum hat ihm diese schrecklich traurige Geschichte gefallen?« Ich kickte einen Kiesel weg, schaute zu, wie er über den Rand der Klippe flog, hörte ihn auf Felsgestein aufschlagen und anschließend das Kullern und Prasseln kleinerer Gesteinsbrocken.

»So traurig ist der Roman gar nicht – es gibt auch Hoffnung und …« Forrest schwieg. »Aber jetzt bin ich still. Erzähl mir, was er dir bedeutet hat! Warum findest du ihn so traurig?«

»Es geht um einen Mann, der eine Frau liebt, die er niemals haben kann – und er weiß nicht mal genau, warum. Das erfährt er erst, als es zu spät ist. Das Buch handelt von einer Liebe, die ein ganzes Leben ruiniert … und einen Glauben zerstört. Von der Qual, einen geliebten Menschen zu verlieren.«

»Und das Motiv der Hoffnung auf ein Wunder?«, fragte Forrest. »Am Ende hofft er doch … und mit einiger Überzeugung, meine ich.«

Ich zuckte die Achseln. »So habe ich das nicht verstanden.« Dann fiel mir ein, dass Dad einmal gesagt hatte, die Sprache und die Themen eines Romans müssten im Leser erst herumwirbeln und sich dann setzen. »Wenigstens bisher noch nicht«, fügte ich hinzu, bevor ich Forrest die Hand aufs Knie legte. »Und ich habe etwas beschlossen.«

»Was denn?« Er starrte auf meine Hand, als habe er sie noch nie gesehen.

Ich wollte diesem Mann etwas zurückgeben für alles, was er mir geschenkt hatte. Ich wollte die letzte Frage von den dreien beantworten, die er mir vor einer Woche an meinem Geburtstag gestellt hatte. »Ich möchte keinen Grabstein«, erklärte ich.

Sein Blick wanderte aufwärts zu meinem Gesicht. »Lieber den Fluss?«

»Nein, ich glaube nicht. Ich weiß es noch nicht genau. Aber ich will keine in Stein gemeißelten letzten Worte über mich. Und du?«

»Etwas in dem Sinne, dass ich mit meinem Unterricht oder meinem Schreiben etwas verändert habe.«

»Zum Beispiel?«

Forrest strich über den Felsblock. »Genau weiß ich das auch noch nicht. Manchmal weiß man, wer man sein und was man tun will, lange … lange bevor man weiß, wie man es erreicht. Er stand auf und reichte mir die Hand. »Komm, wir müssen wieder runter, bevor es dunkel wird.«

Ich folgte ihm den gewundenen Weg hinunter bis ins Tal. Manchmal streckte er mir die Hand entgegen und half mir über einen Felsbrocken oder über ein steiles Stück hinweg, denn er kannte diesen Weg gut. Während des gesamten Abstiegs schwiegen wir.

Als sich der Abendhimmel violett färbte, standen wir wieder unten auf dem Parkplatz. »Möchtest du zum Essen mitkommen?«, fragte ich.

Forrest sah mich lange an, mit einem so traurigen Gesicht, dass mir klar war, er würde ablehnen. »Vergiss es!«, sagte ich daher, zog den Autoschlüssel aus der Gesäßtasche und wandte mich ab.

»Doch, natürlich«, sagte er da. »Was gibt es denn?«

Ich wandte mich um. »Ich habe Zutaten für mordsmäßig gute Spaghetti.«

»Okay.« Er zögerte, als hätte er noch mehr zu sagen, aber dann stieg er in seinen Wagen. »Bis gleich«, rief er durchs Fenster, »ich fahre eben schnell nach Hause, ziehe mich um und hole eine Flasche Wein.«

Er fuhr davon, während ich in mein Auto stieg, seinen Artikel vom Beifahrersitz nahm und ihn durchblätterte, bis ich zu den Berichten der fünf Studenten kam, deren Leben sich durch die Lektüre eines Romans verändert hatte.

Über dem letzten Bericht stand: F.A.: *Wer die Nachtigall stört.*

Trotz der warmen Abendluft schauderte ich. Ich stieg wieder aus und setzte mich auf die Motorhaube. Im schwindenden Licht las ich den Bericht eines junger Mannes, der bei Professor Leary studiert hatte. Er hatte ein Referat über *Wer die Nachtigall stört* verfasst und dafür die erste schlechte Note seines Lebens erhalten. Daraufhin hatte er einen ganzen Abend lang mit Professor Leary über den Roman diskutiert, bis ihm klar geworden war, dass der Professor weder eine Zusammenfassung der Handlung noch eine Diskussion der offensichtlichen Themen erwartet hatte, sondern eine Erforschung dessen, was der Roman dem Leser zu sagen hatte.

Durch Nachdenken, sorgsame Analyse und Gespräche fand der Student F.A. heraus, dass die Geschichte ihn ganz viel über Mitgefühl lehrte. Bisher hatte er sich für einen guten Menschen gehalten und auch andere Leute stets als gut oder schlecht beurteilt. *Wer die Nachtigall stört* zeigte ihm jedoch, wie stark schwierige Persönlichkeiten von der Gesellschaft und deren Überzeugungen geprägt werden.

Darauf änderte sich das Leben des Studenten F.A., weil er andere Menschen fortan ganzheitlich betrachtete. Statt sie nur nach dem zu beurteilen, was äußerlich sichtbar war, interessierte er sich nun dafür, was ihr Inneres geformt hatte. Er gab seine kritische Haltung auf und öffnete sich.

Daraufhin schenkte Professor Leary seinem Studenten eine Buchklub-Erstausgabe von *Wer die Nachtigall stört*.

Das Herz schlug mir bis zum Hals. Ich saß oben auf meinem alten Wagen und vergoss Tränen. Ich weinte um alles, was ich in meinem kostbaren Leben nicht bemerkt hatte, um alles, was ich versäumt und aus Angst verloren hatte. Ich weinte um die Möglichkeiten, die ich nicht genutzt hatte, um die Risiken, die ich nicht eingegangen war, um die Bücher, die ich nicht gelesen und die Worte, die ich nicht ausgesprochen hatte. Ich weinte um die Liebe, die ich nicht verschenkt und nicht empfangen hatte.

Forrests Wagen parkte bereits am Straßenrand, als ich nach Hause kam. Ich lief gleich durch die Garagentür ins Haus und fand ihn im Wohnzimmer, mitten zwischen den Blumen. In der einen Hand hielt er Thurmans Karte, in der anderen einen Strauß Margeriten, den er offensichtlich auf einer Wiese gepflückt hatte. Auf dem Tisch stand eine Flasche Wein. In Forrests Zügen malte sich ein Gefühl, das ich nicht deuten konnte. Ich ging auf ihn zu. »Es war dein eigenes Buch.«

»Welches?«

»Die Erstausgabe von *Wer die Nachtigall stört*, die du mir zum Geburtstag geschenkt hast. Du hattest sie von Dad bekommen, stimmt's?«

Forrest ließ die Karte los, sodass sie zu Boden flatterte. »Ja. Er hat mir erzählt, dass es dein Lieblingsbuch ist, und da habe ich gedacht –«

»Ganz lieben Dank. Ich weiß, wie viel dieses Buch dir bedeutet haben muss.«

Er breitete die Arme weit aus. »Diese Blumen hier … eine Entschuldigung?«

Ich nickte, schob eine verwelkte Rose zur Seite. »Ja, aber für Entschuldigungen ist es zu spät. Und« – ich ging noch einen Schritt auf Forrest zu und berührte die gelbe Mitte einer Margerite – »die hier bedeuten mir mehr.«

Forrest legte seinen Strauß neben die Weinflasche und blickte mich schweigend an. »Ich glaube, ich sollte wieder fahren«, murmelte er schließlich.

Ich suchte nach etwas, was ich ihm schenken konnte, etwas, was so bedeutungsvoll war wie ein Sanddollar oder eine Erstausgabe, etwas, womit ich ihn an mich binden könnte. Leise, langsam sagte ich: »Antwort eins: Ich möchte zusehen, wie das Zwielicht über den Horizont steigt – ob Meer oder Gebirge spielt keine Rolle – und dabei lachen und mit jemandem sprechen … das Leben aus ganzem Herzen lieben.«

Forrest schloss die Augen. »Hör auf, bitte! Die ganze Zeit habe ich mir gewünscht, dass du … Jetzt nicht mehr.«

Aber ich ließ nicht locker. »Antwort zwei: Ich würde bereuen, dass ich nicht … rückhaltlos geliebt habe.« Ich legte ihm die Hand auf den Arm. »Seit dem Abend damals, als ich noch auf dem College war, seit dieser Dichterlesung …«

»Du meinst den Abend, an dem du mir gesagt hast, dass es mit uns beiden nie, niemals klappen würde.«

Ich nickte. »Ja, seit damals habe ich die Liebe, die zwischen uns beiden hätte wachsen können, verdrängt, ignoriert, beiseitegeschoben. Aber das tue ich jetzt nicht mehr. Ich kann es nicht mehr.«

Forrest strich mir über die Schläfe, genau wie Boyd es vor all den Jahren getan hatte. Die Empfindung, die bei Boyds Berührung erwacht war, war bei Sams Tod wieder eingeschlafen, doch wenn ich es zuließ, könnte Forrests Streicheln diese erwartungsvolle Freude erneut zum Leben erwecken.

Aber da sagte er: »Lass das! Bitte, mach es mir nicht noch schwerer!« Er deutete auf die Blumenfülle. »Du musst ein paar Dinge klären. Für mich ist hier kein Platz.«

»Doch«, widersprach ich. »Für dich ist –«

Er legte mir den Zeigefinger auf die Lippen. »Nein, für mich ist eigentlich nie Platz gewesen.«

Ich schloss die Augen und suchte nach den richtigen Worten. Noch nie waren Worte mir so wichtig erschienen. Forrest küsste mich auf den Scheitel. Dann hörte ich seine Schritte auf dem Dielenboden und die Haustür, die sich knarrend öffnete und wieder schloss.

Mein Wohnzimmer wirkte plötzlich leer, und alle Wärme entwich aus meinem Herzen, strömte davon wie ein Wasserfall. Ich folgte Forrest zur Tür hinaus, sah gerade noch, wie er einstieg und davonfuhr. So schnell ich konnte, rannte ich hinter ihm her, die Einfahrt hinunter, mitten auf die Straße. Der Pick-up wurde immer kleiner.

»Tut mir leid«, flüsterte ich. »Es tut mir leid, dass ich uns beide bisher nicht richtig gesehen habe. Bitte, komm zurück! Bitte, komm zurück!«

Obwohl er mich nicht hören konnte, leuchteten seine Bremslichter auf. Sein Wagen verlangsamte das Tempo. *Das Stoppschild*, dachte ich. Doch dann stockte mir der Atem. Der Wagen setzte zurück, wendete und kam die Straße wieder herauf, auf mein Haus zu.

Ich stand in der warmen Sommerluft und lächelte. Es war der Anfang einer neuen Geschichte.

Danksagungen

Das vorliegende Buch, mein viertes, ist eine Neufassung eines ersten Romanmanuskriptes, das ich vor sechs Jahren geschrieben habe. Im Laufe der Jahre haben mir so viele Menschen geholfen, diesen Roman fertigzustellen, dass ich sie nicht alle namentlich erwähnen kann, aber ihnen allen gebührt Dank. Denjenigen, die meine Arbeit als Erste gelesen und daran geglaubt haben; weiterhin all jenen, die mir halfen, die Geschichte zu gestalten, die mich etwas über Erzählstruktur und die Entwicklung von Charakteren lehrten oder mich während meiner frühen Schreibversuche dabei unterstützten, die Wirrungen in der Geschichte und in meinem Herzen zu entwirren, bin ich zutiefst dankbar.

Auch den Menschen, die dazu beigetragen haben, dass die vorliegende Version des Romans Gestalt annahm, möchte ich meinen tief empfundenen Dank aussprechen: Dr. Sally Pisarchick für die drei entscheidenden Fragen, um Catherines Zukunft eine Richtung zu geben; John Searby, Direktor der Basketball Operations an der Auburn University (War Eagle!) für seine Informationen über die Anwerbung beim Basketball und die Regeln und Vorschriften der Nationalen Gesellschaft für College-Sport (falls im Buch diesbezüglich Fehler unterlaufen sind, bin ich ganz allein dafür verantwortlich); Jack Riggs, einem begabten Autor und freundlichen Lehrer, der sein Wissen über die Literaturprogramme an Colleges und die Tätigkeit der Professoren an mich weitergab. Mein Dank gilt auch Kimberley Whalen, meiner geduldigen Agentin – toll, endlich haben wir *Dunkel wie die Flut* fertig! Ohne dich hätte ich es nie geschafft. Ich danke Katherine Bizzell, die seit dem Tag, an dem ich mich zum Schreiben entschloss, für mich da war und mir auf vielfältige Weise geholfen hat, und auch Mary Alice Monroe, die dafür sorgt, dass ich niemals vergesse, warum ich schreibe.

Weiterhin bedanke ich mich bei der New American Library, die mich stets in meiner Arbeit unterstützt hat; bei Ellen Edwards für das scharfe Schwert ihres Lektorats; bei Kara Walsh, Claire Zion, Leslie Gelbman, Molly Boyle, Carolyn Birbiglia und all den Mitarbeitern hinter den Kulissen, denen ich nie begegnet bin – es ist mir eine Ehre, von einem so bewundernswerten Team veröffentlicht zu werden. Und mehr als dankbar bin ich natürlich all den Menschen bei New American Library, meinem amerikanischen Verlag, die mit dem Vertrieb zu tun haben, für die Zeit und die Mühe, die sie für den Verkauf meines Werkes aufwenden. Außerdem danke ich der Grafikabteilung für ihre Kreativität und ihren Sinn für Details bei der Gestaltung meiner Bucheinbände.

Jedes Mal, wenn ich einen Roman schreibe, würde ich gern viele Seiten damit füllen, alle meine Freunde und Freundinnen, meine Schriftstellerkolleginnen sowie die Buchhändler, Rezensenten und Fans aufzuzählen, die meine Arbeit zu einer so abenteuerreichen Reise machen. Bitte seien Sie versichert, dass ich Ihnen allen sehr verbunden bin.

Meine Familie und meine gesamte Verwandtschaft haben meinen Arbeitsprozess von den ersten, heimlichen Seiten bis hin zum fertigen Roman miterlebt, und sie haben nie den Glauben verloren – weder an die Geschichte noch an mich. Ohne sie wäre ich nicht in der Lage gewesen, diesen Roman zu beenden. Euch allen gehört meine Zuneigung.

*»Lyrisch, feinfühlig und so zart
wie eine Muschel.
Eine mitreißende Liebesgeschichte.«*

Deborah Smith

Pati Callahan Henry
HERBSTMOND
Roman
BLT
368 Seiten
ISBN 978-3-404-92264-2

Als die Hochschuldozentin Amy nach langen Jahren ihre erste Liebe wiedertrifft, erscheint ihr das Glück an der Seite ihres Mannes plötzlich fragwürdig. Ihre Gedanken kreisen nur noch um den charmanten Nick und längst begrabene Träume. Als sie gemeinsam eine Insel erkunden, ahnt sie nicht, dass sie damit ihr Leben aufs Spiel setzt … Vor der malerischen Kulisse Georgias entfaltet sich ein stimmungsvoller Roman über verloren geglaubte Träume, die Macht der Versuchung und die Kunst des Verzeihens.

BLT